命運鐘擺

PENDULUM

Adam Hamdy

亞當・哈姆迪——著　陳岳辰——譯

第一部

倫敦

1

一股灼熱酸臭湧上咽喉後壁，約翰・瓦勒斯在強烈嘔吐感中醒來。睜開眼睛什麼都看不見，反被眼罩卡得眼瞼閉不攏、睫毛向內翻。心跳加速，彷彿電鑽抵著胸口全速運轉。瓦勒斯熟悉焦慮症狀的起伏變化，明白並非單純恐慌發作、心理影響生理——所有經歷都是真的。他試著動動手臂，手腕被縛得很牢，不過觸感柔細，似乎是絲綢，同樣的材質也綁住腳踝。身上似乎除了內褲沒有別的衣物，被扒得乾乾淨淨。瓦勒斯察覺周圍有人移動，豎起耳朵仔細聽，雖然家裡地毯很厚，仍能聽見細微腳步聲。

別亂動，別發出聲音。他留意周遭同時假裝尚未清醒。可是突如其來一記重擊落在腹部，肺裡的空氣隨著慘叫全噴光。

「拜託住手。」瓦勒斯擠出聲音，說得上氣不接下氣，語調裡的怯弱恐懼自己聽了都覺得可悲。腳步聲在房間繞行，接著四周被音樂淹沒，旋律十分熟悉，是Rogue樂團❶作品《Air》的前奏。高級音響轉到最大音量，重低音磅礡渾厚。知道大叫求救也沒用已經十分無奈，更令他懊惱的是這份無奈不由自主寫在臉上，想必對方看得清清楚楚。誰有可能過來查看？瓦勒斯想到住在樓上的蕾歐娜，是個表演特技舞蹈的性感尤物，如果她嫌吵下來敲門，或許會察覺狀況不對報警

❶英國的輕搖滾樂團，活躍於一九七五到七九年間。

處理。不過希望很快破滅，因為蕾歐娜從未抱怨過音量，樓下的里凡夫妻也是。這棟樓是老教堂改裝而成，磚造建築除了結實之外還有非常好的隔音效果，加上住戶大都隨興放任，鮮少干預彼此生活。

他不知道自己失去意識多久。敲門聲揭開惡夢序幕之前，瓦勒斯堅信漫漫人生的最好形式就是避世獨居，人際關係越深刻會帶來越多傷痛，與別人的互動維持微笑和浮面就夠。昏迷之前有人敲門，那時候他坐在工作桌前盯著電腦，但自然而然起身應門。瓦勒斯依舊不指望在別人身上找到意義，人與人之間充滿失落背叛與痛苦。但此刻躺在地上動彈不得惴慄恐懼，他心裡赫然察覺有個人、只有那麼一個人，或許有資格成為自己的救贖。

又有奇怪的聲音，來自頭上，不知什麼東西打中天花板木梁。當初油嘴滑舌的房仲聲稱那是設計特色之一，其餘所謂的特色包括這戶位在二樓，能從教堂風格石拱窗眺望倫敦地價最昂貴的街道；公設有造景花園；裝潢包括開放式淋浴間、更衣間、採光良好的工作室、寬敞的餐廳式廚房。那時一樣樣彷彿都很重要不可或缺，如今則連人生註腳都談不上。除了自由與活命，其餘一切沒有意義。

腳步聲走到他腦袋附近。瓦勒斯脈搏陡升，恐慌發作呼吸急促。那個開門進屋的人走向自己頭顱，然後什麼東西——不！不！不！怎麼會！那東西滑過腦袋。如果不承認，是不是就不會成真？不是真的，是幻想，是夢境，不是我的人生，不——

繩圈在頸部收緊，他無法繼續自欺欺人下去。

「站起來，會比較乾淨俐落。」聲音從上方偏後處傳來，低沉嚴肅而且毫無印象，英語帶有明顯跨大西洋口音❷。瓦勒斯還抱著最後一絲希望，暗忖或許有人想整自己只是做得太過頭。同事、朋友、鄰居，某個認識的人為了小事要報復？問題在於那嗓音他真的認不得，難道還特地請了打手演戲？拜託只是演戲。

「拜託，」瓦勒斯聲音嘶啞，「拜託住手。」

他想起喀布爾❸，想起那裡的死囚踩著緩慢步伐搖搖晃晃走向絞刑臺。起初瓦勒斯不懂，為何沒人試著逃跑呢？他拿起攝影機貼住臉頰，隔著取景器凝視死囚，希望從一雙雙眼睛中找到解答。那些囚犯來自意圖推翻阿富汗政府的武裝團體，個個低頭盯著地面，為首者走到階梯前終於抬頭望向自己的命運，也讓瓦勒斯看清楚他的眼神。快門喀嚓一聲捕捉懾人瞬間：囚犯眼底只剩空洞虛無，催動靈魂的火焰已經徹底熄滅。

你和他們不一樣！瓦勒斯心裡激勵自己，也感覺得到生命之火還在體內熊熊燃燒，暗忖站起來也有好處，就算繩索勒得更牢都還有反擊機會，運氣好能殺對方個措手不及。會有危險，但總比坐以待斃來得強。於是瓦勒斯掙扎起身，繩子箍著頸部將他整個人向上提，雖然不舒服但也變相提供了支撐。站穩以後他凝神細聽周圍動靜，同時留意到繩索纏緊脖子壓迫氣管卻沒繼續收緊。他繃緊肌肉，之前將近二十年的訓練就是為了這一刻。瓦勒斯想起合氣道師父巴爾的訓誡：

❷ 二十世紀初期美國顯貴或演員刻意模仿英國上流社會形成的特殊口音。
❸ 阿富汗首都。

想成為真正的鬥士，必須接受與死亡為友。對當時年僅十四、西漢普斯特德[4]長大的小鬼而言，聽了這樣一番話熱血沸騰，但事實上要發揮修習多年的格鬥術有個前提，就是雙手雙腳能夠自由活動。快被勒死的時候什麼勇氣榮譽都是廢話，存活才是真理。

前面傳來一陣嘎吱嘎吱的聲音，氣流起了變化。瓦勒斯立刻縱身起跳，雙腿向前猛踹，拚盡渾身力氣毫無保留，決心一招分勝負。在他想像中，對方被狠踢腦袋以後會往後翻倒昏過去，警察趕來逮捕壞蛋、對自己英勇抗敵的故事嘖嘖稱奇。可惜現實總是不如人意，四肢遭到捆綁還要立定跳躍難上加難，瓦勒斯的腳連膝蓋高度都搆不到，腳掌掃過一團空氣，反而自己重心朝後摔了回去。他頸部還在繩圈內，所幸繩子長度留有餘地，否則頸骨當場被體重扯斷，人已經沒命了。死罪可免活罪難逃，摔得遍體鱗傷不在話下，而且就對方看來與其說是絕境求生，反而更像喪志求死。

「站起來，會比較乾淨俐落。」低沉嗓音重複命令，語調不帶一絲憤怒失望，彷彿醫生解釋診斷那般就事論事。或者說，像獸醫對待畜生。

瓦勒斯重新站好，全身不停發抖。音樂換了，是Seven Lions[5]的作品《Polarized》，感性、空靈、繚繞不絕。他覺得自己終於明白旋律訴說著什麼：是重生的機會，以及活著的可貴。我就這麼死了未免太沒道理，但瓦勒斯明白這種念頭如同愚人的絕望吶喊，看盡世間冷暖的他很清楚每天有成千上萬人死得毫無道理。

「求你住手，想要什麼我都給你。」沾濕眼罩的淚水、顫抖哽咽的聲音說明了一切——瓦勒斯陷入崩潰。他明白這不是整人遊戲，也沒辦法學電影那樣打得敵人落花流水。事情很簡單：房裡有個陌生人，自己頸上有個索圈，生殺予奪的權力操在對方手中。

一陣窸窣，什麼東西接觸肌膚，瓦勒斯嚇得渾身一縮。接著他察覺那是隻手，裹著手套，可能是皮質或橡膠，冰涼但有彈性。

「拜託你。」他哭喊。

隔著手套，那人拉起瓦勒斯手臂抓牢。他感覺有物體劃過兩腕間，忽然手臂各自掉下去——鬆綁了。從未體驗過的巨大安心感在體內膨脹，對方將他兩腿也解開。

「謝謝、謝謝！」瓦勒斯哽咽。

誰都沒關係，什麼緣由都好，他選擇寬恕。與死亡面對面過後學到寶貴的好幾課，例如門要上鏈子。瓦勒斯想得自己心裡竊笑，陷入酩酊大醉般歇斯底里的幸福感。別相信陌生人，還要養條狗，得是大型犬。

腳步聲繞到背後，隨後眼罩也被摘下。豪華公寓內的奢侈品還在原位，所以絕對不是搶劫，但也看不出任何整人惡作劇跡象。

「繩子不解開嗎？」他稍微覺得安全了便又開口，然而才要轉頭繩圈忽然收緊。「別！別！」他啞著嗓子大叫。

瓦勒斯聽得見自己聲音裡的懷疑猶豫，安全感轉瞬化為泡影，留意到靠過來的物體時徹底幻

---

❹ 位於大倫敦地區西北康登倫敦自治市內。

❺ 本名 Jeff Montalvo，美國 DJ、音樂製作人等多重身分。

滅：眼角餘光看見黑色手套拉了一張廚房的椅子過來，有缺口的木椅腳在編織地毯刮擦一小段距離來到身旁。

「上去。」男人命令之後使勁拉繩。繩圈縮緊，箍得他喉結凹進脖子，完全無法出聲，連呼吸都困難至極。瓦勒斯開始怨恨自己的身體——能跑十五英里的兩條腿中看不中用，遇見椅子就軟了。應該說整個身子都如此窩囊，被繩圈一扯除了乖乖爬上椅子竟別無選擇。他望向屋頂，木梁老舊又佈滿凹洞，瓦勒斯不禁後悔先前為何花錢防蛀，明明結構檢查沒發現蛀蟲。要是不那麼完美主義、能夠睜隻眼閉隻眼，現在那條梁或許被蟲蛀了，撐不住厚重繩索加上他更碩重的身體會直接坍落。

脫下眼罩，瓦勒斯開始感覺到眼淚沿著臉頰輪廓滑落，彷彿流經高山低谷。死期將至，不必再自欺欺人：他的生命一場糊塗，以記錄別人為業，自己卻從未留下足跡。他存在與否對世界毫無影響，攝影作品很快就會遭到遺忘消失無蹤。*是人就很脆弱。是人就會失敗。是人就會死。*凝視屋梁，瓦勒斯意識到身體裡有把火不見了——他的希望已經熄滅，一如在喀布爾拍到的死囚，心靈頹敗只剩空洞虛無。

眼角餘光捕捉到人影。瓦勒斯低頭一看，看見的畫面烙印在腦海無法磨滅：那個男人穿著黑色大靴、黑色皮褲、黑色防彈衣，臉上戴著黑色作戰面具，嘴巴開口處以鐵網遮蔽，再套上黑色不透明圓形防風鏡。鏡面映出的瓦勒斯朦朧虛幻。*的確要變成鬼了。*對方身上還披著黑色長版皮大衣，紫色內襯精緻華貴。瓦勒斯覺得諷刺極了，那身打扮就像電影裡的超級英雄，但他卻做出這麼可怕的事情，彷彿每口呼吸都吐出仇恨，隔著面具都能嗅到。

他究竟是誰？連續殺人魔嗎？不行，真遇上殺人魔那就沒救了，別朝這種方向思考。儘管驚慌懼怕，瓦勒斯持續在記憶中搜索，試著回想自己是否虧待過誰，但他一輩子沒什麼污點，完全想不出做過什麼事情足以引發殺機。這瘋子找錯人了。

「你找錯——」他才開口繩索就束緊，聲音卡在喉頭出不來。一把怒火燒了起來，熱力在體內流竄壓抑了恐懼，因為一個瘋子找錯門牌自己就得莫名其妙死掉嗎？

他想大叫，但喉嚨被絞得完全打不開。惶悚中，瓦勒斯看著蒙面人將椅子踢開。

時間變慢了。

瓦勒斯感覺自己懸浮半空，沒有支撐卻也脫離引力法則，身體沒有重量飛了起來。生命即是永恆。他能改變，重新來過，找到生命的意義，或許也能找到共享的伴侶？康妮？為什麼開始下墜？我不是不會死嗎？

時間重新啟動，瓦勒斯墜落，整個體重壓在套索上。繩子像擠牙膏的手掌那樣收緊，他這才知道脖子沒什麼抵抗力，繩子輕而易舉嵌進皮膚。與喀布爾見到的死因不同，他墜落距離太短不足以扯斷頸椎，只能等待窒息死亡，代表會死得很慢。瓦勒斯伸手抓繩索，可是箍得太牢了，纖維已經陷進肉裡。他只好繼續往上摸到頭顱後方抓住繩子，雙手扣緊撐起身體。雖然感覺繩圈不再緊縮卻也沒鬆開，而且瓦勒斯這才驚覺自己多重，手臂沒兩下就發痠發燙。他耗費大量時間上健身房、著魔似地鍛鍊以求達到工作所需，那份執著竟在此時得到回報——支撐到重獲自由，就有機會反敗為勝。

即使渾身顫抖瓦勒斯仍不放手。他健壯有力信念堅定，絕對不會放棄。如果放手讓體重壓在繩圈上，殺他的凶手就不僅僅是戴面具的男人，自己同樣有罪。無論多痛都得撐下去，抓緊繩子爬，爬上橫梁、爬到凶手無可奈何的地方。合氣道教會他主宰自己的身心，約翰・瓦勒斯絕不輕言放棄。

不過就像腿一樣，手臂也不那麼聽腦袋指令，最需要力氣的時候竟軟了。縱使他集中意志力要求肌肉忽略疼痛，兩條臂膀還是垂下來掛在身體左右。體重全壓在脖子，他雙腿亂踢，心裡明白已經沒有活路。我要死了。

坊間流傳的不對，瓦勒斯沒看見人生走馬燈，浮現在腦海的盡是他最痛苦的時刻：爸媽過世的那天。目睹阿富汗孩童死無全屍，他受不了決定回國的那天。還有康妮，溫暖甜美柔順的康妮，哭成淚人兒還是深愛自己的康妮。康妮當初說得沒有錯。怎麼讓她走了呢，瓦勒斯直到此刻才發覺自己多後悔。

視線順著滴落的淚水回到戴著面具的男子，對方站著不動，靜觀瓦勒斯的生命氣息一絲一絲被扼殺。他肺部像是著了火，塞滿的廢氣怎麼用力也排不出去，同時眼珠子不斷被向外推擠。對不起，對不起我沒能做得更好。

意識消失之前最後的感受是悔恨。腿停下來不踢了，身體順著慣性前後晃動，化作為生命倒數計時的鐘擺。

蒙面人在一旁凝視到瓦勒斯身體完全靜止，然後開始下個階段的工作。

2

瓦勒斯被椎心刺骨的感受喚回意識，這樣兇猛強烈的疼痛是他前所未有的體驗。想當年離開坎達哈❻在路上中彈，肩膀開了好大一個窟窿，但疼痛感居然無法與此相提並論。集中精神忽略痛覺，他發現自己躺在地板，身上堆著木頭、灰泥與瓦礫。木梁垮了。木梁垮了！歡欣鼓舞的情緒蓋過疼痛，九死一生的狂喜使他精神大振。

木梁掉在身上，正好逼出淤塞肺部的廢氣也打醒瓦勒斯。他第一反應是扯開脖子上的套索好好呼吸，溫暖舒暢的解放感立刻滿溢全身，是這輩子最令人陶醉的體驗。心臟撲通撲通將腎上腺素運到身體每個角落，這回四肢總算好好聽話，一邊解開繩圈一邊起身。房間裡沒別人，蒙面男不見蹤影。電話，報警，瓦勒斯大腦狂轉，衝出房門卻遇上蒙面殺手自公寓深處走出來。音樂淹沒兩人腳步聲，所以對方看見瓦勒斯也呆住，但他迅速回神採取行動，從長大衣底下取出武器——看來像是電擊槍。瓦勒斯不敢再給對方機會，得躲開！距離是保命關鍵，被接近就是死。邏輯簡單，實務不然，殺手堵住唯一出路，穿過那條走廊才能衝出公寓外門，外面留有教堂時代的大旋轉梯，連下兩層才能從大門離開建築。換言之瓦勒斯必須闖過蒙面男子，但對方手中有武器。不對，有別條路，瓦勒斯考慮清楚之前就先動了腿，可能會死和一定會死之間的抉擇並不困

❻ 位於阿富汗南部，該國第二大都市。

難。

他朝客廳大窗撞過去，聽著自己邊尖叫邊往下摔落兩層樓高度，背朝地面掉在前方花園修剪整齊的草坪。

雖說倫敦居民習慣見怪不怪、多可怕的聲音都試著不予理會，但他摔這下還是太響亮。瓦勒斯不想被發現，地點不對，想殺自己的人還盯著。意識中彷彿有團朦朧黑霧在擴散，他努力保持清醒，抬頭正好瞧見殺手從碎玻璃窗探頭，瞥了一眼就縮回。來追殺了。

意識裡那團黑霧變得更濃，精神越來越渙散，可是此時此刻他必須保持清醒。全身上下最疼的是胸口，瓦勒斯伸手一探，竟是堅硬濕潤的觸感——一根肋骨從傷口露出來了。他用力按壓，疼得要命，簡直像是被雷擊中。燒灼感驅散睡意，瓦勒斯驚醒之後搖搖晃晃起身，儘管全身劇痛還是跌跌撞撞穿過花園走入街道。

死神在後。思考，快思考。瓦勒斯以創意為生，但眼下並非虛幻的光影構圖，而是真真切切攸關生死。自己受了重傷，意識逐漸模糊，而且別說武器，身上連衣服和錢包也沒有。連滾帶爬到了漢彌爾頓山莊，他本想開口向鄰居求援，不過即便以倫敦標準，這住宅社區也是自掃門前雪到了極點，正常住戶不會在月黑風高的九月夜晚開門讓個遍體鱗傷神經病一樣的人進屋。

他鑽進埃博康街，順著緩坡朝梅達谷移動。熱鬧街道、橙黃街燈彷彿天使的心臟脈動。得救了，瓦勒斯暗忖。要是殺手覺得沒找錯人就會繼續追殺，但他顯然不想暴露身分，所以混進人群就能阻嚇對方。尖峰時段過了，梅達谷車流順暢，瓦勒斯回頭望向埃博康街，起初沒發現殺手，但隨即留意到有人迅速閃到旁邊花園圍牆後頭——被跟蹤了。恐懼也是種強心針，他趕緊振作起來，蹣跚走向公車站。雙層巴士剛靠站，乘客魚貫下車。瓦勒斯挨著車身等通勤者散去，搶在車門緊閉前鑽進去。不知道駕駛是否看見，反正沒阻攔，或許在這行待久了心裡有數，為車資和瘋子爭執可不是明智之舉。他擠出最後一絲力氣爬到二樓，前方車輛讓開，公車開始前進。他走到車廂後方找了座位跌坐上去，附近乘客瞟他一眼心生警戒都挪到前排。瓦勒斯當然無所謂，徑自靠著冷冰冰玻璃窗確認殺手是否尾隨。沒發現異狀，他總算稍微放鬆。公車沿著梅達谷前進，腎上腺素的熱力退去，瓦勒斯的意識沉進如同搖籃的黑暗。

3

甦醒時瓦勒斯腦海迴盪一個詞：自殺。過去好幾天腦袋就像萬花筒，但他知道自己反覆聽見同樣兩個詞：意圖自殺、自殺監控。他想解釋，但話說不清楚。世界彷彿旋轉畫筒一格一格播放，偶爾捕捉到的片段連接成假象。實際上瓦勒斯失去時間感，只知道出了什麼急迫重要的事情，每個人都緊張嚴肅。他無所謂，少數清醒時分像是被軟綿綿的白雲包裹，睡著了反而陷入各式各樣不同的惡夢。夢境太恐怖，顯得其餘一切都幸福美好。畫筒繼續旋轉，瓦勒斯在夢囈中漂流於生死交界，看護推床、護理師打針、醫生開刀、麻醉師要他倒數，燈光很亮，不鏽鋼很涼，隨著血液流動生命也繼續前進。生命，活著就是最大的快樂。被死亡窮追不捨以後怎麼過都覺得舒服，呼吸、眨眼、每個動作都是搏命得來的戰利品。半夢半醒間瓦勒斯模模糊糊認識周邊環境，還無法辨別時間也找不到意義。

直到再次清醒。真正清醒，瓦勒斯邊思考邊掃視病房，終於感覺意識與認知清晰了，暗忖應該是止痛藥劑量降低的緣故。他曾經接過去尼泊爾攝影的工作，待了三個月，在那裡熟悉了鴉片，此刻身體深處有同樣的戒斷感。

直立百葉窗遮掩穿透霧面玻璃外的陽光，單人房看上去十分普通：電動床、擱在角落的輪桌、點滴架掛著塑膠包，裡面裝有透明液體，管子連接到插在手臂的針，然後是心跳儀、壁掛電視機，還有一位老太太。瓦勒斯多看兩眼確認，老太太面露微笑，坐在病床對面倚著牆的矮椅，身上是花朵圖案毛衣與一襲長黑裙，手中有本愛德華．吉朋著作《羅馬帝國興衰史》。她笑容可掬，眼睛睜得很大，目光中同情憐憫幾乎溢出來。我認識嗎？瓦勒斯在記憶裡對比長相，想不出這人是誰。

「感覺如何？」老婦問。

「還可以。」他喉嚨很乾，聲音沙啞。

老婦起身，從輪桌的塑膠壺倒了一杯水。「他們說過你開口會不舒服，」她將水遞過去，「潤潤喉吧。」

瓦勒斯點頭致謝啜飲一口，卻立刻覺得喉嚨卡住，比以往有過的扁桃腺炎經驗都更慘。他忍不住暗罵一句，眉頭緊蹙將水杯遞回給婦人。

「慢慢來。」對方將杯子放回桌上。

「警察……」瓦勒斯講話很吃力，而且止痛藥退了以後身上冒出一股灼燒感。

「不不，我只是志工，會幫忙看著比較……」老太太遲疑兩秒斟酌用詞，「不穩定的病人。」

自殺監控是這意思。真是的。瓦勒斯朝對方搖頭。

「報警。」他重複一次希望對方趕快理解，感覺喉嚨撐不住了。

「啊，」志工奶奶訝異叫道，「是要找警察來嗎？沒問題，我去跟護理師說。」

能夠這麼疲憊瓦勒斯自己也嚇到了，才說幾句話就精疲力竭。老太太出病房以後不久他又闔上眼，察覺有人輕觸肩膀才回神。努力了一會兒眼睛才對到焦，認出其中一張臉在昏迷時的旋轉畫筒裡出現過，應該是醫師。

「瑪麗說你醒了，」醫師開口，「我們想問看看你記不記得自己名字。」

醫師沒掛名牌，瓦勒斯目測認為對方四十多歲，南非腔調很重，嚴肅不親切的長相挑起他的恐慌，於是指指腦袋搖頭示意。

「記不起來嗎？」

瓦勒斯點頭。

「怪了，看起來沒有神經創傷。」南非口音醫師繼續說，「你身上沒事的部位可不多，腿和背嚴重挫傷，三根肋骨折斷，其中一處複雜性骨折，鎖骨、腕骨也裂了，頸部撕裂傷再加上氣管塌陷。」

他聽了目瞪口呆。

「能活下來運氣就很好了。」醫師盯著瓦勒斯，神情顯得困惑。「我幫你排個磁振造影，免得漏了什麼。」

他微笑點頭。

「警官來了在外頭，可以見嗎？」

雖然脖子有傷，瓦勒斯盡可能用力點頭。

「需要幫忙的話按那個。」醫師指著病床邊一條電線連出來的按鈕。

瓦勒斯微笑揮手，醫師離開後片刻門又打開，西裝皺巴巴略顯邋遢的年輕黑人進來。

「你好，我是偵緝警佐貝利。聽醫師說你不記得自己名字，那有適合的稱呼方式嗎？」警佐身材高瘦，偏偏臉頰圓潤有點稚嫩感，外表頗有親和力，實際上可就未必。他剃了平頭，或許是藉此營造一點威嚴形象。

「約翰。」瓦勒斯啞著嗓子回答。

「約翰？好的，約翰，我能幫上什麼忙？」

他招手請警官靠近。講話也會痛，所以能不重複最好。貝利湊過去，瓦勒斯觀察發現這人目光如電閃爍著聰慧。

「有人想殺我。」他低聲解釋。

「嗯，有人想殺你。」貝利語調裡的質疑十分顯著。

瓦勒斯不由得有些氣惱，但忍著痛繼續說：「穿著防彈衣的人。」

「抱歉，無意冒犯，」警官再開口就是這句話。瓦勒斯推敲他二十好幾，處在年輕有幹勁卻也成熟謹慎的年紀，應該明白很多事情不能只看表面。「可是呢，雖然病歷是隱私，但我當警察也不是一天兩天而已。只要多和護理師聊天、買個飲料請她們，就能打聽出不少檔案裡頭沒有的資料。根據她們說法，你的傷勢看起來像自殺，或許是過程中出了差錯引發恐慌，最後昏迷在維多利亞站被發現。」

當時瓦勒斯是想銷聲匿跡，殊不知坐到總站還沒乘客報警。他只能在心裡聳肩：倫敦吶，人人只想明哲保身。

「有人想殺我。」瓦勒斯反駁，嘶啞的聲音聽起來兇惡得不大像人類。

「這種狀況我處理不多，」貝利回應，「但聽說滿多當事人覺得尷尬，不想承認自殺，所以會說『我不知道自己為什麼跑到列車前面，應該是滑倒了吧』或者『我算錯藥丸了，原本要吃兩顆卻吞了六十顆呢』之類。」

貝利朝病床上的瓦勒斯擠出微笑。他萬萬沒想到第一關是說服警察。

「沒自殺，是謀殺。」他繼續扯著嗓子說，「工作到一半有人敲門……」

可是瓦勒斯又開始意識模糊，胸口一緊，腦袋輕飄飄有點暈，心臟跳得厲害，手掌冒出冷汗。只不過回想事發狀況就足以引發恐慌反應，瓦勒斯心上又蒙了一層霧，思考逐漸與現實脫軌。

貝利湊近，「你還好嗎？」

瓦勒斯點頭又搖頭。別抵抗，深呼吸。他專注在吸氣吐氣上，放慢、吸飽，放慢、吸飽。胸口那股緊繃消退了些。

「我死過一次了。」瓦勒斯低語，「會在這裡純屬僥倖。」

「從頭來過。」貝利態度改變，從諷刺質疑轉為認真專業。「你真的忘記名字了嗎？」

瓦勒斯遲疑了。他看過《教父》很多次，明白醫院是二度下手最好的地點，被追殺時曝露行蹤十分危險。但貝利已經拿出紙筆等他說真話。

「答應我不會說出去。」瓦勒斯小聲道。

「筆錄都會保密，除非遭到逮捕才會歸檔。要是被逮捕，你也甭擔心了吧。我不會說出去，你很安全。」貝利安撫。

「約翰·瓦勒斯。」

「地址？」貝利又問。

「聖約翰伍德區漢彌爾頓山莊六十一巷四號樓。」

貝利輕輕吹了下口哨，「高級地段。在哪兒工作？」

「世界各地。我是攝影師。」

「喜歡這份工作嗎？」

瓦勒斯瞇起眼睛沒好氣道：「我沒自殺。」

「一個人住？」貝利繼續問，他點頭。

「描述一下事發經過？」警官語調柔和了些。

瓦勒斯又遲疑，心思回到那夜就觸發恐慌。

貝利伸手按著他肩膀安撫，「沒事，你很安全。」

「十點，」瓦勒斯開口，「工作，上傳照片，有人敲門。」

「大樓有沒有對講機？」貝利打斷。

瓦勒斯點頭。

「但是你沒開大門？」

瓦勒斯又點頭。

「所以是鄰居開了大門，或者他有法子侵入。」貝利分析之後陷入沉默。

瓦勒斯繼續，「開我家門，沒看到人，臉被噴霧，昏了。醒過來，被蒙眼，手腳綁住。繩圈……」他聲音本就沙啞，哽咽之後根本聽不見。

「別怕，」貝利小聲鼓勵，「我想知道怎麼回事。」

瓦勒斯揉揉紅了的眼睛努力鎮定情緒。「繩圈套上脖子，」他悄悄道，「被逼著站起來才拿掉眼罩。」

「看見對方了嗎？」

瓦勒斯搖頭，「一開始沒有。他給我鬆綁，要我上椅子，這時才看到。黑面具、黑衣服、黑護目鏡。圓形鏡片，眼睛遮住了。長版大衣，像超級英雄。」他邊說邊回想自己冒死觀察得到的線索。

「沒看見臉？」

瓦勒斯搖頭。

「身高和體型有印象嗎？」貝利接著問。

「六呎（約一八三公分），或許再高一點。魁梧。」

「有沒有說話？」貝利問，「解釋為什麼想殺你？」

瓦勒斯搖頭。「他只是……」雖然試著回憶，但壓在胸口的恐懼感實在太沉重，喉頭鎖死了連呼吸都極度吃力。

「沒事，沒事。」貝利輕按他肩膀，「別怕，安全了。」

瓦勒斯努力壓抑，但恐慌感沒有邏輯，縱使理智知道現在沒什麼好怕，內心深處那股衝動就是不受控制。哺乳類延續數百萬年的求生機制很簡單，一察覺危險就恐慌，當下決定是戰是逃。然而躺在病床的傷患連逃都沒得逃，所以再怎麼理性也無法對抗古老原始的反應。

「抱歉。」他啞著嗓子說。

「別在意，」貝利表現出真摯的同情，「慢慢說就好，不必急。」

瓦勒斯不知道自己躺在床上多久沒講話，只是盡力平復生死一線間造成的巨大恐懼。

「他踢開椅子。」好不容易稍微鎮定了，瓦勒斯終於開口，「我吊著，想拉自己上去……」

說到這兒又一陣慌亂情緒，貝利見狀投以更多耐心與憐憫。「想拉上去，」半晌後瓦勒斯繼續，「撐不住重量，鬆手了。」

想到自救不得他大感窩囊狼狽，性命操在自己手中竟然就那麼放開。害怕、羞恥、悔恨一股腦兒湧上來，他無法克制就在病床上啜泣起來，哭得眼睛又紅又疼喉嚨發燙。但他也知道當務之急是說服警察，趕緊出院找到罪魁禍首。憤怒掩蓋其他情緒，瓦勒斯找到動力支撐自己。

「昏過去，醒過來，梁斷了。起來拉掉繩子，殺手回來。」

「他還在公寓裡？」貝利問，瓦勒斯點頭。「怎麼會呢？他應該以為你死了吧。」警官語氣困惑。

「他擋住路，拿東西出來——電擊槍吧？打不贏，我跳窗。」

「你是跳窗逃走的？」

「兩層樓。殺手追過來，我逃上公車，安全了，被送到這兒。」

貝利聽完思索一陣又開口：「想得到為什麼有人要殺你嗎？」

瓦勒斯搖搖頭。

「前女友？生意談判破裂？還是以前和黑幫、罪犯有牽扯？」

他還是搖頭。「交往不多，獨居，個人工作室，電影海報為主，沒什麼特別。」

「最近有惹到誰嗎？」貝利追問。

「沒有。」瓦勒斯微微呻吟後想起一件事，「出席過丹寧調查案。」

「難怪覺得你名字很耳熟。」貝利嘆道，「覺得有關嗎？」

「時間很久，」他回答，「案子結了，對軍人不構成威脅。對誰都不。」

「嗯，」貝利沉吟，「我想辦法查查看，會先問問你鄰居，或許有人看到聽到什麼。要幫你聯絡誰嗎？」

瓦勒斯搖頭，暗忖等到腦袋清楚、知道蒙面殺手是誰再說，否則盡量不要與人會面，也不能輕信任何人。

「要我告訴院方嗎？」貝利又問。

「不要。」

「會這麼問是因為你目前受到《精神健康法》管制，醫師認為你有自殘可能。讓他們聽聽你的說法，或許評估結果會有不同。」

瓦勒斯苦笑，「不相信我？」

「看得出你確實有一番痛苦經歷，不過我的職責是查清真相。」貝利回答，「你說的事件經過我會仔細確認。」

瓦勒斯輕輕聳肩。目前處境不能奢求太多。

「所以，要告訴院方嗎？」

「不，別說出去，比較安全。」

「我之後再來，」警官走向門口，「你保重身體。」

望著年輕警官背影，瓦勒斯意識到自己的信賴與生命全交到陌生人手上，只能一邊祈禱有個好結果，一邊按下呼叫鈕。好想睡，但需要護理師幫忙，無論之前用什麼藥趕快加滿。都躺在冰冷病房了，他不想再回憶自己如何被吊死。

4

女孩的腳趾勾起瓦勒斯的回憶，很像以前他在卡奈克[7]拍攝的照片。每根腳趾的三節趾骨很明顯，排列得歪歪曲曲，交會於過去、被未來侵蝕。她顴骨突出，幾乎能以銳利形容，皮膚蒼白佈滿斑點，眼窩凹陷黑了一圈，細軟金髮糾結塌落覆蓋大半張臉，身材消瘦得充滿稜角，上有清晰鎖骨襯托脖子纖細，下有堪比球根的腳踝。女孩名叫海瑟，輪到她講話，瓦勒斯沒有專心聽。聽她說故事很多次了，再聽不過如此，不如從那種病態扭曲的美麗中找到意義。海瑟瘦得能數出一根根肋骨，彷彿鐘琴琴鍵彎曲成弧，隔著白色薄上衣若隱若現，叫人看得心頭一凜。她手肘膝蓋裸露，瘦得皮包骨，兩根橈骨沿前臂延伸到防汗腕帶。海瑟緊張時偶爾有個小動作是拉腕帶，於是瓦勒斯瞥見藏在底下的白色疤痕。她是世上最悲哀的女孩，心靈太過脆弱無法感受幸福，卻又太過堅強無法選擇離去。天生的不快樂？還是靈魂被人生風雨折騰損耗，只剩下悲戚？瓦勒斯望向那雙動不停的唇。她訴說心事，卻說不出真正理由。望進海瑟眼睛，黑眼圈與紅眼眶下埋藏了真相：痛楚。生命對海瑟而言只是痛楚，她困在其中無法抽離，只能不斷說謊哄騙別人。或許她相信自己有機會好起來，但更大可能是她不敢對醫生坦承心中的黑暗有多大，否則絕對不可能出得了院，也就沒機會再一次嘗試永遠離開那份痛。

有團體座談，代表當天是週二或週四。瓦勒斯最近常分不清星期幾。團體裡有五名心靈受創的病人，加上他就六個，連醫生也算進去變成七個。泰勒醫生鬈髮閃耀，襯衫平整，皮鞋光亮，萬寶龍鋼筆與古馳眼鏡在在凸顯其理智清楚，彷彿文明社會認證他作為功能完整的一員。但瓦勒斯知道真相，身為團體裡唯一稱得上清醒的人，種種跡象他都看在眼中：醫生問話的猶豫、眼神的懷疑、語調的畏懼。泰勒那張嘴比海瑟更善於掩飾，然而瓦勒斯看得很清楚，他的心和病人們傷得一樣重。理所當然，真正理智的人怎會願意每天被如此深邃的悲傷包圍？倘若他相信在場眾人有救，那絕對已經瘋了。這是瓦勒斯第五次，不對，第六次——*要找回時間感*——參加團體諮商，所以很肯定海瑟等人根本無藥可救。其中相對輕微的幾個或許修得好，但頂多就是勉強回歸社會，苟延殘喘幾年。她們在小房間分享的心路歷程對瓦勒斯而言是難以承受之重，泰勒怎可能不為所動平靜無波？滿口白牙的穩重笑容、滿腦袋專業知識其實都無用武之地，以為自己救得了他們才是真正的瘋狂。

之前討論中泰勒還責怪過瓦勒斯。第三次。*沒錯，就是第三次。約翰你得盡快回復時間感。*醫生說他不得不點出瓦勒斯缺乏參與感，還長篇大論解釋了為什麼保持距離不是好事、迴避問題會引發更多問題等等，可是瓦勒斯沒聽完心就飄走了。*距離，疏離，*以前也聽過，出自一雙柔軟的唇。起初康妮能忍耐，學會接受瓦勒斯遁入心靈世界、對周遭不聞不問的漫長空白，可是她越是寬容越是靠近反而發現瓦勒斯縮得越深。與人接觸只會帶來痛苦，這房裡的人是血淋淋鐵證。

瓦勒斯發現自己越來越難掌握諸如真相或身分之類的抽象概念，生命缺乏脈絡漂浮無依。本意該是治癒病人的環境卻造成心靈失去錨點。住院後他被餵食一堆藥丸，放在碟子上像小型俄羅

❼ 埃及底比斯的古老廟宇，有許多古代雕像。

斯方塊，進了肚子全部拼在一起，生效之後改造出一個幸福快樂的約翰・瓦勒斯。泰勒解釋過每種藥物對肉體與心智的作用，可是記憶中那次對話好遙遠模糊，細節想不起來。瓦勒斯腦內小劇場銀幕破裂褪色、音響低沉平板，瑣碎語句難以辨識。是藥物造成他心不能定？先將心靈蝕解成一團軟爛，才有空間讓泰勒醫師重塑出清醒與完整？

陰鬱、空虛，瓦勒斯告訴自己：陷進去就完了。受到藥效影響的心靈無處可去，但其實四星期之前的你和現在的你並無二致。問題在於瓦勒斯感覺得到不同，有個人想殺他，他一闔眼就看見那副面具，每天睡覺都夢見自己的死期。夢境與現實有唯一一項差別：夢裡他死了，不是乾淨無痛的死，死之前得複習生命中最痛苦的時刻，過去種種悔恨不僅重新上演還被惡夢放大。醒了去盥洗，鏡裡瞧見的面容感覺根本不是自己。瓦勒斯沒讓醫院理髮師服務，頭髮和鬍子恣意生長，幾星期了——三？四？四週沒錯——現在外表狂野不羈。盯著鏡子，他最希望能逆轉的是眼睛。相比凹陷雙頰、蒼白皮膚和滿臉心神不寧，與海瑟一樣訴苦的雙眼更令他不習慣。瞳孔彷彿黑色冰山露出尖峰，水面下埋藏更多更深的混沌晦暗。過去的身分、言行、信念和認知——全都是虛構。死亡，頸上的繩圈，嚥下的最後一口氣，這才是真實。

「還好嗎？」瓦勒斯聽見不是自己的聲音。泰勒醫師探身過來，臉上一副很關心的樣子。或許他從事心理醫生就是這原因：被壞掉的人包圍，才能覺得自己正常。「約翰？」

瓦勒斯瞥見海瑟望過來，眼神閃著憐憫。他伸手往臉頰一摸，竟摸到淚水。

「對海瑟的故事有共鳴？」泰勒溫和的語調裡關懷滿溢。

他掃視小房間，旁邊還有試圖在車庫以廢氣毒死自己的羅尼、想服藥自盡的緹娜與肯恩、跳橋失敗坐輪椅的馬汀。一個個都是人生破碎的可憐鬼，現在眼裡竟充滿誇張的同情，其實根本是慶幸泰勒轉移目標。為了讓醫生繼續糾纏瓦勒斯，無論他說什麼這群人都會拍手鼓勵。

「沒事。」瓦勒斯回答。他沒打算敞開心胸，對泰勒和盤托出的時機未到。自己流淚是察覺心裡有條自怨自艾的長河，看不見盡頭，沖刷著內疚、悔恨與對存在的焦慮。的確都是心理創傷徵兆，但瓦勒斯不想和這群人討論。看著這群自盡不成的人，瓦勒斯有了另一番體悟：他不一樣，他沒自殺過，要他性命的另有其人。即使身心受創、精神瀕臨崩潰，與病友的差別在於他沒壞，不必堆滿笑臉的醫生來幫忙，靠時間就能痊癒。

「真的嗎？」泰勒質疑，「都五個星期過去了……」

五？怎麼可能，明明才四週，瓦勒斯猜測泰勒是不是刻意試探。

「……而且你到現在還沒和大家分享過，」醫師繼續，「通常最多八次我就會堅持必須說一點自己的故事。約翰你已經第十次嘍，我們連你全名是什麼都還不曉得。」

「叫我約翰就好。」他暗忖自己可是暗殺目標，沒掌握行凶者身分前不能洩露真實身分，「你知道我還不能說本名。」

泰勒表情好像想要翻白眼，但專業素養克制住不得體的反應。「我懂你說不能公開的理由，但警方調查結束之後我們還是會知道，如果有必要甚至會申請資料。身分能夠建立生命脈絡，幫我們判斷怎樣協助你效果更好。」

瓦勒斯淺笑，「不必協助我，我不屬於這個團體。」

「約翰你總是這樣說，」泰勒又反駁，「但是你一丁點自己的事情都說不出口，要我們怎麼相信？」

瓦勒斯環顧四周。為什麼不願意對這群陌生人隨便講點事情？羅尼關在車庫吸一氧化碳太久，雙目無神、動作緩慢彷彿不具意志，手腳胡亂擺動的模樣像是大腦控制不了肢體。和這樣一個無可救藥的人分享生命經驗能期待什麼反饋？瓦勒斯又沒自殺，和在場眾人身處截然不同的世界。

「我沒什麼想說。」於是他這樣回答。

泰勒臉上閃過失望。意志不堅定的人可能承受不了罪惡感，逼自己擠點東西取悅醫師，但瓦勒斯早已看穿對方操弄人心的手法，滿臉不在乎回望過去。

「下次好了，」泰勒退讓，「海瑟，妳繼續吧？」

海瑟也是一臉失望，不過她欠缺瓦勒斯對付醫生的決心，善於撒謊的唇又緩緩動了起來。瓦勒斯思緒聚焦在如何不洩露身分離開這鬼地方，何況報上姓名也得提出證據才能取信於人。他試著回想當初來醫院問話的警官是誰，可是腦袋受到藥物影響朦朦朧朧一直想不起來。如果泰勒說的時間正確，也就是入院已經五週，那幾乎不必指望警官會回來，恐怕與大家一樣認為瓦勒斯是自殺未遂，不會認真追查。他得靠自己。

貝利被愛莉罵了一頓倒也不以為意。科技進步了，鑑識組的責任是支援調查部門，該做什麼做什麼，包括前往顯然是自殺案的現場蒐證。沒找到新線索，愛莉埋怨他浪費小組時間。操……要操也不找她，貝利轉念心想愛莉就是個宅女，大半時間躲在室內，皮膚白得不健康。他喜歡熱情勢黑的女性，雖然過去交往時間都不長但至少讓生活很有趣。

貝利將Vauxhall[8]轎車停在漢彌爾頓山莊的住戶車位，下來才意識到左右分別是Range Rover和Bantley，自己的平價車格格不入。成長於斯特里漢姆[9]的他也夢想過當個有錢人，可惜這輩子沒希望，他一邊這麼想一邊穿過人行道，沿著黑白瓷磚路尋找漢彌爾頓六十一巷。寬闊馬路綠樹成蔭，紅磚教堂改建的公寓在這裡已是最低調的建築，比方說隔壁高聳圍牆厚重鐵門的後頭是座白色豪宅，窗戶全是不透明天藍色，想住進去至少要拿出兩千五百萬英鎊。貝利看得十分嫉妒，但安慰自己說：住在哈克尼[10]那種社區不必擔心被闖空門、有人溜進臥房、拿刀架著自己脖子把財物洗劫一空等等情節。但話說回來，有選擇權還是很不賴，買個房子就丟掉兩千五百萬英鎊也是另一種自由，何況白色宮殿的主人花那筆錢恐怕不覺得荷包縮水，世界上有些人就是錢太多。計較是貧窮的開始，貝利記得他們一群晚輩抱怨人生不公平時祖母總是這樣勸告。

他專注在眼前的工作，還有一個證人要訪談。這個月貝利已經拜訪三次，首先概括調查是否有人聽見看見什麼異狀，再來訪問了住在地下室的銀行家史提夫．肯特、租一樓的威爾森家以及住二樓的里凡夫婦。還沒聯絡上的是蕾歐娜．施泰爾，她住在瓦勒斯正上方，聽里凡太太說是以表演為業，事件發生後沒幾天就出差到杜拜去了，大概十月底才回國。至於別棟樓，貝利詢問了

[8] 英國汽車品牌，相對平價。
[9] 位於大倫敦南部。
[10] 位在大倫敦中部。

六十一巷內左右兩間，但都只找到管理人員，他們表示屋主不在國內。的確，有錢人不會在倫敦過冬，自古以來富豪地主就瘋狂逐日，差別是現代版圖擴大到全球。

所有住戶與管理人員都說沒發現異常，換言之瓦勒斯很可能只是妄想。不過貝利二度到訪是與愛莉團隊一起行動，鑑識組小心採集證據時他觀察了坍垮的屋梁，暗忖是否真的有人自殺失敗成這樣還能再接再厲。上吊不成立刻轉身跳窗而出，需要的狂勁不是一丁點而已；瓦勒斯情緒波動是很大，但不像失去理性。

縱使最後鑑識組找不出證據推翻自殺論點，貝利心頭揮之不去的直覺是瓦勒斯沒說謊。他表現得太恐慌，應該是真心害怕被追殺，也因此貝利才會在一星期過後選擇三度造訪此地並且實際走動，勘察六十一巷公寓的牆壁、花園、附屬建物等等，導致比較警覺的住戶與保全都過來關心。即便如此還是一無所獲，屋內屋外都找不到有人入侵的蹤跡。愛莉有點得意地表示鑑識組判定約翰．瓦勒斯就是自殺未遂，上吊卻遇上屋梁塌陷，於是跳出二樓窗戶尋死。可是貝利認為瓦勒斯沒撒謊，於是決定等待最後一個證人，看看證詞是否能與瓦勒斯的說法對上。

他上了階梯按下四號四樓電鈴，盯著鏡頭露出微笑。一個聲音傳來：「請問哪位？」

警官朝攝影機高舉證件回答：「施泰爾小姐，我是偵緝警佐貝利，之前打電話聯絡過。」

門咔嚓一響，貝利伸手推開，走進木鑲板前廳對著兩側鍍金框鏡子檢查儀容。好幾百個倒影回望，都是年輕強壯自信的黑人形象，與他性格相符。外表滿意之後，貝利穿過威爾森家門口，踏著鋪了地毯的階梯一步兩級迅速向上。他的腳步聲大都被厚重綠色纖維吸收了，代表侵入這棟住宅不被聽見沒有想像中困難。上了一層，他留意到里凡夫婦住處正門的窺孔由明轉暗，片刻之後門打開。里凡太太是個滿臉皺紋、蓬鬆鬈髮、態度十分和藹的老奶奶，臉上堆著笑。

「你好啊，貝利警官，」她開口，「有約翰的消息嗎？我們挺擔心呢。」

「醫生說沒大礙，」貝利回答，「只是要再觀察幾天。公務在身，我先走一步。」

「有什麼消息記得告訴我們喔。」里凡太太朝著繼續前進的貝利叫道。

貝利站在階梯回頭一看，老太太已經關上門，聽聲音應該上了兩道鎖。她曾經表示事件發生之前就很注重居家安全，因為閒在家裡常常看報紙，很清楚粗心大意會有什麼結果。自殺？——謀殺？——貝利最後決定姑且稱這案子為殺人未遂，事情發生那一夜里凡太太也在家，她說聽見很大的音樂、一些砰砰咚咚聲，但直到屋梁塌落才覺得不對勁，轟然巨響害她以為房子要垮了。後來聽見玻璃碎裂，往窗外探頭看到約翰．瓦勒斯近乎全裸衝向埃博康街。可是她沒發覺外人進來，也沒任何跡象顯示約翰．瓦勒斯家中有別人。

繼續往上，看見瓦勒斯住處外門，暫時以掛鎖和封條警告外人不得隨意進入。貝利先前打過電話到梅伯里醫院詢問瓦勒斯近況，負責醫師泰勒不肯透露病人病情，只表示歡迎警官過去探視。然而尚未確認瓦勒斯是真的暴力犯罪受害者抑或只是活在妄想裡，貝利目前不想直接對話。

來到建築物最上層，因為是教堂翻修，屋頂朝著頂點緩緩傾斜。

穿出樓梯間，看見蕾歐娜．施泰爾住處門沒關緊，門縫飄出一股甜香。貝利還是敲門，「哈囉？」

「請進。」應門的聲音十分溫柔。

一進去是條明亮走道，兩扇門滲入光線。右手邊通向廚房，木頭地板與矮櫃組為主；正前方房間也是木頭地板不過鋪了地毯，格局與瓦勒斯那邊相似，但裝潢風格迥然不同。走廊上最顯眼的裝飾是一張大圖相片，畫面上兩個裸女肢體交纏狀甚親暱。貝利不知這風格是否有個名詞。黑白影像加上過曝處理，眼睛只能捕捉到輪廓，細節大多朦朧夢幻，兩女的擁抱因此多添一分神祕感。鮮紅色牆壁上還有十數個裝框的黑白照片，主角是同一位女性穿著琳瑯滿目的異國服裝，臉妝總濃得看不清真面目。秀服與妝容十分精緻，有滑稽的孔雀、嬌媚的妖魔等等，貝利看得目不暇給。雖然姿態從未跨過情色界線，他卻覺得極其誘惑。

「這兒。」聲音從客廳那頭傳來。

進去一看，偌大空間中央擺著裁縫用人體模型，身上披著的東西像新娘禮服拖著白色長尾，只是實在太長了，繞圈圈捲起來還是幾乎佔據所有能走的地方，尚未縫完的最後一角停在樣貌怪異的年輕女子手中。之所以怪異，是因為頭顱一側剃光且有刺青，另一側卻又是赤褐色光澤亮麗的微鬈髮。蕾歐娜．施泰爾應該天生是個美人胚子，然而極度不對稱造型導致一般美感概念不適用，無論如何貝利看得著迷。她從古董椅起身，小心翼翼將禮服下襬擱在椅子上，身上碎花茶歇裙前襟開到上腹、裸露大半具胴體。貝利不想盯著看也來不及收回目光，已經瞥見對方雙峰間紋了玫瑰花圈圖案。蕾歐娜踏過貝利此生僅見最大張的波斯地毯過來伸出手。

「幸會，警佐，」她開口，「我就是蕾歐娜．施泰爾。」

「幸會。」觸到蕾歐娜的手，貝利心裡一陣小鹿亂撞。她沒緊握，但仍能感覺到手臂力氣不小。

「抱歉這兒亂七八糟。很想找張椅子給你坐，但為了工作方便都搬開了。」

貝利目光回到禮服，「有人辦喜事？」

蕾歐娜先一臉困惑，隨後恍然大悟。「唔，不是，」她微笑以對，「這是表演用的，我所有秀服都親手縫製。」

「里凡太太說妳表演空中鞦韆？」貝利又問。

「空中鞦韆、走鋼索、噴火，都是些會出人命的事情。」蕾歐娜淡淡道，「這件衣服是給音樂影片用的，想塑造郝薇香小姐⓫那種氛圍。最後整件衣服都要點火，我會得到解放，成為獨立自主的女性。也可以說是從衣服中解放吧，反正每次都會『因為創意上的理由』讓我只剩下內衣褲。」

完全打中貝利了，刺激、風趣、聰明的女人。客廳牆壁全白，但懸掛的相框顏色顯眼，裡面照片或圖畫是不同時代的馬戲團場景。從那些狂放意象中，貝利清楚感受到蕾歐娜對自己行業的崇敬。

「約翰怎麼樣了？」沉默太久，蕾歐娜率先出聲。

「約翰？」貝利陷進白日夢，夢裡他和蕾歐娜不但結婚還兒女成群，大家一起在馬戲團演出。

「我的鄰居呀？你過來不是因為他的緣故？」

「啊，對，抱歉。約翰．瓦勒斯，嗯。」貝利提醒自己得表現像樣些，「出事那天夜裡妳在家嗎？」

⓫ 狄更斯作品《遠大前程》（又譯為《孤星血淚》）的角色，在祭壇前遭到遺棄之後堅持後半生只穿婚紗。

蕾歐娜點頭，「是我去杜拜工作前幾天，那時候也在做服裝。」

「內衣褲？」貝利開玩笑道。

她笑著搖搖頭，「杜拜可不行，那邊講究莊重。」

貝利又在心裡罵自己：別說冷笑話，平常心看待。「妳和瓦勒斯先生熟嗎？」

「還算熟，出去喝過幾次酒，也給他當過幾次模特兒。」

「他似乎頗有名氣。」

「是啊，以前拍戰地照片，精神壓力太大才回來。後來主要給電影或大型電視節目做靜態宣傳照。」

「妳認為是不是自殺？」貝利單刀直入。

「不是。」蕾歐娜也回得乾脆。

「戰爭造成的心理陰影——」貝利接著道。

「在阿富汗看到的場面確實挑動他的敏感神經，」蕾歐娜打斷，「後來捲進調查案也壓力很大，不過他都熬過去了。」

「那天晚上有沒有看到或聽到什麼不尋常的地方？」

蕾歐娜搖頭。頭顱右邊刺青是一隻老鷹，爪子扣著玫瑰花。「事發前幾分鐘音樂開得很大，我起初也沒在意。」

「他平常也會吵到鄰居嗎？」貝利問。

「不會。約翰大都自己過自己的。」蕾歐娜笑道，「偶爾是會放大音量找情緒。」

貝利聽不太懂，眼神示意請她解釋。

「為工作的案子找情緒。」蕾歐娜說，「所以那天我也以為他在準備接下來的拍攝工作。約翰說過挑對音樂能激發靈感。」

「有看見什麼人嗎？」

「就約翰而已。聽見巨響以後我跑到窗口，發現他朝大馬路狂奔，好像沒穿衣服。」

「妳住這兒多久？」

「四年了。是我父親買給我的二十一歲生日禮物。」

明知道不可能，但這下子貝利更想和她生孩子。美麗風趣加上家裡有錢，樂透頭彩等級。

站著觀察蕾歐娜的同時，貝利留意到對方神情細微轉變。最適合的描述大概是「習以為常」——她習慣被注視，很可能也習慣男性受到吸引、並且在貝利身上看見那些跡象。即使只是微乎其微的變化，現場權力關係已經倒向她。穩住啊，笨蛋，貝利心裡吶喊。

「抱歉幫不上什麼忙。」蕾歐娜說完緩緩朝著門口移動。

「別客氣，妳提供不少訊息。」貝利一邊回應一邊跟過去，假裝東張西望，腦袋想著如何約她出門或至少找藉口再來訪，但舌頭頂著嘴巴頂端口乾舌燥吐不出話。該死！千載難逢啊。

最後他吞口口水擠出聲音：「我——」

「我很喜歡這張。」蕾歐娜又打斷他，手輕輕撫著走廊牆上巨幅照片的框。「是約翰拍的，確實捕捉到屬於我的神韻。」

貝利好好重新看一遍。這回忽然注意到熾烈過曝之中仍有個小地方異常清晰：其中一名女子頭顱側面有圖案。好像是隻鳥？老鷹抓著玫瑰。他像洩氣的皮球無話可說，這照片之所以動人就在於展現愛侶之間真正的親密與溫柔。

「的確很棒。」貝利無奈答道，暗忖自己一開始就毫無機會。「謝謝妳的配合，施泰爾小姐。」

「還有我能幫忙的地方可以直說。」蕾歐娜還是留下這麼一句話。

「應該就這樣吧。」貝利推開前門，「再次感謝。」

踏上外頭的地毯，聽見關門聲他才敢回頭。苦笑之中鬆口氣，方才差點糗大了。不過世上仍有令自己心蕩神馳的女性，光這點就值得慶幸。轉念以後貝利邁步下樓，慢慢忘記險些失態的尷尬。

5

每天的開始，雙目後方傳來熟悉的灼熱感，久而久之也就習慣了。瓦勒斯覺得腦袋很緊，像被人塞進真空包裝。精神科藥物造成很大負擔，總有種宿醉嚴重的難受。揉揉眼睛，已經五個星期過去，瓦勒斯大感不可思議，還以為自己對時間掌握得不錯。或許是泰勒刻意測試他，能指出醫生錯誤代表神智清明。可是不對，照醫生那種乏味的思考邏輯，他想不出這麼細緻的手段。瓦勒斯不得不認真考慮自己精神錯亂的可能性。

身子一滾，他翻起來坐在小床邊緣，身邊所有器物都設計得極致安全，身上天藍色睡衣、底下層狀防尿床床墊都包括在內。梅伯里醫院提供最安全也最單調的環境避免刺激支離破碎的心靈，不過住院病人少了生命該有的起伏也就像是失了根，何況腦袋昏沉更容易放下一切，隨著光陰載沉載浮。瓦勒斯下床，床架也是玻璃纖維一體成型，拆不出木板或鐵釘作為武器讓人趁夜殺出去。他掌心按著牆壁，望向窗戶想伸展一下肩膀。窗遮得等到七點半才打開，而且嵌在兩片玻璃中間不讓病人碰觸。厚重玻璃扭曲外面花園景象，光溜溜的樹枝變得更歪斜，行經的路人放大又縮小彷彿身在哈哈鏡內。

瓦勒斯自己的倒影也很不真實，像是化了妝，亂糟糟的大鬍子和黑髮很突兀，湛藍眼珠被玻璃映照成兩團黑色凹陷，本就高挺的顴骨更明顯。他站直了摸摸軀幹，指尖能夠清楚數出一根根肋骨，可想而知瘦了不少。之前他算是精壯，身高六呎出頭，現在大概會被人覺得像竹竿。低頭觀察腳趾，變得和海瑟一樣，趾骨輪廓清晰浮現在皮膚底下。或許梅伯里醫院就是這樣：解構一個人，只留下骨架，讓泰勒醫生重新填滿上色。瓦勒斯心裡提醒自己多吃點，他不想被重組，目標是離開這裡，查出殺手究竟何方神聖。

用同樣是玻璃纖維的馬桶方便完，在旁邊臉盆洗臉洗手，瓦勒斯坐回床上等待一天行程展開。七點四十五分，戒護員開門領著大家去淋浴，加了很多碘的香皂確保大家乾乾淨淨。接著進入更衣區，病人通常自己準備衣物，可是瓦勒斯拒絕表明身分，所以只有院方提供的慢跑短褲、T恤與軟膠鞋。再來到食堂，除了早餐還有第一次服藥，然後就是九點鐘活動時間。醫生鼓勵病人參與各種活動，目的是培養強化建設性的行為模式，例如花園散步、組成讀書會、玩卡牌、拼圖、西洋棋、雙陸棋或者打桌球，不然就是聊天討論或接受諮商。他通常選擇去電視廳看晨間節目，安全但枯燥乏味的內容伴他耗到午餐時間，二度進食堂享用外包的加熱餐。下午兩點到五點是治療時間，團體治療一週兩次，個別治療視情況安排。五點到七點自由活動，瓦勒斯又跑回電視廳繼續靠無聊的傍晚節目打發。醫院不讓病人看新聞，擔心恐怖事件會觸發部分脆弱病友的不良反應。七點鐘晚餐、服藥，藥丸驅走夜裡惡夢。八點到十點看電影，通常是不暴力不刺激適合闔家觀賞的片子。最後半小時時間回房間沉澱反思，要讀書要自慰隨便大家。十點半熄燈，各自面對藏在心底的夢魘。精神健康學界大佬們想給病人的後半生就是這德行。

熟悉的鈴聲響起，片刻後負責這個區域的戒護員齊斯開門探頭。

「早安，約翰，感覺如何？」戒護員那張大圓臉上堆滿笑意。

「感覺我不該在這兒。」瓦勒斯說得直截了當。

「誰想呢。」齊斯咯咯笑道，「但日子還是得過，該去洗漱啦。」

瓦勒斯進了淋浴間，醫院用的沐浴乳是血紅色，搓出泡沫抹一抹沖掉之後他在更衣室換上自己那套遊民裝扮，去食堂拿已經放到凝固的傳統英式早點與藥丸，吃飽以後溜達到電視廳找最靠近電視機的地方坐下。其他病人希望早日康復所以不大看電視，分散到醫院其他地方參加各式各樣號稱重建理智的活動。還會過來的只有兩個人：胖鮑勃和按鈕先生。他們分別坐在大廳兩側，遙控器在胖鮑勃手上，每天都一樣。按鈕先生視線總是落在螢幕，但瓦勒斯懷疑他從未將內容看進眼裡。按鈕先生只會重複一句話：「按按鈕。」有時小聲地像是暗自禱告，有時候配上旋律如同演唱格雷果聖歌，還偶爾會音量全開夾雜強烈憤恨情緒。就瓦勒斯所知，按鈕先生沒說過別句話。

「胖鮑勃，按鈕，」瓦勒斯問候兩人，「看什麼呢？」

「按按鈕！」按鈕先生叫道。

「看東西。買東西。賣東西。」胖鮑勃絮絮叨叨，「有個東西，淋浴的時候放音樂。我們洗澡不能放音樂？都不讓我們買東西。少了好多東西！」

既然滿口東西東西那就是購物頻道了，果然螢幕上是個膚色健康明眸皓齒的人在推銷防水音響。

「按按鈕。」按鈕先生低聲說。瓦勒斯鑽進電視廳中間座位。

每天都一樣，他就定位過後沒多久胖鮑勃就坐到旁邊來。瓦勒斯覺得這代表胖鮑勃喜歡自己，但其實每天除了見面打招呼彼此不會再交談，就這樣靜靜坐著看電視，看哪台讓他決定。推銷話術聽了半晌瓦勒斯昏昏欲睡，昏迷前卻瞥見戒護員齊斯走近。

「約翰，有訪客找你。」

會客時間是早上九點到晚上九點，瓦勒斯跟在齊斯後頭心情不免雀躍。目的地是交誼廳，訪客被瘋狂包圍還得心平氣和的淨土。以前晨間活動中他行經幾回，留意到多數訪客都是尷尬困窘的表情：請原諒我，我真的不知道如何應付你怪裡怪氣的言行舉止。

除了警官沒別人知道瓦勒斯在這裡。進了交誼廳果然看見穿著皺西裝的精瘦黑人。另一頭羅尼也和漂亮老婆會晤，但他們沒講話，女方啜泣，男方牽起她的手。丈夫走不出想自殺的陰霾對妻子而言也難受，往後如何面對世界才好呢？除了羅尼和他飽受煎熬的妻子、站在門口警戒的齊斯，交誼廳內只剩下瓦勒斯和黑人警官。

「環境還不錯。」警官打量周圍後說。瓦勒斯也迅速瞄了一眼，牆上畫框內都是高山丘陵之類的壯闊風景圖，一座小書櫃放著經典文學精裝本，想必是哪個有錢人的贊助。

「別被騙了，會客後就給我們上鐵鏈喔。」瓦勒斯笑著坐在警官對面的一體成型塑膠椅上，「抱歉，我沒能記住你的名字。」

「派崔克．貝利偵緝警佐。」

「很高興又見面了，貝利警佐。」瓦勒斯伸手，「上回的事情我大都記憶模糊。」

貝利與他握手，「沒關係，那時候你狀況很差。現在如何？」

「生理上沒事了，骨頭已經癒合，鎖骨還要一陣子。還不能運動有點討厭。」瓦勒斯回答。

「那就不能練合氣道。」貝利附和。

「的確。」瓦勒斯回答得遲疑。警官居然連這種生活細節也調查到了。「我做事很仔細的。」貝利主動解釋，「還欣賞了你一些作品，確實獨具慧眼。」

可是瓦勒斯對警官的態度感到不安。他在閃避話題。不是好跡象。

「貝利警佐，你今天過來應該不是想給我案子做。看來沒找到線索？」

貝利緩緩搖頭。

「所以你覺得我瘋了？」瓦勒斯挑明問。

「你先前狀態很差。」貝利說。

「狀態很差！那是因為有人闖進我家要殺我！」瓦勒斯氣急敗壞，但隨即察覺自己語調太兇、音量又太大，已經引起齊斯注意。大餅臉戒護員望過來，戒備之意浮現臉上。

「已經派過鑑識小組去你住處徹查，我也親自訪談你所有鄰居、調查周圍環境，連你以前的經紀人都問了。」貝利試著安撫，「但一無所獲。」

瓦勒斯心裡頹然，霎時感覺到所謂「真相」多麼沉重——現在所有人都認為他自殺失敗又無法面對，沒證據的話無法說服泰勒放自己走，更難以確認為何會有人要自己的命，如此下去無法將生活帶回正軌。真不知道怎麼辦才好。

「錄影呢？」瓦勒斯猛然想起，「不是到處都有監視攝影機嗎，總有一臺拍到什麼才對。」

「我一開始就朝攝影機下手，但是聖約翰伍德地區的監視器都被電流突波弄壞了長達兩星期。」貝利回答，「六個街區都是黑畫面。」

「有人闖進我家要殺我，」瓦勒斯重複一遍，「我沒有說謊，也沒有發瘋。」

「有沒有看過一部電影叫《接觸未來》？」貝利問，「主演是茱蒂．佛斯特和大紅之前的馬修．麥康納。女主角提到什麼剃刀定理是解釋事情最簡單的辦法。」

「奧坎剃刀，」瓦勒斯很清楚，「最簡單的解答是最可能的解答。」

「沒錯。」貝利臉上笑意褪去，「一位鄰居提到你過去是戰地攝影師，前經紀人也證實你在阿富汗受到強烈震撼才辭職不幹，轉行拍電影海報。」

「這有相關嗎？」瓦勒斯狠狠瞪著貝利，一把火在體內熊熊升起。

「過分強烈的負面經驗有時能留下長期心理創傷。」貝利解釋，「像你的情況或許就是延遲發作。」

「所以你還是認為我想自殺？」瓦勒斯低吼，脾氣越來越難壓抑。

「只是有幾分證據講幾分話罷了，約翰。」貝利這說法簡直火上添油。

「有人想殺我。」瓦勒斯大聲反駁，還忍不住捶打兩人中間那張桌子，齊斯板著面孔望過來。

「醫生怎麼說？」顯然貝利也想閃避問題。

「覺得我瘋了，」瓦勒斯說，「沒有證據我也說服不了他們。」

「抱歉，瓦勒斯先生，目前我幫不上忙。」貝利說完起身。

「就這樣？」瓦勒斯從憤怒轉為迷惘，「我只能被關在這兒？」

「等醫生覺得你不會傷害自己就好。」貝利伸手，「要是想到什麼我能幫忙的，可以聯絡派丁頓警局。」

瓦勒斯沒與警官握手，眼睛直瞪對方。這傢伙只會傻笑，真的有辦好事情嗎？鑑識組？訪問鄰居和經紀人？聽他鬼扯，居然敢跟我提到阿富汗？

「我想看你的筆記。」瓦勒斯冷冷道。

「啊？」貝利手縮了回去。

「我想看你的筆記。」

警官面色一變，他暗忖果然料中。「這是不可能的，瓦勒斯先生。」貝利語調平板。

「我怎麼知道你有認真查？」瓦勒斯逼問。

貝利搖搖頭，抿緊雙唇浮現淺笑。他彎腰讓臉湊近，「我說了算，」貝利壓低嗓音，「瓦勒斯先生，好好過日子吧，沒人相信你。」

他氣昏頭了，封藏幾星期各式各樣的負面情緒在身體裡膨脹炸裂，生命彷彿一連串的羞辱挫折。當初為什麼放開繩子？現在為什麼沒人相信自己？他憤怒，因為不公平，更因為自己無能為力。

本能取代理智，瓦勒斯忽然仰起頭像手槍擊錘彈射出去。貝利鼻梁斷裂的聲音也如同槍響那樣驚人。警官眼冒金星倒地，瓦勒斯徹底失控，撲到他身上握起拳頭重重捶打。面對野獸般暴怒，已經重傷的貝利難以抵擋。警笛響起，可是瓦勒斯充耳未聞，過了幾秒鐘後頸遭到重擊。即便如此，因為怒火太盛，他竟然還不肯停手，直到又被大大打了力道更猛的一記才失去意識。

操！操！操！貝利心裡咒罵自己怎能如此愚蠢，差點被這傢伙打死，所幸戒護員持短棍將約翰．瓦勒斯打昏。但結果瓦勒斯壓在胸口上讓貝利動彈不得，還是靠戒護員幫忙他才鑽出來。過了不久，其餘戒護員、幾個護理師加上一名醫生趕到現場。

「怎麼回事？」醫生問。

「病人攻擊警官，」救了貝利的戒護員回答，「我別無選擇只好制伏他。」

醫生回頭吩咐隨行人員：「帶他隔離。」

幾個戒護員拖著瓦勒斯離開。

「很抱歉，」醫生走向貝利，「沒想到他攻擊性這麼強。我先幫你治療再說。」

貝利不想讓自己在受辱的思緒裡兜轉個不停，但讀書沒用，盯著四周粉色抽象畫也沒用。他小心地碰一碰剛固定好的鼻子，短短一條塑膠蓋住傷口，指尖輕觸就痛得想吐。其餘部分只是皮肉傷，傷最重的是尊嚴。好歹也是多年經驗的專業人士，讓自己曝露於危險就已經很蠢，運氣不好還會賠掉小命，若非戒護員及時出手傷勢想必更慘烈。貝利被送到梅伯里的姐妹院紹叟德綜合醫院接受治療，經過一堆檢查確定人沒大礙才重返梅伯里協助事件報告、給當地警員做筆錄，折騰一整天好不容易準備回家。趕到現場的精神科醫師——後來得知他叫泰勒——竟將事情呈報到克洛斯警司那兒，貝利覺得一定會被嘮叨說是判斷力不足又疏於防備才遭遇凶險。

房門打開，泰勒進來。

「警佐，這邊處理好了。」醫生臉上堆著笑，「你X光和磁振造影看起來都沒問題，當然鼻子除外啦。」

「病人狀況如何？」

「很後悔。清醒之後一開口就問你情況。」泰勒回報，「我得換個方式治療他。」

「他叫約翰．瓦勒斯，」貝利脫口說出。打斷我鼻梁的神經病別指望我會保密。「名字和住址都交給你們，聖約翰伍德漢彌爾頓山莊六十一巷四號樓，我寫下來。」

警官從口袋掏出便條紙遞給泰勒。「謝謝，」醫生回答，「出了這種事真抱歉。」

「別介意，」貝利朝著門口走，「治療加把勁。」

6

一整個星期瓦勒斯心中都充滿悔恨無法自拔，情緒越來越低落。躺在病房內，他開始習慣陰暗空洞的沮喪氣氛。恢復理智那瞬間，泰勒醫師不僅宣布了新的療程，還說出自己全名，那當下他真是後悔莫及。想必警佐說出去了，他欠缺自制對唯一的盟友發洩情緒就得付出代價。

除了後悔，瓦勒斯心底多了一樣東西：懷疑。自從他失控打人後，泰勒加強診療力度，現在除了團體諮商每天還要個別晤談，而且強迫他參加晨間的多人活動，因為一次暴怒就被視為不定時炸彈失去獨處的權利。泰勒在個別談話裡刺探他從小到大的人生經歷，瓦勒斯明白動機是拿過去動刀，沒有需要癒合的傷口那就挖一個出來。即便心知肚明，他無力抗拒，悔恨羞愧像個大坑，只能配合醫生的治療手段試著填補。白天泰勒終於撬開一道縫隙。

「會不會是你做了深深引以為恥的事情，於是捏造遭人攻擊的記憶來覆蓋？」靠在扶手椅上的泰勒如是說。

「攻擊我的，和你一樣是個活生生的人。」話雖如此，瓦勒斯卻別過臉。IKEA風格診療室內，懷疑的種子萌芽。

等到凌晨，晚餐藥物的鎮靜作用褪去，新芽迅速成長成遮天蔽日的大樹，樹蔭蔓延到他生命每個角落。要是貝利和泰勒說得對？坎達哈那件事的衝擊延遲到現在才發作？士兵對孩子們的暴行天理難容，但再怎麼怒火中燒也無力阻攔，後來丹寧案竟裁定證詞不足以定罪殺人凶手，同一天康妮承受不住他無止境的悲憤絕望選擇離去。瓦勒斯知道那些孩子是自己靈魂上的傷痕，卻無法肯定傷口究竟多深。嚴重到了會自殺，自殺失敗之後為了合理化就幻想出殺手？換個角度看，這份懷疑有其魅力，如果接受泰勒的理論，接下來跟著醫師走就好，治療到最後必定能康復。可是要他承認殺手只是幻覺，心裡反而很害怕：充斥所有感官、極其真實戰慄的體驗，居然只是出自靈魂缺口的幻影，往後自己該相信什麼？若堅定信念，認為真的有人追殺，瓦勒斯面對的難題是如何逃出醫院。若接受懷疑，則自由之路就在眼前，但日後再難信任自己的判斷。胸口有股熟悉的緊繃，呼吸越來越淺，他知道恐慌症再度發作，目前處境的身心壓力過大。瓦勒斯知道自己狀況不好，必須求援，沒辦法了……

鈴聲劃破寂靜夜色，瓦勒斯抬頭仰望，但心裡卻覺得不大踏實。百葉窗縫隙沒透進光線，外頭應當天色未明，可是房門竟然開了。走廊盡頭有個逃生出口標誌，綠色光線從門框縫隙滲進來。他繼續躺了會兒，是測試嗎？還是又陷入想像？腦袋想騙自己？瓦勒斯等了又等，豎起耳朵仔細聽。是不是真的？只有沉默作為回應。規律作息能營造安全感，眼前這情況顯然脫離原本規律。他腦袋深處壓抑的妄想開始膨脹，名字被知道了，殺手追過來了，第一反應就是找人幫忙，於是瓦勒斯身子一翻站起來，毆打警官時鎖骨傷口又裂開，此刻隱隱作痛，痛覺十分真切，體感實在不像做夢。他戰戰兢兢靠近房門，指尖輕扣門板緩緩拉開。外頭走廊依舊瀰漫綠色光芒，依稀看見有個背影竄過安全門。逃，盤踞已久的念頭回到意識中。

走到綠色標誌門前，門上貼著很大一張警告：此門與警報裝置連結。所謂的因果關係：推開它，戒護員會蜂擁而來，泰勒針對意圖脫逃記上一筆，要病人付出更大代價。正常來說此時應該選擇退回去，可是有個殺手虎視眈眈，這句話不請自來浮現腦海。瓦勒斯抗拒隨之而起的恐慌情緒，也克制了從逃生門離開的衝動。他轉頭朝著護理站那頭小小光源移動，告知護理人員房門壞了應該能在醫師那邊加分吧，所以他也沒打算隱藏行蹤，腳步在冰冷地板啪啪響，免得護理師反過來說是受他驚嚇。

「抱歉——」瓦勒斯沿著走廊走到窗口前面，「好像——」

他呆立沉默，望著空無一人的護理站。沒人在的時候窗口通常會關閉，現在卻還開著，裡頭有檔案、資料夾、病歷板和一串鑰匙。他認得那串鑰匙，所有戒護員都有，能開啟整棟樓所有安全門。除了八把鑰匙還有一張卡片，用以進入醫院內他至今不知藏著什麼的禁區。他東張西望，病房區安安靜靜，抬頭又發現一臺監視攝影機，鏡頭直直對著自己，可是紅色啟動小燈卻沒有亮。走廊前後悄然無聲，其餘房門依舊鎖著，這種空曠靜默太詭異，瓦勒斯覺得危機四伏但努力壓抑情緒，注意力回到鑰匙。靠這串東西闖過八道門重獲自由……不行，我去找戒護員歸還吧，心裡這麼對自己說，心底卻清楚想怎麼做。拿了鑰匙，瓦勒斯順著走廊靠近第一扇安全門，踩在橡膠地板的腳步刻意放得很輕。不是，瓦勒斯繼續欺騙自己，只是小心為上。

院內一片死寂，聽不到做惡夢的病人大呼小叫捶打房門，也沒有戒護員持短棍敲打牆壁乒乓響。每扇房門都裝了強化玻璃，瓦勒斯隔著小窗看見病友們都睡得很沉，鎮靜劑作用很強。他迅速而隱密快步走向第一道安全門，拿起鑰匙一把一把仔細插入內嵌鎖，試到第五把才成功打開，還好抽換過程沒有發出銳利摩擦聲。走過安全門，他輕輕闔上，門閂咔嚓扣起，清脆聲響迴盪整條走廊，他繃緊神經等待，遲遲沒人出現，只能繼續前進。接下來還是病房區，狀況與剛剛差不多。加快腳步同時，他很清楚每多跨一步就要對院方多交代一句，避免越描越黑的最好辦法並非假裝尋找護理人員，而是根本別被逮到。快步走到下一扇安全門前，瓦勒斯終於不再自欺欺人，決定擁抱希望，於是腦袋開始全速運行：需要衣服、鞋子、資金和躲藏計劃。會被列管，代表醫療體系認定他對自己或旁人造成威脅，襲警事件坐實了他的暴力傾向，警察和公衛系統接獲指示就會展開搜捕，所以奪回人生的同時還要躲開追緝。欲速則不達，他提醒自己，首要之務是逃出醫院。

找到對應鑰匙，瓦勒斯解鎖第二道厚重強化門，推開之後快步竄過，另一邊是白天的活動場地，熟悉的電視廳在右手邊，淋浴間在正前方，左側是食堂，再過去的行政區以辦公室、治療室為主。

瓦勒斯不記得當初被送進來的路線，但推測穿過行政區最有可能找到出口，所以立刻左轉沿著連接食堂的走廊移動。途中有幾盞燈驅散黑暗，微弱光線下的醫院環境不是恐怖而是陰森。他總覺得自己遭到監視，很可能泰勒一聲令下就會有粗壯的戒護員衝出來將自己抬回去，不過現在只能按捺情緒。其實該擔心有遠比戒護員危險的人潛入院內，瓦勒斯腦袋隨著步伐超速運轉，彷彿能在每個陰暗角落看見鬼祟身影，感覺心臟要從咽喉跳出來，腿自然而然動得更快。

打開第三道安全門進入食堂，塑膠桌邊堆著一列列板凳，乍看像是稍息待命的小小武士。又大又空的場地平凡無奇，最可怕的東西或許是沒煮熟的雞。來到這裡瓦勒斯心裡恐懼漸漸消褪，取而代之是安心感與淡淡一抹慚愧。他意識到自己越來越常出現被害妄想，加上藥物推波助瀾，思考模式簡直和五歲小孩沒兩樣。不過想明白了心情好很多，也能接受角落沒藏著人更不會有怪物出沒。注意力集中在逃脫上，瓦勒斯穿過食堂走向最遠一扇安全門。到了辦公室那塊區域得更小心，保全系統的中樞就在那邊。想像裡，此刻應該有幾個保全站崗，技師忙著修理失靈的監視攝影網路，運氣不好的話也許會有人步行巡邏。他站在門前遲疑，現在回去還來得及，物歸原位、躲回病房，誰也不知道這段時間發生過什麼。然而恍惚中瓦勒斯冒出一個念頭：現在放棄等於輸給泰勒、承認遭人謀殺是自己的幻想，之後必須接受好幾星期甚至好幾個月治療才可能出院。瓦勒斯忽然下定決心：他要證明自己沒瘋，也要找到殺手，所以必須逃出醫院。確定之後，他找出對應鑰匙打開安全門。

最先察覺的差異是腳下多了地毯。量產品質十分輕薄但也有一定隔音效果，因此這片區域比先前更顯安靜。瓦勒斯關上身後安全門、沿著走廊前進，留心周遭動靜。最先經過團體諮商室，然後穿過分隔走廊的滑門，兩側有幾間小的心理治療室與醫師辦公室，之前泰勒就在這兒攻破他心防。繼續向前，來到另一扇安全門，門旁有感應器，瓦勒斯刷卡以後被嗶嗶聲嚇一大跳，機器說那是無效卡片。左顧右盼，他認為這麼大的聲音絕對會引起注意，但等了半晌沒人出面。用睡褲擦擦卡片再試一次，居然真的亮起綠燈、門鎖唰唰兩下解開，他暗自謝天謝地開門過去，另一頭走廊兩側有裝備和被褥的儲藏室，再過去些是藥庫，門口牌子上大字警告必須獲得授權才能入內。過了藥庫朝右拐立刻看見路標，標示保全室、工作人員食堂、訪客大廳的方向，最後則寫了「出口」兩個大字，瓦勒斯看見之後心中燃起希望。

他貼著牆角偷看，確認彎過去之後路上也沒人，盡頭又是安全門，門後的大房間擺了一張桌子，上頭立牌寫著「接待處」。就是這兒沒錯，只要穿過安全門就能衝出正門重獲自由。

瓦勒斯準備動身卻聽見背後傳來聲音。回頭看見一個人，然後寒氣從骨髓冒出來。想取他性命的人正好從藥庫走出來。

7

瓦勒斯想逃，但腿不夠快，來不及反應就被對方撲倒並鉗制關節，想尖叫又被鎖喉無法出聲。熟悉情緒湧出，恐慌症當場發作。拜託，都是幻覺對吧？

可惜他意識清楚，知道自己仍活在現實。對方依舊身披防彈甲冑與手套，前臂夾住瓦勒斯咽喉、一爪揪住頭髮將他硬生生拖進藥庫。瓦勒斯又踹又踢還拉倒一座架子，醫療用品灑滿地，瓶罐碎裂同時房門被彈簧彈回去關緊。藥庫內高處有扇窗，月光隔著鐵柵射進，他嘗試扳開對方手臂喘口氣，可是那人衣服是克維拉纖維[12]製成，手指在光滑表面上幾乎無法施力。瓦勒斯瘋狂扭動、擠出全副力氣掙扎，餘光瞥見一張藥師桌，桌面玻璃板上有個大針筒灌滿清澈液體。既然旁邊的嗎啡瓶空著，不難想像黑衣人打的是什麼算盤——這劑量若讓對方得手必死無疑。他明白想活命機會只有一次，表面上繼續反抗，但使出的力氣越來越小，引誘殺手放鬆戒心。然而瓦勒斯也逐漸缺氧，感到手腳沉重、視野模糊，多少程度是演戲，多少程度是真的撐不下去？自己也很難分辨。渾身乏力瀕臨窒息，瓦勒斯身子癱軟，而且殺手為了預防萬一還多勒一陣子才鬆手取針筒。手臂離開的瞬間瓦勒斯猛然吸氣撞過去，同一週第二次以頭骨當武器克敵制勝。後腦重擊對方面具，傳來的碎裂聲聽了真爽快，但他無暇得意趕緊推開對方，拉扯中被黑衣人另一手拔了撮頭髮。趁著殺手狼狽，瓦勒斯發揮修習多年的合氣道功夫，一記看似平凡無奇的側踢落在男子上腹，力道不足以穿透護甲造成創傷，但要踢得他穩不住重心倒是夠了。爭取到時間，瓦勒斯朝門口逃竄，不敢浪費時間回頭確認，只能順手拉翻藥架阻礙殺手。掀開藥庫房門時他隱約感覺背脊被指尖沾上，但什麼都不管只顧朝外衝。

出了藥庫，瓦勒斯提著鑰匙串朝右竄向安全門。如果是感應鎖就方便了，偏偏這扇門只有內嵌鎖孔。沉重腳步聲在背後響起，還沒用過的鑰匙有五支之多。沒時間了，瓦勒斯隨便挑了支插進去，插到一半就卡住。他拔出來換另一支，腳步聲越來越靠近。第二支、第三支都不合，放入第四支時忽然那雙黑手套出現，瓦勒斯被揪起來轉了半圈往牆壁狠狠摔過去。他頸部前後甩動，腦袋撞在灰泥層上覺得天旋地轉。殺手身影進入視野，瓦勒斯仔細一看大失所望，奮力使出的後腦頭槌只在面具敲出幾條細縫。如今自己手無寸鐵毫無掩蔽，與他對戰毫無勝算。然而眼珠一掃又看見希望：第四支鑰匙已經完整埋入鎖孔。瓦勒斯避過對手一拳之後體重全壓在肩膀朝對手飛撲，反作用力震得鎖骨舊傷劇痛難耐，但他堅持到底不斷進逼，黑衣人護甲撞上牆壁發出悶響。這番武鬥不求精采，只想爭取一兩秒緩衝。瓦勒斯朝安全門邁步，結果小腿又被鉗住，他身子微扭另一腿甩過去，踢到物體時扣在腿上的力道果然鬆開。轉鑰匙、推開門，他迅速穿過，抽了鑰匙立刻甩門，門板夾住對方手臂，雙方同時使勁推擠。瓦勒斯觀察四周又有了個主意，不過動作得夠快：他從門口跳開後馬上抓住大罐紅色滅火器，門彈開瞬間殺手迎面而來，瓦勒斯抄起沉重紅色金屬罐往那副面具砸下去。殺手往後一滾躺在地上，他丟了滅火器趕快闔上安全門。

「喂！」

⑫ 抗拉能力極強的材料，強度為同質量鋼鐵五倍，密度卻僅約五分之一。

頭頂有人喊叫，瓦勒斯抬頭一看：兩名保全沿著夾層陽臺奔跑，前面那道樓梯可以下到大門。他也拔腿狂奔，以赤腳能發揮的最快速度穿越大廳。這情況甭說計劃，連鞋子衣服都沒空管。他翻過皮沙發落在自動門前停下腳步，察覺門上沒有鎖頭或開關。腳步聲快速接近，回頭一看兩人正在下樓梯，塊頭都很大、手一掄警用甩棍完全伸展。瓦勒斯十分焦急四下張望，發現隔著幾個房門口靠近樓梯的地方才有一臺感應器。麻煩大了，他邊思考邊跑向機器刷卡。紅燈亮起，螢幕顯示「拒絕進入」，一支甩棍朝他腦袋揮過來，所幸瓦勒斯從前面窗戶倒影得到提示壓低身子。甩棍毫釐之差從頭頂掠過，瓦勒斯體內腎上腺素滿溢精神一振，不敢再給兩名保全出手機會，首先弓身後彈，全副力氣撞在一名保全上腹，趁著對方沒能反應又挺直身子以頭頂重擊保全下巴。硬物裂開的聲音，接著一陣淒厲慘叫。瓦勒斯轉身趁勢追擊，雙掌施展合氣道斜打功夫，力道相當可觀，保全當場暈眩倒地。他搶了甩棍高高舉起，擋住第二名保全迎頭落下的一記敲擊。現在情況是醫院裡有個瘋子想讓自己「被」自殺，瓦勒斯怎麼能不逃？他跨步欺近保全，腰一旋狠狠揮出甩棍。保全臉頰被命中之後立時倒地。

他留意走廊，同時蹲下查看昏迷的保全，脫了其中一人的鞋子。警鈴響起，從大廳窗戶看得到樓裡其他區塊亮燈。不知誰啟動警報，總之是想阻止自己離開。

瓦勒斯再試一次卡片，仍然認證失敗。他站遠之後伸長手臂，持甩棍敲打窗戶，雙層玻璃裂了但沒破。先倒地的保全手腳動了起來，瓦勒斯見狀心急，擠出更多力氣，第二下把窗框都給打掉，提著搶來的鞋子翻過窗口逃出去。

到了外面，隔窗看見走廊上不少人影奔跑，而且隨即發現屋外也有個身影：是男性，像道黑影沿外牆移動，路線直取瓦勒斯。這人身分可想而知，恐懼感催逼出瓦勒斯更強大的行動力，他快步穿過花園院區，目標是十二呎高的磚造圍牆。他衝刺到一棵橡木下，應該是醫院落成前就長在這兒的老樹。他無暇研究哪裡好抓，一股腦順著樹幹向上攀爬，爬到朝牆頭生長的粗枝。枝頭很高，掉下去肯定會鼻青臉腫，但他別無選擇，只能抬腿往斜角牆頭跳過去。腳是踏上了牆頂，可惜他沒能保持平衡，往內側搖搖晃晃。要是向後摔下去就功虧一簣，瓦勒斯顧不得後果，整個重心朝前壓，倒栽蔥似地翻向牆外。

全身神經緊繃、眼睛飆出淚水，他下意識舉起雙臂保護自己，肩膀著地之後翻了一圈躺在地上。鎖骨疼得要命，唯一可慶幸的是落在草坪，要是多飛幾吋摔在混凝土上就慘了。隔著人行道有條大馬路，路燈流瀉黃色柔光，宛如平靜湖水照亮夜裡往來疾馳的車輛。瓦勒斯知道處境仍不安全，強忍疼痛右翻起身，左手臂垂著動不了、左側鎖骨痛得像塊大石掛在身上。他低頭一看，找到鞋子與落在附近的甩棍，彎腰拾起武器後還沒穿鞋就衝出去攔車。車燈刺目光線迅速逼近，他做好被撞飛準備擺開架勢，不過輪胎刮出尖叫之後急剎成功。就著強光瓦勒斯看不清駕駛長相，或許是值夜班的人，但就算是南倫敦毒販也不奇怪。總之不能冒險，他繞到左側敲打車窗。

「下車！」瓦勒斯喝道，只是身體太疼，講起話也口齒不清。

結果是個滿身碎玻璃驚恐不已的中年婦女坐在架駛座，視線停在甩棍上挪不開。

「快！」瓦勒斯大叫，婦人嚇得跳起來。幾輛車堵在後面，繞道而行的也在旁邊減速觀望，但就是沒人停車、沒人出來制止劫匪。大城市製造很多目擊者卻製造不出英雄。婦人邊顫抖邊開車門，瓦勒斯將她拉出來然後自己鑽進去。肩膀接觸座位時疼得無法呼吸，但他只能繼續忍耐，右手轉開關重新發動引擎，接著切一檔踩油門。瓦勒斯觀察照後鏡，周圍其他車輛的駕駛這才下來安慰被害人，反正大家都會聲稱自己原本要攔阻只是遲了一步，婦人也多了個刺激的經歷能和同事分享。

他再從鏡子看看自己，不只外表狠狽不已，眼神也真的跟瘋了沒兩樣，所以趕快深呼吸幾回並確認背後情況。目前看來沒被跟蹤。瓦勒斯左手放在方向盤，右手拉動變速桿切到二檔。車身頓了一下，不過引擎也吼得小聲些。這輛車不大，從方向盤標誌判斷應該是福特，車子在倫敦南部道路上緩緩加速。腎上腺素衰退、恐慌逐漸平息，他知道是時候思考下一步該怎麼走了。

8

貝利站在醫院大廳，思索眼前究竟什麼情形。此刻他的身分有點古怪，算是特別來賓。案子交由克羅伊登區警局負責，泰勒醫生以個人身分打電話聯絡他，貝利也得獲得上司允許才能露面。克洛斯警司一直鼓勵貝利自己做判斷，即使發生過瓦勒斯襲警這種尷尬事件也沒改變原則。當地員警徹查醫院內外，從夜班人員取得證詞，引導白天班的人走另一個入口。現場指揮是位女警官，叫做史考特⓭，態度公事公辦俐落得幾近粗暴，放在《誰是接班人》那節目應該很合適。不過她對貝利十分寬待，准許他取得所有證據線索，避開犯罪現場繁文縟節的貝利因此可以細細思考。

夜裡值班的護理師被發現時沒有意識，倒在護理站地板上。瓦勒斯逃走以後才獲救，起初叫不醒，急救員帶著嗅鹽趕到才成功喚醒。從後來的噁心與暈眩症狀可以判斷她遭人下藥，但護理師表示整個晚上只喝過一杯咖啡，杯子殘渣已經送交化驗。醫院監視器系統從凌晨兩點四十三分開始故障，保全部門聯絡公司維修，脫逃事件在工程師抵達之前結束，所以捕捉到瓦勒斯逃到大街才留下影像紀錄，是遠處公車專用道的低解析度鏡頭拍下他劫車過程。兩名嘗試阻擋瓦勒斯的保全受了傷住院休養，藥庫裡一片狼藉，可是經清查沒少東西。史考特目前假設瓦勒斯有個完整

⓭ 原文 Scott，一般用於男性，但有少數女性也叫這個名字。

逃脫計劃：前一天傍晚對護理師的咖啡下藥，掌握保持房門不上鎖的方法，確定護理師昏了以後出來偷走鑰匙，途中經過藥庫打算拿些禁藥變賣，怕被抓到便將現場弄亂，最後成功逃出醫院。可是這套推論無法解釋監視器正好壞掉，史考特覺得是巧合，貝利卻很難相信瓦勒斯幸運至此。他認為癱瘓監視器者另有其人，可能是共犯，也可能是想加害瓦勒斯的人。站在一旁分析線索時貝利心裡五味雜陳，總覺得瓦勒斯說的恐怕才是事實。

「我們即將全面採用雲端平臺，」隆恩・畢克摩志得意滿地宣布。四十五分鐘演講的高潮不過如此，康斯坦絲・瓊斯有很多時間都在神遊。雲端運算，哇噢。主機改成雲端，透過超高速資料傳輸與客戶端連接？十年之後又會改成超級平板直接儲存和分享資料了。康妮[14]進這行八年就看透電腦發展史：每隔幾年資訊部門的主管就會聲稱掌握最新趨勢，結果不外乎集中或分散兩種處理模式。說老實話，根本無關緊要，改來改去只不過降低百分之五的系統建置成本，省下的經費卻大半用於支付系統規劃顧問費，其餘變成主管階級的獎金。就是為變而變，讓畢克摩那筆膨脹的薪資看起來理所當然。她目光在會議室裡掃一圈，已經十餘人接下任務負責這套嶄新系統。名字取得響亮，叫做「雲專案」。他們不像康妮覺得無聊透頂，有幾個人似乎是真心期待，旁邊四個外包顧問露出餓虎撲羊的微笑。

「簡報檔會放上伺服器，專案啟動會議下星期舉行。」畢克摩做出總結，「大家好好幹！」

兩個「登山者」彷彿情不自禁開始鼓掌。所謂登山者是「聰明的資本主義者」這大分類底下一個分支，他們極盡逢迎拍馬、勾心鬥角之能事，無畏艱難傾全力「向上爬」，為的是最終能

「封頂」。問題就在於這種人永遠不可能封頂，因為一山還有一山高，得不到的比較美，他們只能永無止境繼續爬。畢克摩也察覺氣氛尷尬，沒搭理那兩人速速離開。康妮更不想多待，溜出位在二十五層樓的會議室，途中見到幾張熟面孔點頭問好，到八部電梯前面等待隨便一道門打開。她來日肯公司總部上班將近六年仍常驚豔於這棟建築的風采，玻璃與鋼筋組建為高達四十五層的巨塔屹立在倫敦天空下，可謂人類文明的象徵。

一扇門打開，裡面正好是她年輕又認真的助理凱倫。「康妮，妳總算出來了，」凱倫先開口，「有人來找妳，還說非常緊急。」

「誰？」康妮問。

「他不肯說名字。」助理回答，「但他說，妳喜歡大賈斯汀。」

康妮帶著頭昏目眩的感覺去見曾經愛過的男人。

瓦勒斯打量坐在對面的保全。兩人隔著一張桌子坐在地下層的小會晤室，隔壁就是整棟大樓的安全中心。先前聽別人叫他杜恩，資歷最淺，所以看守瓦勒斯這種無聊差事非他莫屬。

杜恩身上的制服合身俐落，與瓦勒斯那套髒兮兮的藍色睡衣形成鮮明對比，簡直像是不同世界的人。但話說回來，瓦勒斯暗自慶幸自己是這副邋遢樣，因此被保全們認定為「無害神經病」而非「危險神經病」，所以願意給他個機會證明所言不虛，但書是倘若康斯坦絲・瓊斯根本不認

⑭ 即康斯坦絲的暱稱。

識他就會報警。也因為他是個「無害神經病」，年輕人杜恩不理不睬低頭看手機，指尖在螢幕上瘋狂滑動，應該是玩什麼遊戲玩到沉迷。瓦勒斯盯著他手指飛竄，只要能分散注意力忘記渾身疼痛什麼都好。

坐著二十分鐘沒講話，終於等到房門打開，縈繞回憶的那張美麗面孔映入眼中。一襲復古風翠綠蕾絲洋裝烘托康妮不變的明豔動人，綠色高跟鞋凸顯她雙腿白皙而修長。髮型變了，瓦勒斯有點訝異，以前康妮總留著清爽鮑勃頭，現在深紅髮絲變長了披散在肩膀。

「約翰？」康妮語氣帶著驚慌，「怎麼……」

「所以真的認識？」杜恩立刻收起手機問。

「嗯，」康妮回答，「請給我們幾分鐘時間單獨講話。」

雖然很想擁抱康妮，感受那雪一般的柔軟肌膚，但她臉上表情雖然親切卻也充滿困惑，瓦勒斯只好乖乖坐著凝望，靜待保全走出房間。

「我沒和太多人提起過自己喜歡大賈斯汀——」獨處之後康妮開口。

「別說名字太危險。」瓦勒斯語調彷彿染上一絲被害妄想。

「為什麼？出了什麼事？」康妮問。

他一開始就覺得誠實為上，「有人想殺我。」

康妮嘴角上揚，「什麼啊？」

「我是認真的。」瓦勒斯說完留意康妮的表情變化，看來她能理解。

「幾星期之前，有人闖進我家想吊死我。」瓦勒斯說到一半有些破音，還是無法完全壓抑恐懼感。「屋梁……妳應該還記得，客廳裡最大那根，被我拖垮了，後來我跳窗逃走。」

看見康妮瞳孔放大，他有些小得意。「你跳窗？」

瓦勒斯點頭，「但是醫生卻認為我是自殺未遂。」

「警察呢？」康妮打斷。

「一樣。他們找不到房子遭人入侵的證據，要我留在梅伯里醫院接受精神科治療，我昨天夜裡才逃出來。」

「逃？」

「負責調查的警官居然對醫院說了我名字。我不知道對方靠什麼管道找到我，但他真的追殺過去。」瓦勒斯回答，「我和他扭打，之後跑出去借了輛車才來到這兒。」

「你就這樣從醫院跑了？」

瓦勒斯點頭。「我得找個地方落腳，安全的地方，」他說得懇切，「需要人幫忙。」

康妮臉上五味雜陳，「約翰，我不太確定——」

「之所以來找妳，是因為我能信任妳。」換瓦勒斯打斷她。

「沒有其他朋友？曾經共事的人？」康妮問。

「其他人我信不過。」

「可是我已經放下了，也不確定我還願意回去……」康妮嘆道。

「不必回到從前，」瓦勒斯急忙解釋，「我只是需要一個棲身之所，幾天就好。」

康妮躊躇，心裡的波濤不難察覺。她對瓦勒斯還藏有感情，但也出於本能想要保護自己不再受傷。

「我沒別人能相信了。」他再次強調。

「那就幫到你安頓好，」康妮最後回答，「就這樣。不能回頭了，約翰，我不想再經歷一次。」

瓦勒斯很感激地點頭。

「我還住在同樣地方，鑰匙在樓上，我等會去拿。叫計程車也要錢對吧。」康妮說。

他又點頭，感覺整個人快融化在安心感裡頭了，他得把持住。「再來是衣服，我下班以後幫你買幾件，你先洗個澡吧。」她繼續說，「我大概七點會到家。」康妮開了門，看見杜恩靠在對面牆壁，還是拿著手機。「可以幫忙帶這位先生到員工出入口嗎？我大概五分鐘後過去找你們。」

「謝謝妳，康妮。」瓦勒斯低聲說。

康妮朝困窘髒亂還受了傷的前男友露出不安神情，「沒什麼，換作是你見了我也會幫忙的。」說完這句她就走了，鞋跟在外頭走廊敲出清脆聲響。

「老兄，跟我來。」杜恩語氣有點狗眼看人低，通常面對醉漢才會這麼講話。

瓦勒斯起身緩緩跟著保全離開。

9

年輕保全領著瓦勒斯走員工通道出去，外面是玻璃大樓之間的一條小巷，但偏偏這兒往來利德賀市場特別方便，若康妮本意是避免瓦勒斯尷尬，那真的失策。杜恩趁機偷閒，靠在日肯大樓底下抽菸。蓬頭垢面、光腳丫、身上有血跡的瓦勒斯知道自己這身慘狀很醒目，不過傷口疼偶爾也算好事，他根本沒心情介意路人的注目禮。

「你剛剛有說話嗎老兄？」杜恩開口問了，瓦勒斯這才意識到原來自己發出呻吟，鎖骨實在痛得太誇張。

「沒事。」瓦勒斯臉簡直皺成一團。

幾分鐘後康妮來了。

「接下來我自己處理就好。」她告訴杜恩，態度很肯定，保全聽了把菸頭按熄在菸灰缸裡徑自入內。

康妮拿出一串鑰匙與一小疊紙鈔交給瓦勒斯。「手邊只有這些。」遞過去時兩人的手輕輕碰觸。

「夠了，」瓦勒斯回答，「謝謝。」他很想將康妮拉到懷中，不過康妮已經退開。

「我得回去辦公室。」她朝大樓點頭。

「嗯，」瓦勒斯又說了一次，「謝謝。」

她不自在地笑了笑然後掉頭離開。瓦勒斯目送康妮帶上門才沿著巷子走出去。太痛了，他暗忖，得先解決這個。

進了利德賀街他朝一輛黑色計程車招手。對方居然真的願意停，爬進車廂時他暗忖一定是Uber造成市場太競爭。

「怎麼回事？單身漢之夜？」司機笑道。

「就那回事。」瓦勒斯回答，「麻煩帶我到斯多克紐溫頓，途中可能要麻煩停一下。」

「好。」司機答應以後計程車融入車流。

開到金士蘭路一半，他拿十英鎊請司機去路旁小型家庭藥局幫忙買些強效止痛藥。幾分鐘以後司機帶了一盒普除痛、一盒可待因混合劑[15]回來。遞藥的時候他終於看清楚瓦勒斯那副淒慘模樣。

「你該不會是嗑藥嗑過頭？」司機問。

瓦勒斯拆開普除痛。「沒，」他擠出聲音，「宿醉太厲害而已，不都說了是單身漢之夜嗎？」

司機臉上寫滿懷疑，但沒再過問什麼，繞回駕駛座上。片刻後車子重新上路，朝北緩緩行駛，瓦勒斯偷偷吞了兩顆可待因。

抵達斯多克紐溫頓的時候他覺得藥效開始發揮，彷彿一陣清風拂去大半痛楚。疑懼的威力勝過疲憊與疼痛，瓦勒斯請司機停在卡澤諾維路西側，決定稍微繞路以免康妮住處被輕易指認出來。車子停在一間靠近金士蘭路交叉口的土耳其超市對面，他下車後給了司機車資與不錯的小費。

「謝啦老兄。」司機說完兜了個大U形往市區開回去。

瓦勒斯朝東邊邁步，因為還赤腳，得小心點別踩到尖銳物。距離上次造訪斯多克紐溫頓已經兩年，但看來變化不大，人行道上還是一堆垃圾，牆壁佈滿塗鴉，路邊依舊能看見皮條客、流浪漢和神經病的蹤影。整個倫敦沒幾個地方能讓身上有血跡、沒穿鞋的睡衣男子走來走去不顯得奇怪，這兒正好是其中之一。止痛藥真的生效了，或許也和新鮮空氣、大量活動有關係，加上他早就精疲力盡。瓦勒斯開始覺得世上種種憂煩都和自己無關，整個人被純粹的溫暖幸福包圍。塗鴉顏色好鮮明，圖案栩栩如生閃閃發亮。光點在地面躍動，隨著頭頂上懸鈴木葉片舞蹈，彷彿一場巨大傀儡秀。光影帶著魔力在樹下歡騰，瓦勒斯真希望攝影機在手邊，這樣美麗的景象沒留下紀錄實在可惜。他沿著卡澤諾維路行走，經過清真寺和猶太會堂之後才找到九十一號，原本是路口轉角的獨棟樓，後來切割為六戶小公寓。樓前走道瓷磚都裂了，沒有修整的花園長得亂糟糟，他拿出鑰匙打開前門，裡頭牆壁貼著木漿製成的粗糙壁紙，過了這些年早已泛黃，褐色薄地毯也沾了許多髒污。瓦勒斯快步爬了兩層到達頂樓進入康妮的住處。

進去以後第一件事：倒一大杯柳橙汁喝光，接著灌一大杯水，因為實在太渴了。再來走進小浴室上廁所，洗手時照鏡子終於明白自己給康妮留下什麼可怕印象。蓬頭垢面、大鬍子上夾著血塊，雙眼凹陷得好像眼珠被人敲進顱骨。整個人消瘦很多，以前顱骨可稱為深邃立體，現在則是

⑮ 普除痛（Paramol）成分與普拿疼相同皆為乙醯胺酚（Acetaminophen）。可待因為鴉片類藥物，常與前述乙醯胺酚混合製成名為Co-codamol的止痛藥。

陰沉刻薄。必須好好洗個澡，瓦勒斯脫了藍色髒睡衣順便檢查傷勢，左鎖骨上青一塊紫一塊簡直成了萬花筒，他祈禱是止痛藥吃太多視覺模糊，別真的瘀血那麼嚴重才好。與彩虹似的鎖骨相比，身上舊彈孔反而顯得微不足道了。不過其餘地方還有很多新的瘀青、裂傷與挫傷，所幸凸起的肋骨中間那道傷口沒再被撕開。除了鎖骨，其餘都是沒大礙的皮肉傷。

結果他刷洗身體兩次，因為第一次刷出來的水太黑了好嚇人。後來他又站著沖了十分鐘，溫水輕輕拍打肌膚感覺很舒服。淋浴結束，瓦勒斯找了剪刀修鬍子，還借用康妮的剃毛刀。不過女性剃毛刀用來對付的是柔細腿毛，用在鬍子上不僅容易卡住還留下幾道小疤，但他不太在意，只要能在鏡子裡看見熟悉的自己就好。最後他從亞麻櫥櫃裡找到以前穿過、現在嫌太大的浴袍，披上以後走出浴室。

晃進客廳，看來沒有多大改變，這房子裡每件東西都漂亮但老舊。康妮就喜歡老東西，還記得她說過老東西做得精緻所以更有美感。她這種品味大概源於成長環境，瓦勒斯只見過她父母一次，但足以肯定彼得與珊卓和這個時代脫節。他停在一座書架前面，中間擺了全家福照片，已經七十多歲的彼得和珊卓坐在珀斯住處游泳池旁，兩人四十出頭才生了康妮這女兒，同年紀不少人都準備當祖父母了。理所當然，康妮成長過程充滿老牌廚具、老派音樂以及經典碎花圖案之類元素。

隔壁架上竟是瓦勒斯與康妮的合照，初次見面的回憶。三年半前，工作場合見過幾次的造型師蘇．法尼佛約了參加烤肉聚會。本以為是她自己想找交往對象，結果到了現場，法尼佛卻介紹學生時代好友康妮給他，瓦勒斯後來才發覺她的用意是撮合兩人。看著照片裡的康妮，他想起自己深受那份純真吸引；康妮朝著鏡頭微笑，眼神掩藏不住滿腔欣喜，以為自己找到完美對象。相較之下，瓦勒斯那時就一臉飽受心魔所苦的神情。

瓦勒斯不禁好奇：那段回憶充滿痛苦，康妮為什麼把照片留在能看見的地方？一直自我折磨會有什麼結果，與大多數人相比他有切身之痛。走到陳年切斯特菲爾德沙發坐下，舉目所及每樣東西單獨看都老氣又互不搭配，然而康妮就有辦法佈置得舒適溫馨。客廳有四扇直立滑窗俯瞰卡澤諾維路，大樹遮蔽醜陋街頭，留下蔥蔥樹頂與晴朗秋空。凝望那片蔚藍，想像自己身在世界任何角落都行。無論還有什麼磨難，能活著他就發自肺腑感激命運。躺下望向樹梢、視線穿透蒼穹，身體放鬆之後暖意漾開，瓦勒斯緩緩睡去。

好幾週以來第一次，瓦勒斯熟睡之後沒有做夢，直到被人搖晃才猛然驚醒，一坐起身血液裡滿滿的腎上腺素。

「抱歉，」是康妮低頭看著他，「不是故意嚇你。」

瓦勒斯揉揉眼睛，她走到另一邊開了盞瓷器燈，拉上窗簾擋住外頭漸暗的天色。

「感覺如何？」康妮問。

「還可以。」他沒說實話，肩膀還很疼，想吃止痛藥。

「我給你買了衣服，」康妮指著房間角落印著品牌的幾個袋子，「按照你以前的尺碼，只是感覺你瘦了不少。」

「謝謝。」

接下來那段不自在的沉默彷彿沒有終點。但瓦勒斯痛得太厲害，快要不能自制，擔心開口就是慘叫。

「嗯，你就當自己家吧。」最後是康妮出聲，「我先進去換個衣服。」

她掉頭進房間，半晌後瓦勒斯也起身，走到一字型小廚房，從盒子取出兩顆可待因混合劑和一顆普除痛。體感覺得還不夠，但理智知道混藥吃本身就危險，要是還過量後果不堪設想。將盒子放回冰箱旁邊檯面，藥效還沒開始，他進客廳想找點事情轉移注意力，不然實在太痛。翻翻購物袋，有三條牛仔褲、四件T恤、一件長袖運動衫、兩件套頭毛衣、一雙愛迪達運動鞋、幾雙襪子和幾件內褲。瓦勒斯連穿衣服都痛得臉皺成一團，換上內褲、牛仔褲與T恤就受不了，完全不敢妄想彎腰套襪。

「體面多了。」康妮回來開口說。她穿著深藍色牛仔褲和灰色背心，頭髮綁了個隨興的馬尾。痛歸痛，瓦勒斯還是覺得她好漂亮。

「要喝杯酒嗎？」康妮語氣仍有些緊繃，能感覺到她努力維持場面不失控。

「先不要，我鎖骨斷了，吃的藥滿強。」瓦勒斯拉開T恤領子，露出底下五顏六色。

「噢，」康妮看了愕然，「怎麼傷得這麼嚴重？」

「因為跳樓。摔斷幾根肋骨。」瓦勒斯回答。

「我一個人喝你不介意吧？」康妮說完朝廚房走，瓦勒斯跟了過去。

「不會。」他當然知道康妮也只是隨口問問，但看她倒了一大杯沙布利白葡萄酒又開口：

「我想我喝一小杯應該死不了。」

康妮拿出另一個酒杯——大小與造型都不同，在她家這是常態。她倒了不少，遞給瓦勒斯。

「謝了。」

康妮沒回話，居然一口喝掉半杯，然後才發覺瓦勒斯盯著自己瞧。他沒能掩藏心裡訝異。

「呃，很不尋常的一天。」康妮這樣解釋。

「抱歉。」瓦勒斯馬上感覺溫熱酒意衝上腦，也或許是止痛藥起了作用。

「後來我看到丹寧調查案的新聞了。」康妮轉換話題，「之前不懂那天晚上你是怎麼回事，為什麼那麼激動……是那天發現自己證詞被駁回的關係吧？」

「抱歉，真的很抱歉，」瓦勒斯羞愧得雙頰發紅，「那時候心裡太難受。他們居然說我是騙子？其實我在意的也不是名譽，而是那些可憐人、那些孩子怎麼辦？沒有人會在乎真相了。」

康妮輕輕搖頭，瓦勒斯能體會她心情。雖說自己為正義而戰，但因此毀了兩人感情，結果落得一場空，沒得到平反，徒留支離破碎充滿憤怒的人生。他覺得好沉重，想趕快換個話題。

「這次事情和調查案無關，我已經一年多沒和相關人士聯絡。」他趕快澄清，「應該沒牽扯才對，有個人直接闖進我家裡想殺我，後來竟然侵入醫院繼續追殺。」

康妮打量他，喝乾自己酒杯以後問：「還要嗎？」她轉身拿酒瓶。

「對不起，康妮，」瓦勒斯溫柔牽起她的手，「我不是故意傷害妳。」

「我懂，」她嘆道，「但還是發生了。」

瓦勒斯急著想擠出點話回應，可是還來不及開口康妮神情已變，搖頭苦笑。

「都過去了。今天點披薩吃吧？」她強顏歡笑，「邊吃邊聊，跟我說說詳細經過。」

披薩配酒，兩人面對面坐在中亞風地毯上。康妮隨意撥弄頭髮，瓦勒斯這樣看著就開心。兩瓶酒下肚，煩惱煙消霧散。他解釋來龍去脈，回想到恐怖之處時而哽咽，康妮聽得專心，偶爾提問，口吻不帶懷疑否定。講到從醫院逃脫、決定過來求援，接著兩人沉默了。瓦勒斯望著康妮，等她開口說點什麼。

「是什麼感覺？」最後她這樣問。

無須多言也能理解所指為何。他想了想才回答：「前所未有，」瓦勒斯說得猶豫，「絕對的無力感，挫折、憤怒、後悔。最主要就是後悔。想到以前犯過錯，傷害過人。」

弦外之音康妮當然聽進去了。

「還有很巨大的失落感，當下我願意付出一切，只要能多吸一口氣。」

康妮伸手輕撫他臂膀。

「最可怕的……」他又哽咽，「最可怕的是，」總算能繼續說下去，「將來還會再經歷一次。」

康妮湊過去抱他，低聲安慰道：「沒事了，」

瓦勒斯稍微退開，直視她雙眼。「不可能沒事。我們總以為生命掌握在自己手中，但這大錯特錯。總有一天，自我會瓦解消失，時間早晚而已。我很害怕，康妮。」這番心聲赤裸坦誠，泰勒醫師一輩子也套不出來。

「我媽常說人有選擇權，可以專注抵達終點，也可以學著享受旅途。魚與熊掌不能兼得。」

康妮回答，「過一段日子，會忘記的。」

瓦勒斯還是搖頭。酒精與藥物作用之下客廳彷彿旋轉好幾秒才靜止。「已經成了我的一部分，永遠沒辦法忘記。」他反駁，「本以為經過阿富汗我就毀了，沒想到現在……我好像……四分五裂。」

康妮靠過去吻了他，凝住的唇是瓦勒斯嚐過最甜美的東西。

她退後笑了笑，「死了有多黑暗，活著就有多光明。」康妮說話時稍微口齒不清了，「約翰，這叫做解脫。大家都怕死，可是你不但死過，還活回來了。能面對死亡，以後還有什麼好恐懼？超越生死幻象之後，再也沒有東西可以束縛你。」

瓦勒斯瞠目結舌，暗忖他們比想像的還醉。

「抱歉，可能聽太多艾倫．沃茨[16]的東西。」康妮解釋。

大學畢業就沒再聽過這名字了，但當年在布里斯托，老哲學家伴瓦勒斯度過不少迷茫夜晚，那時候聽的還是錄音帶，音質粗糙破碎。「不必道歉，說得很好，」他哄道，「世界還是很美好。」

他探身吻了康妮。心靈交流太深刻，顧不得矛盾糾葛。雙方默許之下，一同走向臥室。

[16] Alan W. Watts, 1915-1973，英國作家，推廣東方哲學。

10

膽汁黏在瓦勒斯口腔彷彿一層絨毛，他才睜開眼睛立刻後悔，這世界很不友善，連百葉窗縫隙射進的晨光都那麼銳利。原來兩人醉醺醺就急著滿足慾望，連窗戶也沒遮好，昨晚周圍幾棟樓的人都能隔著拉窗看好戲。腦袋那片宿醉混沌中跳出幾個畫面，其中之一是康妮坐在自己身上、兩人腰部有節拍地扭動，瓦勒斯抓著她乳房那份猴急好像十幾歲小夥子。不過顱骨深處有什麼東西狠狠敲打，鎖骨痛起來彷彿千刀萬剮，痛覺訊號在全身上下來來回回，隨著更多神經節甦醒，信號越來越猛。他得止痛，動作要快，於是膝蓋著地翻下床，沒穿衣服就跳起來跌跌撞撞衝進廚房，模樣活像嬰兒學步。

瓦勒斯靠著廚房櫥櫃，心裡冒出一句話：節外生枝。酒杯還沒洗，一裝水便顏色渾濁。他拿止痛藥往嘴裡塞，吞藥時腦袋還是節外生枝四個字。自己過來這兒動機明確，當然不是談戀愛，更不是隨之而來的原始慾求。真不敢相信兩個人都傻成這樣，才第一晚就上床。服藥還喝酒果然不聰明，然而藥物與酒精都是藉口。瓦勒斯知道自己想擁抱人，或者說被人擁抱，康妮是最好的對象。

回到臥室，瓦勒斯套上牛仔褲和T恤，瞥見兩面牆上許多相框裱好明信片。來自各地的祝福，他也寄過。一張是出差前往坎城途中的十字大道風景，另一張巴黎景色拼貼是交往後過去度週末時送她的。還有好幾十張來自地球各個角落，朋友？親戚？情人？世界最美的瞬間凝佇於此，康妮保存了別人對自己的每一絲善意。瓦勒斯算了算這幾年自己收到幾張，猜想頂多十一、二張而已。

小浴室空著，整間屋子沒聲音。瓦勒斯穿過一字型廚房到客廳，看到小餐桌上幾個空酒瓶壓著便條紙。

今天得早點上班，有個大案子要跑。你當自己家吧，筆電放在客廳，密碼是bootle94.

康妮xxx。⑰

避開起床親熱的尷尬也是好事。瓦勒斯回去廚房，在小冰箱裡找到一堆紅色綠色蔬果，是很健康但對宿醉沒幫助，他需要褐色黃色的東西，例如富含飽和脂肪的漢堡薯條一類才能吸收酒精。冰箱裡適合的就只有一塊特級陳年切達乳酪，他撕開包裝直接咬下去。

吃光以後返回客廳，康妮的蘋果筆電放在沙發。瓦勒斯窩進沙發，頭靠著扶手，電腦擺在彎起的膝蓋，啟動輸入密碼之後全球知識盡在指尖。他在Google搜尋列打字，首先嘗試以偽造自殺找資料。

他自認是很熟練的網路使用者，以前常在網際網路上一般人不會鑽進去的角落尋求創作靈感，花了很多時間找別人的攝影作品、出色的拍攝場景，也利用網路管理作品集。即便經驗豐

⑰ xxx是歐美人士表示親吻的「顏文字」。

富，瓦勒斯仍訝異看到這種人性黑暗面搜尋主題頁面竟然還有廣告，最上面兩個連結是搜尋引擎公司推銷最佳化服務。忽略廣告，捲到下面搜尋結果，頭幾個連結來自一個叫做「他殺實務」的網站，架設者是美國專為執法機構提供訓練課程的公司。再來一連串新聞報導，內容才是如何偽造謀殺為自殺：夫妻離異之後妻子被丈夫吊死、丈夫被妻子悶死、女子被男友射殺、女兒勒死母親，各種親密關係遭到極致背叛。凶手身分十分多元，有CEO也有乏味的家庭主婦，但就是沒有戴面具穿防彈甲冑的人。讀了這些案例，瓦勒斯開始思索曾經互愛互信的人痛下殺手究竟有什麼理由，能分析出的除了背叛之外還有一點，就是凶手與被害者大都熟識。其實他從第一次逃過死劫就常常整理記憶，想找出有動機加害自己的人，可是丹寧調查案結論確立納許上尉及其部下都無罪，應該不會再將他視為威脅才對。排除軍方人士，瓦勒斯真的想不出還有誰對自己懷抱足以殺人的恨意，他不過是個攝影師、旁觀者，人生分量沒大到能夠樹敵。

之後一小時瓦勒斯持續研究，讀了更多他殺變造為自殺的恐怖刑案。原來有這麼多遭身邊人殺害的可憐死者，但話說回來，這樣看文章無法拉近他與凶手的距離。簡而言之，頭一個關鍵字碰壁。瓦勒斯在布里斯托大學的導師，同時也是攝影圈名人的賽蒙．麥凱說過：創意不是得到正確答案，而是提出正確疑問。瓦勒斯現在需要做的正是找對問題。

他改搜尋自殺式謀殺，只得到一大堆先殺人再自殺的新聞。隨便挑幾篇看，有欠債父親殺光家人、年輕男子殺害一群大學女生再舉槍自盡之類。與冷血預謀的偽造自殺有點不同，瓦勒斯覺得殺了人又自殺大半出於一時的心理不平衡。

接著關鍵字改成自殺懸案，得出一系列文章報導美國地區突如其來、無法解釋的自殺率攀升現象。對瓦勒斯而言，美國人自殺比他殺還多是個新鮮消息，殺自己機率居然是殺別人的兩倍，黑暗卻也有趣。但對他依舊是死胡同。

一點三十分，電話鈴響，瓦勒斯沒接，答錄機啟動。

「嗨，我不方便接聽，請留言，我會盡快回電。」康妮的錄音說。

「約翰，在家的話來接聽，」嗶聲以後康妮這樣說。瓦勒斯有些遲疑，不知道自己是否有與她交談的心理準備。「有人在嗎？」康妮學起驚悚片那種說話方式。

他過去拿起無線話筒，「哈囉。」聲音還是低沉沙啞。

「還好嗎？」康妮問。

「差強人意。」瓦勒斯回答。

「可想而知，喝太多了，而且早上我看到你擺在廚房的藥。」康妮說，「抱歉我直接出門了，公司在推大案子……你懂的。反正也免得你要勉強自己應付我。」

「妳應該也不會想要，相信我。」瓦勒斯坦承，「我狀況不太適合那種動作。」

「說得對。」康妮嗤笑，「還是大概七點回去，晚上給你做點強身滋補料理。」

「不會加扁豆吧？」

「我有祕密武器。」康妮語調輕快，「然後別喝酒了。」

忽然陷入沉默，但兩人都想證明昨晚的親密不影響氣氛，結果搶著講話。

「我看到妳留的字條。」瓦勒斯快了一點點。

「你還在床上？」康妮幾乎同時開口。

「起來了，」他趕快回答，「現在上網試著調查那個人。」

「運氣如何？」

「只看到一堆大家殺來殺去的恐怖故事。」

「有沒有從外表描述著手？警察都是這樣。」

「是還沒。」瓦勒斯說完很想拍自己腦門。感覺好蠢。

「就說不能再喝吧，」康妮取笑道，「晚上見。」

說完她先掛斷，完全沒提起前一天免得氣氛僵，也沒問東問西試著確認雙方心意。

鎖骨湧出彷彿齧咬的痛楚，瓦勒斯越來越難忍受，只好起身進廚房，先拿斯佩爾特小麥麵包做個簡單美乃滋三明治充飢，餐後甜點是兩顆普除痛搭配柳橙汁。上了廁所以後他又回到沙發。

瓦勒斯轉而搜尋殺人嫌犯、防彈衣、面具，搜出的東西主要是二〇一二年美國科羅拉多州奧羅拉市電影院槍擊事件。他再換成自殺、防彈衣、面具，搜尋結果看來沒有特定方向，有講槍傷的、講戴著防毒面具慢跑能引發大恐慌的、連結到電影《毀滅大作戰》的，還有奈德．凱利的維基百科頁面。瓦勒斯切換到第二頁，內容同樣雜亂。第三頁，十條結果，滑到一半終於找到引起他興趣的文章——名為「自殺方法學」的網站設有論壇，代號為「網路小白去死」的人發起主題為怪異自殺事件的討論串，他拋磚引玉說了男子鑽進化糞池溺死自己的事件。瓦勒斯捲動頁面慢慢看，許多人提供各式各樣噁心古怪、脫離常規的自殺手段，最後注意力落在名叫「浪漫派死神」的使用者身上。

//

幾個月前，我聽說有人在車庫裡上吊自殺。很無聊是吧？問題是：他老婆說他是被人做掉的，丈夫常提起有人想殺他，而且是個戴面具、穿甲冑，像蝙蝠俠那樣的人。死法可能不奇怪，故事倒是有點意思。

//

瓦勒斯直覺強烈認為這就是自己需要的線索，趕快查看底下留言，不過其餘使用者大都覺得浪漫派死神離題。他點進浪漫派死神的個人資料頁面，發現對方發表過一百八十三篇文章，可惜全部讀完也沒找到與車庫上吊一案有關的訊息。即便如此還是有些收穫，瓦勒斯拼湊蛛絲馬跡，知道浪漫派死神自稱女性，花很多時間安撫想自殺的人別做傻事，然而若求死者展現強烈決心，她則給予簡單實際的指導，解釋如何最迅速無痛地自我了斷。她在論壇活躍長達三年，最新一篇文章於六天前發布。就瓦勒斯立場無法理解，為何有人會在自殺諮詢網站活動三年，大量接觸世上最絕望的一群人，他自己才讀了幾小時就渾身不對勁。這兒的文章不僅僅是求死之人的告白，還有一群變態偷窺狂瞎起鬨，部分成員竟然教唆自殺，得知有人自殺就歡天喜地，看得瓦勒斯心底燒起無名火。相反立場也存在，反對這網站的宗教團體或個人也來參與，行文抨擊如此全面的自殘教學大剌剌放在網路任人取用。的確，「自殺方法學」是位於社會邊緣的幽暗禁地，若非網際網路發達絕不可能存在，瓦勒斯也沒興趣多待半秒。基於讀到的文字，他站在反對派那邊，覺得自殺這種概念好比病毒，用對手段就會深植意識。經過之前幾週，瓦勒斯體悟更深：即便心靈看似健康，一旦受創也隨時會崩潰。正常情況下，心靈的傷口或許會癒合，但若接觸自殺方法學這種網站，好比傷口結痂卻未曾脫落，總會碰上某人有意無意揭開瘡疤。

瓦勒斯複製浪漫派死神的詭異故事放到Google搜尋，唯一能找到的就是自殺方法學網站。別無選擇，他申請新的電子信箱帳號同去自殺方法學註冊，信箱與論壇代號都是「死亡偵探」。完成認證程序以後，他給浪漫派死神傳送私人信件。

〃

浪漫派死神妳好：

我是自殺方法學的新人，正好讀到妳一篇貼文裡的奇怪自殺案件。幾星期之前，我一個朋友也提起戴面具的人要殺他，所以能否請妳告訴我，那個車庫上吊的故事是在什麼地方聽說？我想幫朋友查查看是否真的有人圖謀不軌。

死亡偵探敬上

〃

按下發送，也回覆了論壇系統的確認通知，之後整個下午到傍晚他繼續搜尋，始終沒找到更相關的線索。每隔大約十五分鐘，瓦勒斯滿懷期待登入信箱和自殺方法學網站檢查，可惜堅持未必有回報，浪漫派死神遲遲沒捎來消息。

康妮七點半到家，面帶笑意走進客廳，身上是運動鞋、灰色長褲和粉紅色背心。

「抱歉回來晚了，」她把背包放下，「每星期有幾天我會先去健身房再趕回家。」

本來盯著電腦的瓦勒斯抬頭，「沒關係的。」

康妮頭髮綁成馬尾，泛紅冒汗凸顯了姣好臉蛋。瓦勒斯腦袋閃過同一張臉高潮紅暈、五官微蹙的模樣。

「進度如何？」她問。

「不是很好。」瓦勒斯回神答道，「什麼也沒查出來。」

「嗯，我先去洗澡免得熏死你。」康妮還是笑著，「然後你幫我做晚餐，之後我們一起上網調查看看。」她拎起背包朝裡面走。

「要怎麼幫？」瓦勒斯朝她背後問。

「切顆洋蔥和一點大蒜。」她從臥室叫道。

瓦勒斯走進廚房，找到很多公平交易有機食材與不成對的陶瓷餐具，翻了一會兒終於發現蔬菜。「大蒜要多少？」

「兩瓣就好。」康妮回答的聲音不大卻很清楚，似乎就在背後。瓦勒斯嚇一跳轉身，她站在走廊，身上只有一條白浴巾，頭髮披散在白皙肩膀和胸口。模樣實在太美，瓦勒斯模模糊糊記得自己走上前深情擁吻，康妮伸手環抱他然後浴巾落地。

康妮靠在他沒受傷那邊肩膀，兩人裸著躲在被窩喘個不停但心滿意足。瓦勒斯望著她出神的臉龐，暗忖讓康妮離開真是愚蠢，如此美麗善良又聰明的女子多少男人夢寐以求。

「沒想到會這樣。」康妮察覺他的視線，「還以為昨天晚上是意外，雙方都不想提起。」

瓦勒斯懷疑自己是否鑄下大錯，但一切發生得太自然，而且心裡感受是好的。康妮露出笑容，在他臉頰印了個吻。

「別燒你的腦，」她邊說笑邊溜下床，「我又沒說要結婚。至少現在沒有喔。」

康妮鑽進浴室關上門。片刻後瓦勒斯聽見水聲，跟著下床換了一條牛仔褲和乾淨T恤，回到廚房吞兩顆止痛藥繼續做菜，剝了兩片大蒜、拿出洋蔥放在木頭老砧板仔細切好。專注精神將一層層洋蔥切成絲，瓦勒斯感覺身心得到放鬆。合氣道強調平衡，生命的高山低谷固然動人，不過簡單質樸同樣重要，沒有小事又如何串聯所謂的大事。活在看似瑣碎的當下，凝神於單純間能帶來一定程度的寧靜。

「很仔細呢。」康妮過來看了說，她換上淺藍色短褲和寬鬆的高領套頭毛衣。「不愧是全球頂尖的強迫症……哦，是藝術家。」

她眨眨眼，瓦勒斯也笑了，輕鬆自在的相處值得珍惜。「還有什麼要弄？」他問。

「沒了，」康妮站定在櫃子前面很肯定地說，「接下來交給我。」

瓦勒斯聽了乖乖靠在流理臺旁邊觀望。她拿出不鏽鋼碗，倒了兩罐蠶豆、一把扁葉歐芹、少許小茴香，再摻進鹽巴和胡椒，最後全用調理機打成綠色糊狀，加了洋蔥和大蒜並撒些麵粉。

「塔安馬亞。」瓦勒斯見狀道。

「你從阿富汗帶回來的唯一一樣好東西。」康妮說得隨興，但瓦勒斯看得出來她話一脫口而出就後悔了。

「沒關係，」他伸手搭著康妮的背，「說得沒有錯。」

康妮露出感激神情，在平底鍋倒了橄欖油，將豆泥揉成餅狀煎烤，烤到滋滋作響以後她又取出兩個盤子，先擺上全麥麵皮與蔬菜沙拉。等餅烤熟，康妮一個盤子放三塊，淋上中東風味白芝麻醬以後將麵皮捲成管狀。

「可以開動啦。」康妮遞了一盤給瓦勒斯，領他回客廳在小餐桌坐下。

瓦勒斯對著窗戶，看見外面一群哈西迪猶太教徒離開會堂。對他而言那些東西只是自古流傳的童話，不懂為何有人將其奉為圭臬，但還是很羨慕別人能活得信念堅定，生命告終時對自己的去向毫無質疑。咬了一口捲餅，鮮甜滋味在口裡擴散。

「如何？」康妮一臉期盼。

「很棒，」瓦勒斯說，「非常棒，尤其以素食來說。」

「雞蛋裡挑骨頭！」她笑道。

邊吃邊聊，兩人刻意避開太深入的情感。康妮在日肯企業工作成了最棒的靶，公司裡一堆性情古怪的人、事事以營利為目的。他們藉此營造假象，彷彿進行了一場有意義的對談，不願觸及敏感話題。

晚餐過後，康妮端著盤子進廚房。瓦勒斯聽見她將餐具塞進小型洗碗機，自己拿起筆電放在餐桌上，開機以後輸入密碼。

「對了，bootle是什麼？」瓦勒斯大叫問她。

「是我家第一隻貓的名字。」康妮走進客廳回答，到他旁邊坐下之後立刻留意到畫面上的網站：自殺方法學。

察覺康妮眼裡的憂慮，他趕緊開口：「是用來找線索，別多心。」瓦勒斯登入論壇，小花符號提醒有未讀訊息，他立刻點開站內信箱，浪漫派死神來信了。

〝死亡偵探你好：

歡迎加入自殺方法學。朋友遇上這個狀況真讓人遺憾。我的工作是處理驗屍報告，所以會看到一些奇怪案例。附上相關文件，希望有幫助。

浪漫派死神〞

瓦勒斯點了迴紋針符號，筆電下載完成，開啟一個pdf檔。

〝史都華．胡方死因勘驗報告

法學士米蘭達．邁爾斯

史塔佛郡驗屍官

死因描述

史都華．胡方先生在車庫內上吊後窒息而死。死者之前曾自殺未遂並接受心理諮商，之前自殺手法同為上吊。當時胡方先生聲稱遭戴面具穿防彈衣的不明人士攻擊，警方調查後查無證據證實其說法，因此遭到列管。治療完成後胡方先生定期回診，負責本案的警官、死者妻子與精神科醫師均表示胡方先生持續表現出被害妄想，愈發認定有人欲加害於他。胡方先生死後，根據社交平臺貼文可推論其私生活遭遇許多問題。事發之後警方證據顯示無法找到掙扎或入侵跡象，法院據此裁定為自殺。

//

瓦勒斯在Google搜尋輸入「史都華．胡方」，找到幾則當地報紙的報導。

「看看這個。」康妮指著畫面上第三條連結。

瓦勒斯點下去，瀏覽器開啟當地報紙《史塔佛郡之星》網站，報導時間為六月二十三號，最上面附了一張史都華．胡方的相片。死者清瘦，灰色頭髮髮線後退，鬢角倒十分濃密。照片裡他泛紅臉上掛著傻笑，似乎喝多了，手臂挽著另一人無法辨識，因為影像被美術編輯裁掉。背景是酒吧吧檯，上面擱著很多空杯。

//

本地民眾聲援被害人

葛拉罕．帕可斯報導

里克鎮居民史都華．胡方曾經激動表示自己遭人暗殺未遂，但近日妻子辛西婭參加晚餐聚會返家時竟發現他已懸梁自盡。胡方從事農牧業，先前曾為洗刷冤屈接受《史塔佛郡之星》獨家專訪。

「那天辛西婭出門了，」胡方表示，「我本來在看電視，忽然有人敲門，應門之後我就暈過去。醒來的時候，人在乾草棚裡，脖子居然被纏了繩子，一個戴黑面具的人正要把我吊起來。」

胡方逃過一劫歸功於妻子。「要不是辛西婭不舒服先回來，我現在應該沒辦法在這兒講話了。」他說：「外頭很多人覺得是我想自殺，但我幹嘛自殺？我活得很好啊。」

史塔佛郡警局堅持偵查不公開原則，拒絕對胡方說法表示意見。

≈

瓦勒斯有種鬆口氣的感覺。那個殺手是真的——看來與殺害史都華．胡方的是同一人。

「和你的經歷非常相似。」康妮也這樣說。

「嗯。」他盯著螢幕上的圖片，對於自己與里克鎮一個農民有何共通點百思不得其解。

11

感覺有東西碰到頭，瓦勒斯驚醒，一睜開眼睛看見是康妮彎腰過來。她打理好服裝儀容，今天穿的是深綠褲裝。

「嘿，」她輕聲說，「正在想該不該叫醒你呢。」

瓦勒斯坐起來，鎖骨還是痛，不過程度從尖叫降低到大叫。腦袋花了幾秒鐘才開始運轉。

「確定這樣做真的好嗎？」康妮口吻中透露出真切的擔憂。

前一天夜裡討論完，康妮建議找警方處理，但他心意堅定，認為自己得要搜集更多證據才是安全做法。根據新聞報導，醫療體系認定他是瘋子，他說的自然是瘋話，不足以促使警方展開刑事調查。此外瓦勒斯也提醒康妮：自己之所以二度遭到暗殺就是警察洩露資訊導致，缺乏進一步資訊之前他不知道能信誰。答應會小心謹慎以後，康妮也認同了他的計劃——自力調查史都華·胡方的死亡真相。

「別擔心，沒事的。」瓦勒斯安撫道，「謝謝。」

康妮有疑惑時總是微微歪著頭。

「妳幫了我很多。」他解釋。

「你別太勉強喔。」康妮多勸了句，打開梳妝臺抽屜取出信封放在床上。「給你的。」

「是什麼？」瓦勒斯撕開後看見熟悉的女王臉望著自己。

「會需要用錢吧？」康妮說。

「我不能收，」瓦勒斯想拒絕，「太多了。」

「就一千英鎊，」她回答，「還好吧，而且你很會賺錢呀。」

「之後還妳。」瓦勒斯承諾。

「嗯，」康妮朝床邊桌上Wedgwood鬧鐘瞟了一眼。「得出門了，」她探身一吻，「記得打電話聯絡，萬事小心。」

交代完之後康妮走出臥室。片刻後傳來正門關上的聲音，他隨之跳起，先去吞兩顆止痛藥再進淋浴間。

晨間八點四十六分，瓦勒斯擠上從斯多克紐溫頓前往利物浦街的電車。以前尖峰時段他並不介意，但遭遇兩次襲擊之後就不同了，在狹窄密閉空間被人貼近身邊會引發焦慮感。除了心理壓力，車程也是整整十六分鐘的生理煎熬：每次起動、停止或哐啷哐啷穿過路口，車體搖晃導致旁邊乘客擠過來，瓦勒斯鎖骨就又一陣痛。

下車面對喧鬧市區，瓦勒斯先在甘菊街找一間TK Maxx服飾店。康妮買的衣物收在大購物袋，他又多買幾件休閒風上衣、健行靴、一件夾克和一個背包。搭乘地下鐵到尤斯頓車站，他買了特倫特河畔斯多克的離峰時段來回票，看看大廳懸掛的大鐘，時間是十點二十三分。距離班車還有十七分鐘，瓦勒斯去了Boots藥妝店張羅日用品，包括牙膏牙刷、沐浴乳和體香劑。

火車向北發進，車廂內部光景截然不同，鮮明呈現少了八百萬人爭奪空間與資源的差異：全車只有十二人，明明設計上足夠容納六倍之多。瓦勒斯選擇最靠近門口的位置，方便看見各個角落與所有進入人等以免遭到偷襲。他在心裡告訴自己：不是被害妄想，而是小心為上。列車準時離站，瓦勒斯躺在座位休息，開始享受一場倫敦建築史之旅：從卡姆登市區喬治王朝風格的露臺出發，接著是伊斯靈頓改建的紅磚倉庫、西漢普斯特德與芬奇利的維多利亞式街道，經過溫布利與哈羅在戰後興起的半獨立式別墅，之後來到瓦特福，有二十世紀大型量販店掠過窗外。然後駛入開闊鄉間，火車速度逐漸提升。

旅途中瓦勒斯思考自己可能與史都華．胡方存在何種連結。他沒去過里克鎮，以前沒聽過胡方這個人、不記得身邊有誰提起過。瓦勒斯家族規模極小，凋零到不可能漏掉什麼關聯，再遠的遠親也不會。他是獨子，雙親過世前特地留下完整族譜，事實上只剩下兩個表親，一個在加拿大、一個在南非，而且沒有往來。以前瓦勒斯還有些朋友，後來因為工作時間變動頻繁且常常遠赴異國，於是漸行漸遠很難維繫，丹寧調查案他未能伸張正義之後性格更趨極端，真的成了滿腹怨氣的孤狼。

若與胡方之間果真存在某種連結，總之他自己並不知情。火車經過青蔥田園，瓦勒斯邊欣賞風景邊做出其他假設。首先，也許殺手沒有鎖定目標，而是隨機出手。但怪的就是為什麼冒極大風險追殺到醫院？又或者，殺胡方與殺自己的人並非同一個，所有共同點只是巧合。再不然，想殺他的人正好看過胡方的古怪故事，於是依樣畫葫蘆。

八十五分鐘車程他一直拿這些沒答案的理論折騰腦袋，唯一能確定的依舊是可能性太多、確定的資訊太少，找不到證據就挖不出真相。

十二點零六分火車駛進特倫特河畔斯多克車站，瓦勒斯拿了背包下車。車站很大，外牆是紅磚，玻璃屋頂佈滿精緻格柵，展現了維多利亞時代的氣派與繁榮。下車旅客就十來人，上車人數也差不多，下一站是更北邊的曼徹斯特。車站如此壯觀卻沒多少旅客，瓦勒斯心想，這是所謂時代的眼淚。跟隨路標指引離開老車站，沿著外面街道找到計程車停靠處。

「老兄去哪兒？」司機見瓦勒斯鑽進後座便開口問。

「史塔佛郡之星。」他回答。

從車站出發，主幹道兩側建築老舊搖搖欲墜，其中一些確實棄置荒廢。繼續向前，又看到此處土地一塊塊被夷平，方便車商、大型商場和採取預鑄工法的旅館進駐。當地人放棄翻修改建，直接摧毀昔日，騰出空間給便宜實用的未來，可謂放棄自身歷史。

史塔佛郡之星位在鎮上博物館區兩層高白色小樓內。瓦勒斯付了車資走進現代風格的前廳，接待大桌後頭坐著身上有刺青、哥德風打扮的人。

「你好，我來找葛拉罕．帕可斯。」瓦勒斯說完，臉上化了妝的男子抬頭。「我和他是老朋友。」

「他知道你要來嗎？」對方問。

「不知道。我正好經過這一帶，給他個驚喜。」瓦勒斯回答。

「您大名是？」

「胡方。史都華．胡方。」瓦勒斯決定賭一把。

「請坐，」哥德風男子說，「我看看他在不在。」

瓦勒斯走到座位那頭，牆上釘了些畫框，展示報社值得紀念的頭版。他假裝欣賞，實際上偷瞄接待員講電話。幾分鐘以後接待員走過來。

「嗨，葛拉罕出去採訪了，說還要一陣子。他說看你方不方便留電話，之後回電給你。」

「我的手機正好掉了，」瓦勒斯這話倒不算說謊，「我就等等吧。」他語氣堅定。

「要等蠻久的喔。」對方提醒。

「沒關係，」他回答，「我有時間。」

說完瓦勒斯就坐下，一體成型的椅子連接起來乍看像長凳。哥德風男子有點猶豫，不知怎麼處理妥當，最後選擇保持專業素養。

「要喝點什麼嗎？茶或咖啡？」

「茶好了，謝謝。」瓦勒斯回答，「無糖淡紅茶。」

他開始讀報，今天報導內容有募款幫助重度肢障兒童度過夢幻假日、超重居民藉新夢幻菜單瘦下一半、當地企業家發下宏願將斯多克鎮打造為英國中西部矽谷。讀完以後他喝茶耐著性子等，哥德風接待員三不五時瞥過來，眼神愈發厭惡，彷彿瓦勒斯在場對他造成很大不便。內部人員與訪客來來去去，兩小時多以後終於有個禿頭中年男子入內，一看見瓦勒斯就衝到接待員身邊竊竊私語，顯然目標登場。大概一分鐘後，葛拉罕．帕可斯面露遲疑走近。

「是您找我吧？」帕可斯開口，「但我好像不認得您？」

那顆光溜溜腦袋瓜被天花板內嵌燈照得亮晶晶。瓦勒斯猜測他年紀五十好幾，略微發福之外皮膚白裡透灰，代表長時間待在室內，髒大衣底下穿著皺襯衫與黑色反光尼龍褲。

「其實我們沒見過，」瓦勒斯起身伸手，「我想調查名叫史都華‧胡方的人。」

帕可斯揮了下手，不願肢體接觸。「沒聽過，」他回答，「恐怕幫不上忙，我一無所知而且還要趕稿。」

「幾個月之前你才寫了關於胡方的報導。」瓦勒斯繼續說，「一個農民，說有人想殺他。」

「喔，他啊。」帕可斯想起來了，「很古怪的傢伙。」

「死了。」

「是嗎，」帕可斯聞言改口，「你們是朋友？」

「不是，但我認為他沒說謊，真的有人想殺他。」聽了瓦勒斯這番話，帕可斯眼神狐疑上下打量。「我想看看你的筆記。」

「筆記？」帕可斯笑著問。

「採訪筆記。」瓦勒斯解釋。

「看到這棟樓是什麼樣子了嗎？」帕可斯問，「你可能以為這樣也算不錯，但沒幾年前我們報社不但在市中心，還霸佔一整塊街區呢。這年頭隨便一個阿貓阿狗開了部落格就自以為是記者，短短五年時間我們的採訪組從四十人降到四人。要是你以為我有時間記住每次訪問、留什麼採訪紀錄，那真的大錯特錯。我根本談不上是記者了。想知道我真正的工作嗎？」他稍微停頓，「『填滿版面』，如此而已。」他繼續說，「我負責把廣告之間的空白頁面補起來，沒了廣告這條船真的要沉了。我只希望能讓它繼續浮在水面上直到我老了退休，否則外頭大概也不需要我這身本事。祝你好運，朋友，我心有餘而力不足。」帕可斯轉身要走。

「至少告訴我他住哪兒？」瓦勒斯朝他背後叫道。

帕可斯停下腳步。「你說他叫什麼名字來著？」

「史都華・胡方。」

「那就是胡方農場，要去鎮外郊區。這麼一說我倒有點印象了，那時候心想要多自戀才讓農場和自己同名。」說完他就進辦公室。

哥德風接待員望著瓦勒斯，臉上那抹淺笑通常是覺得對方很糗的客套表情。他不介意，反正取得線索了。

「多謝你的茶。」瓦勒斯朝他嚷嚷，拿起背包走出報社。

瓦勒斯很後悔沒叫計程車留下來等。雖然午後陽光灑在肩頭，但只勉強能與寒風相抵。他敲敲農舍大門，唯一回應是不知藏在何處的狗兒吠得沒完沒了。吠聲低沉，可見農場外「內有惡犬」的警示牌是來真的。然而除了兇猛吠叫，老舊的砂岩農舍似乎空無一人，瓦勒斯只能沿路走回前面庭院，混凝土摻雜碎石的地面很多裂痕和凹洞，就像農舍周圍快倒掉的幾間小屋一樣需要整修。從車道走到農場外，瓦勒斯遵照告示牌關上大門，為此沾了一手鐵鏽。抹乾淨以後踏上礫石小徑，還得步行一段才能回到柏油路。左右古老矮石牆的另一邊雖有田地但已經荒蕪，粗短雜草和金雀花恣意生長，對綿羊而言該是天堂，也的確有幾十隻毛茸茸白色動物散落各處。柏油路前方有道淺丘，他爬上去回頭瞭望。先前從計程車後座就看到此地景色優美，從現在位置可以好好欣賞。胡方農場所在的鄉間小路切入峰區國家公園，順著丘陵地形蜿蜒，佔登頂路線四分之三，遠眺正下方低矮丘谷、更外圍的綠野平原。顏色各異的植被如補丁接合，農舍、白羊、少許馬匹牛隻散落其上，古橡樹聳立點綴，遠處大水壩在夕陽下閃耀。景色秀麗，等生活回歸常軌他想再來一遍。

瓦勒斯又吞了兩顆止痛藥，背包掛在沒受傷的肩膀，邁步下山走向搭車前來時看見過的青年旅舍。他不知道胡方的妻子是否仍住在農場，眼看太陽即將下山，還是先確保住宿比較放心。旅舍大概三英里遠，全程下坡，他輕鬆行走，就像普通登山客找地方落腳。

路旁偶爾立著木頭路牌，看來許多公開的登山小徑在此交錯，但四十五分鐘腳程裡瓦勒斯半個人影也沒見到，只能聽見大自然的樂章：清爽秋風掠過耳際、綿羊咩咩呼叫同伴、鳥兒透過詠唱對世界宣告凜冬將至。回想起來，這麼長時間完全感受不到人類存在是十分罕有的經驗，在西漢普斯特德出生長大的他流著都市人的血。走在靜謐山林，瓦勒斯開始思索長期居住在都市喧囂造成什麼影響。很難以文字解釋，不過此刻他確實感到鎮定自在，能以不同角度觀看世界，同時也因此手癢想要留下記錄，可惜手邊沒有相機。眼前這片風景無憂無慮度過數千數萬年未曾改變，瓦勒斯意識到自己如同滄海一粟微不足道，他的生死對地球而言不值一哂。奇怪的是，轉念以後彷彿得到解脫，無意義背後的超然不是自我中心的思維所能理解。

六點剛過他就抵達青年旅舍，經理蓄了大鬍子，談吐有些粗鄙，自稱叫馬克。旅館裡頭挺安靜，十一月沒什麼人上山遊蕩，只要十英鎊就能獨佔四床大房。馬克帶他看過男士淋浴間和廁所，提醒前門十點整準時上鎖，夜裡不能開音響，若有反社會行為會遭到嚴厲制止。確定客人聽進去以後經理回去辦公室，瓦勒斯則在康樂室角落找到公用電話，投了兩英鎊撥號，響幾次沒人接聽，他打算留言時對方卻又接起來了。

「請問哪位？」康妮說。

「是我。」瓦勒斯說得很小聲不想被聽見。

「約翰！我有點擔心呢，你得帶支手機在身邊。」康妮建議。

「我沒事，」他答道，「那個農夫的太太不在家，我在附近過夜，明天早上再試試。」

「你現在人在哪兒？」

「洛奇山[18]青年旅舍，在里克鎮外面的簡單小旅館。」瓦勒斯回答之後短暫沉默，他覺得該說點什麼，「別擔心我，我很好，也很想妳。」

康妮沒講話，他一時無法分辨這反應是錯愕還是不悅。

「我也想你，」康妮過一會兒說，「不過我還在公司呢，還沒脫離開會地獄。你自己小心。」

「好。」

康妮掛斷，瓦勒斯也放下話筒。回頭在康樂室內一張松木咖啡桌上找到好幾張附近餐廳的外送菜單，於是他又投了兩英鎊給貪得無厭的電話叫披薩。四十分鐘過後他一個人在同樣地方吃起油滋滋黏糊糊的西西里披薩，上面佐料有鮪魚、鯷魚和酸豆。披薩頗大張，才吃一半就飽了，瓦勒斯把剩下的放在茶水站旁邊，雖然冷了不好吃但還是可以充當早餐果腹。牆上有時鐘，晚餐過後才八點一刻，但他已經累了，而且無法預期隔天會是什麼情況，所以拖著滿肚子的魚肉麵團起

---

[18] 里克鎮旁的山脊，原文 The Roaches 語源為法語的岩石（les roches）。

司挪動身子，穿過安靜走廊回房翻出牙刷，在盥洗室待了一會兒就重返臥房鎖門。前陣子幾度遊走生死邊緣，瓦勒斯不由得做些預防措施，例如將背包擱在門口做預警、穿著能外出的衣物直接就寢。他挑了張下鋪，吞了兩顆止痛藥，靠著薄薄乳膠枕躺平。要是床板能加長六吋、床墊加厚一吋就舒適多了，但瓦勒斯也沒多介意很快入夢。夢境斷斷續續沒停過，夢裡的康妮和殺手十分逼真。

12

瓦勒斯嗅到濃厚的煎培根香味清醒過來，鎖骨變成悶痛，但他還是吃了兩顆普除痛進一步緩解。下樓以後，看到馬克站在康樂室最裡頭角落，原來有個小小的廚房區，他在爐子前做料理。旁邊有一張鄉村風十二人大餐桌，桌面磨損很嚴重，看來好幾千人次在此用過餐。

「看你留了半個披薩。」見瓦勒斯走近，馬克開口說，「怎麼能吃那種垃圾食物過活，得來點真的食物。」

瓦勒斯一瞥，發黑的老平底鍋裡有培根、香腸、雞蛋。「謝了。」他感激地說。

「別客氣，」馬克回答，「反正只有你一個客人，總不好意思讓你看我吃。幫我拿盤子，在底下。」他朝一旁很古老的櫥櫃撇撇頭，合板櫃門也有不少缺口。瓦勒斯從裡面翻出兩個款式不同的盤子。

「茶泡好了，在水壺旁邊。」馬克盛好早餐端上桌。

瓦勒斯發現兩杯香味四溢的奶茶。其實他平常不喝奶類，但既然是旅舍經理的好意就別掃興。他把其中一杯放在馬克面前然後就座。「我的是另一杯，」馬克說，「習慣加很多糖來保持笑容。」

他調換杯子同時認真觀察，不確定馬克剛才是否說了個笑話。經理一如昨晚是張撲克臉。

「從倫敦來的吧？」馬克邊吃邊問，聽那口吻似乎對倫敦人有不少成見。

瓦勒斯點點頭。

「來幹嘛的？」

他嚼著炒蛋和香腸，思考怎樣應付大鬍子經理比較合適。此時撒謊恐怕會扼殺才剛萌芽的交情。「我想找胡方太太聊一下，」瓦勒斯回答，「真好吃，謝了。」

「別客氣，都是本地食材。」馬克似乎對廚藝自信滿點，「我猜你是想知道她老公的事情吧。」

「嗯，我覺得他說的是真的。」

馬克靠著椅背，板起的面孔猜不出心裡想法。「或許，」他沉吟一陣，「不然死了以後哪來那麼多風言風語，說有人要殺他之類。」

「風言風語是指？」瓦勒斯問。

馬克繼續吃早餐，「這就不關我的事了，有興趣去找他太太。不過也要人家肯見你。」

「昨天我去了一次，沒人應門。」

「事情發生之後，」馬克解釋，「她就不怎麼出門，但應該都在家裡。可能你長得不投緣吧，吃飽之後我帶你過去，看看會不會好些。」

「先謝了。」瓦勒斯說。

「沒事。」馬克回答。

吃完以後瓦勒斯收拾行李，付了房費。「早餐多少錢啊？」他問。

「不必了。」馬克帶頭走向他的Land Rover Defender，「是希望你吃點好的，不是要賺錢。」瓦勒斯鑽進副駕座，馬克就定位發動老引擎，四輪驅動車緩緩起步。途中瓦勒斯下車好幾次幫忙打開柵門，但總共只有三英里遠，不出十分鐘就到了。車子開過礫石小徑停在農莊大門，乍看與瓦勒斯昨天離去時一模一樣，差別在於大狗直接跳出來吠得兇暴，他嚇得向後彈一步。

「別理牠。」馬克說，「牠是真的會把人手臂咬斷，不過站在大門外頭就可以放心。」

那條狗真的很威猛，瓦勒斯猜想應該是鬥牛獒，大骨架上肌肉糾結，滴著口水的嘴巴開開闔闔令人望而生畏。

「辛西婭！」馬克大叫，「管管妳的狗！有人想找妳聊天！」

瓦勒斯望向獒犬後面的農舍，完全感受不到生命跡象。

獒犬繼續低吼。「別鬧彆扭了，辛西婭！」馬克又喊了一回，然後轉身朝瓦勒斯說，「你也開口說兩句表明來意吧。」

「胡方太太！」瓦勒斯朝農舍扯開嗓門，「我想談談妳先生的事！」

還是只有惡犬回應。馬克轉身搖頭，表情似是承認挫敗，但瓦勒斯留意到裡頭有了動靜。院子對面，農舍正門打開，一個兩頰泛紅的矮胖金髮婦人站在門框下，手裡持著大口徑散彈槍對準兩人。

「他想聊什麼？」辛西婭朝馬克吼。

「我認為妳丈夫是被人殺害的。」瓦勒斯主動回應。

她打量一陣之後放下槍。

「羅尼，過來！」辛西婭一叫，大狗立刻停止低吼乖乖過去。

「她願意見你了。」馬克轉身往車子走。

「你不一起？」瓦勒斯瞟了瞟辛西婭與惡犬，心裡有點緊張。

「不了，剩下是你和她之間的事。」馬克說得直截了當，腳步完全沒停。

瓦勒斯走向大門、拉開門閂，走過院子時眼睛一直注意大狗。羅尼也盯著瓦勒斯，但完全沒有起身的意思。汽車在背後發動，他轉頭望著馬克離開，再回頭面對拿槍的寡婦與她的保鏢犬。

「進來吧。」辛西婭吩咐。

靠近觀察，瓦勒斯發現寡婦面容憂煩憔悴，皺紋密密麻麻、黑眼圈很深。但他還是忍不住提防獒犬。

「別擔心，」辛西婭說，「你不亂來，牠也不會。」

「很大隻，」瓦勒斯嘆道，「是鬥牛獒嗎？」

她竊笑，「鬥牛獒只會虛張聲勢，沒那麼厲害。羅尼是英國獒，足足兩百二十磅。」

瓦勒斯再望向狗兒，心裡更敬畏，沒想到牠比自己還重。

「快點，」辛西婭有些不耐煩，「我聽聽你想說什麼。」

寡婦往旁邊讓開，瓦勒斯從她和大狗身旁穿過小走廊，陽光照亮紅瓷磚地板，裡頭裝潢是農家風格，樓梯牆壁掛了不少辛西婭與史都華．胡方的合照。照片跨越不同年代，夫妻在農場各個角落都堆滿笑容。

「過來。」她吩咐一聲，帶瓦勒斯從走廊轉入寬敞的農舍廚房。「要坐要站隨你，我坐那邊。」

辛西婭走向一張氣派農家桌，後面靠牆有套大型矮式Aga爐具[19]，橫跨廚房的屋椽掛著銅鍋，地板鋪了特大的紅磚。廚房窗戶面對平緩山坡，前面是開闊的田園，下面是古老森林，整個畫面彷彿房地產目錄上的優美農家景色，不過桌子一角擺著紀念肖像，相框裡正裝的史都華盯著瓦勒斯，框的右上角繫著小小黑花圈。

「我們還是每天說話，」辛西婭主動解釋，「他一直陪著我。」

「節哀。」瓦勒斯有點不知所措，從以前他就不知如何面對生離死別，自己父母死後將近一個月時間他做了什麼幾乎沒記憶，只有心底那股悲痛鬱悶印象深刻。他放下背包，凝視遺照很久，其實是想避免和辛西婭對上眼神。

辛西婭將散彈槍靠在桌角，坐下時嘴裡不知道咕噥什麼，隨後望向瓦勒斯好像期待什麼，見他沒反應又開口：「嗯，你可以說了。」

瓦勒斯挪開視線才要開口，寡婦卻又喊道：「羅尼，過來！」

狗兒跑向女主人，爪子在地板上咔咔作響。牠坐到辛西婭背後，大頭靠著凳子，寡婦一邊搔牠腦袋一邊盯著瓦勒斯，神情逐漸失去耐性。

「我認為妳丈夫是被謀殺的。」他趕快開口。

「這你說過了。」辛西婭沒好氣道。

[19] 英國廚具的經典老牌，爐具在一九三〇、四〇年代大受歡迎。

「然後我認為殺他的人，也想殺我。」瓦勒斯繼續說明，「而且出手過兩次。」他察覺寡婦表情有異，從不耐煩轉化為敵意。

「你跟他們一夥的，是吧？」她問，「你們這幫混帳東西！」

瓦勒斯一頭霧水。

「給我滾出去！」她暴喝，「滾！」

「胡方太太，我完全不懂妳在說什麼啊。」瓦勒斯辯駁。

「你認識史都華嗎？」

「根本沒見過。」瓦勒斯回答。

辛西婭無言，又打量一陣才說：「和那群人無關？」

「剛剛說過，我連妳這句話是什麼意思都不懂。」瓦勒斯答道，「麻煩解釋一下？」

寡婦看著亡夫照片悲從中來。

「你這個白癡王八蛋！」她罵道，「為什麼那麼傻！」辛西婭花了點時間鎮定情緒才又望向瓦勒斯。「他走了以後，警察居然在他的Facebook上面找到自殺訊息。我根本就不知道他有Facebook！他留言說受不了自己一直撒謊當個雙面人，」她邊回想聲音哽咽，「之後警察找到影片，很多影片。史都華開車去坎諾克契斯那邊找人，找陌生人……做愛。像畜生那樣子……」辛西婭差點說不下去，「我不知道！　直不知道！結婚三十二年了，怎麼藏著這種祕密沒告訴我？」

瓦勒斯搖頭，事實上辛西婭也並非想從陌生人口中得到答案。「警察憑這些東西就判定是自殺，」她繼續說，「可是我覺得說不定是影片裡那些變態下的手，又或者是其中一些女人的丈夫。看到她們和別的男人做那種齷齪事，換作我也會想殺人。」

辛西婭沉默，廚房裡只剩下羅尼深沉的呼吸。大狗睡著了。

「發生這種事情我十分遺憾，胡方太太。不過我沒有參與妳丈夫做的事情，這輩子沒去過坎諾克契斯區，也可以保證沒涉及妳提到的活動。」

「那你為什麼過來？」辛西婭又一股氣上來。

「妳丈夫的描述中，對方的打扮與手法和我遇上的人一模一樣。」瓦勒斯回答。

「我該幫他的！」辛西婭又忽然大叫，「早知道就不要聽那個庸醫鬼扯！史都華最需要我的時候，我居然聽信外人覺得他瘋了！」

「假如是同一個人，我遇上兩次了。說真的，胡方太太，那並非妳能插手的情況。」瓦勒斯希望這麼說能夠安慰到她。

「我可以殺了那傢伙！」辛西婭說得小聲，但眼睛盯著槍。

「能告訴我事情經過嗎？」瓦勒斯輕聲探問。

「第一次那天，我去強森農場玩橋牌，本來留在那邊晚餐，後來身體不舒服就提早回來。」寡婦回憶道，「結果居然看到史都華他吊在……」她說不下去哭了起來，一分多鐘之後才又開口。「後來我逼他去看醫生，整天陪在旁邊怕他又想不開。醫生說他有好轉，但才一個月之後，夜裡我醒過來，他居然不在床上。史都華從來不會比我還早下床，所以我知道大事不妙，走去車庫果然找到人。原本想請警方調查，但是他們懶得管，說不可能有人進到家裡面我什麼都沒聽到。等找到自殺留言、性愛影片以後，警察直接結了案子不肯再聽我講話。在外人看來，如果我連自己丈夫有另外那一面也沒發現，怎麼可能真的瞭解他？」

「節哀。」瓦勒斯明白短短兩個字很無力，但不知道還能說什麼。

辛西婭起身，從大型雙門冰箱旁邊的紙巾盒抽兩張擦眼淚。「人走了以後，我找到些東西，」她對瓦勒斯說，「你應該會想看看。」

史都華・胡方的書房一團亂，皮面橡木書桌上堆滿紙張文件，有農具目錄和發票等等。三堵牆面都靠著書架，架上塞了許多硬殼大資料夾，每個都裝很滿。窗戶邊擱著一張老照片，是年輕的史都華・胡方面露微笑，身旁大概是人生第一臺曳引機。

「我本來要收拾，」辛西婭帶他進來時解釋，「只是好難。每次開始動手就……」寡婦又哽咽，「唉，不說了。」

「我明白。」瓦勒斯表達同情。

他嚇一跳，因為辛西婭忽然跪了下來。她從書桌下面拉出紅色金屬檔案櫃，有安裝滑輪所以不怎麼費力。接著她伸手到檔案櫃後面，摸出一個立式檔案盒，放到桌上便快步退後，似乎覺得那東西很危險。

「半個月前找到的。」辛西婭開口，「既然警察打定主意不管，交給他們也沒用。」她走向書房門口，「我不想再看見裡頭的東西。」說這話時眼角噙淚。

寡婦下樓時還模模糊糊啜泣。瓦勒斯注意力回到檔案盒，紫色蓋上用黑馬克筆註明「隱私」二字。他按壓側面塑膠鈕打開裡面釦環，翻開蓋子立刻看見一張顆粒感很重的照片，畫面上一個女子跪著正在幫男人口交。場景由車燈照亮，瓦勒斯看得到兩人周圍還有其他男男女女。照片底下壓著手寫字條。

//

史都華：

你應該會喜歡這個。拍得很好對吧？下次見，親親。

莎莉

//

取出上面的照片和字條，發現底下有另一張照片，依舊是個女性，說不定是同一位。她跪在汽車引擎蓋上，後頭一個男人，嘴巴又含著另一個。

//

史都華：

想到你們倆一起進來我就好濕。親親。

莎莉

//

瓦勒斯在紙盒翻了翻，發現十數張照片和字條。工作初期他接過時尚拍攝，有些模特兒得耐心引導才能在鏡頭前面自在揮灑，但也有人非常大膽，無論穿得多曝露、環境多惡劣都能若無其事散發風采。檔案盒內所有照片主角都是同一位女子，恐怕名字就是莎莉，看來她與許多不同男性性交，瓦勒斯能從畫面感受到強烈的表現慾。女子絲毫不受周圍影響，專注於身段姿勢，彷彿引誘攝影師捕捉其墮落放蕩的每個瞬間。少部分相片背景是白天，多數是夜晚，旁觀者挺多。其中幾張史都華．胡方直視鏡頭，神情不是興奮傻笑就是五官高潮扭曲。

快翻到盒底，氣氛為之一變。首先是電子郵件的列印紙本，通信雙方分別為史都華．胡方和名為韋恩．戈德曼的藝術家。胡方先開始聯絡。

＝

戈德曼先生您好：

我寫這封信是想確認您能不能接一個案子，按照我的描述完成一件作品。靜候佳音。

史都華．胡方敬上

＝

下一封郵件則是戈德曼回覆，他表示可以承接這類委託。兩人談好費用之後，胡方給了他簡單描述。

＝

戈德曼先生您好：

我想請你畫的人戴著黑色面具，有點像《沉默的羔羊》裡安東尼．霍普金斯那種，但又不完全一樣。更接近單車面具或軍用的戰鬥面具。

再來，他胸部有護甲，形狀感覺和新一代蝙蝠俠類似，不過沒那麼花俏，比漆彈遊戲那種再高級一些就是。同樣是黑色。褲子、手套、靴子也都是黑色，護目鏡一樣是黑的，只有黑大衣內襯是紫色。

有什麼疑問請告訴我，期待你的草稿。

史都華．胡方敬上

〃

接下來一連串往來是戈德曼寄送草稿給胡方，他畫了十幾張，一次比一次更精細。胡方針對每個版本提供意見回饋，更動面具、護甲的形狀，最後作品慢慢浮現。瓦勒斯屏息：這的的確確就是想殺他的人，呈現得幾近完美。胡方花了足足八百英鎊將殺手精準描繪出來。他看著圖稿，想起自己經歷惴惴不安，但同時也興奮起來：終於得到有意義、能夠提供給警方的證據。瓦勒斯將圖畫放進紙盒闔好，拿下樓梯。

沉思之中瞥見牆上史都華與辛西婭的合照，幸福的謊言，真相如此骯髒悲哀，他得想個說詞說服辛西婭讓自己將這段不堪記憶帶走。瓦勒斯不敢妄言自己能對老寡婦感同身受，那麼多年她自以為過得淳樸圓滿，赫然發現鍾愛的丈夫不但背叛婚姻還保密至死；然而他身亡時自己還在呼呼大睡，想必辛西婭為此內疚煎熬。憤怒、傷痛卻又無力，她被各種巨大情緒淹沒難以自拔。瓦勒斯還沒個想法，人已經回到廚房。

寡婦拿出肉凍罐頭，走到角落彎腰倒在狗碗，羅尼早就按捺不住上前大吃。站直身子同時，辛西婭看見瓦勒斯手裡的東西，一臉憂鬱點點頭。

「猜到你會想帶走，」她淡淡道，「反正我留著也不能怎麼辦。想過是不是燒掉算了，但裡頭那些污穢火也燒不乾淨。警察幫我撤下自殺宣言和影片，不過傷害已經造成，現在我沒臉去鎮上見人。」辛西婭望望廚房四處，「或許也該向前走了。」

瓦勒斯乾咳兩聲侷促不已。「那個女人——」可是來不及說完。

「莎莉．哈里斯，」辛西婭打斷，「史東鎮梅瑟街一百一十四號。我請了徵信調查，查到了也提不起勇氣找她，只想吃顆安眠藥，希望睡醒了忘記一切。我想記住自己認識的他，不是盒子裡那個人。」

辛西婭凝視檔案盒，瓦勒斯從她眼神感受到的悲傷深不見底，彷彿一股黑色風暴席捲整個房子。兩人靜靜站了片刻，後來他不由自主穿過廚房擁抱剛認識的婦人。她也沒抗拒，反而靠著瓦勒斯肩膀啜泣一陣。

「沒事了，」他安慰道，「都過去了。」

那段時間看似短暫卻又悠長，最後辛西婭冷靜了些，輕輕推開瓦勒斯。

「好了，別拖拖拉拉。」她故作暴躁道，「我也很忙的，農場可不會自己照顧自己，你就自己出去吧。」

「謝謝。」瓦勒斯走向自己的背包。

辛西婭咕噥了幾句瓦勒斯聽不清楚，他將背包掛回肩膀，對老婦人點頭示意走向前門。

「祝你好運。」寡婦在他背後嚷嚷。

瓦勒斯轉頭看見廚房窗戶映出她的身影，大狗忠實守在女主人身旁。「也祝妳好運。」他答道。

「快走吧！」她大喝。

晴朗藍天、清爽涼風迎接瓦勒斯回到外面世界。離開屋內那片愁雲慘霧讓他鬆了口氣，關好門再次上路。

13

瓦勒斯回到廉價旅舍已經十點四十五分。馬克在一架裝滿石頭的手推車前面彎腰查看，琢磨哪一塊形狀最契合矮圍牆上的缺口。

「需要維護，」馬克留意到他接近便開口解釋，「她肯跟你說話嗎？」

瓦勒斯緩緩點頭。

「那你達成目的了。」馬克這語氣不像問句。

「算是。」

馬克微微蹙眉。

「電話可以用嗎？」瓦勒斯問。

「自便。」馬克指著門。

進入旅舍，他直接走到康樂室打公用電話給康妮，不過轉到語音信箱。「嗨，康妮，」他說，「農夫花錢請人畫了殺手出來，雖然拿到畫像了但沒找到和我的關聯，所以我要去一個叫史東鎮的地方繼續追查。晚點我再撥給妳試試看。」

掛了之後錢沒用完，剛好可以叫計程車。總機說要十分鐘才到，瓦勒斯走出去看馬克還在挑石頭就靠過去等車。

「要走了嗎？」馬克問。

「我得找到那個人，」瓦勒斯解釋，「不然大家都以為我瘋了。」

「和史都華一樣。」馬克頭都沒抬，翻找的時候石頭跟推車撞得哐啷響。

「她應該不會有事？」瓦勒斯望向洛奇山高崗。

馬克也朝山峰瞟了眼，只是聳聳肩。遭到一連串無情打擊，辛西婭怎樣重新站起來？瓦勒斯很難想像。

「有了。」馬克拿起石塊，「會花點時間，但值得努力。」

他指尖轉了轉石頭，然後對準缺口塞進去。形狀不完全對應，但小心擺放、稍微在周圍其他石塊施加壓力以後看來嵌得恰恰好。滿意之後，馬克推著推車沿牆走，來到更靠近瓦勒斯的地方，還有別的洞要補。整個篩選過程重新來過，他又在整臺車內尋找最適切的一塊。

瓦勒斯看著他忙，但意識到如果目的單純是將旅舍和馬路隔開，改採木圍籬或磚牆應該更簡單。這堵石牆是分界，但也是馬克的冥想。旁人眼裡的枯燥勞動對眼前看似粗鄙的男子是種養分。他不因追尋而挫折，長滿繭的雙手拾起石塊也拾起寧靜，不斷反覆才能找到一塊契合，取出端詳的模樣好比鑑定鑽石那般認真。接著他會放在缺口比劃，倘若真不合用，就輕輕放回推車收在旁邊。橫過鄉間的石牆乍看平凡無奇，但瓦勒斯體悟背後投注的細膩情懷，於是眼中映現一片新天地。粗糙灰石佈滿縫隙，四面八方開展如筋脈蔓延，幾分不規則的混沌美感油然而生，整堵牆彷彿活著的藝術。

沉溺在馬克的作品中，瓦勒斯腦海留下好幾幅令人驚豔的微距相片，十分鐘後計程車到了還渾然不覺。司機按喇叭，但他和馬克只覺得受到驚擾，一齊瞪了過去。

「謝謝，你幫了我很多。」他走向馬克伸出手。

「沒什麼。」馬克手沾著塵土，觸感如沙。「希望你能找到要找的人。」

前往史東鎮車程不到一小時，路上瓦勒斯又吞了兩顆止痛藥，同時發覺手邊分量快吃完了，只剩四顆。他試著翻閱檔案盒內的東西，不過在移動的車輛上專注閱讀只會想吐，終究將東西塞回背包。

梅瑟街位於史東鎮角落的大型社區，道路兩旁一幢幢獨棟紅磚屋綿延到社區用地邊緣幾吋處。計程車停在一一四號門口，這戶房子明顯比鄰居老舊。社區整體屋齡應該才十年多，但其他房子有翻修粉刷的痕跡，只有一一四號看似落成之後沒動過。車資出乎意料的便宜，才三十英鎊。瓦勒斯付錢下車，踏著窄短小徑走到紅色正門前。沒有門鈴，他抓著銅門環敲了敲，片刻後隔著門板上毛玻璃小窗瞧見扭曲人影走來。門打開，是在照片中見過的那張臉。

「你好。」莎莉．哈里斯微笑道。

「哈里斯太太妳好。」瓦勒斯答道。

「是諾頓小姐，」對方糾正，「已經離婚了。」

「聽我說出來意之後妳很可能會想關門，」瓦勒斯說，「不過我是真的需要妳幫忙。」

她臉垮下來，右手緊緊扣住門框。「無論你聽說什麼，」語氣也變得冷淡，「我沒再做那種事了。」

莎莉正要關門，瓦勒斯伸手阻攔。

「諾頓小姐，我根本沒聽到什麼流言，」他趕緊解釋，「今天過來是為了史都華．胡方的事情，我認為他是被人謀殺，而且同一個凶手正在追殺我。」

莎莉打量一陣之後苦笑，「那混帳還活著的話我也饒不了他。算了，你先進來，否則隔壁鄰居又要誤會。」

她側身讓路，瓦勒斯進去先看到玄關什麼家具也沒有，地毯很突兀的只鋪到樓梯口，只有一階階光禿禿木板往上爬。坑坑疤疤還斷了一根腳的紅木小桌靠在貼著壁紙的牆邊，會特別意識到壁紙是因為被撕破一長條，露出底下凹凹凸凸的灰泥。

「他沒留錢給我，」莎莉帶他往內走的時候說，「就只有這房子。」

客廳壁紙是老派俗豔的花朵圖案，一側放了很老舊的灰色布沙發，桌子挨在旁邊，桌上有個大鳥籠是空的。窗戶掛著紗簾，簾子就是全無剪裁的一片布。沒電視、沒照片、沒任何裝飾，接待客人的地方如此，瓦勒斯很好奇屋內其他房間是什麼模樣。

「不大體面是吧？」莎莉察覺他反應，走到擱著鳥籠的桌前，拿起香菸盒打火機。「但生活嘛，不是只有物質層面嘍？身體健康才重要。」她叼一根菸，打火機生鏽了，打五六次才有火。

大概因為菸癮重，臉上皺紋特別多，容貌恐怕比實際年齡來得老。瓦勒斯猜想她應該四十五、六，但看上去多了好幾歲。莎莉頭髮微捲、長度及肩，髮色感覺用了廉價漂白劑，發福身材塞在身上那件無袖小洋裝顯得有些擁擠，即便他無心也會看到大腿上緣凹凸不平的橘皮組織。

「所以找我什麼事？」莎莉在兩口菸之間問道。

「妳知不知道誰有殺死史都華．胡方的動機？」瓦勒斯問。

「影片公開之前不知道，」她回答，「影片公開之後少說也算得出十幾個。史都華原本只是個色老頭，參加派對也沒什麼。我們不都參加了嗎，彼此之間應該沒有嫉妒之類狗屁倒灶的情緒。」

「參與者的丈夫或男友呢？還是誰的妻子？」

莎莉搖頭。「沒有吧，」她說，「你想想看，那白癡都把影片放上網路，害好幾個人婚姻破裂——我自己也遭殃，但沒有其他人被殺死啊，那麼做沒意義吧？不就幾根路人的屌罷了？」看瓦勒斯被直白的語言嚇得不知所措，莎莉笑容表情多了抹淘氣。「你應該也看過影片吧。」

他搖頭：「只看到幾張照片。」

「丟臉死了，」莎莉繼續說，「沒人想被發現，這樣哪玩得下去。我大概也得搬走了，」她看看房間四處，「要先找買家接手這狗窩就是。」

瓦勒斯觀察一陣，褪色的壁紙花朵烘托下，莎莉身影散發一種悲哀氛圍。「那，抱歉打擾妳了。」他說完就朝門口走去。

「沒事，」莎莉答道，「但話說回來，關於那些該死的影片，有件事情我一直覺得奇怪。史都華怎麼弄到的？我會上傳到色情影片網站沒錯，但都設定成私人觀賞。」

瓦勒斯感到詫異，停在門口前面。

「我當然不會傻到讓那些白癡拿出去張揚，」莎莉又說，「否則下場就是現在這樣。我有給他們密碼，但他們應該無法取得原版，網站只提供低解析度版本，反正夠他們回味了。可是史都華貼出來的是原版，高解析度，清楚到每根陰毛都能看得一清二楚。」

他心裡翻了個白眼。

「而且史都華這個人連電子郵件都不太會用，你覺得他有本事弄到原檔？」莎莉問起瓦勒斯。

「或許直接從妳電腦拷貝？」

「史都華根本沒到過我家。」莎莉回答，「私下嗜好和居家生活我分得很清楚，你可想而知。」她手往空蕩蕩住處比劃兩下。「假如史都華真的是被人謀殺，」她繼續說，「我認為影片就會是凶手放上網的。剛剛說過，史都華只是個色老頭，什麼都不懂。就算他要自殺，也沒道理拉著我們所有人陪葬才對。」

瓦勒斯本來要去外面等車，但莎莉說陌生男子站在她家門口會惹來更多閒話，他只好過去破舊沙發坐下，女主人自己則跑去另一個房間。短短十分鐘也令人很不自在，計程車到了鳴喇叭，他趕快衝出去，莎莉聽見後跟著下樓。

「謝了。」他說。

「祝你好運。」莎莉吞雲吐霧之中抛了個飛吻。

瓦勒斯出門走向路旁計程車，爬進後座叫司機開到斯多克車站。

三十分鐘後他搭上前往尤斯頓的快車。方才特別叫計程車停在書報攤買了紙筆，瓦勒斯進了火車車廂開始動筆，仔仔細細寫下這兩天得到的情報，盡可能完整交代對話內容、人名，加上註解串聯前後文方便交叉比對。一小時半以後火車抵達尤斯頓站，瓦勒斯手中生出足足二十九頁手寫證詞，他將筆記放進紫色檔案盒內下車出發。

首先他在站內找公用電話撥給康妮，又轉進語音信箱。這回他沒留言就掛斷，從大廳出去朝西兩個路口到尤斯頓廣場，轉乘環狀線抵達埃奇韋爾路。下午四點十八分，瓦勒斯站在派丁頓區警察局的接待櫃檯前面。

「我找偵緝警佐貝利。」

接待員不具警察身分，但還是打量他一陣，還好他看起來沒醉沒瘋也不像什麼重大罪犯。「警佐在等你嗎？」

「沒有，」瓦勒斯回答，「不過他一定會見我。告訴他約翰．瓦勒斯在外面等。」說完他退後一步。接待小姐神情一變轉頭想求援，但旁邊是個遇上扒手的俄國人，英語說得七零八落，同事光要聽懂都焦頭爛額。她無可奈何拿起電話，瓦勒斯朝對方露出微笑，點了點頭表示讚許。

等待時間很短，不到三分鐘就看見貝利帶著兩個彪形大漢出來。他先張望一陣確認狀況，發現瓦勒斯站在新堡廣場出入口，背後是一輛開著車門的黑色計程車。

「好了沒呀，老兄？」司機不耐煩了，瓦勒斯再給他一張二十鎊鈔票。

「再一分鐘，」他回答，「我看看朋友要不要一起走。」

瓦勒斯轉頭望向貝利，警佐帶著兩名魁梧警員快速逼近。他搖搖頭，指了那兩人之後作勢要鑽進車子。還好警佐見狀能會意，吩咐部下別跟了，自己繼續向前。

「我們去兜個風吧，」等貝利靠得夠近時他開口說，「有東西想給你看看。」

貝利向部下做了手勢要他們記住車牌。「走吧。」

「去哈克尼。」兩人上車後瓦勒斯告訴司機。

他坐上面朝前的長座位，貝利則挑了面朝後的折椅[20]。警佐拉上後車門，計程車上路。瓦勒斯回頭，從後車窗看到兩個員警對無線電講話並跑進警局，然後轉頭望向貝利。

「之前的事情我很抱歉，」他開口，「傷勢還好？」

「我可不是來做身體檢查的。」貝利回答，「給你六十秒解釋，否則我就停車逮捕。」

瓦勒斯察覺司機耳朵豎了起來便關掉對講機，伸手要從背包取檔案盒的時候貝利也神情緊繃。

「我找到一個人，他被襲擊我的人殺死了。」瓦勒斯打開檔案盒，取出史都華．胡方請畫家繪製的圖片。「死者是個農夫，叫做史都華．胡方。他說曾經在自家乾草棚差點被凶手吊死，當地警方不相信，要他去精神科就診。」

瓦勒斯鬆了口氣，從貝利神情看來他顯然也意識到兩個案子有太多相似處，而且真的被勾起興趣。「大約一個月之後凶手又行動，胡方的妻子還在樓上臥室睡覺，他就被吊死在自家車庫。警方找到胡方表示自殺意圖的留言，還有他參與祕密性愛派對的影片，所以認定是自殺。但事實上，第一次遭到攻擊以後，胡方上網找了畫家，付錢請對方畫出這張圖，和攻擊我的人一模一

[20] 倫敦計程車為服務不同人數和行李量的旅客有多種空間配置。

樣。他已經得手過，不加以阻止還會繼續出人命。」

貝利接過那張圖仔細研究。

「相關資料都在裡面。」瓦勒斯指著檔案盒，「電子郵件、照片、我自己整理所有情報的筆記。給你。」他說，「要是看完以後還是不相信我，那就來逮捕吧。待會告訴你到哪兒找得到我。」

貝利打量他一陣之後才問：「你逃出醫院那天晚上發生什麼事？凶手過去找你嗎？」

聽警佐這麼問，瓦勒斯心裡有股雀躍，看來他終於開始相信了。「我被他拖進藥庫裡面，他想給我注射東西。我猜是嗎啡。扭打一陣之後，我找到機會逃走。那兩個保全還好嗎？」

「傷勢有點重，但沒生命危險。」貝利回答之後收下檔案盒。「好，」他沉吟一陣再開口，「我就先幫你保密，調查過後確定沒問題就看看怎麼幫忙。如果發現是妄想，那只好請你回去梅伯里。」

「好。」瓦勒斯作勢要握手。

「還是別了，」貝利警告道，「我本能反應會是上手銬。」

瓦勒斯也能理解，點點頭縮了手。

「地址是？」貝利問。

「斯多克紐溫頓卡澤諾維路九十一號之四。」

「停車！」貝利敲隔板吩咐司機。

計程車停在聖約翰伍德路上，瓦勒斯這才驚覺離自己家好近，走路不到五分鐘距離。可惜想殺他的人沒被繩之以法，所以有家也歸不得。

「我會聯絡你，」警佐對他說，「別亂跑。」

「不會。」

貝利拿著檔案盒開車門。

瓦勒斯打開對講機，「去斯多克紐溫頓。」

警佐關上車門，盯著瓦勒斯目送計程車離去。

他靠著椅背，感覺爆發的腎上腺素開始消退。接下來的發展並非自己所能掌控，只希望警佐一樣精明幹練。

14

康妮回家時，瓦勒斯對著餐桌埋首筆電。他起身給了她一個大大的擁抱，康妮回以一個吻。

「順利嗎？」她退開之後脫下高跟鞋。

瓦勒斯盯著那雙長腿出了神。是黑色緊身褲還是絲襪呢？他牽起康妮的手，「待會再說。」兩人進了臥房。

香汗淋漓的康妮靠著他右邊肩膀凝視天花板。瓦勒斯在旁邊欣賞那身無瑕肌膚與曼妙曲線。

「好想你。」片刻後她開口。

「我也很想妳。」瓦勒斯這話發自肺腑。

「不是找地方住而已嗎？」康妮笑他。

「不對，」他認真回答，「當初我就不該讓妳走。」

「不能說是你讓我走，我也不知道怎麼處理比較好，」康妮回答，「你那時候狀況太差。」

「對不起。」瓦勒斯語氣多了一絲內疚。

「也不完全是你的問題。」康妮安撫道，「我總是被需要幫助的人吸引，以為自己可以成為對方的救贖。分手以後我情緒調適不過來，去找了心理醫生才慢慢想通。你那時候的精神狀態根本無法經營感情，我卻固執地認為努力就該有收穫。」

「我也不是一直都有情緒問題，」瓦勒斯回答，「現在就沒有。經過這次，我也終於能夠換個角度面對人生。父母走了以後，我把所有人向外推，好不容易有了在乎的事情……調查案，那些孩子……結果害我幾乎崩潰。被吊在繩子上的時候，我看見的是妳，所以我懂了……這很難解釋清楚，但我真的懂了。我知道我失去生命裡最珍貴的人。」

康妮溫柔地吻了他，兩人在擁抱中沉默一陣。「這次出門查出什麼？」她開口問。

「目前合理懷疑殺死史都華．胡方的凶手與攻擊我的是同一個人，可是我依舊沒找到那個農夫和我之間存在什麼連結。或許凶手是隨機犯案也說不定。胡方有參加性愛派對的癖好，死前在Facebook留言說很慚愧、想自盡，還附上性愛影片，但如果他根本不是自殺，那些東西恐怕是凶手偽造的。」瓦勒斯解釋，「我找到性愛派對裡他接觸過的女人，對方說胡方應該不會用電腦……」

他說到一半停下來。「怎麼了？」康妮問，但瓦勒斯陷入沉思。「想到什麼了嗎？」康妮追問。

「他沒有離開，」瓦勒斯回答，「把我吊起來以後，那個殺手沒有走，還是留在我公寓裡頭。為什麼？」他腦袋開始閃過一些可能性，「妳明天有事嗎？」

「星期六。」康妮聳肩。

「那正好，」瓦勒斯語氣有點興奮，「得請妳幫忙，到我家一趟。」

「做什麼？」康妮有點訝異。

「把我的筆電帶出來。」

星期六早上，聖約翰伍德多半寧靜，漢彌爾頓山莊與埃博康街交叉口偶有幾輛車經過。康妮穿過馬路朝公寓走去，瓦勒斯能看得清清楚楚。他站在埃博康街對面角落，兜帽拉低遮住臉，心裡五味雜陳：無法繼續安穩生活令人氣憤，但僥倖逃過兩次死劫，還與康妮破鏡重圓，彷彿因禍得福。她走向公寓正門，按下對講機。

「哈囉？」聲音傳出。

「里凡太太嗎？」康妮問。

「請問哪位？」對講機裡，聲音聽得出戒備。

「我叫康斯坦絲．瓊斯，」康妮回答，「是約翰．瓦勒斯的朋友，您從窗戶望出去，應該會看見他站在街角。」

對講機沉默，康妮朝瓦勒斯打手勢，看他抬頭對二樓窗戶揮手。幾秒以後對講機又傳出聲音。

「他不太一樣了呢。」

「是偽裝，」康妮解釋，「他擔心有人監視這棟樓。」

「我們可不想沾惹什麼麻煩事。」對講機裡的聲音警告道，「自殺就算了，還弄來一堆警察裡裡外外翻一遍，這對社區形象很不好。」

「里凡太太，」康妮趕緊打斷，「約翰說您有他公寓的備份鑰匙，希望我上去幫忙拿個東西出來。」

沉默。

「拿了東西就走，」康妮承諾，「請別擔心。」

還是沉默。但隨即聽見門鎖彈開，康妮推開大門走進去。

快步上樓時她戰戰兢兢，總覺得有人在暗處窺伺，自己身處險境。*換作他，也會為妳這樣做*，康妮告訴自己。*他真的會嗎？*忽然一個轉念，心思沉了下去：*他曾經拋棄妳。*

爬上樓梯，康妮看見里凡太太開了窄窄一條門縫，探頭張望、鬼鬼祟祟，門鏈扣著沒解開。

「過來吧，」里凡太太從縫隙遞出鑰匙，「拿去。」

康妮跑上前，「謝謝。」

將鑰匙放在她手裡之後，「代我祝他安好，」里凡太太囑咐，「不過請他在麻煩事結束之前先別回來吧，我們兩個年紀大了受不了。」

撂下話之後，里凡太太將門關緊。康妮一個人站在樓梯間，繼續上樓時暗忖鄰居和家人一樣並非自己的選擇。想起頂樓住了個風情萬種的舞蹈家，康妮以前總覺得這裡大概是波西米亞藝術家社區，今天發現瓦勒斯樓下住著平凡怕事的退休夫妻，心裡反而莫名有股踏實感。

走到瓦勒斯那間公寓外頭康妮不禁蹙眉。門鎖就算了，問題是警察另外掛了大鎖還貼上封條。她過去觀察，拉了輔助鎖發現其實沒鎖上，插了鑰匙進門鎖可以拉開一吋，但被警察掛上的鎖頭卡住。康妮嘗試推門板，鎖頭卡得很緊紋風不動。她盤算是否該叫瓦勒斯上來，但覺得目前不清楚室內狀況，似乎不是好主意，倘若殺手躲在裡面可就不妙。自己一個人露面還有可能搪塞脫身，瓦勒斯也露臉的話兩人都命在旦夕。無可奈何，康妮快步下樓，深呼吸以後敲了里凡太太家門，聽見裡頭腳步聲，接著門上窺孔變暗。

「是她。」門後頭有人說悄悄話。

「問她想幹嘛？」是另一個聲音，比較低沉，應該是男的。

「假裝我們不在就好。」里凡太太又發出氣音說。

「人家知道我們在家啊，妳不都給了她鑰匙嗎。」男人語調有些不耐煩。

「而且我都聽到嘍。」康妮大聲說。

「你看你多大嘴巴！」里凡太太低吼才開門，「要幹嘛？」

康妮扭捏幾秒鐘才鼓起勇氣，「想問一下，能不能和你們借根撬槓？」

「用推的，不是用拉的！」里凡太太指示。

她丈夫七十出頭了，個頭矮但精力挺旺盛，手裡羊角錘卡在瓦勒斯家門板和門框中間。

「好好好！」里凡先生吼了回去，「照妳說的可以了吧？」

看他真的挪了個位置，康妮忍不住竊笑，趕快伸手捂住嘴巴。里凡先生將體重放在錘子握柄上，壓出輕微咔嚓聲。

「我來幫忙吧。」康妮說。她判斷不出這對夫婦為何堅持跟上樓，是怕她偷走錘子還是監視自己？又或者單純想敦親睦鄰？

「我自己來就好啦。」里凡先生語氣堅定。

「讓人家幫忙又不會死！」里凡太太叫道，「本來就是安息日，什麼都不該碰。」

「事有輕重緩急，」里凡先生沒好氣答道，「再不趕快處理好我會想殺人！」

康妮看兩老你來我往又噗嗤一笑。

「孩子妳剛有講話嗎？」里凡太太問得兇狠。

「沒有。」康妮趕緊裝無辜。里凡太太身子嬌小，氣勢倒是十分嚇人。

「我換個角度。」里凡先生退後一步注視鐵鍾，鍾頭現在被門板和門框夾著。如果世上有所謂「抽象地」捲起衣袖，用來比喻他此刻動作再適合不過——里凡先生邁步上前，一把抓住木柄，模樣像個薩摩亞舉重選手，使出渾身解數用力推。他臉漲紅、額頭冒出青筋跳動，低沉的呻吟乍聽像是喝醉了跟人上床親熱。好不容易聽到木頭碎裂，接著大鎖與門框分離。門一滑開里凡先生撞進去，差點兒站不穩摔倒。

「看，」他氣喘吁吁，「我還行。」

「不錯，」里凡太太倒也乾脆，「但還是趁你沒中風趕快回去。」

「真的很感謝，」康妮發自肺腑說，「實在不好意思，還讓你們來幫忙。」

「鄰居不就這回事嗎。」里凡太太推著臉紅脖子粗的丈夫朝階梯走。

「叫約翰買瓶干邑白蘭地給我。」先生嚷嚷。

「不准。」太太斥責。

「搞什麼？男人不能有點自己的嗜好嗎？」里凡先生一邊下樓一邊說。

康妮聽著兩人吵吵鬧鬧直到進門，心裡挺羨慕老夫老妻的默契與相處。或許有一天會輪到我？她帶著樂觀想像走進瓦勒斯的家。

瓦勒斯對她敘述過情況，但康妮看到客廳慘狀還是嚇一跳。主梁坍垮，拖著一大片天花板灰泥和木頭砸落；窗框上還留有銳利的玻璃碎片，警察用塑膠膜將窗口先蓋住；地上滿布玻璃碴，瓦勒斯撞破窗子時灑落的，後來許多人進進出出踢得到處都是。各種物體表面都鋪上一層指紋粉。

康妮繞過客廳進走廊，臥室在後面，左手邊是乾淨整齊幾乎沒用過的廚房，過去一點右邊有客房、左邊才是瓦勒斯的個人空間。房內也有警方鑑識小組來過的各種痕跡，同樣灑滿指紋粉，無論收藏大型作品的櫸木箱、製圖抽屜櫃，還是裝相機與鏡頭的黑色硬殼器材箱，他們哪兒都沒放過，連牆上巨幅裱框照片一樣染了粉。房裡總共掛有八幀圖，長的那面牆四幀、兩側短牆各兩幀，照片主題是維多利亞時代的工業機械，光線美角度佳，可是康妮一直不喜歡。明明那麼多作品，瓦勒斯不挑人或風景，偏偏選擇沒有靈魂的機器裝點自家牆壁。

筆電位置沒變，瓦勒斯也說過，就放在雙人辦公桌、大型高解析度螢幕旁邊。不過型號變了，大概兩人分手後他換過電腦。康妮過去拔掉電源線，連同主機收進桌上找到的復古風皮革包。任務完成，康妮將包包夾在腋下就要衝出去，卻看見門口有個影子閃過，心臟差點停下來。其實她想尖叫，但喉嚨不聽使喚。

「哈囉？」聲音傳來，語調帶著試探，接著人直接從廚房陰暗處走到光亮下。原來是樓上那位舞者，叫做蕾什麼……蕾歐娜？

「嚇著妳了嗎？」舞者問，「抱歉，只是一直聽到怪聲。」

「沒事。」話雖如此，康妮有心臟快爆裂的感覺。「我是約翰的朋友，他請我幫忙來拿點東西。」

「我想也是，」對方回答，「我認得妳，不過妳很久沒來了。」

「妳懂的。」康妮說，「我得先走一步。」

康妮朝走廊過去，舞者也轉身，彷彿領她走向前門。

「他還好嗎？」

「嗯。」康妮說。

「什麼時候會回來？」

「這就難說了。」

「代我問候一聲。」舞者和她走進樓梯間。

「好。」康妮將門關好，拿鑰匙重新鎖緊，確定不會輕易被闖空門之後匆匆下樓。

瓦勒斯在街角踱步，時間一分鐘一分鐘過去令他越來越焦躁。和康妮約定過，如果十五分鐘她沒出來，自己就衝進去。但人都進樓了，瓦勒斯忽然發現手邊根本沒有對時工具，身上沒手錶也沒手機。他東張西望好一陣子，想起山莊社區高處有座大教堂，廣場的諾曼式塔樓有時鐘，而且還算準確。等真的過了十五分鐘，瓦勒斯正要朝馬路對面跑過去，卻又看見康妮腋窩夾著皮革包，正快步走出大門，閃過汽車小跑步來到面前。

「拿到了。」她得意地說，「你的鄰居都很關心你喔。」

瓦勒斯抱了她，回頭一看發現里凡夫婦從客廳窗戶正在觀望，再上去一點蕾歐娜也露臉了。

「好，走吧。」他牽著康妮的手，沿埃博康街走向聖約翰伍德地鐵站。「他們都見到妳了？」

「還幫忙我開門。」康妮強調，「里凡夫妻好可愛。」

「我和他們互動不多。」瓦勒斯嘆道。

「拿到了要怎麼辦？」康妮指著包包問。

「得看看有沒被動過手腳，」瓦勒斯回答，「妳的電子偵探技術如何？」

「接近零。」康妮坦白回答，「但我認識一個人，或許幫得上忙。」

兩人穿過大街快步走向林尾路。瓦勒斯謊稱想讀一下勞倫斯·阿爾瑪—塔德瑪爵士舊址的牌匾故意折返，真正用意是確保不被跟蹤。一輛黑色計程車毫無減速直接飆過，除此之外整條街空空蕩蕩，可是直到踏進車廂、準備回康妮家，他才總算鬆口氣。

15

抵達斯多克紐溫頓，十一月陽光耀眼異常，不留神會誤以為春天去而復返。康妮提議在外頭吃午餐，兩人逛起附近大街，路上很多精品店、小型獨立咖啡廳及餐館。他們在「藍莢」坐下休息，瓦勒斯一直覺得店名取得不好，但餐點品質好就睜隻眼閉隻眼。他點了起司漢堡、薯條，康妮則是鷹嘴豆餅三明治和菠菜莎拉。瓦勒斯將皮革包夾在雙腿間，時時確認自己雙腿都有接觸到。好不容易說服貝利警佐認真看待這案子，總算能期待不久的將來回歸正常生活。藍莢的座位距離很近，沒辦法在這環境談論什麼敏感話題。康妮問起分開之後他協助拍攝的電影、有沒有見過什麼名人？有。那有天后嗎？沒有。聽他說著這些事情，康妮神情十分興奮，畢竟瓦勒斯參與過的電影很多，見過的藝人也多，對所謂的巨星丰采已經習以為常。對他而言工作就是工作，拍攝對象是活生生有缺陷的人類，只是其中一些知名度特別高。看康妮聊起明星興沖沖的模樣，瓦勒斯嘴角禁不住揚起。

「你笑我。」她埋怨道。

瓦勒斯搖搖頭笑意更盛。「不是嘲笑，」他說，「是微笑。微笑是因為妳很棒。」

康妮歪著頭，羞赧神情中跟他露出同樣的笑容。

用餐後，兩人手牽手回到康妮住處，卡澤諾維路高聳老樹開始落葉，一群清道夫將葉子從人行道撥向掃除機。瓦勒斯與康妮腳步悠閒，與機器保持距離，他忽然有個想像：覺得宇宙正在為兩人開道。

靠近公寓時，瓦勒斯發現一輛Vauxhall汽車車窗內探出熟悉面孔。貝利下車走近。

「這人是警察，別提到電腦。」瓦勒斯悄悄吩咐，康妮點頭。

「瓦勒斯先生，」警佐開口，「不是約定了不亂跑嗎。」

「人總要吃東西吧。」瓦勒斯回答，「警佐，這位是康斯坦絲·瓊斯。康妮，這位是偵緝警佐貝利。」

貝利主動與康妮握手。

「有事得談談，」警佐對他說，「私下談。」

「進去吧。」康妮提議。

貝利跟在她後面走向正門。瓦勒斯朝街道瞥了眼，心裡有一部分很希望康妮能先行離開，繼續走在乾淨道路上別靠近他們。

貝利背對窗戶坐下。他特意將椅子推離餐桌遠些，騰出空間好翹腳，然後一側手肘搭著椅背歇息。瓦勒斯看這姿勢動作，明白警佐放鬆且有自信，十分習慣居於主導地位。

「要喝什麼？」康妮問。

「不用麻煩，」貝利回答，「謝謝。」

「約翰你呢？」

「也不用，謝謝。」

貝利望著康妮欲言又止。

「希望我迴避？」她問。

「我希望她也參與，」瓦勒斯態度堅決，「康妮都知道了。」

貝利眼睛微閉但沒多言。康妮到瓦勒斯隔壁坐下，兩人與警佐面對面。

「你查到的部分沒問題。」警佐解釋來意，「被我提出很多尷尬問題之後，史塔佛郡警局重啟胡方案，我的直屬上司也答應分配資源捉拿兇手。」

瓦勒斯大大鬆口氣，康妮也露出微笑。

「但目前有個問題。」貝利還沒說完，「至今分析不出為什麼兇手鎖定你和胡方，你自己在筆記裡也提到找不出共通點。我們甚至無法理解為什麼他知道你在梅伯里醫院。事發在我透露你本名之後，代表這個人能取得相關紀錄，但一切只是臆測。」

他沉默後凝視瓦勒斯，瓦勒斯直覺強烈，意識到對方打著什麼算盤。

「要我本人當誘餌？」

警佐沒回話。

「不會吧，」康妮打斷，「人家沒那麼說，你也別出餿主意。」

「可是他沒猜錯。」貝利平靜以對，「眼前就兩條路，一條是花上好幾個月時間，不保證能查出頭緒；另一條則是釣他上鉤。長官同意派遣特種槍械小隊提供全天候保護，六名SCO19警官、兩兩一組輪值，而且隨時有兩名非武裝人員進行額外支援。我自己也會加入值班行列，可以保證你的人身安全。」

瓦勒斯思考警方提案。

「不可以，約翰。」康妮十分反對，「多花點時間無妨，你就先住下來，反正沒人知道。那個人，我是說凶手，他不會知道你在這裡啊。」

瓦勒斯朝她一笑，「要是一直沒結果呢？」

「那，你就一直住下去也沒關係。」康妮語氣落寞，這種任性念頭無法自欺欺人。

「躲不了一世。」瓦勒斯轉頭對貝利說，「我自己也得有武器。」

「這我可以想辦法。」

「詳細怎麼安排？」瓦勒斯又問。

「現在你是通緝犯，我們派一組人在例如火車站的公開場合逮捕你，按照正常程序登記和押送到梅伯里。」貝利回答。

「醫院知情嗎？」

貝利搖頭，「不讓他們知道真相。SCO19會用支援保全、確保你不再脫逃的名義出動，但對醫院人員保密。」

「那我又變成病人了？」瓦勒斯想到要再參加泰勒醫生的諮商，感覺胃痛起來。

貝利卻點了頭。

「多久？」瓦勒斯問。

「這無法預測，」警佐坦言，「不過上級目前只批准兩週，超過兩週需要重新評估。」

瓦勒斯朝身邊人望去，康妮依舊搖頭，以眼神求他拒絕。然而他終究帶著歉意答應，「好，」瓦勒斯告訴警佐，「什麼時候行動？」

「我車子就在外頭。」貝利語畢起身。

「別急著今天。」康妮想阻止。

「請讓我們單獨談幾句。」瓦勒斯說。

貝利點頭，望著康妮臉上表露同情。「幸會，」他說，「我會保他平安。」

康妮也站起來，但等到警佐離開、聽見前門緊閉才開口。

「太瘋狂，」她脫口而出，「也太危險，搞不好結果你被警察的子彈打中。」

「不能一直躲下去啊，康妮。」瓦勒斯淡淡回答。

康妮搖頭，無奈轉過身。他上前摟住。

「不能再逃避了，」瓦勒斯語氣堅定，「我一定會平安回來。」

「又不是你自己能決定的。」康妮說得氣憤。

「我必須奪回自己的人生。」他解釋。

康妮轉身，表情看得出她明白無法說動男友回心轉意。「要保護好自己，」她囑咐，「我會天天過去探病。」

「不行。」瓦勒斯警告，「別讓人知道妳的存在。」察覺康妮一臉挫折，「還有事情需要妳幫忙，」他轉移話題，「帶著我的電腦去找妳那位朋友，調查有沒有被動過的痕跡。」

「說真的，他算不上朋友。」康妮情緒緩和了些，「那我怎麼知道你是不是平安？」

「我會請貝利打電話通知。」瓦勒斯說。

「去吧，」康妮說，「免得我又情緒化。」

但在瓦勒斯看來已經來不及，康妮眼眶都濕了，吻她的時候淚水滴落他雙頰。

「對不起。」退開之後她道歉。

「別擔心，」瓦勒斯安撫道，「我很快就回來。」

他朝門口邁步，康妮楚楚可憐，模樣美麗但令人心痛。瓦勒斯真想留下來好好給她個擁抱，但知道自己不能再回頭，趕緊壓抑心頭哀愁下樓去。午餐時光還那麼幸福，沒想到轉眼又別離。他在心裡發誓一定會回來，穿過前庭花園時抬頭一看，康妮果然站在窗口眺望，揮揮手以後落寞拭淚。無論未來如何，康妮是他人生不可欠缺的一部分。快步走出花園，貝利靠著汽車等候。

「還好嗎？」警佐問。

「沒事，」瓦勒斯回答，「走吧。」

開車西行，途中貝利沒再多言，大半時間講電話進行團隊協調，最後選擇尤斯頓車站作為逮捕地點。叫做克洛斯警司的人告知SCO19小隊已經出動，就等瓦勒斯被轉送到梅伯里。看到自己落網這場戲籌備如此精細，他心裡踏實不少。

「什麼時候給我武器？」車子經過聖潘克拉斯，瓦勒斯開口問。

「得等進了醫院。」貝利回答，「現在你身上東西會被沒收，不然外頭的人不會相信我們玩真的。」

瓦勒斯從口袋掏出七百多英鎊亮給貝利看。「幫我保管吧。」

「放手套櫃。」

他點了二十英鎊塞回口袋，打開手套櫃將剩下鈔票塞在汽車說明書下。

「抱歉。」貝利再開口竟是這句話，瓦勒斯聽了有點詫異。「之前住院應該很難受吧，查案這種事情不該由你自己來。」

「好意我心領了，我們兩個算扯平才對。」他回答，「當初滿肚子怨氣都發洩在你身上。」

貝利揉揉下巴，想起當初受的傷。

「抓住那傢伙就好。」瓦勒斯說。

「會的。」貝利答得很有信心，「快到了，待會在戈登街轉彎，車子一停你就下去朝車站走。負責逮捕你的人大概十分鐘趕到，記得站在能被看見的地方。」

瓦勒斯有點困惑。

「車站裡面到處都有你的照片，你是通緝犯。」貝利解釋。

「好極了。」瓦勒斯說得酸溜溜。

轉角拐彎後，貝利將車停在Red Zone服飾店的進貨口，瓦勒斯開門下去。

「待會兒見。」警佐道別，瓦勒斯關上車門以後朝車站走了幾步，回頭看見貝利繼續向南邊行駛。

他戴上兜帽混進一小群行人，站在熱鬧的尤斯頓路口等紅綠燈。一分鐘後綠色小人亮起，瓦勒斯過馬路，斜切兩棟辦公樓中間，踏進車站穿越寬敞黑瓷磚大廳，這時自己也不明白是神經緊張還是真覺得疼，總之鎖骨開始抽痛，便到Boots藥妝店再買一盒普除痛，還騙收銀員說以前沒用過這藥。才結完帳，走出去，他立刻吞兩粒。仿單建議服藥最多三天，已經超過了，但暗忖再不吃就沒機會，接著就要進醫院，會被餵食那些麻痺心靈的鬼玩意兒。大廳另一頭有人穿著螢光黃，靠近一看果然是警察，一男一女，瓦勒斯拉下兜帽若無其事走過去。

女警先發現他。瓦勒斯接近到三十呎左右，對方表情有異，應該認出來了。他裝作渾然不覺繼續前進。矮壯女警手肘敲敲瘦削夥伴，見兩人開始行動他放心了，故作姿態抬頭望向發車佈告欄。

「約翰．瓦勒斯，」男警開口，「你被捕了。」

同時就有一雙強而有力的手掌扣住他前臂，再來是膝蓋頂著背部將他強壓在地。瓦勒斯叫出聲，是真的痛。

「冷靜！」男警員命令道，「趴在地上別動！」瓦勒斯整個人貼著地板。「手放背後！」

他完全配合，只是稍微轉頭看看周圍情況。尤斯頓車站旅客退開保持距離，少數人拿手機拍下過程。又一隻較小的手按住他腦袋轉向地面。

「看地上。」女警吩咐。

沉重手銬鎖住手腕，卡得很緊。

「我扶你，別掙扎。」男警員說，「你手被上銬了，如果摔倒沒辦法支撐身體。」

二頭肌被用力向上提，瓦勒斯知道意思是該起來了，在兩名警員攙扶下勉強站好。

「往這邊。」女警指示。

又一陣拉扯指示方向，他被兩個警員左右架著，彷彿遊街示眾帶出車站。

「你有權保持沉默，但你所說的每一句話都將作為承堂證供，」警員說，「瞭解嗎？」

瓦勒斯點點頭，兩人將他帶到外面車站和梅爾頓街之間的連廊，行人穿越道前面停著警車，藍色警燈閃呀閃。

不到一小時就跑完程序，瓦勒斯被丟進牢房。他一直提醒自己是自願配合，但押送的警員、看守所那些警官不知道真相，態度就像對待普通犯人不留情面。身上本就不多的東西都被沒收，包括任何一丁點可能用於自殘的衣物——以瓦勒斯而言，是鞋帶。後來問了他很多關於私生活、健康狀況、身家背景的尖銳問題，問得心滿意足了才帶他到牢房區，長廊兩側各有八扇紅色金屬門，瓦勒斯分到左邊第三間，裡頭擺了張美耐皿小床、簡易式廁所，沒有陽光或其他能刺激感官的東西，相比之下梅伯里醫院病房顯得奢華。

不知多少鬱悶的人在此度過悲苦時光。他坐在床上，耐心等待。

又失去時間感。貝利明知他在裡面，怎麼這麼久還沒來？挫折沮喪在心裡波濤洶湧席捲全身，當誘餌已經夠艱難危險，被當作尋常囚犯對待徒增壓力不適。瓦勒斯下床走來走去，幽閉環境像個溫床，晦暗念頭慢慢在腦袋發芽。難道是騙他落網的陷阱？也許貝利根本沒看檔案盒裡的東西。更糟的狀況是中了凶手詭計，第二次遭到攻擊是貝利對醫院透露真名後發生，假如他們根本是一夥的？瓦勒斯深呼吸，努力排除心中越來越大的陰影，可是真的揮之不去。提心吊膽是理所當然的吧？

金屬敲打的哐啷聲嚇他一跳，轉頭時房門開啟，貝利站在外面，看守所管理員跟在旁邊。

「瓦勒斯先生，現在將你轉送到梅伯里醫院，」警佐開口，「跟我來。」

他帶瓦勒斯出牢房，順著長廊走到底。押解瓦勒斯進來的女警推開大型金屬門，警佐領犯人走到外面，停車場裡很多警車、貨車、機車，少部分沒標誌，大多數則是熟悉的橘藍雙色造型。貝利拉著瓦勒斯走向待命中的警用廂型車，後門一打開好像羊入虎口。瓦勒斯爬進去，看見先前負責逮捕的警員坐在一側長凳，貝利推他到對面，自己在警員旁邊坐下。女警過來關門，單向玻璃車窗滲入夕陽餘暉。目標就緒，貝利敲敲隔板提示前車廂，引擎隨即發動，片刻後上路。

「其實交給我處理就可以了，長官。」員警對貝利說。

「私人恩怨。來親眼看他被好好照顧。」貝利揉揉下巴，朝瓦勒斯露出兇狠眼神。

這也是演戲嗎？

員警滿臉狡獪笑容，等著看好戲的樣子。

之後車程中沒人講話。瓦勒斯身分已經不是正常人類，罪犯不值得警察以禮相待，別說是安撫，連對話都不必。對他而言剛好，本就習慣獨處，就算去劇組工作也無法融入，始終扮演記錄別人生命的旁觀者。

貝利戴了手銬，所以瓦勒斯知道路途總計一小時三十八分鐘，抵達梅伯里醫院已經晚間七點十五分。車廂門打開，果然是泰勒醫師和齊斯迎接，看見他們兩個瓦勒斯如鯁在喉，很想大聲說出真相。但他必須忍，乖乖跟著貝利下車。

「歡迎回來，約翰。」泰勒醫生依舊微笑以對，「齊斯會帶你到房間。」

齊斯粗短手指扣住瓦勒斯上臂，將他拉往大門。脫逃時敲壞的窗戶還沒修好，暫時用三合板蓋住。

「逃跑不是辦法，」齊斯勸告道，「越跑越代表康復的日子還遠。」

瓦勒斯沒認真聽胖子講話，伸長脖子觀察貝利如何行動。

「貝利警佐，我想和你討論一下額外安全措施這件事，」泰勒靠過去，「感覺實在沒必要……」

後面的話聽不見了。齊斯將他拉進大樓內，坐在接待櫃檯後頭的男人下顎方正、目露精光，*或許是警察*？不過對方瞪著瓦勒斯的表情充滿怨懟。齊斯拿出門禁卡刷機器，安全門開啟以後他又開始恐慌：被關在醫院裡可謂走投無路，也不確定貝利會否信守承諾安排武器，否則完全得靠別人保護。

接著經過食堂，其他住院病人正在用餐。瓦勒斯暗忖自己恐怕成了個儆惕，剛好證明逃亡無用這事情給大家看。他與海瑟對上眼，女孩面容依舊哀戚，笑意卻帶著同情。瓦勒斯真希望能告訴她、告訴所有人：他是自願的，配合警方捉拿殺人犯的祕密任務才回到醫院。可是在這種地方說這樣一個故事有誰會信？羅尼緩緩搖頭，現在連悲慘的他都有資格對逃院行為表達不以為然。胖鮑勃揮了揮手，按鈕先生看見瓦勒斯眼裡也閃過一抹光彩，似乎能理解看電視的夥伴回來了。

讓瓦勒斯亮相給夠多人看見以後，齊斯把他帶出食堂去淋浴。他脫衣進入隔間，擠了含碘紅色沐浴膠清潔，身上瘀青不再一碰就劇痛，顏色也變淡了些，但鎖骨還像紮染一樣五顏六色，所幸視覺感受比實際傷勢嚴重。齊斯拍拍門提醒時間到，瓦勒斯關水出去，醫院睡衣與軟膠鞋整齊疊放在淋浴間外長凳上，光是看到就會陷入憂鬱。

「換衣服，」齊斯吩咐，「吃的在你房間。特別待遇。」

瓦勒斯心裡竊笑。院方可能以為不讓他與別人一起用餐是種懲罰，實際上對他是解脫，別接觸那些心靈受創遭監禁的人才能保持止向思考。

更衣完畢，瓦勒斯跟著齊斯走進臥室。和離開時沒兩樣，舊床上擱著碟子，有三明治、蘋果、一塊蛋糕、一罐鳳梨汁，感覺很像兒童野餐盒。能吃就好，瓦勒斯準備大快朵頤。

「晚安，瓦勒斯先生。」齊斯說完關門，彈簧鎖扣緊的聲音清脆。

歡迎回家。

康妮叫了披薩，可是約翰不在，感覺變了。真不敢相信，兩個人短時間內又變得如此親暱，但人不在身邊總忍不住胡思亂想：現在的熱情是不是心理創傷的產物，或許時間一久瓦勒斯又會變得冷淡，也說不定就是他的熱情開始降溫才爽快答應警官的計劃。瓦勒斯難以捉摸、總是心事重重，以前交往過程康妮就為此苦惱。後來她能看出一些徵兆，比方說目光投向遠方、對周圍人事物視若無睹之類，有時候別人講話瓦勒斯充耳不聞心不在焉。他可以徹底沉溺在自己的心靈世界，有時是尋找創作靈感，但更多時候是尋找出口。他們還在一起的期間，瓦勒斯需要的出口是讓證詞在丹寧調查案發揮作用，可惜最後路被堵死。他說自己變了，康妮心中自言自語，但會不會只是哄妳呢。帶著滿腔困惑，她走向從車廂拍賣買回來的七〇年代家居櫃，鬆動櫃門後面放滿她收藏的DVD。今天選的是《心靈角落》，只有這部片能好好反映康妮此刻心情。

吃飽過了幾小時，瓦勒斯躺在小床上數著天花板有幾塊污斑。忽然房門打開，他以為是齊斯過來收餐具，沒想到竟然是貝利來訪，戒護員站在後頭。

「讓我們單獨聊聊。」警佐吩咐。

齊斯躊躇了。這時間放訪客進來已經嚴重違反規定，但貝利那氣勢很難抗拒。他終究選擇退開，警佐快步上前從外套口袋掏出東西。

「我可沒忘，你要藏好。」貝利遞出黑布包裹的小長方形物體。

瓦勒斯揭開黑布一角，看見電擊棒金屬頭。雖然不是電擊槍，但有總比沒有好。

「謝了。」

「謝什麼？」貝利裝作不解，「我什麼也沒給你。目前不知道對方身分和他用什麼方式找到你，自己提高警覺，我以外的人別隨便相信。」他退到門口轉頭過去，「再惹到我，你就等著坐輪椅出去！」警佐故意大吼，想必齊斯在外面偷聽。

他走到外頭，「鎖好這傢伙。」囑咐齊斯以後大步離去。

戒護員堆滿笑臉進來收走餐盤。「還是聽話比較好，想坐輪椅的話，這兒有些警衛樂意幫忙。」齊斯拿塑膠盤往他頭上拍了拍。

瓦勒斯忍住當場電暈他的衝動。電擊棒壓在左大腿下面，必須留待真正的獵物上門才出手。他朝齊斯傻笑，齊斯走出去重重關門。

防身武器藏到褲子後面，瓦勒斯繼續躺下數數天花板有幾塊污斑。

16

翌日康妮醒來覺得精疲力竭。她開始思考自己究竟做了什麼。當初與約翰分手的失落感巨大到需要看心理醫生，現在卻又輕易讓他進自己的家、上自己的床，還帶走自己那顆心，明明看不清兩人是否有未來可言。心情像朵烏雲，在她肥沃的想像力上灑下懷疑的雨水，船到橋頭自然直，康妮對自己這麼說了之後爬下床。

淋浴完，她穿上Levi's舊牛仔褲、伊斯林頓古著店買來的無袖花衫，搭上寬鬆灰毛衣。鞋子一直令她頭疼，今天選了從Kurt Geiger買來犒賞自己的經典皮靴。

康妮坐在梳妝臺前盯著鏡子。她知道自己天生皮膚好，還不怎麼需要保養，平常只是畫畫眉毛、眼線與唇膏而已。上好妝之後，她將頭髮往後梳成簡單馬尾，換上靴子走進客廳，拿起瓦勒斯留下的電腦包掛在肩上，順手抓個蘋果就走出公寓。

星期天火車班次少，康妮走去斯多克紐溫頓大街搭七十三號公車，到車廂上層前方找位子坐下。公車緩緩穿過倫敦小路，不到一小時便抵達維多利亞站。

下車之後康妮滑手機找到萊利．柯騰的訊息，他拖到凌晨四點零三分才回應。會記得時間，是因為康妮設了訊息提醒，結果睡到一半被吵醒。好幾年沒聯繫，看見地址在皮姆利科區[21]有點訝異。認識的時候萊利是個無名小卒，幫康妮的公司寫消費者應用軟體而已。如今看來，生涯似乎登上另一個層次。他的專長是Java，但業餘時也當駭客，性格自信過度，可謂囂張跋扈，即使以電子業標準來看也一樣，因此不是好同事，面試表現也差勁，但如今發展得好康妮很為他高興。她沿維多利亞街一路尋找六十八號。

經過同一棟樓好幾次，康妮在周圍找尋有沒有六十八之幾之類的，或者外觀符合住宅的地點卻徒勞無功。她心想絕對出了什麼錯，因為維多利亞街六十八號是鋼骨玻璃摩天大樓，少說有二十層，裡頭進駐好幾個金融機構或法律事務所總部。她打給萊利，電話沒人接，翻出訊息重讀，確認幾次都只看到六十八。櫃檯有個保全盯著平板電腦，她朝大門走過去。旋轉門鎖著，保全抬頭看見，招手要她走旁邊小門。康妮靠過去，保全從裡面打開，她在對方注視下穿過大廳。

「抱歉，」康妮開口，「我懷疑朋友給錯了地址。」

「名字是？」

「萊利。萊利．柯騰。」

「十八樓。」保全笑道，「搭右手邊第二部電梯上去。」他給康妮指了方向，看康妮一頭霧水只是點頭示意她過去就對了。

踏過閃亮黑色大理石地板，她進入等候的電梯並按下十八樓。電梯內鋪著奶油色大理石磚，兩側牆壁是深色木料，背後則是全身鏡。康妮猜想會面地點或許是萊利的辦公室，以他那種愛賣弄的性子，有點成就當然要在人前炫耀。

電梯門打開，康妮走進一間大接待室，但沒看到企業標誌，只有奶油色大理石地板和木質牆

㉑ 倫敦高級地段。

壁繼續延伸。角落有櫃檯卻沒人，旁邊是厚實的木頭對開門。她走過去以指節輕敲，沒反應。再試試門把，門鎖著。她左顧右盼，開始懷疑自己被整了——以萊利那種人格，如果多年前為了小事記恨至今並非絕無可能。不過隨即她聽見背後有些動靜，轉頭便看見萊利．柯騰開門露臉。

「康斯坦絲．瓊斯！」萊利大叫，「歡迎蒞臨寒舍！」

萊利形象稍微不同了，以前留長髮、喜歡穿工作褲和印花襯衫，今天一見變成平頭，穿著深色牛仔褲與短袖格子襯衫。

「嗨，萊利。」康妮過去打招呼。

「跟以前一樣漂亮。」萊利態度頗熱情，不只上前擁抱還在她臉頰用力親了下。康妮沒見過他這麼有朝氣，彷彿記憶中酸言酸語抑鬱寡歡的電腦宅男被什麼附身似地。

「請進、請進，」萊利招呼，「來看看我住的地方吧。」

康妮穿過對開門首先看見絕佳的倫敦城市風貌。她乘坐七十三號公車時常從車廂上層欣賞白金漢宮花園，但高度自然是不夠。現在站在十八樓，不僅能眺望整座花園，連後面宮殿也能瞧見。這片玻璃觀景窗彷彿延伸至無限，倫敦風采盡收眼底：林蔭路、國會殿堂、泰晤士河及周邊一棟棟壯觀建築。她靠窗戶走著走著，意識到這辦公室未免太奇怪，應該說根本不是辦公室。開放空間長約兩百、寬約一百呎，這麼大的地方只是簡單切割成幾個區塊。兩張大沙發、一臺大電視機和一張咖啡桌盤踞超寬敞客廳，一道隔板後面有特大雙人床和兩個大抽屜櫃，旁邊兩架吊衣桿上都是西裝。再過去居然還有健身房，跑步機、划船機、複合訓練機和自由重訓區應有盡有。只有角落的玻璃溫控隔間完全獨立，專門存放伺服器。看來不是開玩笑，萊利將兩萬平方呎的樓層改造成住家了。

「還不錯吧？」萊利笑得很開心。

「我……還真不知道怎麼說才好，」康妮支支吾吾，「這兒到底是？」

「是我家啊，」萊利刻意放慢話速，「就是我、住、的、地、方。」

「怎麼會？」康妮追問。

萊利搔搔鼻翼，「妳知道以這裡為中心，方圓一英里之內有多少重要的電腦主機？政府、保全、銀行、基金，還有一堆企業總部。」

康妮盯著他，恍然大悟心頭一驚。「你瘋了嗎。」

「我可聽不懂妳在說什麼，」萊利一派無辜模樣，「我只是個電腦顧問，有為數不多但精挑細選的客群。」

她狐疑打量萊利。

「而且我的客戶很願意花錢，」萊利繼續吹噓，「要不要試睡那張床？」

康妮覺得自己不該感到意外，萊利以前就是個粗神經，但情緒大概還是寫在臉上。

「開玩笑而已，」萊利改口，「我自己試過很多次，妳都不知道有輛法拉利之後多簡單。」

世界就是這裡出了差錯吧，康妮暗忖。像萊利這種人，原本融入社會都嫌難，現在居然超有錢，而且顯然是幹了見不得光的勾當、犯下許多重罪才賺到。什麼好人有好報之類的果然只是幌子，哄騙老百姓別哀怨罷了，其實偷拐搶騙更有機會作威作福。

「過得不錯，挺為你開心的。」康妮客套地說。

「嗯哼，在你們那邊上過班以後，我決定不要繼續當社畜[22]。」萊利接著說，「妳想想看，生命有限，結果地球人居然把寶貴時間貢獻給超大型巨獸企業，幫腦滿腸肥的寡頭成員買遊艇。操他媽的。所以我靜下心想了套最快致富的辦法，這年頭有錢什麼都買得到不是嗎？別說看得見的東西，連愛情和自由都要錢。既然我們生活在資訊時代，最好的辦法就是像指揮交通那樣控制資訊流動。」

「你知道自己在做什麼就好。」康妮提醒。

「跳進去才有機會，康斯坦絲。」萊利說道，「何況就算被抓了也只是罵一頓，然後關在跟鄉村俱樂部差不多的監牢幾個月，出來以後搞不好還會被找進軍情六處上班。有什麼不好！」

「好吧，」康妮決定回歸正題，「我來是要問問你能不能幫個小忙，在一臺電腦上做診斷。」

「我家看起來像3C量販店嗎？」萊利假裝生氣。

「很可能有人在上面動了手腳。」康妮繼續說，不出所料，萊利眼睛亮了起來還伸出手，她趕快將電腦包從肩膀取下遞過去。

「好吧，康斯坦絲，」萊利說，「就當作小試身手玩玩看，幫妳跑個診斷。」

「需要什麼回報？」康妮問。

萊利挑眉微笑，「滾床十分鐘好了。」

輪到康妮挑眉，但她笑不出來。

「那就笑一個吧。」萊利改口。

康妮硬擠出一個笑容。「謝了，」她說，「發現什麼的話打電話告訴我。」

「要留下來吃個早午餐還是喝一杯嗎？」萊利語帶請求。

「這可沒辦法，還得跑別的地方。」康妮找個藉口打發，趕緊走向門口。

「那就改天嘍。」

「嗯，或許。」康妮敷衍過去，穿過對開門回到接待處。「你要照顧好自己啊。」

「下次見嘍，康斯坦絲・瓊斯。」萊利道別後緩緩關上門。

她在電梯前面拚命按按鈕，叮一聲門打開總算鬆口氣，趕快衝進逃生艙遠離萊利與這個詭異基地。

㉒ 又稱工資奴隸。某些意識形態認為受薪階級實質上淪為資本家或權貴的奴隸或牲畜。

17

週日對瓦勒斯是種煎熬，梅伯里醫院對他採取特別措施。齊斯時時刻刻都陪在旁邊，無論去哪兒都受胖戒護員監視，就連淋浴時也直接守在隔間外面、小便時站在廁所角落、用餐時大大圓圓的影子當頭罩下。唯一可以擺脫齊斯的時間是與泰勒面談，但取而代之是得忍。醫生自己心理才扭曲，卻提出一堆亂七八糟的理論和假設，奠基在他始終相信瓦勒斯試圖自殺過。瓦勒斯很想揪住泰勒衣領用力晃，要醫生聽明白：大錯特錯，這是配合警方計劃自願扮演誘餌請殺手入甕。但無可奈何，他只能安安靜靜坐著聽醫生嘮叨，而且泰勒將他的沉默詮釋為否定，在處方多加一顆藥，聲稱能加速瓦勒斯回歸現實。之前每天早餐後的藥就已經讓瓦勒斯腦袋昏昏沉沉，他只能盡力保持清醒。與泰勒聊完之後，齊斯會帶他去花園散步，與病友們沿著地面上交叉的路徑一邊發抖一邊晃蕩。十一月寒風稍稍吹散藥物造成的精神混沌，瓦勒斯走來走去心裡想的是康妮，周圍高聳樹木讓他想起康妮家客廳望出去的景象，很期盼能回去那間公寓緊緊摟著她。之後瓦勒斯到食堂自己一個人坐，在齊斯緊迫盯人監視下結束晚餐、服下餐後藥物。泰勒開的新藥丸似乎是鎮靜劑。這次住院禁止他看電視，只好以康樂室內藏書打發時間，有《傲慢與偏見》、《咆哮山莊》、《基督山恩仇記》之類經典名著。覺得諷刺的瓦勒斯挑了《基督山恩仇記》來讀，但也無法專心，只讀到費爾南與唐格拉爾陷害主角唐泰斯而已，自由活動時間結束就被齊斯趕回房間。

瓦勒斯去淋浴間換睡衣，過程中小心將電擊棒藏在手掌裡不被發現。在走廊慢慢移動時牆壁在他眼裡不僅扭曲還冒泡，地板如海浪起起伏伏。無論泰勒開的是什麼藥，沒讓人更清醒而是反效果。搶在世界化作五顏六色一鍋粥之前，瓦勒斯順利回到房間，試著與齊斯對話卻只聽到亂七八糟無法理解的聲音。他跌跌撞撞走到床前直接倒下，最後記憶是房門在背後關上，彈簧鎖清脆咔嚓聲彷彿迴盪至時間盡頭，意識沉入虛空。

聲音。黑暗。什麼東西在動。瓦勒斯從渾濁的無意識領域甦醒，卻察覺房裡不只自己一人。他趴在床上，一邊臉頰埋在酸臭嘔吐物內。背後有人。他伸手到背後，從睡衣褲腰帶內摸出防身武器，顧不得究竟是誰，一個轉身刺出電擊棒。即使光線昏暗，瓦勒斯眼睛還是捕捉到形影：是殺手。戴面具的男子站在床邊，拿著針筒正想抽取藥液。他看見瓦勒斯有反應，但事出突然閃避不及。瓦勒斯刺向他頸部同時按下開關，十萬伏特電流鑽進對方體內。蒙面人倒地後猛烈抽搐，瓦勒斯趕緊起身。

「救命……」他喊叫，但是喉嚨哽著酸水，聲音太小傳不到外面。他吞嚥一口深呼吸，「救命！」叫聲迴盪在走道上清清楚楚。

瓦勒斯聽到背後一陣窸窣，蒙面人還能動。他持著電擊棒又撲上去，沒想到手臂不但被拍開甚至差點讓對方扣住。瓦勒斯趕緊跑出房間拉上門，門鎖居然沒有自動鎖上，看來系統又被切斷。黑色魔爪冒出來抓住門板向內扳，他也牢牢握住門把不敢放開，然而裡面那人力氣大得多。隔著門縫逐漸能看清面具，不透明護目鏡掩蓋了眼神情緒，即便如此瓦勒斯也知道他十分憤怒，矢志取自己性命。

尖銳聲響穿透整棟大樓，警報裝置啟動。

「快走開！」耳熟的嗓音叫道。

瓦勒斯轉頭看見貝利從走廊另一頭狂奔過來，後頭跟著兩個穿戒護員制服的部下執黑色手槍朝這邊瞄準。

「快點走開！」貝利又大叫一次。

瓦勒斯察覺另一邊拉力減輕，朝門內一瞥除了黑暗什麼也沒有。他鬆開門把，門依舊不動，他趁機朝貝利那頭跑。警佐將他拉到身後，揮手示意兩名武裝員警上前。

再回頭，另有一個戒護員帶著兩名醫院保全趕到現場。

「別過來，」貝利提高音量壓過不間斷的警笛聲。「還有你，」他也朝瓦勒斯吩咐，「躲後面點兒。」

兩名警察慢慢貼近房門，塊頭較大的停在靠貝利這側，高瘦的竄到反向，兩人都將手槍握在胸前幾吋，槍口指向病房入口。大個子舉起三根手指示意倒數開始，第一根放下時夥伴表情嚴肅點頭，第二根放下時房門倏地打開，蒙面人從黑暗中猝然撲向大塊頭。瓦勒斯只能看見一團模糊，蒙面人拳打腳踢奇快無比，動作俐落、落點精準，顯然是行家，轉眼間從措手不及的壯警察手中搶走槍，並瞬間掉頭朝瘦子擊發。瘦高警員被命中咽喉，丟了槍手捂傷口。鮮血狂噴，他想尖叫卻只發得出嘶啞咕嚕。瓦勒斯膽戰心驚，發現貝利也一臉錯愕，接著蒙面人身子一扭，往大個子頭頂轟出兩槍。

「快跑！」貝利大喝，部下屍體還沒倒地就趕緊出手將瓦勒斯推遠。

但瓦勒斯看傻了，忍不住回頭張望。瘦高警員跪地，殺手彎腰撿槍往他的太陽穴扣扳機。

「快！」貝利大吼，拉著瓦勒斯要他振作。

瓦勒斯還沒轉過頭，蒙面人注意力轉過來。第一道安全門距離十五呎，一名保全急忙摸出鑰匙，抖得叮咚作響，警笛這麼響亮都還聽得見。另一個保全怔怔望著走道，戒護員用力拉扯門把。瓦勒斯再回頭，蒙面人舉起手槍，槍口朝著自己。離門十呎。拿著鑰匙的保全臉上閃過欣慰，門鎖終於打開，可是隨即巨響迴盪，瓦勒斯感覺有東西掠過臉頰。才剛鬆口氣的保全一臉驚駭，右手臂被子彈貫穿。戒護員趕緊拉開門將傷者拖過去，但第二次槍響後傷者腦袋多了個大坑立刻倒下，顱骨碎片帶著一撮撮頭髮和血水往四面八方飛濺，瓦勒斯戰慄不已。剩下五呎。戒護員慌了，鬆手放下屍體，轉頭只顧自己逃命。方才嚇呆的保全見狀也追過去，卻被第三發子彈擊中背部。貝利用力一推，將嚇傻了的瓦勒斯推到安全門和屍體後面，自己轉身想將傷者也帶走。瓦勒斯回神，上前打算幫忙，兩人才要合力將保全拖過安全門，又一顆子彈落在他腿上。保全大聲哀嚎，瓦勒斯和貝利終於將他帶到門後。安全門自動回彈關閉，門鎖扣緊的咔嚓聲令瓦勒斯勉強平復情緒。

「能走路嗎？」貝利朝保全問話，但警笛聲太吵，幾乎聽不見。

保全沒回答，瓦勒斯低頭一看，人都翻白眼了。趁著警佐檢查傷者脈搏，他緩緩起身望向安全門上玻璃窗格。蒙面人走過來，和安全門距離不到二十呎。瓦勒斯起初不解門已關上他還能怎麼辦，意識到答案後心臟差點麻痺：鑰匙插在鎖孔沒拔下來。

子彈飛來，玻璃碎裂。聽見呼嘯聲劃破耳邊空氣之後瓦勒斯又嚇愣，沒注意到飛散的玻璃屑在臉上劃出許多小傷口。

「快走！」他叫道。

「這人還沒死，」貝利說，「得帶他一起。」

警佐說完攬起保全左手臂，瓦勒斯過去撐起右邊，兩人架著昏迷保全，目標是下一扇門。保全的腿在地板留下彎彎曲曲的血痕，先行一步的戒護員在前面瘋狂敲門。

「救命！」他大叫。

「你的鑰匙呢？」貝利吼著問。

「在員工休息室！」戒護員回答完還是握拳瘋狂拍門，「救命啊！」

「搜搜他口袋。」貝利說完與瓦勒斯在門前停住腳步，放下失去意識的保全，兩人一起在他口袋翻找。忽然砰一聲，瓦勒斯感覺頭頂上有道衝擊。戒護員霍地跪下，手捧胸口不停乾嘔，白色上衣隨心跳脈搏暈開一片暗紅。戒護員意識到生命結束，那表情瓦勒斯這輩子忘不掉，和自己懸在繩子那時一樣，各種情緒澎湃湧出。戒護員支持不住，直接趴在昏迷保全身上。又砰一聲，子彈從安全門彈開。瓦勒斯抬頭，殺手大步逼近，槍口瞄準自己。

「有了！」貝利大叫跳起，從鑰匙串拿出第一支就插進鎖孔轉動。「走！」

他又拉起瓦勒斯朝門後推。槍響過後，瓦勒斯感覺抓著自己那雙手忽然放軟。他摔在另一邊，安全門闔上，爬起來發現貝利腹部中彈，天藍襯衫上血污不斷擴大，顏色特別黑，恐怕傷及肝臟。門另一邊門把狂轉，不過貝利露出孱弱笑容，舉起的手裡握著鑰匙串，其中一把折斷了，斷掉那截卡在門鎖內。

「走吧。」警佐說。

瓦勒斯扶貝利起來，將他左手臂搭在自己肩上一起走向食堂。沒過幾秒，槍聲傳來，玻璃碎裂。轉頭一看，黑手套穿過門上破窗摸找這側的門把。瓦勒斯在走道張望，想找個東西發洩滿腔怒火，上次脫逃的經驗閃過腦海。

「在這兒等。」他對警佐說。貝利沒反應過來，瓦勒斯從他腋下溜走，找到紅色大滅火器高舉起來衝向安全門。對方已經摸到門把要轉開，瓦勒斯趁勢反擊，發出野獸般的嚎叫灌注全身力量。滅火器落下，底座邊緣打在手腕、瓶身重擊手掌，力道之大將門又逼得緊閉。對面傳來模糊慘叫，受創的手縮了回去。發洩完怨氣，瓦勒斯丟掉滅火器回去攙扶警佐，結果子彈又從窗口射過來。

「幹得好。」貝利氣息依舊微弱，而且馬上驚叫失聲。瓦勒斯感覺重心一沉，接著警佐倒下。他趕快將貝利扛到食堂走道轉角，檢查之後訝異發現警佐又被打中，襯衫滿滿是血。

「撐住！」瓦勒斯大叫，可是無力回天，貝利滿臉冷汗，呼吸淺薄不規律，目光逐漸渙散。

「混帳東西……」警佐小聲道，「你……想辦法抓到他。」

「挺住，就快出去了。」瓦勒斯回答。

貝利手探向自己口袋。「開我的車，」他喉嚨多了個細微的嘶嘶聲，每口氣都對肺部負擔很重。「凱伊・華特斯，」他匆匆補上，「檔案。」

「什麼？」瓦勒斯集中注意力，想聽懂他越來越模糊的聲音。

「凱伊・華特斯。」貝利重複一遍，似是耐不住性子。「『猴子拼圖』、『蠑螈』。他會幫忙……去找蠑螈。」貝利頭往左邊一歪，眼珠子上翻。

警佐生命在眼前一點一滴流逝，瓦勒斯見狀打了寒顫，但很清楚沒有時間悼念，趕緊從貝利口袋掏出車鑰匙。回頭望向轉角，殺手另一隻手穿過破窗轉門把，門打開同時他站起來狂奔。

衝進食堂，兩個戒護員和一名保全跑過來。

「快走！」瓦勒斯咆哮。

他們連面面相覷的時間也沒有，殺手才闖進來便開兩槍，一個戒護員倒地。瓦勒斯顧不得驚慌失措的醫院員工，逕自朝著出口衝。背後接連傳出槍響，他完全不回頭，來到分隔食堂與辦公室的安全門前又遇見保全，只能揪著對方衝過門口。門唰一聲關上。

「喂！」保全喝道。

「那人有槍！」瓦勒斯連忙回應。

然後他感覺對方不再掙扎。掉頭一看，明白原因：面具殺手快速逼近，一手拿槍，另一手垂下。

這次保全跟著瓦勒斯一起跑，兩人鑽過藥庫、轉彎往連接大廳的最後一道門疾跑。保全拿出門禁卡，但砰的一聲就在瓦勒斯身旁翻滾倒地，卡片飛出。瓦勒斯低頭瞥一眼，保全四肢張開，姿勢像個壞掉的布娃娃，只是顱骨後側多了個洞。他撲過去拾起感應卡，兩下槍聲追過來，子彈打在門上炸出許多木屑。刷卡，機器亮綠燈，他察覺手臂有股灼燒感。無暇顧及劇痛，瓦勒斯穿過安全門朝大廳飛竄，心裡祈禱這幾分鐘的運氣能維持下去。大廳破窗用簡單夾板暫時蓋著，他瞄準邊緣全力衝刺，聳起肩膀撞過去，撞得木板彈出窗框。這股衝勁一如預料剎不住，身子飛撲到外頭，在地上撞得很痛。起來以後，瓦勒斯掃視停車場，找到貝利那輛車，衝過去時回頭一看，殺手站在夾板破洞後面仔細瞄準。逼不得已，瓦勒斯猝然轉換方向、趴地翻滾，避開劃過半空的子彈。再起身，他按下解鎖，急忙拉開車門，插鑰匙，發動引擎，啟動器壓著太久叫聲銳利。管不了那麼多，他打檔倒車狂踩油門，子彈從左側貫穿照後鏡、擊碎擋風玻璃。瓦勒斯改切一檔再猛踩油門，順著車道撞開正門柵欄開進大馬路。後面遠方有藍色警燈，他踩油門又衝過幾個路口，不時注意照後鏡確定沒被跟蹤。直到兩輛警車駛入梅伯里醫院院區內，瓦勒斯暗忖姑且安全了，放慢速度不再逃命般亂竄。

腎上腺素消褪，一股茫然空虛取而代之。瓦勒斯看看右手臂，這才知道子彈削過肩膀下方，傷口不斷出血。起初覺得車身搖搖晃晃，後來意識到是自己顫抖得太厲害，趕緊停在公車站前面，注視鏡子努力鎮定。看著自己的倒影，想起今天被殺死的人，這種日子不知還得過多久，瓦勒斯終究崩潰。他打開車門，蹣跚步出，才走兩步就在後輪嘔吐，軀幹劇烈起伏，彷彿想將剛經歷的一切排出體外。覺得清乾淨之後他重新站好，看見公車正要靠站，司機暴躁地比手勢嗚喇叭。感覺被掏空的瓦勒斯慘然揮手，爬回貝利的車子駛入夜色之中。

18

康妮翻個身子過來接電話，大腦在驚嚇中甦醒，眼睛沒辦法立刻聚焦。螢幕顯示來電者不明、清晨五點零八分，非常不禮貌的時間。「哈囉。」她接聽。

「康妮，妳還好嗎？」瓦勒斯口吻帶著真切的關心。

「沒事。」她回答，「你在哪兒？情況如何？」

「他來了，」瓦勒斯老實說，「大家都死了。」

他說起話字黏在一塊兒，康妮聽得出那份恐慌。

「妳真的沒事？」他又問。

「我沒事，」康妮加重語氣，「你在哪裡？」

瓦勒斯沒回答。

「還好嗎？」

「我不知道該怎麼辦。」瓦勒斯說。

「我過去接你，」康妮說，「然後一起去報警。」

「太危險。」瓦勒斯提心吊膽地說，「我不知道可以相信誰。」

「你可以相信我啊，約翰。」康妮安撫。

但電話另一頭陷入沉默。

「我知道。」良久之後瓦勒斯才回應。

「先找個地方碰頭，」康妮說，「人多、安全的地方。千禧橋好了，就在泰特現代美術館對面。」

又停頓一陣。「什麼時間？」瓦勒斯終於擠出話。

「你盡快，」康妮回答，「我立刻出發。」

「好。」瓦勒斯答應。

「我愛你，約翰。」

「我也愛妳。」瓦勒斯聲音顫抖、情緒激動。康妮掛了電話立刻跳下床。

瓦勒斯放下話筒，走出玻璃棺材似的電話亭，前後張望靜謐街道，目前看似沒有危險。貝利的Vauxhall汽車停在站前路上計費停車格，車頭對準諾伍德路口火車站。首班列車時間還沒到，但繼續開貝利的車子移動不明智，無論警察還是殺手現在都會以此為目標。要棄車得做點準備，他打開行李箱找到手提旅行袋，裡頭有急救組合包、手電筒、伸縮甩棍及一套備用衣物。兩人身形差距不大，瓦勒斯脫下梅伯里病人服套上牛仔褲，接著為手臂下方頗深一道傷口消毒包紮，最後穿上連帽上衣和運動鞋。醫院睡衣先塞進包包揹在身上，用力關上行李箱蓋子開始搜索車廂。後座有中等長度黑外套，翻了口袋還有半包口香糖。外套搭在旅行包上，他看看前座，找到殺菌藥膏、雪鏟，側邊凹槽有些停車票券。打開手套抽屜原本想看看兩天前寄放的現金還在不在，卻發現有個牛皮紙袋被硬塞進裡面。紙袋外寫著「胡方檔案紀錄」，裝了厚厚一疊文件，最上面一張白紙有潦草筆跡寫著人名與電話號碼：克莉絲汀・艾許，212-555-3781。其餘記載了網址和日期，部分條目被圈起，瓦勒斯認出其中一個名字是「凱伊・華特斯」，貝利臨終前交代過。他將牛皮紙袋裝進旅行包，從汽車說明書底下取出鈔票收在牛仔褲口袋，車鑰匙丟在前座後關門。離去時覺得自己像個盜墓賊，只能安慰自己：反正貝利用不到這些東西了。前途茫茫，瓦勒斯必須盡可能累積資源。

找到計程車站，面色不大好的接待員坐在玻璃窗後小房間。「去哪兒？」聲音從旁邊擴音器傳來。

「克拉珀姆轉運站。」瓦勒斯朝麥克風講話。

「兩分鐘。」對方回答。

「我在外頭等。」瓦勒斯告訴那病懨懨的人。要是麻煩又找上門，可不能被困在這麼狹窄的空間。

康妮站在小橋上超過四小時，不停左右張望觀察行人。星期一早晨，隨時間經過人潮逐漸洶湧，起初是通勤上班族三三兩兩，後來一團一團觀光客到訪。泰特現代美術館位於河南岸，佔地廣闊，朝北岸望去一棟棟辦公大樓玻璃外牆在陽光下閃閃發亮，聖保羅大教堂的圓頂特別醒目。她今天請病假以防等不到瓦勒斯，梅伯里慘案上了新聞，手機停在BBC的倫敦最新報導。警方居然通緝了約翰・瓦勒斯，認為他涉嫌重大。

十點四十五分，康妮終於看見瓦勒斯從北邊走來。他穿著藍色連帽上衣、牛仔褲和運動鞋，但是沒穿襪子，肩膀揹著綠色圓筒包。最突出的部分是臉，又有新的傷口，神情彷彿見鬼般滿滿的焦慮疲憊，若非兜帽遮掩恐怕每個路人都會察覺：這人碰上大麻煩。康妮想跑過去，卻又知道引起不必要的注目有風險，只能緩緩走向他。兩人終於擁抱，她用力摟緊，淚水潰堤。

「事情怎麼變成這樣……」

「不知道。」瓦勒斯退開，順著橋前後張望，視線掃過人群確認。「我也不懂。」

「警察在追捕你，」康妮說，「新聞都報了。」

「得找安全的地方。」

「我家？」康妮問。

瓦勒斯搖搖頭，「貝利警佐可能對上司提過妳住處。得換個地點。」

所謂安全的地方結果是貝斯沃特區[23]的廉價旅館。兩人先搭計程車到派丁頓，然後在西倫敦小巷裡頭晃蕩，好不容易找到一間店為了賺錢肯收現金。櫃檯接待是個中東血統瘦男人，連身分也懶得問，朝瓦勒斯露出意有所指的笑容，卡片上隨便寫了特納先生、特納太太，看樣子是將康妮當作應召女。瓦勒斯從皺鈔票裡挑出一百英鎊，他交出鑰匙，說房間在白色灰泥樓第三層。

房間很差，破破爛爛的佩斯利花紋[24]地毯大概從一九八〇年代就在這兒，上面圖案與髒污斑

[23] 貝斯沃特區接近大倫敦中心，十分國際化，有來自不同國家的不同民族居住在此。
[24] 起源於波斯，後來印度加以模仿，以圓點、曲線組成如水滴或變形蟲形狀繁複華麗的圖形。

駁陸離。只有一扇窗，髒兮兮的，窗框還掉了漆。瓦勒斯走進小浴室檢查，瓷磚佈滿裂痕，縫隙覆蓋黑黴，馬桶與洗臉臺老舊笨重，到處是鏽蝕與水垢。房間裡有張小雙人床，中間凹陷，便宜紫色床單有污漬還脫線。他把包包放在陳年小桌，一屁股跌進吱吱嘎嘎的木椅，舉起手順順頭髮。康妮過去輕搭他的肩，瓦勒斯牽起她的手，過了片刻又放開，模樣非常喪氣。

「發生什麼事？」她在床邊坐下。

「我醒來的時候，他已經進來房間。不知道是不是醫生開的藥太強，還是那個殺手居然有本事對我下藥，完全沒聽見他走進來。要是我沒及時察覺……」瓦勒斯改口，「警佐偷偷塞給我電擊棒，我往他揮去，雖然爭取到脫身時間，但病房的門鎖不起來。我拉住門等警察過來，貝利把我叫過去，派部下帶著手槍圍住病房。兩個人都很壯，可是那個殺手一衝出來就出招，扭打之後搶了槍把兩個警察都殺掉。其他人拚命逃，只有我和貝利跑比較遠，不過貝利最後也中彈，還兩發。」

回想事情經過，瓦勒斯情緒又崩潰，聲音開始哽咽。「他就在我面前死掉，我——」

「他還沒死。」康妮打斷，「早上我一直聽新聞，貝利昏迷不醒，人被送到加護病房。」

「但是他……」瓦勒斯訝異得話都說不清。

「他還活著。」康妮再強調一次。

瓦勒斯感覺心頭重擔少了些。「貝利提了個名字，」他從旅行包內取出牛皮紙袋遞給康妮，「然後我在他車上找到這個，裡面圈著同一個名字，叫做凱伊・華特斯。」

康妮一邊翻閱資料一邊聽他說。

「貝利受傷，就吩咐我開他的車走。我繼續逃，凶手一路上至少殺了三個人。我逃出醫院，開到諾伍德轉運站，在那邊打電話給妳，改搭計程車到克拉珀姆，換公車到維多利亞，再坐地鐵去尤斯頓，走路去尤斯頓廣場換線到摩爾門站。抱歉拖了那麼久，但我得確定自己沒被跟蹤。」

「沒事的，約翰。」康妮問，「你還好嗎？」

「不知道。」瓦勒斯整個身子軟下去。

康妮起身過去抱他，他卻疼得顫抖。「怎麼了？」

「被子彈擦傷。」瓦勒斯指著手臂解釋。

「讓我看看。」康妮吩咐。

瓦勒斯坐在床緣，康妮為他的傷口包好繃帶。「止血了。」她說。

「抱歉把妳捲進來。」瓦勒斯語氣很難過。

「別介意。」康妮安撫。

傷口處理好，康妮讓出位置讓瓦勒斯穿好衣服活動一下，自己拿起從車上找到的資料繼續讀。

「裡面有史都華．胡方的網路活動紀錄，包括身亡前幾週瀏覽過的網站，圈起來的部分位在同一個網域，然後網域名稱內有凱伊．華特斯這個名字。」

康妮拿出手機，在瀏覽器輸入其中一個網址。瓦勒斯走過去，也拿起資料開始讀。過沒多久，手機螢幕上跳出地方新聞網站《冷泉公報》一篇報導，文章開頭附的照片是個面帶微笑的青少年，底下註解說他就是凱伊・華特斯。康妮往下捲，和瓦勒斯同聲唸出標題：《青少年網上販毒，自殺震驚冷泉鎮》。

「根據報導說法，這孩子在『網路』上賣冰毒。網路是線上非法市集『絲路』的後繼，」康妮快速掃過內容做個摘要，「後來被他母親發現，在臥房上吊，死前到Facebook留言，說覺得當毒販太丟臉，不想帶著恥辱活下去。」

「同樣是自殺，同樣死後才有爆料。」瓦勒斯沉吟，「難怪貝利也起了興趣。」

「對這串數字有什麼想法？」康妮亮出最上面留有潦草筆跡那張紙。

瓦勒斯搖搖頭。

「試試看吧，」她說，「是美國的電話號碼，二一二是紐約區碼。」康妮說著便在手機按下撥號。

兩人等待電話接通，瓦勒斯隱隱約約聽得到人聲。

「語音留言。」康妮告訴他，「『您撥打的號碼是FBI特別探員克莉絲汀・艾許，有事請留言』之類的。要留話嗎？」

瓦勒斯搖頭，「還不知道能信任誰。」康妮掛斷之後他想起來，「我的電腦妳帶去給朋友了嗎？」

康妮點頭。「我問問進度如何，」說完她立刻撥號，但一樣進入語音留言。「萊利，我是康妮，不知道那臺電腦你研究出什麼，有進度請告訴我，我急著要答案。」掛斷後她看著瓦勒斯語帶歉意，「這人也催不得。現在打算怎麼辦？」

「貝利警佐提到另一件事情。『蠑螈』和『猴子拼圖』。」瓦勒斯回答。

康妮手機連上Google輸入這些詞語搜尋，出來的結果看來沒什麼意義。她往下滑了些邊看邊說：「沒找到明顯相關，不過派丁頓有間酒吧就叫『猴子拼圖』，也許他常去？離這兒不遠。」

瓦勒斯慢慢點頭，「過去看看。」

「萊利，我是康妮，不知道那臺電腦你研究出什麼，有進度請告訴我，我急著要答案。」他打開語音留言聽見這句話。做人情好麻煩，萊利想著想著滾下床拿起四角內褲，前一天穿過，反正看起來還算乾淨。走到客廳區，筆電包還丟在小沙發，他坐過去取出電腦。牌子是Dell，代表電腦主人沒什麼想像力。開電源以後萊利打斷開機程序進入系統設定，然後邊嘆氣邊起身將機器拿到伺服器機房，在電子鎖輸入六位數密碼。氣密門嘶一聲解鎖了，他用力拉開踏入，皮膚被裡頭冷空氣吹出雞皮疙瘩，連乳頭都硬了。萊利就喜歡身體冰涼。闔上門，氣閥加壓又一陣嘶嘶聲。萊利走到伺服器機房中央，工作站藏在周圍嗡嗡作響的架子後面，從外頭沒法看見。他在這裡建立礦工大隊，透過程式從世界各個角落挖掘待價而沽的祕密。筆電放在整齊乾淨的鐵網辦公桌，萊利伸手從上面小隔層掏出USB隨身碟插進連接埠。隨身碟綠燈發亮然後閃爍，引以為傲的特製破解程式啟動了。他手指在桌面輕輕敲打節奏，敲了十多輪之後螢幕變色，出現Windows的開始選單，也就是說破解程式繞過帳號密碼直接取得完整的管理員權限。

萊利叫出DOS命令，調出系統登錄清單檢查近期變動，發現超過一個月沒開機。登錄清單沒異樣，瀏覽器、電子郵件、文書軟體都正常，背景有些程式一開機就會運行。

他從另一個小隔層拿出較大的外接硬碟，上面標籤寫著「影子獵手」，將USB3.0連接線插入筆電以後打開檔案清單，只有一個執行檔，就叫做影子獵手。萊利雙擊啟動，類似DOS的黑底視窗跳出，立刻開始掃描電腦裡成千上萬個檔案。程式會自己工作，所以他丟著電腦不管走出機房，暗忖午餐時間要到了，印象中今天是週一，趕快換好衣服出門還有機會遇上十樓的金髮美女，她總是在對面小店買鮪魚玉米美乃滋巧巴達。

19

十一月欲振乏力的太陽照在熱鬧的倫敦街頭，瓦勒斯和康妮留意派丁頓車站絡繹不絕的人潮。他戴著風帽盡量壓低，除非刻意觀察否則無法看清面孔，兩個人牽手行走，乍看像對普通情侶。

「貝利警佐在這附近上班嗎？」康妮問他。

「派丁頓警局，」瓦勒斯朝著埃奇韋爾路撇了撇頭，「他的地盤。」

「『蠑螈』有可能是人的代號。」康妮說。

瓦勒斯點頭，其實康妮找到酒吧地址的時候他就想過。

跟著手機導航，他們轉進普瑞德街又切過諾佛克街，附近很多三層樓喬治亞風格排屋改建的旅館，看上去或許比之前找的那間還便宜。一個左轉，拐過薩塞克斯，兩人在下個路口找到猴子拼圖，是棕色公寓矮樓底下的露天啤酒屋，外牆爬滿常春藤，看來像是一九八〇年代早期英國流行的公宅。康妮與瓦勒斯登上鋪了瓷磚的小階梯，有扇柵門但鎖著，只好繞過紹威克街找到正門，門上有塊綠色招牌，門邊廣告標榜美食與正宗啤酒。觀景窗很大，但看不出端倪，裡面十分昏暗。

進去以後意外發現內部很傳統，地上鋪了風格華麗的佩斯利地毯，桌椅都是深褐或深紅，分隔開放包廂的彩繪玻璃營造出萬花筒繽紛光影。比較現代的部分是亮白色牆面，增添酒吧整體明亮度。室內室外都只有一丁點客人，週一午後本就不是熱門時段。

「怎麼行動？」康妮悄悄問。

望向櫃檯，有刺青、留平頭的高個兒男人站在那邊靠著冰箱發呆，見瓦勒斯靠近立刻擺出熟練態度招呼。

「要來點什麼？」刺青男問。

「兩杯可樂。」瓦勒斯回答。

「加檸檬嗎？」酒保伸手取杯。

「要，」瓦勒斯回答。趁對方準備飲料時他追問，「我想找一位叫『蠑螈』的人。」

酒保抬頭瞥了眼，瓦勒斯從他眼神可以肯定自己被認出來了，但對方卻搖頭。「沒聽過喔，」酒吧裝滿玻璃杯推向兩人，「四鎊四十便士。」

瓦勒斯拿了五英鎊鈔票付錢， 杯挪到康妮面前。

「有中間人推薦我們找他談談。」康妮也試著打聽。

酒保邊搖頭邊找零給瓦勒斯。「抱歉，」他回答，「幫不上忙。」說完他就退回去靠著冰箱。

康妮喝一口飲料，「接下來？」她問。瓦勒斯也覺得茫然。

「先回旅館吧，」康妮說，「我再聯絡萊利看看。」

瓦勒斯看看四周正覺灰心，但留意到酒吧角落有個男人不斷打量自己。那人一頭黑髮，圓胖的臉看來嗜酒成性，皮膚發白多斑還有好幾道疤，不容易判斷年紀，然而從其銳利專注的目光能感覺到此人城府頗深。

「快走吧，我覺得被那邊那個人認出來了。」他低聲說，「先喝完。」

康妮瞟了刀疤男一眼馬上轉頭提醒：「他過來了。」

他轉頭望去，刀疤男慢條斯理朝自己走過來，個頭不高大概五呎七吋，但肩膀寬脖子粗像頭公牛。「走吧，」他牽起康妮的手卻遲了一步，對方擋在兩人和出口之間並繼續逼近。「做好準備，也許得衝出去。」瓦勒斯打算有必要就動手。

刀疤男來到面前。「你們兩個太呆了，不像條子，」他上下打量語帶輕蔑，「找蠑螈做什麼？」

「朋友要我們來。」瓦勒斯回答。

「誰？」

「貝利警佐。」

對方想了想。「貝利？」

康妮微笑點頭。

「晚上過來。」

「你認識蠑螈？」瓦勒斯問。

「小心禍從口出。」刀疤男口氣明顯不好。

「走吧。」瓦勒斯輕輕拉著康妮走到門口，兩人重返暗淡天光下。

「說是晚上，但晚上幾點？」康妮拉緊外套遮擋襲上頸部的寒風。

瓦勒斯尷尬一笑。「這我也不知道，」他回答，「但我可不打算回頭問，走吧。」

「去哪兒？」

「先回旅館，」瓦勒斯解釋，「看能不能聯絡上妳那位朋友。」

萊利．柯騰沿著維多利亞街散步，心情大好，因為下午有兩名面容姣好談吐風趣的澳洲人相伴。原本他去三明治店找到那位金髮美女，也許會被誤會成變態跟蹤犯，但萊利自認這叫做專一。他知道美女每天吃什麼口味，也掌握對方添購什麼新衣、何時瘦了何時又胖了。今天下午她特別漂亮，穿了緊身牛仔褲與藍色毛衣，衣物如老友般貼合胴體。萊利幻想對方很久，始終不知道她名字，每次接近到十呎內就開始喘不過氣，今天也不例外。他腦海冒出各式各樣情色場面，想像美女清純面孔在慾望中扭曲。只可惜無論多誘人，萊利就是沒勇氣搭訕。一如既往，美女挑起的慾念只能靠別人滿足，萊利溜出三明治店朝邱吉爾花園社區過去，這邊紅磚公宅多數變成私有物件，以前提供給低收入戶和弱勢族群的公寓幾經轉手有了幾十萬英鎊的價值。萊利從線上應召找到兩個澳洲女子，名字分別是塔菈和米雪兒。當然他不確定是不是真名，總之一小時三百。不同於金髮美女，在兩人身上沒有任何限制。塔菈是深褐色頭髮，肌膚黝黑、身材健美，笑得很開朗。米雪兒頭髮是漂過的金色，比塔菈矮一點，大概五呎六吋，身材豐滿。身為客人，萊利可就不再羞澀，大大方方指示兩人該怎麼服侍自己、怎麼互相撫摸，那間兩房二樓公寓成了他的王國，三小時內實現許多狂野性幻想，離開時身上少了大概一千英鎊。

四點四十五分，萊利回到住處。夕陽垂在大樓頂端，餘暉從建築物之間空隙滲入，朦朧紅暈籠罩全世界。

「還沒下班啊，維莫。」萊利朝大廳櫃檯那位矮個子印度籍保全打招呼。

「C先生好，您看來心情很愉快，」維莫竊笑，「又去南半球[25]享受了嗎？」

「你懂的。」萊利曾經向維莫買過幾次大麻，有回呼麻呼得開心就介紹了那兩個澳洲女人給他。

「我懂我懂。」維莫笑個不停。

萊利穿過大廳，跨進停在一樓的電梯，按了十八樓，轉身打量鏡子裡自己模樣。昂貴黑西裝與合身襯衫搭配不修邊幅的造型有種頹廢魅力，亂髮鬍碴和佈滿血絲的眼睛都被頂級裁縫掩蓋過去，也難怪兩個澳洲女人總稱他是最棒的客人。電梯門打開，萊利經過空無一人的接待處，在對開門前面鍵盤輸入四位數密碼。門嗡嗡叫了起來，萊利推開之後卻觸發警報，嗶個沒完沒了。他輸入中斷碼處理，接下來偌大樓層寂靜無聲，只有角落伺服器機房冷卻系統微微作響。隔著玻璃，他隱約聽見倫敦交通進入尖峰時段，太陽下山很快，城市逐漸化作人工星空。萊利走向機房，準備看看幫康妮分析出什麼結果，輸入密碼跨過氣密門，繞過轉角居然看到工作站主機上跳出好幾個警告視窗，連忙過去辦公桌拉出金屬層架，架上是主鍵盤與平板電腦。仔細研究，頭一個視窗說的是有外部裝置想連接這裡的WiFi網路。拿觸控筆在平板點了幾下，發現主終端機還偵測到第二次、第三次、非常多次侵入行動。萊利渾身緊繃，查看康妮託付的電腦，自己開發的駭客程式完成診斷，從被刪除的檔案裡發現登錄系統遭篡改，與Facebook相關的某些東西被移除。

[25] 意指「澳洲」。

糟糕的是裡面藏著別的東西：有個軟體在開機時會被觸動，持續嘗試連接WiFi網路。他從主終端機調閱自己的WiFi系統，明明設下重重防護，採用的加密機制極其優越，連目前最講究安全性的銀行也比不上，康妮那臺筆電上的東西為什麼可以破解？事實上系統並未顯示不該存在的連結，只不過萊利疑心病很重，回頭確認通知視窗內的細節，注意到最後一次警告是下午三點。警告忽然停下來也很奇怪，他從主終端機進入WiFi網路後臺，直接查看進出的數據封包，根據機碼篩選之後驚恐不已，真的有不認識的代碼存在。萊利低頭盯著康妮留下的筆電，恍然大悟意識到機器被植入自動程式，只要開機就會駭入最近的WiFi網路，還會從機器與網路紀錄上清除犯罪跡證。他的主機能留下幾筆警告原因很簡單，一是他有被害妄想，二是他沒遇見過程式技術能與自己匹敵的人。但這同時代表對方更高明，恐怕來自情報機構甚至更危險的地方。無論如何，遇上大麻煩了，萊利趕快抓起筆電丟在地板，搬起椅子用力砸到機器徹底損毀。再看看WiFi流量紀錄，異常封包的確中斷。倘若硬碟損毀程度不嚴重，他得找個安全環境透過逆向工程還原對手的程式碼。雖然不知道送出什麼資訊，對萊利而言能夠突破自己的安全機制還隱藏其存在的設計彌足珍貴。

正當萊利彎腰要拾起壞掉的筆電，他聽見氣密門那頭發出嘶嘶聲，一頭霧水中過去查看，驚見戴著面具的男子繞過伺服器機架走來。對方人高馬大肌肉結實，身上穿著合成纖維防彈護甲，面具罩住口鼻，眼睛被不透明護目鏡遮掩，身後黑色長大衣下襬飄蕩。不難猜想到WiFi被駭是這名惡漢或他同黨幹的好事，傳出的小數據封包就只是回報機器所在地點。簡而言之，筆電成了追蹤裝置，目的平凡無奇，手段卻異常高明。

「我什麼都……」萊利才開口便看見蒙面人舉起黑色拳頭，手中握著一柄槍。

「別這樣——」

那男人沒理他，扣下扳機之後某個東西刺入萊利胸膛。他渾身無力，即使想轉身跑向工作桌雙腿也不聽使喚，眼珠子一翻倒地。

20

萊利被風扇轉動的微弱聲音叫醒，眼睛像是宿醉上千回那樣堆滿眼屎，大腦發脹彷彿能感覺腦組織摩擦顱骨內側。全身肌肉都痛，包括睪丸與鼠蹊部好像都腫了碰不得，他暗忖不知自己被什麼打暈，總之身體對那玩意兒反應十分糟糕。萊利集中注意力試著分辨模糊光影，即使緩慢轉頭兩邊太陽穴還是一陣刺痛，忍不住蹙眉閉眼。他又嘗試舉起手，發現手遭到拘束。總算睜開眼睛低頭一看，萊利開始明白自身處境有多糟：他被綁在工作椅上，手腳被電線纏緊，抬頭看到有個輪廓在伺服器機架間走動，房間人燈熄了，只有藍色橘色LED燈照出穿著防彈甲冑的朦朧人影落在機器上。萊利開始轉頭，動作很慢很慢，希望別引來對方注意。他視線停在桌子，然後是手機。低頭觀察並稍微用力，發現腳掌能勉強挪到椅腳輪架旁邊，扭動腳踝就能靠腳拇趾一點一點將身體朝桌子推過去。從最初的三呎距離緩慢接近，萊利聚精會神於手機，利用每次推進轉動身體，期望抵達時手正好能碰到電話。桌面高度與手的位置差不多，最大難關是手機離桌子邊緣還有一呎多。

「萊利．柯騰，」沙啞聲音輕輕叫喚。萊利停下動作，回頭發現戴面具的男人已經站在身後。「約翰．瓦勒斯人在哪兒？」

散發恐怖氣息的蒙面人朝桌上被砸壞的筆電比了比，萊利大腦像周圍伺服器硬碟拚命運轉運算，想算出如何應付歹徒、如何增加手中籌碼。物理手段很難得逞，對方那身黑色護甲連子彈都擋得住。察言觀色也辦不到，護目鏡和面具擋住了什麼都看不到。口音不明確，無法推測出身背景，只聽得出所謂的跨大西洋腔調。

「我不知道。」萊利別無選擇誠實回答，「是一個女性朋友送過來的，她要我看看裡面有沒有被動手腳。」當然萊利也明白設置追蹤程式的幕後黑手就在眼前，他找到了對方——或者說他被對方找到才對。蒙面人走近，他打了寒顫，但對方沒做什麼，只是到桌子那邊拿起可以救命的電話。

「名字？」蒙面人問。

「康斯坦絲・瓊斯，」萊利回答，「手機密碼是——」

蒙面人打斷，「我知道密碼。我知道萊利你所有的事情。」

這句話比鎮靜劑副作用更強烈、更令他難受。資訊是他的專長，客戶花大把鈔票買下他從世界各地電腦挖出的機密，還花更多錢要萊利幫忙隱瞞身分。然而他很肯定面前這男人本領之高能破解自己設置的任何安全機制，換言之，能夠揭發整層樓的所有不法活動。

「我有很多錢……」萊利試圖利誘。

「我也有。」蒙面人回答之後捲動手機聯絡人名單，「告訴她實話。說你找到筆電被動過的證據，有人篡改約翰・瓦勒斯的Facebook，之後又全部刪除。約她過來，叫她帶朋友一起。」

萊利知道自己沒立場討價還價，對方做好萬全準備，可以達成任何目的，這時候逞英雄觸怒對方未免太過不智。蒙面人接近，萊利嗅到防彈衣材質特殊而刺鼻的氣味。手機被壓在自己耳邊，發出熟悉撥號聲。

「哈囉？」康妮說話了，「萊利嗎？現在有點不方便，之後撥給你好嗎？」

萊利也聽見背景人車嘈雜幾乎淹沒她聲音，看來正好在熱鬧地方，機場或火車站一類。

「找到線索了，」萊利提高音量，「筆電確實被動過，有人修改了約翰．瓦勒斯的Facebook頁面，還有其他很多東西得給你們看。」

停頓片刻，只聽得見背景噪音。「他跟妳在一塊兒吧？」萊利問，「記得帶他來，一定要……」忽然一陣劇痛，原來是蒙面人的黑手扣緊他的脖子。萊利明白問題出在自己語氣激烈不自然，趕緊朝對方露出歉疚表情。看不見蒙面人表情，但爪子不再抓得他呼吸困難。

「可是現在正在忙，」康妮答道，「我晚點過去，可能半夜。」

「可以，」萊利說，「那到時候見。」他抬頭對蒙面人點頭，蒙面人掛斷電話。「她會過來，」萊利趕緊說，「要晚點就是了。」

對方低頭盯著萊利。「那我們有時間聊聊，」蒙面人說，「有關康斯坦絲．瓊斯和她朋友約翰．瓦勒斯，你知道什麼全部說出來。」

「有點古怪。」康妮一邊說一邊追上瓦勒斯。

兩人走到派丁頓車站前面，準備回去猴子拼圖酒吧。下班時間人潮洶湧，在熱鬧街頭稍微停下腳步就會遭人咒罵。

「怎麼了？」瓦勒斯問。

「剛才萊利說有找到線索，」康妮解釋，「只不過語氣很不萊利。正常的他會故意問些我不懂的東西，要我覺得自己愚蠢渺小而他聰明過人。就連我故意說要半夜過去試探他反應，他居然沒上鉤。平時的他應該會開黃腔。」

瓦勒斯臉上籠罩陰霾，「口氣聽起來害怕嗎？」

「也許。」康妮回答，「只是周圍太吵，不好判斷。」

「先解決這邊，之後再考慮怎麼處理萊利。」瓦勒斯說完康妮也點頭，兩人動身前往猴子拼圖。

八點十五分，到處都是下班後的倫敦居民。各個酒吧外面聚集酒客，十一月寒冬中每個人都呼出白煙，分不出哪些人是老菸槍、哪些人只是陪著聊天。

夜幕下的猴子拼圖是一團金色，相較於周邊建築與硬邦邦的黃色街燈顯得柔軟誘人。兩人接近，發現店裡塞滿客人，推推擠擠才能穿進去。酒吧場景十分倫敦：還穿著連身服的工人與西裝筆挺的上班族站成一個個小團體。穿越其間時，瓦勒斯和康妮聽得見談話內容，像是倫敦房價越來越誇張、某某醫生醫術差勁、哪兒的辣妹上不上床不說清楚之類。

來到吧檯，有三名酒保，而且都是女性，下午遇見那人不見蹤影。瓦勒斯掃視店內，發現那個刀疤男站在一道鋪了地毯的階梯旁邊，樓梯口掛的牌子寫著「雅座」。對方朝瓦勒斯點點頭。

「過去吧。」瓦勒斯吩咐康妮，兩人慢慢從吧檯前面擠出一條路。過了一分鐘，他與那張帶疤的臉面對面，對方漆黑細長的眼睛不大有神，可是手裡沒端著酒杯。或許他本來就這德行？

「照子放亮點，」刀疤男交代樓梯口另一側身材瘦削、獐頭鼠目的小夥子，那張長滿斑的臉又轉向瓦勒斯。「上去。」

他帶路，瓦勒斯和康妮跟在後面。爬到一半轉角瓦勒斯回頭，小夥子挪到樓梯口正中央，擋住不請自來的傻子。

階梯最上面站著瓦勒斯見過最魁梧的男人。身高超過六呎，但令人震驚的不只是高度，還有超過三呎的身寬，峨然峙立的氣勢足以壓倒任何人。他剃了光頭，頭型渾圓，一側刺青是紅骷髏圖案，身上穿著淺藍色Adidas連帽衣、同樣藍色的慢跑短褲與海軍藍運動鞋。這造型讓瓦勒斯懷疑他是不是想給自己打造什麼蒼穹之神、天界守衛的形象，但話說回來，就體型而言衣服選擇大概不多。看見刀疤男上來，紅骷髏閃到旁邊，露出背後一扇彩繪玻璃門，銅牌上依舊標示為雅座。刀疤男推開門，瓦勒斯和康妮穿過巨人影子繼續跟隨。

所謂二樓雅座其實和一樓沒兩樣，差別就是空空蕩蕩。下午見過的刺青酒保原來到了上頭，靠在吧檯望著瓦勒斯與康妮現身。角落窗戶能夠眺望底下的露天座位，窗前那桌坐了人，是個黑色短髮、深褐色皮膚的清瘦男性。瓦勒斯猜測他有印度或巴基斯坦血統，年齡二十好幾接近三十。對方穿著深藍色牛仔褲、褐色舊靴與黑色連帽上衣，手拿iPhone不斷打字，似乎沒空理會二人。刀疤男忽然轉身壓住瓦勒斯肩膀示意止步，緊接著他被一雙很有力氣的手拉起雙臂，轉頭才發現原來紅骷髏抓著自己搜身。確定沒有威脅以後他們望向康妮，與大塊頭對比她真顯得很嬌小。刀疤男觸碰陌生女性的身體也毫無尷尬，如同處理瓦勒斯那樣俐落迅速。確認兩人身上沒武器，刀疤男才領他們上前。

「過來。」他吩咐。

隨他朝窗戶走近後看見座位上的男人依舊沉浸在手機螢幕。瓦勒斯猜想這位應當就是蠑螈。

「人帶來了，蠑螈。」刀疤男證實了瓦勒斯的猜測之後與紅骷髏一起退到吧檯。男酒保上了飲料，給壯漢的是一品脫啤酒，給刀疤男的是一大杯蘇格蘭威士忌。

蠑螈還是沒抬頭。

「貝利警佐要我們來的。」瓦勒斯開口。

蠑螈唯一反應是舉起左手食指，態度輕蔑示意別多言。瓦勒斯望向康妮，康妮也只能輕輕搖頭。

好不容易等到蠑螈抬頭，那雙眼睛和刀疤男的無神大異其趣，褐色眼珠流露出情感與睿智，但恐怕代表的是這人更難應付。「黑貝叫你們來的？」他問，「但他自己沒來，這樣你們很可疑吧。」

「他住院了，」瓦勒斯直接說出口，「昏迷不醒。」

蠑螈瞇起眼睛思考這句話的含義。瓦勒斯覺得他正在衡量是否要相信自己。

「出了什麼事？」蠑螈問。

「中彈。」瓦勒斯回答，「為了救我。然後吩咐我來找你。」

「是瘋人院那場槍戰？」蠑螈追問。

瓦勒斯點點頭。

「聽說了，沒想到居然是黑貝。操。」蠑螈搖搖頭，低頭盯著地板一陣，看得出來貝利重傷對他情緒造成不小衝擊。「誰開的槍？」

「我還不知道。對方戴著面具，到目前為止至少殺死六個人。」瓦勒斯說。

「而且我們連動機都查不到。」康妮補充。

蠑螈目光掃向康妮，彷彿這才注意到她存在。

「你與貝利警佐是朋友嗎？」她問。

「曾經是。很久以前。在斯特里漢姆[26]遊手好閒的兩個傻孩子。」蠑螈解釋，「後來他成了警察只偶爾見面，畢竟氣氛尷尬了，立場不一樣。但他還是我兄弟，給我個名字，我會處理這件事。」

「好。」瓦勒斯回答之後卻發現康妮一臉擔憂。

「約翰，」她忍不住開口，「應該報警。」

蠑螈發出嘖嘖聲搖頭。「妳知道我進監牢幾次嗎？」他問，「答案是一次也沒有。法律只管得到笨蛋，否則貝利為什麼不叫你們報警，而是叫你們找我？他自己是警察，所以更清楚有些事情找司法機構沒屁用。交給我，懂嗎？」

「好。」瓦勒斯回答得肯定，與其說是附和對方不如說是擔心康妮安危。

「你也不知道貝利為什麼叫我們來啊。」康妮還是不贊同，話鋒一轉忽然提起：「對『凱伊・華特斯』這個名字有印象嗎？」

蠑螈面無表情搖頭。

「貝利帶著這個人的檔案，」康妮解釋，「或許他認為你會有什麼消息。是個美國年輕人，自殺了。」

「沒聽過。」蠑螈回答，「貝利會要你們過來只有一個原因，就是給我名字。有名字了告訴泰德，」他朝坐在吧檯的刀疤男撇了撇頭，然後淡淡道，「你們可以走了。」

瓦勒斯輕輕拉著康妮退到門口。她還是一臉不滿與訝異作嘔，但也明白下樓之前最好別多嘴。生了張老鼠臉的年輕人讓開路，兩人又在酒客間推擠。

「你經歷九死一生這個我懂，」朝大門過去時康妮斥責，「但這麼做不對吧，你不是殺人凶手。」

瓦勒斯忽然轉身，「現在別多嘴！」他音量比預期來得大，感覺受到旁人注目、四周漸漸安靜。「走！」

他牽著康妮的手穿過酒吧，大家以為小倆口吵架自動讓開。鑽出大門回到寒涼夜空下，回頭一看康妮眼角泛淚。

「約翰，這是謀殺啊。」她抹著眼睛說。

「是自衛。」瓦勒斯反駁，「何況也不是我們的決定，是貝利的囑咐。他自己就是警察。」

「他那時候中彈了！」康妮叫道：「他在想什麼我們沒辦法確認！」

「先查出名字，再看看怎麼辦。」瓦勒斯回答。

康妮望進他眼底，想看見他的真心。

「無論如何，」瓦勒斯安撫道：「我不想失去妳。」雖然鎖骨仍隱隱作痛，肩膀傷口更不

㉖位於大倫敦南部。

適，但他還是將康妮拉近，低頭一吻。

後來看康妮神情似乎平靜些。兩人朝大路回去途中，她拿出電話撥給萊利。

21

交代自己和康妮的關係用不了多少時間。萊利告訴蒙面人：自己曾經在日肯企業寫程式，康妮是專案主管。至於約翰．瓦勒斯，他一無所知，康妮也對私生活三緘其口。說到後來，萊利還承認自己其實挺希望和康妮談戀愛，不過蒙面人對這段似乎沒興趣，注意力放在伺服器上。萊利見狀認為自己沒有立即危險便鬆口氣，反而開始擔心對方究竟拿自己機器做什麼。

手機響了，是康妮。蒙面人躲在機房最冷的角落，響了五聲才回來，拿起電話接通，靠在萊利耳邊。

「康妮，」萊利說，「妳要過來嗎？」他朝蒙面人微笑，裝作全然配合。

「先簡單跟我解釋一下。」康妮回答。

「這沒辦法，」萊利說，「有太多東西得親眼看到才好懂。」接下來好幾秒鐘電話另一頭只有車輛往來的噪音。

「好吧。」康妮終於說，「等等我們就過去。」

掛斷以後萊利抬頭告訴蒙面人：「他們要來了。」

瓦勒斯看得出康妮有心事。「出狀況了？」他問。

康妮將手機收進口袋，「萊利態度怪怪的。」

「妳信任他嗎？」

「不完全。」她老實說。

「覺得有可能會出賣我？」

「他現在是情報販子。」康妮回答。

瓦勒斯東張西望彷彿尋求靈感，最後眼睛停在酒吧。「妳在這兒等我。」說完他又要進去，卻被康妮拉住手臂。

「別了吧，約翰。」她說，「也許只是我多心。」

「多心總比粗心好。我進去問問蠑螈能不能出租保鏢而已。」瓦勒斯安撫。

「我和你一起進去吧。」康妮堅持跟著。

結果在門口瓦勒斯差點直接撞上蠑螈。對方正好出來，紅骷髏和老鼠臉小夥子尾隨在後。紅骷髏立刻揪著他往牆壁推。

「放開吧，」蠑螈命令道，「他又不是什麼危險人物，嗯？」

問題矛頭指向瓦勒斯，他搖頭否認。紅骷髏鬆開大手退後兩步。

「我需要人保護，」瓦勒斯開口，「現在能先給幾百英鎊。」

蠑螈笑著朝兩個部下使眼神，他們也覺得瓦勒斯太天真了忍不住冷笑。「你要來混黑道嗎？」

「沒有。」瓦勒斯問。

「那就對了，」蠑螈口吻彷彿勸誡，「你付不起。何況，你需要什麼保護？」

「現在要去見個人，他可能知道是誰打傷貝利。」瓦勒斯解釋，「但這個人不太可靠，說不定已經出賣了我們。」

蠑螈往小夥子瞟一眼。「帶丹尼去吧，」接著補上一句：「這次免費。」

瓦勒斯先看看小夥子的乾瘦身材，再看看旁邊高頭大馬的巨人。

蠑螈也能理解瓦勒斯比較想帶走紅骷髏。「丹尼很有用的，兄弟，」他又忠告似地說：「他能顧好你。」口氣很明顯，這事沒得商量。他撂下話以後走向停在紹威克街前面的黑色賓士車。

一個平頭黑人肌肉男靠在引擎蓋上，見到蠑螈走近立刻跳起來幫忙打開後座車門。紅骷髏朝瓦勒斯笑了笑，與頭子一起上車。

「你叫丹尼是嗎？」瓦勒斯回頭問那個老鼠臉年輕人。

丹尼賞他一個兇惡眼神。「你們都以為那頭大猩猩厲害，其實我能解決他。」小夥子呸了一口，「走吧，讓我看看是誰倒了八輩子霉。」

計程車程大約二十分鐘，沒人講話。車子穿越市區，瓦勒斯觀察坐在對面的小混混。丹尼姿態散發特別誇張的雄性領袖氣息，雙腿擺很開，彷彿要讓雌性接收費洛蒙的返祖現象，左手臂沿著後座上緣伸過去，手掌正好擺在康妮腦袋後頭。瓦勒斯覺得自己愚蠢渺小，先不提自己怎麼被這小夥子逼得坐進面朝後的折疊椅，或許回去開口討保鏢真的就是個失誤。然而幾星期累積的不安全感太沉重，雖說小混混似乎是嘴上無毛的年紀，他居然還是放心不少。相比之下，丹尼不像是會找人保護的類型，雖然有虛張聲勢的成分，但那份自信不是假的，從他眼裡看得到一言不合就動手的狠勁。小夥子不像紅骷髏強悍形於外，可是瓦勒斯確實感受到一股不受控制、那巨人未必能及的殺氣。更令瓦勒斯覺得自己很傻的一點在於：目標對象是以前為保險公司寫程式、後來轉行的駭客，丹尼小子那身本領別說無用武之地，運氣不好還反過來捅婁子。

抵達維多利亞街六十八號，瓦勒斯感到十分詫異，原本期待的是一般住宅，沒想到會是玻璃帷幕、鋼筋水泥大樓。他付了計程車資，回頭看見康妮上前敲敲旁邊小門，裡頭的保全瞟了眼似乎認得她，開了門讓一行人入內。

「又見面啦。」三人走進大廳，保全開口招呼，「上去吧，他在等你。」

最靠近的電梯門打開，進去以後康妮按了十八樓，電梯門又闔起。

「安靜得像墳墓一樣，是以為會有啥麻煩？」丹尼笑著問，瓦勒斯也因此覺得自己更蠢。

「殭屍會計？」小混混還在笑，彷彿在傷口上撒鹽。

「那個人殺了幾個武裝員警？」康妮刻意詢問。

「兩個。」瓦勒斯回答。

「條子可沒有這玩意兒。」丹尼口氣挺得意，拉開連帽衣拉鏈，原來身上藏著緊身槍套與兩把衝鋒手槍。

瓦勒斯和康妮見了大驚失色。

「要人保護可是你提的。」丹尼語帶防備。

電梯減速停止，門打開一行人踏上大理石地板，接待大廳依舊空空如也。瓦勒斯和丹尼跟著康妮走向對開門，她敲了敲，三人等待。

沒反應。丹尼上前用力敲了幾次，看樣子他沒什麼耐性，最後直接伸手握門把。

「應該鎖住了——」康妮才開口，門把就轉動。

他們交換眼神。丹尼掏出手槍，槍身雖小彈匣卻很長。瓦勒斯看見槍管上刻有VBR[27]字樣。小夥子推開門放兩人進去。

瓦勒斯再次訝異，這麼大這麼空的一層辦公空間竟然改造為個人住家，客廳、廚房、臥室——一般寓所的設置散落在好幾千平方呎的商業地段。家具風格不怎麼協調，但能俯瞰倫敦夜裡的燈火。

「有人住在這種地方？」丹尼不可置信，「要花多少錢吶？」

「他人呢？」瓦勒斯問，康妮聳聳肩。

丹尼朝臥室走過去，只有那裡用了隔間。瓦勒斯隨康妮走向角落，有個玻璃包圍的大房間放滿電腦。

「或許在伺服器機房。」康妮說。

「氣氛不大對，」瓦勒斯回答，「別逗留比較好。」

「萊利．柯騰這人性格挺糟糕，」康妮攔阻，「以前在日肯上班就愛耍把戲整人。有一次把整個大樓所有冰箱的牛奶都換成壁紙用的漿糊。」

兩人靠近玻璃牆，她試著偷看裡面情況。

「有了。」康妮指著坐在機房中間的人影。

---

[27] 比利時槍枝製造商。

瓦勒斯無法看清對方全貌，被落地架上的機器給遮住大半，只隱約捕捉到小腿肚、一側前臂、像是男性的後腦對著工作臺。

接著他被嚇一大跳，因為康妮直接用力拍玻璃。

「萊利，你忙傻了嗎，」她叫道，「開門。」說完直接伸手拉門把，結果門就這麼開了，帶起一陣嘶嘶聲。

「沒人在。」丹尼在樓層另一頭大聲說。

「人在這兒。」瓦勒斯告訴小混混之後隨康妮走進機房。

兩人穿梭於機架構成的迷宮，四面八方是嗡嗡聲和微弱燈號。過了轉角，來到機房中央，康妮驟然停下腳步，臉上全無血色。瓦勒斯順著她視線望去，明白了原因：萊利・柯騰已經死了，只是被放在工作椅上，頭靠著頭枕，雙手擱在網格桌面，前臂底下一大灘血乾硬結塊。他從手腕到手肘被切出縱向傷口，失血過多而死，膚色特別淒慘，毫無生氣的眼睛盯著天花板彷彿祈求神助。

「天吶！」康妮失聲慘叫。

什麼東西動了。一團黑色竄到最遠的機架後頭。瓦勒斯認出防彈衣，恐慌發作、說不出話，只能用力拉扯康妮手臂。康妮轉頭看見他神情，順著視線方向也察覺藏在轉角穿著防彈衣的身影。同樣膽戰心驚，但她還意識到兩人此刻羊入虎口無路可走。

22

看見黑衣人手中的槍，瓦勒斯全副身心都涼了。想要離開，唯一路徑是穿過殺人魔頭，然而令人望而生畏的身影不過十五呎距離。或許直接向前衝——

槍響震驚瓦勒斯。沒有預兆，沒有機會，沒有理由。巨響留下的傷痛一輩子無法平息。他回頭那瞬間就有所覺悟：康妮按著胸口、上衣被暗色濃稠血液染紅的樣子會一輩子烙印在心底。第二聲巨響傳來，還是打在胸膛，她身子朝後飛出，倒地時瞪大眼睛滿臉驚懼，而且並沒有昏過去——痛覺與苦楚太強烈，潛意識都壓不過。瓦勒斯立刻跪下來，恍惚之中知道背後有人靠近，但卻顧不得那些。現在什麼都不重要，自己死了或許也算一了百了。

世界失去色彩，意識朦朧稀薄，周圍陷入死寂與可怖的凝滯，他心思慌亂，只能抓住絕望與哀慟，短短幾秒拉伸得彷彿好幾小時，甚至是難以承受的永恆。瓦勒斯眼裡只有康妮，其餘一切都不存在。他拉著女友右手壓緊第一道槍傷，再拉起左手蓋住第二道，但心裡終究是明白的，這時候做什麼都沒用。鮮血從衣服底下一波波湧出，第一槍就打碎動脈。康妮發白的手掌冰冷無力，生命快速流失。淚流滿面的瓦勒斯看不清楚，擦擦眼睛再次望向那張美麗臉龐。康妮淒婉眼眸中的驚恐尚未散去，豐唇隨著每口喘息顫抖。瓦勒斯輕觸她的唇，指尖卻在康妮臉上留下髒污。他這才察覺自己手掌也沾滿血。

瓦勒斯想說些什麼，但喉嚨哽著的哀傷太巨大，連呼吸都吃力得渾身打顫。康妮視線飄過來，深情目光似是尋覓一絲希望卻不可得。瓦勒斯感覺微微震動，後來才發現自己的身體動了起來：即使明知是徒勞，手卻下意識輕輕拍撫康妮傷口。他頭重腳輕，好像身體脫離控制，內心被憤怒填滿，怨恨這世界竟摧毀無辜寶貴的生命。看著康妮愈漸虛弱，眼睛失去光彩，靈魂飄向黑暗，他由悲憤轉為哀戚。瓦勒斯想著兩人逝去的未來，想著再也得不到的她的溫柔。康妮永遠沒機會體會自己對她用情多深了。但同時，瓦勒斯知道此刻必須克制情緒，把握最後一刻讓她感受愛。

還是擠不出聲音，但集中精神勉強壓得住肢體恐慌。瓦勒斯挪動顫抖右手輕撫康妮臉頰，溫柔觸感稍微喚回意識，然而她卻露出迷茫眼神。眼睜睜看著愛人走向生命終點，瓦勒斯除了哭泣居然無能為力。他也曾在鬼門關前走一遭，懂得康妮內心的狂風暴雨、無比煎熬。除了悲傷、恐懼、憤怒、惆悵，更多的是無力感。她如何奮力掙扎都是枉然。

既然康妮無法得救，瓦勒斯知道自己能做的就只有給她足夠的愛。他探身一吻，沒想到嘴唇碰觸之前她竟嚥了氣。前一秒那雙靈動眼睛還流露不捨，後一秒就變得無神空洞。瓦勒斯陷入真正絕望，康妮死得太突然，連最後一句話的機會也不給。他意識到自己沒能道別、沒能說出多麼愛她，所有話語卡在不中用的喉嚨裡。憤怒帶他回歸現實，周圍事物猛然回到感官，於是想起殺死美麗愛人、窮凶惡極的暴徒距離不過十五呎。

23

震怒之中瓦勒斯轉身，忽然感覺一股灼熱貼上太陽穴，本能地停下所有動作。一切苦痛的緣由、所有事件的罪魁禍首俯瞰著他，剛奪走康妮性命的槍口就按在他頭上。

槍響再起，瓦勒斯一絲平靜也不可得。然而殺死康妮的凶手轉眼間顫抖倒地，他往對方身後望去，發現是丹尼小混混站在機架尾端，衝鋒手槍槍口冒出輕煙。瓦勒斯想衝上去將槍搶過來發洩滿腔怨恨，但身體沒法配合，四肢彷彿灌了鉛不聽使喚，直到丹尼過來拉起他才勉強動作，說穿了還是瘦小子邊拽邊打邊踹將他趕出機房。活像趕牲畜似地，瓦勒斯的肢體得經由痛楚刺激才心不甘情不願地動起來。他低頭望去，離康妮越來越遠了，可是怎能將人留在這裡，太對不起她。

「快走！」丹尼拉著瓦勒斯咆哮，手腳不留情繼續招呼，一吋一吋將人往外拖。

殺手還躺在地板，左手臂被丹尼的子彈開了好幾條傷口。儘管瓦勒斯詛咒他不得好死，那身防彈甲冑可沒那麼容易打穿。他被丹尼拖走到一半，看見黑衣人又動了起來。對方明明被衝鋒手槍狂轟過，竟然稍事喘息就準備起身。

「他媽的快給我動起來！」丹尼叫道。

黑衣人朝康妮靜止的雙腳伸手將槍取回。瓦勒斯看了心頭一驚，而這份驚嚇也終於喚醒肢體。他自己拔腿跑，不再拖累丹尼。殺手舉槍，兩人繞過一排伺服器竄向機房門口。玻璃爆裂，殺手受了傷還選擇火拼。丹尼掉頭做一波無差別掃射，所有玻璃幕牆應聲炸開。他掏出另一把槍繼續攻擊，總算發揮壓制作用，對方躲著沒再追擊。

瓦勒斯跟在丹尼旁邊跑向對開門，距離不到五十呎時背後又傳來槍響。著火般的劇痛蔓延，他腿一軟跌在地上，轉頭發現黑衣人以機架為掩體，逮到機會就探頭偷襲。

丹尼邊還擊邊拉他。「給我起來！」他叱喝，「再痛都給我站起來！」

衝鋒手槍砰砰砰響個不停，瓦勒斯擠出力氣挺起身子繼續逃，每一步都彷彿電流自腳踝衝向頸部。肉體吶喊著乾脆倒下認命，但他不肯放棄。憤怒悲慟壓抑痛覺也凝聚意志力，推著他一點一點朝門口靠近。

丹尼換彈匣時蒙面人展開新一波攻擊。子彈呼嘯而過，瓦勒斯轉頭望向機房門口，只能隱約看見黑色輪廓，斷斷續續的槍口火花照亮那副面具。

扣好彈匣，丹尼繼續牽制。空氣中瀰漫硝煙氣味。本以為黑衣人會繼續找掩護，沒料到他竟然跳出來直撲二人，所幸膽大不保證成功，他胸口中了丹尼一槍整個人向後彈飛。短短幾秒空檔已然足夠，兩人搶在對方起身前穿過對開門，丹尼一馬當先跑到電梯口狂按按鈕，但瓦勒斯抓住他推向大廳對側消防通道。剛要碰到門閂時子彈就落在旁邊牆壁，丹尼與瓦勒斯急急忙忙鑽到門後用力甩上，三步併作兩步發瘋似跳下樓，但才下了一層就又聽見消防門碰撞聲，接著槍響在樓梯間來回震盪，四周牆壁被子彈啄出一個個坑洞，瓦礫打在皮膚陣陣刺痛。

腿疼得受不了，兩人連滾帶爬往下衝，每一步都是玩命。當務之急是脫離樓梯間，一刻也拖不得。瓦勒斯停下腳步，拉開標示十四樓的門，丹尼跟在後頭進入一間沒人的會計師事務所。

「該死！」瓦勒斯吼道，兩人跑向辦公室玻璃門。丹尼直接一輪掃射全打碎。他們跑進去同時，黑衣人穿過背後那扇消防門舉槍開火。

無視一顆顆子彈削過周邊空氣，瓦勒斯與丹尼闖進會計師辦公室。與萊利住的那層截然不同，這裡被分成許多小隔間。

「死路呀。」丹尼說。

瓦勒斯搖頭。「走這兒。」他朝右邊一閃，往大樓南面移動。

小型辦公單位交錯縱橫宛如迷宮，能在此處度過平凡的每日也堪稱幸福。子彈擊碎周圍玻璃板，所幸兩人腳步夠快、加上環境昏暗，要命中並不容易。走一小段之後格局起了變化，不再是辦公隔間而是類似會議室的地方，前方有大片落地窗。

「打破它！」瓦勒斯指示。

「啊？」

「隔壁大樓應該只矮了幾層。」

「『應該』！」丹尼大叫。

槍鳴再起，丹尼旋身朝後方掃射。瓦勒斯看見黑衣人躲進小隔間，大概三十步距離。

「快打破！」瓦勒斯吼道。

丹尼轉身朝落地窗開槍，沒想到居然打不碎。瓦勒斯親自衝過去，默默祈禱記憶無誤。被他一撞玻璃總算裂開，銳利巨響中化作無數裂片如雲霧噴向夜空。翻滾時瓦勒斯才知道自己真的記錯了：隔壁大樓屋頂矮了不只三層，但三十呎也沒達到致命高度。墜落中他回頭一看，瞠目結舌的丹尼跟著跳下來。

瓦勒斯雙腳著地，疼得差點昏過去，尤其本就中彈的那條腿快要支撐不住，痛楚擴散到身體每個細胞。然而還不是休息的時候，丹尼落地一個翻滾跑過來拉他繼續逃命，兩人鑽進平坦屋頂上的小建物。子彈亦步亦趨毫不留情，丹尼朝門鎖一槍轟過去就拉門把，瓦勒斯轉頭看見黑衣人高高站在破窗後。這回他沒立刻動手，仔細瞄準瓦勒斯力求一槍斃命。丹尼拉開那扇門同時黑衣人扣下扳機，但毫無反應。黑衣人放下手槍，動作充滿厭惡煩躁，似乎用光了子彈。遠處傳來警車聲，瓦勒斯抬頭望向黑影。被他奪走太多太多。

「快！」丹尼尖叫著將他推進門內。

瓦勒斯下意識抵抗，站在原地怒瞪殺死康妮的凶手。等蒙面人沒入黑暗，他才乖乖讓丹尼拉進安全地點。

第二部　地獄

24

走到賣酒的地方居然沒開店，瓦勒斯這才發現竟是聖誕節。店門貼了手寫字條，上頭畫了醜醜的聖誕樹，留言說隔天回復營業。他看看四周，以這片混凝土荒原為家超過一個月，老肯特路十分安靜，兩輛車沿著空蕩道路慵懶行駛。既然是聖誕節，還有點基本社交關係的人都沒道理留在倫敦東南部閒晃。情緒越來越低落，瓦勒斯轉身一跛一跛順著寬敞但髒亂的人行道行走，最後來到丹騰路上，發現連Tesco大賣場這種地方居然都冷冷清清，超大型停車場裡面一輛車子也沒有。他探探口袋摸出房間鑰匙，現在落腳的廉價小賓館由兩棟維多利亞風格排屋合併而成，磚牆發黑、本來白色的窗框泛灰了滿是裂痕，看上去三十幾年沒人碰過，彷彿倫敦漫長歷史的一塊紀念碑。

進了門，狹窄走道從門口延伸至樓梯。樓梯不只陡，還不平整。走道兩側各有一房，年邁門房史康斯先生住其中一間，至於另一間住的是誰瓦勒斯也不清楚。這兒住戶都很低調，完全不奇怪，畢竟和房東有關係才會入住，而房東不是別人正是蠑螈。康妮身亡那夜，他逃離維多利亞街，丹尼說先找個地方「避風頭」，單聽字面意思也沒聯想到這麼破爛老舊的屋子。瓦勒斯緩緩爬上樓梯，地毯看似從來沒清潔，腳下踏過堆積數十年的塵埃污漬。剛抵達時他傷心欲絕精神恍惚，對一切視而不見，自然也沒留意環境如何，沉溺在傷痛中無法自拔，最近才稍微回過神。從盤踞腦海沒有出口的夢魘哭著醒來以後，瓦勒斯慶幸自己住在這種破爛地方，因為他不值得任何美好愉悅，死在這狗窩或許是個好的收尾。

上了二樓，穿過兩扇門繞至建築物後側才是他房間。對面還有一道門，但瓦勒斯沒見過鄰居，隔著薄牆偶爾聽見有人做愛，只是始終不知道是誰。

鑰匙插進刮花的鎖孔打開房門，進入房間以後他像是回到一九八〇年代，裡面氛圍令人心情更鬱悶。一堆東西都是花朵圖案，從剝落的壁紙、難看的燈罩、破了補過的扶手椅，以至於髒兮兮的床單，問題是當年鮮豔明亮的花朵今時今日破爛發霉。從泛黃天花板能想像多年下來許多人在房裡抽菸，空氣中飄著一股腐敗氣味，似乎很久以前曾有什麼東西死在這兒。一臺類比電視機用衣架吊著天線，也就是說與數位世界絕緣了。電視機頂端有很多圓形痕跡，可見之前房客與他差不多，主要都將電視機當桌面放杯子而已。瓦勒斯只有一個普通品脫啤酒杯可放，恐怕還是前房客從酒吧順手帶回家的紀念品。剛住進來時杯子有兩個，某天他情緒失控砸掉一個，再亂來的話就只能對著瓶口喝。

第一天晚上丹尼急著走。可能因為瓦勒斯難過得不能自抑讓他看了心裡不爽快，也可能本能不想與犯罪事件有所牽扯，真的把鑰匙往瓦勒斯一丟就跑掉。不過兩小時過後他被勃然大怒的蟒螈拖回來，隨行還有個人幫忙治療瓦勒斯的槍傷，而且幽默感挺古怪的，自稱是「死亡醫生」。後來幾週裡，瓦勒斯得知這個五十幾歲男子本名是艾拉斯泰爾．提姆森，一九九〇年代因為嚴重疏失無法在體制內繼續執業，於是轉換跑道專門服務不想找正規醫療機構的人。瓦勒斯就是其一，他不想解釋怎麼會有子彈射穿小腿與手臂。除此之外死亡醫生嗜酒如命，每天傍晚醫生讓他服用地西泮和可待因止痛，然後一次喝乾整瓶蘇格蘭威士忌。躺在床上的瓦勒斯沒事可做，只能看著不得志的醫生坐在髒兮兮扶手椅上絮絮叨叨訴說世上多少苦痛。夜深以後，醫生喝醉，胡胡盧盧話都說不清楚，但瓦勒斯不很在意。醫生借酒澆愁的模樣讓他感覺更糟又如何呢，他已經活在無止境的煎熬中。

頭一個星期因為藥效做了很多惡夢，是瓦勒斯此生經歷過最為黑暗的夢境。總是夢見康妮，她死前的片段反覆再現，而瓦勒斯被失落哀傷壓垮的時候就會生出自殺念頭，自我了斷多麼乾淨俐落。死亡醫生自己就是個失意酒鬼，做事能有多仔細小心？他給瓦勒斯的止痛藥分量總是超過必要。過量的藥物、加上醫生沒喝完的酒，簡簡單單就能結束生命，然而無論內心多麼波濤洶湧瓦勒斯始終動不了手。即使眼淚流乾、喉嚨嘶吼得乾裂，靈魂陷入最深的黑暗，他仍意識得到尋死只是怯懦，自己欠康妮太多，必須為她討回公道。

每一波哀慟之後憤怒捲起張狂漩渦，瓦勒斯在其中找到生存意義。過了一星期，他有力氣站起來，在附近散步時找到街角賣酒那間店。Tesco之類大賣場太乾淨了不適合他這種人，小店家堆著擺了很久的各式啤酒烈酒再完美不過。也就是在小店內，他讀到小報頭條說連續殺人魔肆虐倫敦，一份報紙甚至在頭版放上康妮的相片。強作堅強的他終究崩潰，逃命似地離開那間店，等翌日的報紙上架才敢回去。

康妮留給他的錢都拿去買酒。醉了以後，瓦勒斯常坐在那張髒椅子看對面大賣場客人來來去去。他在折磨中找到慰藉，廉價伏特加搭配止痛藥，現實變得朦朧遙遠。三週裡瓦勒斯什麼也不做，只是喝酒與沉思，龐大傷痛中逐漸浮現了對自己的承諾：他必須找到殺死康妮的凶手伸張正義。可是就算醉醺醺的他也明瞭追根究柢只是空虛，凶手付出任何代價都改變不了康妮枉死的事實。

某天晚上——詳細日期瓦勒斯記不得了——喝得茫了的他覺得自己要負起責任，終於撥了蠑螈提供的電話號碼。之前丹尼拿了一支預付卡手機過來方便他聯絡，結果瓦勒斯卻撥到澳洲去，聽見彼得與珊卓．瓊斯夫婦快活的語音留言時更覺得自己真的又醉又傻無可救藥。

「您好，這是瓊斯家，」兩人講話帶著微微澳洲腔，「我們目前不在，請在嗶一聲後留話。」

雖然聽見嗶聲，瓦勒斯找不到話語表達內心的惆悵迷惘，靜靜啜泣幾下之後掛斷了。一個人與世隔絕在哀傷的泥濘打滾就好，自己沒資格再打擾他們。儘管扳機並非他扣下，瓦勒斯心裡毫無疑問認為自己得為他們女兒的死負責。想必瓊斯夫婦已經收到通知，大概到了倫敦為康妮處理後事。瓦勒斯又哭了會兒，復仇的決心慢慢點燃。你沒辦法起死回生，他告訴自己，但可以懲罰殺人凶手。

於是就在第三週，瓦勒斯向蠑螈提了接下來的打算。蠑螈的世界裡尋仇是常態，但即便同情支持還是以百分之百的利息為條件才答應借款。瓦勒斯不介意——他願意用自己擁有的一切交換，只要能逮到殺死康妮的凶手。他貸款兩萬英鎊，承諾一年內會加倍還款，而且當場就先花了五百磅跟蠑螈購買偽造護照，接著又花八百訂了法國航空飛往紐約的機票，兩樣東西收在快要散掉的床邊小櫃。護照是三天前丹尼特地送來，還帶了蠑螈從警方那兒挖到的消息：貝利脫離險境，但仍昏迷不醒，此外瓦勒斯背負的通緝案除了梅伯里醫院、貝利又加上康妮與萊利。貝利不醒來沒人能證明他清白，瓦勒斯目前總不能賭在警佐康復上。

丹尼見到他恭喜一番，原因是瓦勒斯滿臉鬍碴、披頭散髮——這造型讓他和通緝照片裡乾乾淨淨的模樣相去甚遠。各個警局與海關都會張貼海報，所以易容十分重要。瓦勒斯沒對丹尼解釋太多，其實他只是懶得刮鬍子，邋遢模樣則源於失眠、酗酒加上止痛藥。丹尼說護照做得很精美，絕對不會被揭穿，還給他必要時能聯絡蠑螈的電話號碼。祝好運之後小混混掩飾不了煩躁溜之大吉，面對心靈受創愁雲慘霧的人他還是不自在。

瓦勒斯走到房間另一頭癱在髒兮兮扶手椅，隔著髒兮兮窗子望向冷清的超市，腦袋又轉起同樣念頭折磨自己：他計算當初有多少種辦法可以避免康妮喪命。一開始就不該將她牽扯進來、最後那天該堅持約萊利在公眾場合會面。每個後見之明都讓他如此不堪，罪惡感累積到無法承受的地步時瓦勒斯起身，跛著腳走到床邊櫃前，抽屜裡有新護照、機票和隨身藥品。三粒地西泮用沒，喝完的蘇格蘭威士忌灌下去又回到椅子。

藥物發揮鎮定作用，慵懶暖意模糊心智，瓦勒斯安慰自己：一週後就搭飛機前往紐約，追查殺死康妮的凶手究竟是誰。

「他搞什麼鬼！」

憤怒、急促的口氣驅散蒙在瓦勒斯心上那層黑霧。睜開眼睛，他看見死亡醫生探身盯著自己，蠑螈一臉不悅在旁邊踱步，丹尼憂心忡忡抽著菸。瓦勒斯想動，卻立刻有股強烈嘔吐感衝上來。

「醒了。」死亡醫生對蠑螈說。

「聽得到我講話嗎？」蠑螈問。瓦勒斯忍著嘔吐感點頭。「你是怎麼，覺得我很喜歡屍體嗎？那誤會可大了！你惹的麻煩夠多了！」他瞪著瓦勒斯質問：「這是耍什麼把戲？」

瓦勒斯一頭霧水，想必他們也看得出來。

「沒有想自殺？難道只是數錯了？」蠑螈繼續問，「貝利可沒叫你死在我這兒！」

「我只吃三顆啊。」瓦勒斯喉嚨很苦，聲音沙啞。

「你吃了十二顆。」死亡醫生告訴他，「要不是丹尼早發現……」

「就覺得該過來看看。」丹尼向蠑螈解釋，「畢竟很可憐啊，過節都沒人陪。」

「我只吃了三顆……」瓦勒斯想為自己辯駁，卻也漸漸意識到現在什麼情況。

「操！」蠑螈吼道：「看你他媽的什麼窩囊樣，還口口聲聲說要去報仇？門都沒有！你連今天什麼日子都不知道吧。」

瓦勒斯朝窗戶望去，窗簾周圍滲進陽光。「節禮日[28]，二十六號。」他說得很有信心。

蠑螈朝丹尼和死亡醫生露出失望眼神，「都二十八號了，十二月二十八號。你昏過去整整三天。故事我聽了，錢我也借了，還他媽的幫你買機票，結果看樣子你什麼也沒打算做，看來看去只是個想自殺的人嘛。」

三天，瓦勒斯也暗自訝異。他知道酒精與止痛藥能隔閡自己與現實，卻沒料到會徹底截斷。

「到底想不想抓到殺死你女人的那個混蛋？」蠑螈逼問。瓦勒斯直視他眼睛用力點頭。

「既然如此，」蠑螈說：「那就不准喝酒不准吃藥不准自怨自艾。丹尼會留下來盯著你，等

---

[28] 節禮日即聖誕節隔天。

你打理好了他送你出國。聽懂沒？」

丹尼對這安排可不怎麼開心。瓦勒斯抬頭望著蠑螈，下定決心說：「懂。」

第三部　紐約

25

運動休旅車很有節奏地搖搖晃晃。十四年的舊引擎，每個內燃循環快結束時轉速都會逼近零，好像隨時會拋錨。還好這輛Ford Explorer笨重車身開始抖動時，進氣歧管猛然抽走的空氣會由燃料噴射系統補足，於是引擎起死回生。里程表已經累計二十萬英里，換言之這輛車壽命差不多了，不過正因如此十分適合瓦勒斯。停在「東點咖啡廳」外結冰路滑的人行道邊它簡直隱形：黑色車身滿佈雪融留下的灰色結晶紋路，紐約州車牌還有四個月可用，後車窗上仍有撕掉貼紙殘餘的膠痕，油箱蓋被改造成美國國旗圖案。無論從什麼角度觀察，都會以為車主是長年居住紐約的本地人。

車子是跟賽斯買的。他是個禿頭，笑起來一口白牙，在自由大道開了間叫做「五星級汽車行」的破店。會找上五星級汽車行只是因為近，離旅館才兩英里。瓦勒斯走出甘迺迪國際機場之後投宿於「高級商旅」，名為高級內部卻很爛，應該說老舊破爛就是瓦勒斯近期生活的代名詞。他沒信用卡也沒身分證件，只有名字登記為威廉．波特的假護照，原本的名字涉嫌多起命案遭到通緝。瓦勒斯不得不避開主流地點，選擇缺生意缺到肯收現金不問來源的店家。跟蠑螈借來的錢藏在腰帶裡，打從丹尼送他乘上倫敦到巴黎的歐洲之星列車時就綁在身上。出發當天是元旦，很多剛看完倫敦河畔大型煙火秀、狂歡整夜的巴黎遊客也來搭車。趁一月一日出發是丹尼的主意，他說這天連海關人員大半都睡眼惺忪宿醉未醒，加上歐洲之星發車較晚會有大量人潮想擠進為數不多的車廂。確實賭對了，「威廉．波特」的護照完全沒被刁難，瓦勒斯平安上車。雖然丹尼生得賊頭賊腦，但這陣子受了他很多照顧。

列車車程倒是比預期辛苦，主要是他連著好幾個星期沒有長時間接觸人群。儀容稍微凌亂但仍氣質優雅的一堆夫妻隔著桌子坐在瓦勒斯對面，看來慶祝活動玩得相當疲憊，兩人握著手交頭接耳說起法語悄悄話，頭湊在一起好像咕咕低語的兩隻鴿子。側面一桌則是四個年輕人，加上前後桌朋友總共十二個，他們玩得灰頭土臉滿身酒氣，通常知道壓低音量，偶爾聊起前一晚糗事就會大聲講些低俗話。看著其他人享受單純快樂的日子，瓦勒斯好想念康妮。列車穿過肯特鄉間，他靠著車窗閉目養神。先前三天受到丹尼監督過得特別清醒，不過此刻仍感覺止痛藥與酒精還在體內作祟，車廂微微搖晃哄著他陷入氣氛哀傷的假寐。又夢見康妮死亡的淒慘畫面，又看見自己雙手沾滿她的血。列車經過軌道聯結點重重晃了一下，他雖然驚醒卻霎時忘記身在何處，還看見康妮順著中央走道來身旁找空位。可惜現實殘酷，五感甦醒後發現是個陌生女子。列車行經法國皮卡第，對方朝他微笑以後繼續往前走，穿過廂門進入下一節。

抵達巴黎，瓦勒斯有種孑然一身的孤寂感，但懂得不讓情緒淹沒自己真正的目標。首先他在巴黎北站附近找到網咖，上網搜尋靠近機場的郊區薩爾塞勒周邊哪兒能住宿，然後打預付卡電話，操著中等程度法語聯絡到民宿主人文森．蓋梭訂了花園後面的小客房。瓦勒斯搭計程車前往薩爾塞勒，行駛在熱鬧的巴黎街頭他不禁悲從中來，想起自己與康妮曾經在此度過幸福美好的週末。頭髮花白的蓋梭先生是大學教授，家中只有他一個人，瓦勒斯拿假護照給對方看，表示自己待個兩天就要飛往紐約。客房以車庫改建而成，裝潢十分簡單，但門戶獨立所以對瓦勒斯很方便。他預先付款，老實的蓋梭先生相當開心。

翌日瓦勒斯又找了網咖辦好電子免簽登記，填表時謊稱會落腳在紐約的YMCA。他出門買了背包、衣服、盥洗用品和便宜的數位單眼相機。真假摻半的謊話最難戳破，瓦勒斯已經做好打算：要是「威廉．波特」被質疑，他會自稱是業餘攝影愛好者，去美國就是度假加拍照。

戴高樂機場又是對他膽量的一場考驗。假日期間航空公司也會提高警覺，瓦勒斯不知道自己的照片和資料到底流傳多廣，命案通緝犯被放進國際刑警注意名單的機率非常高。他拍攝過許多演員，知道表演的大忌是過分用力，自然才會動人，所以他也不刻意裝作輕鬆，反而心裡念著康妮，任悲傷情緒放縱，那股傷感真誠散發。法國海關沒多說便退還護照，引導人員示意他趕快通過安檢。還好瓦勒斯沒被抽檢隨身物品，因為腰帶內藏一萬八千英鎊超過美國洗錢防制法規定的上限。

航程很一般，降落在甘迺迪國際機場的時間是下午三點，飛機跑道的積雪被鏟到兩側露出濕滑路面，機場外面也堆了厚厚一層。瓦勒斯在航廈內跟著入境隊伍，暗忖還好自己沒來過美國。大廳一排小窗口十多個官員負責審核，每個旅客都要留下照片與指紋。

「波特先生第一次來美國嗎？」移民官員問。他有張撲克臉，名牌寫著艾弗倫．路易茲。

「對。」瓦勒斯一邊回答一邊在機器按指紋。接著等了很久，路易茲眼睛盯著螢幕。

「請問這趟來做什麼呢？」路易茲終於開口問。

「休假。」瓦勒斯口吻輕鬆。

「度假是嗎，」對方在護照蓋上免簽證明，「歡迎來美國玩，波特先生。」

瓦勒斯請計程車幫忙在機場附近找旅館，還因為第一間太乾淨而拒絕了，第二間找上的便是「高級商旅」。夠低調，司機也拿到不少小費。他預付三天房錢，利用這段時間買車並規劃北上。一個人鎖在房間裡意志又開始消沉，他努力對抗、矢志取回身心控制權，強忍衝動不出去找藥局或掛著閃亮亮招牌的酒品商店。癮頭上來的時候他反覆練習合氣道，直到累垮在大床上再也幹不了別的事。武道訓練幫助青春期的瓦勒斯建立紀律與自制，現在則是挽救他逃離負面螺旋不再沉溺的精神支柱。

他希望避開公眾運輸，降低自己接觸的人數。沒駕照、沒保險就上路也有風險，不過嚴格遵守速限的話被警察攔下機率微乎其微。在周邊物色二手車商之後瓦勒斯找到「五星級車行」，目測便能判斷店主不會過問太多。那輛 Ford Explorer 要價三千美元，瓦勒斯之前跑了五、六家銀行分批換鈔。車行老闆賽斯堆滿笑臉收下現金，也不介意瓦勒斯以高級商旅作為牌照轉讓的地址，辦好手續揮揮手就送他開著老車上路。

瓦勒斯還到 Best Buy[29] 買了 iPad，連結旅館算鐘點的 WiFi 上網搜尋冷泉鎮，也就是凱伊・華特斯的居住地。小鎮位在哈德遜河東岸，從紐約市出發只要一小時多，觀光客和有錢又不想待在大都市的紐約客會過去玩，所以算不上偏僻。照片中的冷泉鎮景色優美，建築以二十世紀紅磚為主，夾雜一些新英格蘭式的木質屋頂開溝、三層樓褐磚大排屋，更增添懷舊傳統風情。瓦勒斯看

[29] 發源於美國的消費電子零售商店。

了很難直覺連結到青少年販毒。

除了之前康妮找到的地方新聞之外沒有其他凱伊．華特斯的訊息。瓦勒斯反覆將那篇報導讀了好幾遍，一次比一次更確信是同個殺手謀害了凱伊。原本沒異狀的十八歲高中生突如其來結束自己性命，還莫名其妙要先登入Facebook昭告天下自己販賣冰毒羞愧自殺。胡方也一樣，死得突然，死前才揭露醜事。瓦勒斯退房之後沿九號公路北行，穿過冰雪覆蓋的紐約州抵達「鄉村舒適汽車旅館」，位在冷泉鎮北方五英里。鎮上當然也有地方能投宿，但他認為與鎮區保持距離會好些，一個外地人到處打探消息很可能引來當地警察關切。

鄉村舒適旅館外觀像是鍍錫的方形盒子，裡面切割成十二個公寓單位。旅館主人瑪莎是個矮胖濃妝的中年女子，給了瓦勒斯八號房，位在一樓，單間臥室、客廳與廚房合一，還有人造大理石浴室。放下行李之後瓦勒斯返回木鑲板背景的接待處，向瑪莎聲稱自己是紀錄片製作人，正在研究自殺這個主題。女老闆對外國遊客很殷勤，沒等瓦勒斯提起便主動說出凱伊．華特斯的名字。她壓低聲音、面露同情但興致勃勃地交代所知一切，還對凱伊的母親羅賓沒因為醜聞離開冷泉鎮表示訝異。瑪莎滔滔不絕，據她所言羅賓是單親媽媽，住在冷泉鎮南邊幾英里外蓋瑞森村邊緣一輛已經落地的拖車住宅，白天經營當地大街上的「東點咖啡廳」。於是隔天早上，一月的冷冽清晨，瓦勒斯那輛跑起來氣喘吁吁的Ford Explorer停到了小鎮中央。

瓦勒斯坐在休旅車上，心裡排練待會兒如何對痛失愛子的母親開口。東點咖啡廳是冷泉鎮大街上紅磚排屋一樓店面，窗戶結霜朦朧模糊。雖然看不到裡面的樣子，已經有不少忠實顧客無畏風雪進去買了咖啡和糕點帶去哈德遜河畔、大街西側的火車站。最後一個客人是穿著昂貴西裝的苗條男士，閃亮休旅車引擎沒熄火就停在瓦勒斯前面下去買吃的，幾分鐘後他走出店門小心穿過結冰人行道，與瓦勒斯擦身時點頭問好才鑽進車子駛向車站。等待幾分鐘，確定通勤的客人人潮告一段落，瓦勒斯熄滅引擎打開車門走進刺骨寒冬。

26

「現在看不到風景嘍。」金髮女子指著窗戶說，她滿臉朝氣站在咖啡廳內，裡頭沒別的客人。

「至少比較暖和。」瓦勒斯說完拉上身後大門，在厚地毯跺跺腳甩去靴子沾的雪水。

「觀光客嗎？」金髮女子又問。他點點頭。「要點什麼呢？」

明明預演好幾遍，事到臨頭瓦勒斯還是不知所措。他暗忖面前這位精力充沛又和善的金髮女子應當就是羅賓．華特斯，然而自己接下來要說的話可能會毀掉對方一天好心情。羅賓比預期來得年輕，推測不過三十六、七左右，長金髮隨手紮了馬尾更顯得臉蛋好膚質，神情特別溫暖，天生美人胚子與開朗笑容是完美搭配。然而那對眸子流露淡淡哀傷。綠色眼珠熠熠生輝，卻不像雙唇帶著笑意，目光彷彿穿透瓦勒斯望向別人永遠看不見的空洞。

瓦勒斯走向櫃檯。咖啡廳牆壁上很多裱框明信片展示周邊景點，還有西點軍校學生黑白照。十張鄉村風大桌子排列整齊，每張桌子周圍放了四張高背椅。金髮女子站在點心櫃旁，身後有大臺義式咖啡機和通往廚房的門。他也過去靠著櫃檯，假裝挑糕點來爭取思考時間。

「想吃什麼？」她問，「我家的蘋果丹麥不錯喔。」

「那我來一個，」瓦勒斯回答，「然後一杯摩卡。」

「馬上好。」對方輕快回應就轉身操作咖啡機。瓦勒斯看著她將豆子磨成細粉，倒進雙層濾網，裝在沖煮頭底下。

「妳是羅賓嗎？」瓦勒斯還是開口問了，對方遲疑片刻才將小紙杯放在濾網下，轉身過來臉上友善轉為懷疑提防。

「你想幹嘛？」她語氣冰冷。

「找羅賓．華特斯。」

「所以我問：你想幹嘛？」

「想請教關於凱伊的事情。」雖然瓦勒斯態度盡量平和，但一提到名字對方表情驟變，轉過身凝視咖啡機緩緩流出褐色汁液。

「抱歉。我明白談這件事一定不好受，」他繼續嘗試，「但拜託，有人想殺我——」金髮女子猛然掉頭。「夠了，先生！」她沒好氣道，「你他媽的根本不懂別人的難過！」

「早啊，羅賓。」一個嗓音從門口傳來，「還好嗎？」

瓦勒斯轉頭看見披著冬衣的中年壯漢步入店內，也在地毯踩了幾下，摘下獵鹿帽露出三分頭。

「不錯啊。早安，索羅，」羅賓敷衍過去，「我在給客人煮咖啡呢。」

她轉身取紙杯放到櫃檯上。索羅站到瓦勒斯隔壁，高了他四、五吋。

「紐約州最棒的咖啡。」索羅看著羅賓夾麵包裝袋，然後轉頭問：「你是觀光客吧？」

索羅拉開外套拉鏈取出皮夾，瓦勒斯瞥見裡頭是黑色制服，而且別著普特南縣警局徽章。

「來玩兩天，」瓦勒斯搪塞道，「休假——美國人好像喜歡說是『度假』。之後打算去尼加拉大瀑布逛逛。」

「世界奇景喔。」索羅回答得輕描淡寫，不過瓦勒斯總覺得大漢正仔細觀察自己。

「五元六角。」羅賓將裝好的麵包放在瓦勒斯面前。

「謝謝。」他從皮夾拿出十元鈔票。

「外面是你的車？」索羅問。

「Explorer？」瓦勒斯反問。對方點點頭。「是啊。」

「租的？」索羅探問。

「不是。」瓦勒斯回答，「算了算發現直接買一輛老車比租的還便宜，而且體驗更道地，對吧？」

「是呀。」索羅心不在焉回答，「還沒請教你大名？」

「威廉．波特。」

「四塊四找你。」羅賓遞零錢給他。

「謝謝，」瓦勒斯丟一個銅板在小費罐，拿起咖啡和麵包。「很高興認識兩位。」他故作輕鬆朝門口走去，卻還是感覺羅賓與索羅視線緊緊跟隨。

「喂！」索羅叫道，瓦勒斯停在原地，回頭一看壯漢緩步靠近。「你的東西忘啦。」他將褐色皮夾交給瓦勒斯，原來放在櫃檯沒收好。

「啊，感謝。」瓦勒斯鬆了口氣面露微笑。

「以後小心點啊。」索羅勸告。他趕緊開門出去。

寒風刺上雙頰，他放眼四周留神穿過人行道鑽進車內。回頭一看，索羅將咖啡廳窗戶抹乾淨一角還在偷看，他朝對方微笑點頭，意識到再造訪咖啡廳風險過高，得想別的管道接觸羅賓瞭解她兒子的死因。

粉色液體順著下巴流下，瓦勒斯本能向後靠免得沾到衣服，伸手從盒子抓兩張紙巾把黏在嘴角和落在大腿中間凳子上的醬汁擦乾淨。大漢堡料多味美，厚實肉餅、香脆培根、藍紋起司與醃黃瓜夾在布莉歐甜麵包內，缺點是太大了吃起來兩手肯定黏兮兮。他在「哈德遜漢堡基地」裡東張西望，發現不只有自己與漢堡奮戰，店裡頭滿是客人使出各種手段卻還是沒法好好吞下超大漢堡。還好味道值回票價，他再試著咬一口。

「口味可以嗎？」客氣的吧檯店員問他。

他點點頭，店員轉身繼續準備一碟飲品。哈德遜漢堡基地就在東點咖啡館對面，客人很多。瓦勒斯坐在吧檯——女服務生說是櫃檯[30]——他望向窗外，下班人潮不算多但陸陸續續一直有，許多人補充今天最後一份咖啡因才回家。

早上一番波折之後瓦勒斯先返回旅店，上網查詢得知東點咖啡廳晚間七點就結束營業。下午他在不耐煩地切換電視頻道中度過，思緒飄到酒精時才又練了兩小時合氣道。淋浴之後他開車進冷泉鎮停在咖啡廳西邊路口，六點三十分離開溫暖車廂踏入寒冷冬夜，行經咖啡廳看見羅賓還在裡面。他沒猜錯：小咖啡廳又只營業十二小時不大可能負擔輪班成本。瓦勒斯躲進哈德遜漢堡基

[30] 英式與美式英語的用字差異。

地圖的就是地點方便，食物口味好則是意外驚喜。

吧檯後方牆上掛鐘顯示七點十五分，東點咖啡聽熄燈，片刻後羅賓．華特斯穿著長羊毛大衣走出來。她鎖門同時，瓦勒斯放了二十五美元在吧檯，抓了自己的外套衝出餐廳，從口袋掏出厚重滑雪帽。今晚烏雲密佈但他為此心存感激，月亮沒探頭的話從對街望過來就只能看到一抹陰影。羅賓朝東走，眼看下個路口就要轉進坎博街，瓦勒斯意識到必須趕快做決定：要步行跟蹤，還是回去開車？他選了開車，雖然結冰路滑還是盡快趕回洛克街跳上那輛Explorer，發動引擎駛進馬路繞到坎博街時鬆口氣，羅賓還在前方兩百碼，正要打開黑色小車的車門。瓦勒斯先躲到停車格並熄了大燈，但保持引擎運轉等待羅賓上路。雪花落下時他也起步跟著羅賓離開鎮區。

路上車流不多，瓦勒斯無法靠其他車輛掩蔽行蹤。到了熊山公路前後就只有他倆，瓦勒斯祈禱忙了一天的羅賓不會察覺有人跟蹤，不過即便她意識到了也還有救，夜裡只看得見頭燈光芒無法判斷車型。雨刷瘋狂擺動，羅賓放慢到時速二十多英里，這點對他也很有利。然而雪下得不小，瓦勒斯感覺得到Explorer輪胎無法完全抓牢地面，車身微微搖擺。滿天雪花擋住大半光線，頭燈前面剩下小光錐，瓦勒斯只能看到羅賓那輛小車的兩顆紅色尾燈慢慢往南邊移動。

十五分鐘過後，羅賓打了左轉燈，從熊山公路轉入印第安溪路。瓦勒斯跟上去，發現竟是大片松林之間的山徑，路面坑坑巴巴。他聽說過美國多遼闊，但不知道還有人住在這種荒郊野外的地方。明明距離世界最大都市不過五十英里，他卻闖入古老原始的叢林，裡頭還棲息著郊狼、鹿和黑熊這些動物。小鎮就在幾英里外，但這片荒野一路蔓延到大西洋海岸，身處其中他不禁有種與世隔絕孤立無援的感受。

羅賓的車子順著小路顛簸。地面鋪著新雪根本看不出哪裡凹凸，瓦勒斯的休旅車彈了好幾次才緩緩爬上陡丘深入禁區。森林裡偶爾能看到房屋，大半時間則只有高聳樹木，換言之羅賓不可能還沒發覺有輛車子尾隨在後，瓦勒斯只能祈禱她誤以為是鄰居。繼續在丘陵蜿蜒十五分鐘之後羅賓轉進私人車道，瓦勒斯經過時偷偷觀察，看到她將轎車停在老貨卡旁邊，後頭有個小型露營車車廂。

向前開了五十碼之後瓦勒斯停在一處錯車點，關閉車燈和引擎走到外頭。剛降的雪在地上像層軟綿綿地毯，底下結凍的落葉枯枝一踩就斷。他步向露營車時，森林茂密加上落雪，四周特別寂靜，伴隨腳步的咔嚓聲顯得特別響亮。到了車道前，他朝裡頭張望，露營車平坦車頂蓋著雪，位在一小塊被樹木環繞的空地中央。羅賓的車子熄火熄燈，附近沒有人，他除了往前走也別無他法。

「再邁一步，我他媽的就在你頭上開洞。」忽然傳來的男人聲音平靜卻又兇狠。

瓦勒斯朝左邊轉頭，發現有個人影藏在樹林內，等對方走出來才看得清楚：他穿著軍用品外套、牛仔褲與一雙黑靴子，重點是手裡拿著大口徑獵槍。

「逮到他了！」男子朝露營車內高喊：「叫警察來！」

「請不要報警。」但瓦勒斯看見羅賓走到門口，手機靠在耳朵邊。

「給我閉嘴！」男人喝道，槍管戳了瓦勒斯一下。

對方比他矮了足足一呎，面容滄桑、黑髮雜亂但鬍子修剪倒是整齊，細長眼睛露出凶光，看來確實下得了手殺人，可是瓦勒斯顧不得那麼多，現在被警察帶走等於前功盡棄。他出乎本能，腳步往旁邊挪開，伸手就扣住槍管。突如其來的巨響，瓦勒斯手掌又燙又痛。那男人開槍了，槍身朝後一震，但他依舊沒鬆手。對方閃過錯愕眼神，瓦勒斯用力一抽便將整把獵槍搶到手中。

「爸！」羅賓驚呼。瓦勒斯手一翻，槍口對準男人胸膛並拉起槍栓上膛。

「別做傻事。」羅賓的父親勸告，口氣聽得出畏懼。

「手機放下！」瓦勒斯朝羅賓大叫，看著她慢慢將手機從耳朵拿開。「我只是想問些問題。」

瓦勒斯不想用槍威脅人，但即使槍口不指著誰畢竟還在他手裡，羅賓父女神色緊張面面相覷。他站在大而凌亂的客廳中央，西側三分之一空間兩張變形鼓起、鋪著髒布墊的沙發排成九十度，直角正對面破桌子上放了臺舊型大電視機。客廳東邊三分之一主要是合板餐桌與椅子，都是上個世紀的東西，外皮早就剝落。羅賓和她父親就坐在餐桌邊，手掌平放在桌上。廚房和臥室門口中間那面牆靠著一個大櫃子，上面貼著許多廉價飾品和照片，其中之一是大概二十七、八歲時的羅賓父親挽著一個美麗女子，瓦勒斯猜想應該就是她母親。旁邊另一張似乎證明了他的臆測，是羅賓父親與同一個女性的婚紗照。再來還有一系列羅賓從小到大以及還很年輕就抱著寶寶的照片，瓦勒斯發現自己找不到孩子的爸，孩子出世以後羅賓的母親也始終缺席。男嬰逐漸成長，模樣和康妮找到的報導相片一樣，瓦勒斯能確定他就是凱伊・華特斯。

「抱歉事情變成這樣。」瓦勒斯先開口。

「看起來你不是記者，」羅賓的父親說道：「你究竟是什麼人？」

「爸你說話客氣點。」羅賓提醒。

「太陽打西邊出來啦？妳上次開口叫我『爸』都……」她父親遲疑片刻，「好久好久以前了。」

「講話小心點就對了，赫爾。」羅賓沒好氣道。

赫爾盯著女兒好像還想回嘴，但似乎是瞥見凱伊的照片後神情溫和了些安靜下來。

「我想知道凱伊出了什麼事。」瓦勒斯切入正題。

羅賓瞪大眼睛，那股憎惡彷彿要噴出火焰。

「王八蛋！」赫爾不留情面，「別人的孩子死不完是嗎？你怎麼不朝自己頭頂扣扳機為民除害？」他盯著瓦勒斯手裡的獵槍大罵。

「抱歉，不是我不同情，但有人正在追殺我。」瓦勒斯回答，「對方嘗試過吊死我，我是追著線索一路找到這裡來。」

「果然就是個王八蛋，」赫爾吹鬍子瞪眼，「自己發神經就覺得大家都是瘋子。」

「我沒瘋。那個人不只想殺我，已經有其他人受害。」瓦勒斯解釋，「他殺了我的……」一時哽咽，過幾秒鐘他才改口，「殺了我一個好朋友。請你們幫忙。」

赫爾嗤之以鼻，聳聳肩無動於衷。

「你意思是凱伊也被那個人害死？」羅賓小聲問，瓦勒斯點點頭。

「羅賓妳別聽他胡說八道。」赫爾說。

「幹嘛，是擔心以後不能怪在我頭上？」她語氣又尖銳起來。

「說什麼傻話？我怪妳了嗎？」赫爾質疑女兒。

「你以為我沒發現嗎，」羅賓回答，「有多少次你都說是因為我讓他沉迷電腦？什麼如果是你的小孩就帶出去遊山玩水、幫鄰居整理花園，才不會跟壞朋友混在一塊？」

「那些叫做朋友嗎？還不就他們捅的婁子？」赫爾反駁，「就算毒品不是他們那裡來的，跟那種人鬼混就會變虛榮，一下要新車一下要新衣服新手機，這個那個都要買。像我一直沒幾個錢又怎樣，就不需要錢啊，但是胃口被養出來了他鋌而走險是遲早的事。」

「你想知道什麼？」羅賓問瓦勒斯，擺明要跟父親作對。

「操！」赫爾大聲叫道。

「要操去操你自己！」羅賓吼回去，「我親自送了孩子最後一程，之後每天活在自責中，怪自己沒有好好瞭解兒子，不知道他平常在做什麼想什麼，沒好好陪他所以他才……」

三個人沉默良久。後來羅賓吸口氣鎮定下來。「如果有可能，」她淡淡道，「再渺茫的可能性都好，要是凱伊根本不是自殺，我想知道真相。」

赫爾注視瓦勒斯一陣以後又看看女兒。瓦勒斯明白老人家心裡也在天人交戰，最後他還是點了頭。

「是什麼時候的事？」瓦勒斯問。

「前年四月。」羅賓回答。

「事情經過是？」

「我在後面找到他，」赫爾開口小聲說，「在林子裡上吊了。」

「節哀，」瓦勒斯繼續問：「報紙報導提到他在Facebook留了自殺訊息。」

「報紙！」赫爾又叫了起來，「他們就愛這種小鎮醜聞！凱伊販毒的消息傳開以後那些傢伙就像郊狼那樣前仆後繼。」

「英格蘭那邊也有個案子，大家覺得當事人也是自殺，」瓦勒斯說，「人死了以後警察發現他在Facebook留下訊息和影片，原來做過一些下流的事情。」

「你覺得是有人私刑制裁？」羅賓問。

瓦勒斯搖頭，「我可沒做什麼壞事，而且英格蘭那個人身亡之前一個月聲稱遭人襲擊。凱伊有沒有提過被人跟蹤之類的事情？」

羅賓搖頭，「為什麼你覺得他們之間有關係？」

「警察調查我的案子以後，在那個死者的電腦上找到凱伊的新聞報導。」瓦勒斯解釋，「也就是說死者，一個鄉下地方默默無聞的農夫，認為他和凱伊之間有某種共通點。請問凱伊過世之前幾星期裡言行有沒有異常？」

羅賓聽了沒什麼反應，但瓦勒斯十分肯定赫爾閃過一絲猶豫。

「拜託，」他懇求，「無論大小，任何線索都好。」

「有一封信……」赫爾語調平板，視線落在地板。「學校發了一封信。」

「什麼信？」羅賓冷冷道。

「距離事發好幾個月之前……」赫爾遲疑地說，「我在他包包找到一封信。我每隔幾天會翻一下看看，因為他好幾次把三明治擺在包包裡放到壞掉。那封信是給家長看的。」

羅賓搖頭嘆息盯著父親。

「那孩子是我和妳一起養大的呀。」赫爾抗議道，「反正我就拆開看了，只是學校發的宣導，要家長留意憂鬱症症狀，還列出前一年裡五、六個學童自殺個案。」

赫爾說到這兒停下來。瓦勒斯感覺得到羅賓越來越憤怒，而她父親的情緒瀕臨崩潰。

「我沒跟妳說，沒跟任何人提起過。」赫爾支支吾吾幾乎說不下去，「我覺得是我讓他有那種念頭的，我才是罪魁禍首……」

「你到底幹了什麼好事？」羅賓口吻已經藏不住情緒。

「只是把信給他看了而已。」赫爾說得心虛，「我以為把他當大人對待是好事。結果錯了，他一看到個案那段就整個人僵住，嘴裡唸著那女孩。」

「什麼女孩？」瓦勒斯追問。

「信裡提到的女孩，」赫爾說：「很明顯和她有關，凱伊看到以後表情就變了。一瞬間而已，但我知道不對勁。問了好幾次，他總是強顏歡笑裝作沒事。哪會沒事呢，都沒好起來。妳一直沒發現，我大概也是見過那種反應才留意到他眼神蒙上一層灰。」

「你他媽的白癡嗎！」羅賓怒吼，「為什麼沒告訴我！」

「說不出口。」赫爾態度變得很可憐，起身蹣跚走向女兒，有氣無力地伸出雙臂。「不希望自己女兒覺得是我害她兒子走了。」

他想和女兒擁抱卻被羅賓直接推開。「我一個人內疚那麼久，」她靜靜地說：「你完全放著不管！還講得好像都是我的錯！」

「我說不出口啊。」赫爾解釋：「不然妳會恨我。」

羅賓跳起來往自己父親甩巴掌，赫爾呆呆站在原地讓女兒洩憤。瓦勒斯見狀走到兩人中間勸阻，發現自己打不到了她才停手。

「滾出去！」羅賓尖叫：「滾！」說完忽然搶了瓦勒斯手裡的獵槍瞄準父親。「出去！」她又吼了一次。

赫爾眼眶泛淚，望著女兒露出心痛神情之後跌跌撞撞走進車外凜冽冬夜。瓦勒斯很猶豫，但知道現在無論說什麼做什麼都難平息受創母親的心情。

「抱歉。」瓦勒斯也朝門口走。

「喂！」羅賓朝他叫道，「要是你的推論正確，真的逮到那混蛋，記得告訴我一聲。知道嗎？」

瓦勒斯轉身一看，羅賓渾身顫抖、雙眼滿是淚水。「我會的。」他答應道。

赫爾靠在貨卡後擋板抽菸，聽見瓦勒斯緩緩接近才抬起頭。老人的頭髮臉頰已經沾滿雪，他一臉茫然，陷入深不見底的負面情緒。

「真的很抱歉，華特斯先生。」瓦勒斯試著攀談，對方只是搖搖頭。

「請問你還記得那個女孩的名字嗎？」

「你說信上提到的女孩子？」赫爾起了頭，但又說不太下去，隔了好一陣子才繼續，「怎麼忘得了呢。她叫做艾琳，艾琳·拜恩。凱伊當時那眼神好像認識她。」

老人繼續抽菸，每次吸氣菸頭發出更多火光。他轉頭盯著貨車，又垂下頭回到只有自己理解的悲傷中。瓦勒斯無法治癒這對父女的傷痛，只能踩著新雪從寂靜小路離去。

27

孩子們雙腳在半空擺盪，底下那道山谷深不可測。溫暖的夕陽餘暉烘托出他們側影，女孩右手抓著鞦韆的一條繩子，上頭約四十呎處有條粗壯橫枝。她的五官被光影掩蓋，不過臉頰輕輕彎向舉起的左手，看來應當正在說話。隔壁另一個鞦韆上坐著男孩，兩手抓牢繩索，微微仰起頭像是正在聆聽。鞦韆綁在一棵大得不可思議的巨木上，樹枝覆蓋懸崖，峽谷延伸到地平線上遙遠的金色光芒中。這幅影像盤踞「樹冠基金會」接待大廳的後牆，原創藝術與攝影技巧攜手營造出不可能存在現實世界的奇幻畫面，光影色調都細緻動人，兩個孩子的比例與姿勢完美無瑕。唯一缺點就是沒有缺點，瓦勒斯讚嘆作品中的技巧，卻覺得太過人工沒被打動。瑕不掩瑜才是真正的美，他端詳炫目藝品時心有所感。

數位美術能留下深刻印象，卻比不上大片落地窗外的城市天際線景色。大廳位在三十二樓，距離中央公園僅僅七個路口，東北方向望出去的曼哈頓風景扣人心弦。瓦勒斯看了很多美國電視節目，也好好研究過貝倫尼斯．阿博特、沃克．埃文斯、喬爾．史登菲爾德（Berenice Abbott、Walker Evans、Joel Sternfeld）等等攝影大師的都會作品，然而此時此刻依舊飽受震撼：紐約建築高聳入雲，彷彿為人類文明立下的紀念碑。起身走向落地窗時他察覺接待小姐目光緊緊跟隨，但片刻過後大概相信他只是欣賞風景便將注意力轉回電腦螢幕。瓦勒斯視線投向窗外人工建造的高山低谷，第六大道是紐約市的五線大路之一，後方中央公園彷彿這座城市的綠色心臟，不過樹木已經披上雪白色新衣。與倫敦的雜亂混沌大異其趣，曼哈頓彷彿秩序和效率的展示櫃，整齊路網將街區切割成漂亮的方塊，花崗岩地基支撐能容納成千上萬人的一座座巨塔。瓦勒斯試著看到比公園更遠的地方，離開高樓大廈一段距離就是六天前才去過的荒山野嶺。他忽然想起相依為命的羅賓父女，心裡祝福兩人能夠和解。倘若凱伊死在同一人之手，當初的他們根本無能為力。

那天從父女倆的露營車離開以後，瓦勒斯回到汽車旅館上網搜尋艾琳．拜恩。資料很多，因為拜恩一家來頭很大，女孩的死也是眾所周知的悲劇。兩年前她才十六歲，卻在九月的夜裡選擇結束自己性命。根據在Facebook找到的自殺留言，艾琳覺得自己太過醜陋，消失了對整個世界都好。驗屍報告表明她是上吊窒息而亡，艾琳的父親史蒂芬與哥哥麥斯．拜恩看了美式足球比賽回到家才在女孩臥室找到遺體，兩人急救無效、醫護到場立刻宣布死亡。她母親費麗莎那天也出門為民主黨募款，女兒亡故後不久夫妻失和鬧得滿城風雨，誇張又昂貴地離婚收場。

史蒂芬．拜恩是移民第三代。祖父唐諾．拜恩出生於都柏林，是個頗有才華的鋼琴家，在美國經營音樂出版事業獲得成功，性格深具榮譽感和愛國心，認為美國接納自己而他無以為報，從軍參加二次世界大戰以後還繼續留在後備陸軍服務，對家人也灌輸積極服務社會大眾的道德觀念。他的精神一代傳一代，孫子史蒂芬創辦數位保全公司賺大錢、成為億萬富豪之前也在美國陸軍第一遊騎兵營服役八年，隨後又在軍方情報機構工作四年，後備軍人身分保留到十二年前滿四十歲才終止。女兒自殺、夫妻離異以後史蒂芬心思都放在事業上，公司因兒女命名為「艾林麥斯數位保全」，是業界龍頭之一，他手中那百分之六十股權的市值超過四十億美元。

哥哥麥斯大了艾琳十二歲，追隨父親去第七十五遊騎兵團服役，後來因為紀律問題遭退役。

究竟是什麼紀律問題瓦勒斯查不到報導，可以肯定的是麥斯並未因此人生受挫，他直接進入艾林麥斯任職，而且與父親一樣十分能幹。艾琳死後他情緒崩潰，曾經住院接受精神科治療，是否出院同樣查不到確切答案。

離婚之後費麗莎成立「樹冠基金會」，是個預防青少年自殺的慈善機構，網站上提供詳盡的衛教資訊與資源連結，還有給父母、教師、其他相關人士的各種建議。她因女兒的死找到終身職志，然而若艾琳也死於連續殺人犯之手，那麼連這份善心也建立在虛假上。正常來說拜恩家族這種有錢人不容易接觸，但樹冠基金會讓瓦勒斯有機可趁。

他轉過身離開落地窗，踩著奶油色大理石磚走向那幅巨大數位藝術作品。站在兩個盪鞦韆的孩子前面，瓦勒斯暗忖或許他們象徵的就是艾琳與麥斯。

「很出色的作品對吧，」背後傳來女子聲音，「點出生命多麼脆弱。」

瓦勒斯回頭見到的是位年輕黑人，表情溫和眼神明亮，黑色長髮及肩，穿著剪裁俐落的褲裝。

「我叫瑪希，是拜恩女士的助理。」她伸出手。

「威廉．波特。」瓦勒斯輕輕與她握手。

瑪希又轉身看著那幅影像藝術。「鞦韆上的兩個孩子，」她說：「最純潔天真的畫面，不過要是那女孩鬆了手就再也回不來了。我們希望所有孩子都兩隻手抓好。」望著那景象沉思一陣以後她才繼續，「請跟我來，拜恩女士在裡頭等著。」

瓦勒斯尾隨瑪希進入一條走廊，兩側都是玻璃，能清楚看到開放設計辦公室與另一側外面的城市風貌。寬敞辦公區域裡十幾人對著大桌子忙碌，內牆還有四幅影像藝術作為裝飾，看來與大廳的作品出自同一人之手。這裡的畫面包括少女側身站在懸崖頂端凝望遠方地平線、同一個女孩在高山仰望兩個月亮的星空、她站在高聳瀑布旁邊一塊突出巉岩上，還有女孩行走於一度燦爛輝煌但如今雜草蔓生的都市廢墟中。都美得不現實又令人屏息，不過與大廳那幅的差別就在於四幅圖像中女孩都孤單一人。

瑪希領著瓦勒斯穿過自己辦公室往另一扇門過去。靠牆有張流線形辦公桌，桌上立著瑪希被人抱著的照片，那個男子笑得幸福洋溢。

「是我未婚夫。」她解釋完輕輕敲門便推開，「要喝點什麼嗎？」瑪希讓出路給瓦勒斯進去。

「不必麻煩了，謝謝。」

瓦勒斯踏進另一間大辦公室。四人座沙發擱在牆角居然還顯小，沙發前方咖啡桌上放著大部頭看似很昂貴的書籍，再後面則是兩張現代風格高背椅面對大辦公桌，桌上井然有序擺滿文件。費麗莎．拜恩坐在黑色皮椅上，她蹙眉低頭專注於公事。

「需要什麼就告訴我。」瑪希對上司說。

「謝謝。」費麗莎回答時頭都沒抬。

助理出去帶上門。瓦勒斯望向費麗莎，心裡嘀咕對方募款能力是否有問題。為了見到她，瓦勒斯謊稱自己預計捐出六位數款項。如果打算捐錢的人連她一句寒暄都得不到實在奇怪。根據網路資料，費麗莎現年四十八，本人看來年輕些，黑色長髮散在肩頭、波浪微捲層次細緻，皮膚乾淨且帶著健康陽光色澤，骨架嬌小卻有豐潤雙頰。根據瓦勒斯與許多模特兒合作的經驗，即使費麗莎這張臉是醫學美容打造的，也代表醫師技術頂尖所費不貲。

他再張望一陣，對面牆壁是條長書櫃，中間還有一扇門。書架上都是硬皮精裝本、古玩珍品，此外還有幾張相片。瓦勒斯靠近一看，有個相框內是艾琳．拜恩的獨照，打光漂亮、暗紅色背景看來是專業攝影棚。女孩和母親同樣有黑色頭髮和好膚質，大眼睛流露一股渴求，微張的豐唇彷彿呢喃著祕密。少女五官精緻，神情散發出熟悉的脆弱感，與無數青少年一樣在尋找生命意義的路途上迷失徬徨。旁邊還有一張她哥哥麥斯的照片，身上穿著軍裝，渾身都是自信和勇氣的英雄形象。

書櫃中間那扇門忽然打開，瓦勒斯嚇了一跳，閃到旁邊看著壯碩男子入內。昂貴西裝的布料在他肩膀、胸膛、大腿處繃緊，瓦勒斯隔空也能感受到對方那身肌肉蘊藏多少力氣。他進了辦公室先走向瓦勒斯，擦身而過時低頭瞟了眼，冰藍色眼珠裡敵意顯而易見。男子比瓦勒斯高出兩吋，平頭和動作氣勢看似曾經擔任軍警。瓦勒斯不由得緊張起來。

「雅各為我工作，」費麗莎開口，「他會參與這次談話。」

瓦勒斯轉頭發現她正在打量自己。費麗莎沒有起身接待的意思，雅各站到一張扶手椅旁邊虎視眈眈。

「坐。」她吩咐。雅各在旁邊點頭彷彿強調。

「基金會辦得很棒。」瓦勒斯坐下時試著開口。他想奪回主導權，可是身邊壯漢緊迫盯人非常不自在。

「別兜圈子了，我們雙方都心裡有數，閣下今天目的並非捐款。」費麗莎語氣尖銳，琥珀色眼睛微閉，瞪著瓦勒斯完全不掩飾目光中的敵意。「你說名字是？」她嘴巴上這麼問，視線落到一張文件，「威廉．波特？」費麗莎繼續，「移民局確實在兩週前有這個名字的入境紀錄，不過上星期普特南郡一位警官也上RTCC搜尋過這個名字。」瓦勒斯恐怕是沒能隱藏心裡訝異，所以她補上一句：「我們對所有踏進這間辦公室的人進行徹底調查。雅各曾經待在我前夫那兒，小手段瞞不過他。你幫他省點力氣，直接表明來意如何？」

「有人要殺我，」瓦勒斯緩緩道出：「而且想佈置成自殺。我找到另外兩個案子，看起來是自殺，但我認為是謀殺。比較近期的死者是個年輕人，名字叫做凱伊．華特斯，他與妳女兒應該有關聯。目前我不確定關聯點在哪裡，如果查得出來，或許就能確認凶手身分。」

費麗莎先是看著他一臉不可置信，然後抬頭瞥了雅各。「你意思是說，我女兒是被人害死？」

瓦勒斯點頭。

「不知道你自以為查到什麼了，波特先生，但我女兒是親手結束自己性命。」她探身向前，瞪著瓦勒斯的眼睛滿是怨毒與憤怒。「別再來找我。雅各會送你出去。」

壯漢揪著瓦勒斯手臂將他提起來。

「拜恩女士，請聽我說，」瓦勒斯懇求，「我知道再提起這件事情很不愉快，但妳得相信我。是真的有人要殺我，我認為是同一個人殺了妳女兒。」

「豈有此理！」費麗莎跳起來穿過辦公室走到他面前質問：「你怎麼好意思跟家屬說出這種話！」

「我親眼見過那個人的手段。」瓦勒斯低聲回答。

「你無法理解我們經歷的傷痛。」她情緒逐漸失控，咆哮時音調飄忽。「別在我面前胡說八道！」

「拜恩女士，請聽我說，」瓦勒斯堅持，「或許妳錯過什麼線索。還有妳丈夫、妳兒子——或許他們看到什麼了，有些當下微不足道的事情會是關鍵。」

費麗莎作勢要毆打瓦勒斯，但最後轉過身背對他。「我兒子病了，再也回不到從前。我丈夫……史蒂芬……你能想像回到家看見自己孩子死掉是什麼感受，內心罪惡感多重嗎？他現在只剩一副軀殼，過著行屍走肉的日子。」

瓦勒斯望著女強人悲傷顫抖的背影，暗忖這番話應該也是描述她自己。「抱歉，真的很抱歉，但我需要幫助。」

「下次再看見你，我會立刻報警。」費麗莎警告道，「帶他出去。」

雅各押著他出去，瓦勒斯不再抵抗。

28

休旅車停在五十四號街的地下停車場。瓦勒斯不知道RTCC是什麼意思[31]，但經過這麼多事情之後學到的是不要冒險。那位小鎮警長盡忠職守，想必記下了車牌號碼，換言之認車如認人。這輛車開不得了，他從行李廂取出背包時盤算著，原本那間汽車旅館也別回去比較好。這幾天住在布魯克林區大西洋大道上的「最省汽車旅館」，算是來美國之後環境最差勁的住宿，但經理不過問客人來歷，其他人忙著出去槍戰或賣身，沒人理會瘋瘋癲癲的英國佬在那片骯髒小天地做什麼。瓦勒斯把車鑰匙放在駕駛座，緊閉車門以後走向停車場出口。

到了外頭他招計程車。之前找住宿的時候曼哈頓還有些選擇，當初覺得太糟了不願意去。其中一間叫做「新市鎮商旅」，位在包厘街收容所旁邊，處於島的南端。

「確定沒說錯地點？」司機問。

「只是省錢。」瓦勒斯解釋同時跳進後座。

「沒窮到那地步吧。」司機笑得諷刺，車子緩緩駛進馬路。

雖然天寒地凍，市區還是十分熱鬧。往南經過時代廣場，瓦勒斯瞧見穿得暖和的觀光客在結冰的人行道上小心翼翼走著，有幾個小團體停在大螢幕前面看廣告，畢竟對許多人而言這畫面就

[31] RTCC意指紐約市警方的「即時犯罪資訊中心」。

是心中的紐約形象。一個個遊客笑得像傻瓜，瓦勒斯羨慕極了。易地而處自己也一樣，當年在巴黎時康妮就花了很多時間調整角度，只為了拍下瓦勒斯手捧艾菲爾鐵塔的照片。想起她拿照片給自己看時臉上那抹美麗燦笑，瓦勒斯彷彿肚子被人重重捶了一拳。他努力將回憶擠出腦海，但那張臉無法磨滅，是每個念頭的終點、每個思緒的句號，也是每條絲線末端一根刺人的針。至少這次想起的片段裡她還笑著，沒渾身是血一臉驚駭死去。

計程車南行經過聯合廣場，然後是百老匯與格林威治村東緣，這裡有許多紅褐色磚砌房屋，營造出濃厚古樸的歷史感，氣氛與北邊林立的摩天大樓恰成對比。到了四號街一條還有車轍的紅磚路上，黃色計程車左轉鑽過融雪後的泥水，穿過包厘街口時瓦勒斯終於明白為什麼這兒環境看起來截然不同：因為他看得到天空。鋼筋玻璃高塔不見了，取而代之的是三、四層樓高小房子。沿著包厘街繼續往南，紐約的壯觀華麗消失，幾個路口以後身處世界各地都能看到的中國城，新舊建築物雜亂紛陳，顏色豔麗的招牌寫著中文漢字或古怪的英語。

「省錢旅館到了。」司機說完停在路邊往左側撇了下頭。瓦勒斯望向包厘街對面，找到二十四小時藥局以及叫做「火球廚房」的餐館，正要詢問司機時發現了藥局與餐館中間還有一塊小招牌掛在小門上。招牌上寫的應該是新市鎮商旅，他無法百分之百肯定是因為字都磨掉了，乍看之下會以為是斤巾真商旅。付好車資以後他快步走過去。

櫃檯加裝一層樹脂玻璃，後面那個華裔男子連護照也沒打開檢查，收了三天房錢現金就交出鑰匙。四樓房間小得可憐，一張單人床就幾乎佔滿，地毯黏滿棉絮、頭髮、灰塵等等，床單窗簾又髒又破，小窗戶外頭是堆滿老舊廚具的院子，而且窗戶被完全釘死，所以房內那股腐臭味散不去。塑膠拉門後面是更小的浴室，瓦勒斯一開燈就看到大蜈蚣鑽進排水口。他無視環境惡劣，拿出iPad坐在床上規劃下一步。

等了一整個星期才訂到「尚馬塔」的位子。餐廳位於比弗街一棟高樓第四十層，觀景窗望出去能看得很遠，布魯克林、瑞奇灣、史泰登島盡收眼底。米其林二星代表一頓飯價錢等同於新市鎮商旅住一週，客群本來就是出身華爾街的消費者，午餐吃上五百美元他們也不會吭半聲。瓦勒斯調查以後確認幾點：艾琳的哥哥麥斯在她身亡五個月後進了精神病院，目前無從得知其狀態，也就不確定他說話可靠與否，相對起來史蒂芬．拜恩是比較好的目標。接近億萬富翁需要克服重重難關，透過網路找得到對方常去的私人會所或慈善機構之類，但不是想進去就能進去，於是最後瓦勒斯直接在艾林麥斯總部外盯梢。第一天沒有親眼見到史蒂芬．拜恩，不過早上八點出頭兩輛黑色Range Rover駛入總部車庫，防窺玻璃遮蔽乘坐者面容，瓦勒斯臆測拜恩就在其中一輛。同樣兩輛車每天大約晚間七點離開，他第二天就招計程車跟蹤，尾隨到公園大道上一棟豪宅公寓的地下停車場前面。第三天他找到最好切入點：史蒂芬．拜恩在三名保鏢陪同下自艾林麥斯總部步行兩個路口去尚馬塔餐廳用午膳。第四天、第五天拜恩都去了同一間餐廳，瓦勒斯相信這是對方固定的午餐地點，於是花費六百美元購買深灰色西裝、斜紋布襯衫、絲質編織領帶和布羅克鞋，以免親自前往高檔餐廳訂位時格格不入。他還刻意挑選與史蒂芬相同的時段過去，看見富豪一個人一桌，但兩名保鏢就在鄰桌護著，第三人站在長條吧檯那邊監視門口出入分子。

需要一週漫長等待，這段時間瓦勒斯繼續找證據、練習合氣道。日子到了，瓦勒斯太急切，在自己位子上等了十五分鐘才盼到史蒂芬．拜恩進來。餐廳經理帶富豪過去平常位子，途中還不忘好好阿諛奉承。站在瘦小的經理身旁顯得拜恩個頭高大氣勢十足，身高約六呎一吋，體態維持相當好，烏黑頭髮剪得很短但又不至於說是平頭。他和守在周圍的護衛不一樣，穿的不是西裝，反倒走休閒路線，簡單的黑夾克、黑色高領上衣與黑色牛仔褲。接近以後瓦勒斯看到他下顎線條剛硬突出、臉頰則相對瘦削。富翁坐下，店經理離開，保鏢如以往分配，兩人在鄰桌、一人在吧檯。瓦勒斯趁三人還沒就定位便展開行動，他的位置靠近廚房，與拜恩隔著六張桌子，餐廳動線緊密，所以一轉眼就縮短距離到了對方身旁空位坐下。

史蒂芬．拜恩那雙敏銳眼睛訝異張大。

「拜恩先生，我想和您談談您的女兒。」瓦勒斯趕緊表明來意，但也看見兩旁保鏢起身了。

「無妨。」史蒂芬此話一出瓦勒斯也吃驚了，他竟立刻揮揮手示意部下稍安勿躁，「我想聽聽這位先生要說什麼。」

「我認為您女兒可能是遭人謀殺。」瓦勒斯解釋，「幾個月前有個男人闖進我家想殺我，後來我在醫院他又追過來，還因此連不相關的人也殺死了，包括我的……我一個朋友。」他改口繼續，「我調查凶手身分，從英國追到美國，現在線索指向您女兒，她與前一位受害者有關聯。」

「怎樣的關聯？」史蒂芬問話口氣很誠懇。

「就是因為我無法確認才想與您見面。」瓦勒斯回答，「請問『凱伊．華特斯』這個名字您有印象嗎？」

史蒂芬緩緩搖頭。

「那請問令嫒死前的情況您還記得嗎？任何細節都好。」瓦勒斯追問。

「例如？」

「第一個受害者史都華．胡方死前曾經宣稱遭人襲擊，對方要置他於死地。」

史蒂芬陷入沉思，回憶女兒生前點點滴滴，然而最後還是搖頭。「想不到相關之處，」他回答，「如果有就好了，從很多角度來看那會是個比較容易接受的現實。」

「但……」瓦勒斯察覺有人站到身旁趕緊噤口不言，抬頭一看是愛獻媚的餐廳經理帶著兩名大塊頭保全趕到。

「十分抱歉，拜恩先生，」他一鞠躬，「這位先生打擾您用餐嗎？」

「沒關係，我想他話也說完了才對。」史蒂芬那態度就是位高權重者優雅的輕蔑。

「還沒說完，」瓦勒斯反駁，「一定還有什麼才對，拜託您再想想！」

史蒂芬．拜恩望著他很是同情。

「要是我猜對了，令嫒是遭到謀殺，而您卻不當一回事……」

「什麼叫做我『不當一回事』！」史蒂芬猛然一吼，引起別桌客人注目。

「要我將這位先生帶走嗎？」店經理問。

史蒂芬慍色未解輕輕點頭。

「先生，走吧。」經理對瓦勒斯說完，兩名保全扣住他手臂要將人押走。

「想想你女兒，」他警告道，「這是你該為她做的。」

「給我滾！」一個保全揪住他臂膀把他整個人從椅子拔起。

瓦勒斯意識到自己引起太多注意，事態漸漸失控。他提出的假設換來拜恩夫婦的負面反應，但也怪不得兩人，畢竟手頭上沒有證據，在心碎的父母看來瓦勒斯是個喪心病狂的投機分子。他必須撤退重整、另闢新局才有機會說服史蒂夫．拜恩相信女兒並非自殺，若艾琳的死與其他案件呈現相同規律，想必能找到她與另一位受害者或凶手的連結點，關鍵就在這個環節上。

「好，」瓦勒斯起身，「我走。」

「我得看身分證件，」保全扣住他手臂不放。「然後會向警方提出報告，」他轉頭告訴史蒂芬，「如果這個人再來糾纏就能找到紀錄。」

瓦勒斯胸口一緊、肚子裡滾起酸水。「我走就是了，」恐慌之中他朝史蒂芬擠出話：「保證不會再來煩你。」

「還是得看證件，」保全要求，「不然現在找警察也行。」

「呃，我身上沒證件，護照在旅館，名字是威廉．波特，我——」

他來不及說完，餐廳經理打斷，「先生，我建議現在就報警。」

史蒂芬視線從經理挪到瓦勒斯身上，然後點頭說：「報警吧。」

瓦勒斯不能在這時候被捉走。他知道必須立刻行動，於是朝保全臉上揮出正拳打得對方暈過去。餐館內尖叫四起，史蒂芬．拜恩的保鏢展開回應。隔壁兩人立刻作勢攔截，守在吧檯那個也衝過來助陣。瓦勒斯發現自己肩膀又被扣住，對方想將他扭過去，但他不抵抗，反而利用敵人施加的力道順勢使出肘擊。另一名餐廳保全被命中面部，咚一聲倒在地上。

癱瘓兩個保全之後還得面對拜恩的三個保鏢。頭一個向他揮拳，瓦勒斯壓低身子閃過，然後以鐵頭功回敬對方下巴。第二個直接撲過來，兩人扭打中撞上隔壁桌。瓦勒斯跳起來後看到第三個保鏢封鎖通往電梯的路線，他轉身衝向廚房，與餐館人員、避之唯恐不及的客人擦撞，又從桌上翻過去搞得現場一團亂。接近廚房門口時保鏢三號竟然橫空飛踢過來，他措手不及被這麼一踢整個身體的空氣都噴光了。瓦勒斯背部著地，保鏢壓在上頭，對方雖然塊頭大但是動作靈活，一下子就翻滾起身。喘不過氣的瓦勒斯相較就慢些，也為此付出慘烈代價——保鏢三號往他肋骨一輪猛踹，他想站起來都難。眼冒金星，瓦勒斯明白再這樣挨打身體絕對受不了。保鏢三號又要踹，這回被瓦勒斯招架下來，一記右掃腿踢得保鏢失衡躺下。一號二號追過來，以寡擊眾太不利，情急之下瓦勒斯撲到三號身上，使出渾身力氣一拳落在對方鼠蹊部。這當然是街頭鬥毆才會看到的下流招式，但效果立竿見影，聽見淒厲慘叫就知道三號暫時不構成威脅。

站穩之後瓦勒斯朝廚房一扇活動門跑去，與出來看熱鬧的廚師們迎面撞上。事出突然，慣性作用對瓦勒斯有利，兩人伸手要拉住他但沒成功。他擠過人群繼續朝消防通道飛竄，穿梭在不鏽鋼廚具之間時又聽到背後傳來騷動，回頭一看保鏢一號二號追進來了，距離不到二十呎。不巧的是，渾身白的大個兒中年男子選在此時從小辦公室出來擋在面前，即使瓦勒斯將他推回辦公室但腳步不得不放慢，於是便被保鏢一號擒拿得手。保鏢朝瓦勒斯頸部出拳，將他逼到旁邊工作臺，接著揪住他頭髮往金屬檯面按下去。然後另一雙手鎖住肩膀，他完全遭到壓制。

「儘管掙扎。」其中一人開口，充滿美國南方特有的腔調與挑釁口吻。「越掙扎我們玩得越盡興。」

但瓦勒斯右腳一記猛蹴，命中某個保鏢的小腿，清脆斷裂聲傳來，按在頭上的力道減弱。他抓住機會奮力挺起上半身，腦袋撞到什麼物體一陣劇痛，回頭發現對手更慘，原來自己將保鏢二號鼻子撞得血淋淋。接著他朝一號臉上先出直拳再補勾拳，打得對方踉蹌倒退，最後往對方腹部補一腳，趁保鏢彈上牆壁時轉身繼續逃命。

衝進沒裝飾的混凝土樓梯間，他一次三階蹦蹦跳跳繞著螺旋梯跑下樓，途中不忘抬頭觀察，發現兩個保鏢也穿過防火門直追而來。瓦勒斯在黑色金屬欄杆和白色灰泥牆面間躍動奔逃，下了十層樓卻終究誤判落點，著地時為了避免壓傷腳踝只好側身翻滾，但這一滾直接順著階梯滾落一層，撞到下面平臺牆壁才停住，還沒能回神起身就被兩名保鏢追上。鼻梁斷了滿臉血那個往他肚子狠踹，另一人則朝面部痛毆，他被摑得撞上堅硬混凝土牆面。瓦勒斯勉強跪起，肩膀往其中一人的兩條腿用力頂，頂得對方失足滾落樓梯。站起來之後一拳從瓦勒斯腦門擦過，流鼻血那個保鏢想趁機二度壓制，然而狹窄空間近身戰鬥對合氣道技法十分有利，加上過了幾分鐘情緒逐漸鎮定，多年鍛鍊的成果回到身上。保鏢向他揮拳，瓦勒斯格擋之後雙手夾住對方手腕，行雲流水朝兩個不同方向施力。咔嚓聲意味著保鏢腕骨折斷，他臉色慘白立刻掐住傷處雙膝跪地。瓦勒斯轉身下樓，在平臺又和保鏢一號扭打：他出拳揍得保鏢眼花昏眩，抓住對方腦袋往混凝土牆壁狠撞。保鏢一號昏迷軟倒，他趕緊趁隙下樓，總算回到地面。

氣喘吁吁、滿身大汗，不過瓦勒斯能肯定沒有追兵，想調整呼吸才拋頭露面。他站在冰涼混凝土走道，等雙手不再顫抖才跨出防火門。

「不准動！」渾厚聲音喝道。

瓦勒斯停住腳步，眼前景象令他心全涼了。道路遭到封鎖，四輛車子包圍，車身漆有藍白色紐約市警局徽章。八名員警荷槍實彈，稍遠處一小群人站在雪地中湊熱鬧，期待看見歹徒吃子彈的血腥場面。他沒興趣成為大眾娛樂，便將雙手放上頭頂。

29

克莉絲汀・艾許不耐煩地拿著筆點來點去，紀律審查委員會眾人姍姍來遲回到會議室。副局長蘭道爾就座時沒朝她看，艾許無法判斷這代表結果不好，還是蘭道爾一如往常邊緣孤僻。委員會另外五人是資深前輩，花了半年時間研究這次上訴，但他們也刻意避開艾許視線。苗頭不對，她往自己的辯護律師艾菈・佛岡拋出憂慮眼神。

「不太妙啊。」艾許低語。但她只能在心裡告訴自己：開槍前也就知道可能會變成這樣。

「靜觀其變。」艾菈也壓低聲音回答。

兩女竊竊私語引起委員會法律代表艾德華・歐馬爾不悅，他瞪了一眼要求肅靜。

委員會諸公的長桌在高臺之上。說是高臺也不過離地六吋罷了，然而這麼一點點高度差異足以凸顯權力如何傾斜。會議室沒有窗戶，牆壁隔音經過強化，艾許和律師坐在高臺對面一側小桌，幾呎外則是艾德華・歐馬爾及其助理的座位。後面雖有十二張椅子供人旁聽卻僅有一人到場：艾許的上司，助理分局長赫克特・索羅門參與此案最後一次開庭，臉上神情彷彿撲克牌高手深不可測。

「艾許探員，」蘭道爾開始了，「紀律審查委員會針對妳提出的上訴進行研究。去年七月六號妳開槍射殺『希望地家族』領導者馬塞爾・瓦辛頓，該組織涉及多起謀殺、敲詐、毒品走私與流通槍枝等犯罪事件。妳的上司，也就是赫克特・索羅門助理分局長，曾經強調必須將其逮捕，然而根據妳提出的報告，妳帶隊攻堅該組織在多佛平原村的據點時與瓦辛頓直接接觸，對方取出武器，因此妳別無選擇必須開槍。雖然擊發之後立刻有醫護進行處置但他仍當場死亡。得知領袖身亡之後，希望地家族六名成員拒絕投降，朝妳和隊員開火，導致費樂麗．坦波頓探員殉職。對方六人與你們小隊交火後中彈，其中三人死亡。」

說到這兒蘭道爾直視艾許。坦波頓的死對FBI確實是一大損失，艾許也自責至今。如果當初採取不同策略，或許她就不會死……艾許收斂心神，順著這種思路走下去毫無意義。

「基於事態嚴重，總監察長辦公室與內部調查組針對妳與隊員開槍前採取的行動進行聯合調查，雖然結論與妳描述一致，開槍並未違反規定，但就妳的判斷能力是否未達探員督導一職的標準，兩單位皆認為無法排除此種可能。聯合調查小組建議妳停職三個月，期間接受專業訓練與諮詢，並將妳降職兩等回到一般探員階級。妳提出上訴，於是內部召開紀律審查委員會進行審判，由於停職與相關的訓練諮詢已經結束，本次上訴僅針對職階降等做考量。」蘭道爾左右張望，得到其餘委員點頭附和。「基於總監察長辦公室與內部調查組提出的證據和意見，委員會最終認為沒有理由推翻原始判決，因此駁回上訴。」他說，「委員們相信，只要妳從導致悲劇的經驗中學習，展現一如既往的勤奮努力，以此前妳升等速度之快，回復原本職等必然也十分迅速。希望妳能自勉精進，艾許探員。」

包裝得再好聽也是羞辱，不過艾許只想表現出專業有禮的形象。「謝謝蘭道爾副局長，也感謝各位委員費心審查我的上訴。」

「抱歉。」艾菈輕拍她手臂。

「沒事。」她起身回應。但怎麼可能沒事，在FBI的生涯倒退了五年之多。

走在四樓長廊上，艾許開啟手機。現在她只想趕快離開胡佛大樓，離開職涯的污點。

「艾許！」赫克特從背後叫住她。

回頭便看見上司堆著同情笑容走近。赫克特才五呎十吋，比艾許高個兩吋，但艾許穿著高跟鞋所以實際上是她更高。從仔細打理的黑髮到閃閃發亮的黑皮鞋，赫克特時時刻刻維持一股精緻感，因為混血所以有身淡褐色皮膚，他很聰明地搭配熨燙妥貼的白襯衫與深藍色西裝凸顯自己優點。

「我和蘭道爾談過，」赫克特追上之後說，「他也很想找個辦法，但是──」

「別無選擇。」艾許打斷。

「妳也明白的。」赫克特順著話說。

她點點頭，「沒辦法對抗制度機器。」

「我會和奧佛瑞茲講一聲，讓他給妳找點機會。」

艾許嘆口氣。奧佛瑞茲明明和她同期，算是競爭對手。幾個月前還平起平坐，現在淪落到得把人家當長官，真是不勝唏噓。

「妳行的，艾許。」赫克特又補上一句：「辦幾個好案子，大概兩年就能升級，或許不必那麼久。」

問題是明明所有人都認為她那槍開得合情合理，代價卻是花個兩年收復失土，同期的人卻能繼續向上爬。瓦辛頓就是個人渣敗類，艾許尤其明白像他那種人如何作惡多端，但自己過去的慘痛遭遇不適合端上檯面。她無法向大家解釋為何瓦辛頓死有餘辜，那並非普通人體會過的事情。何況他們什麼都不懂就先質疑艾許是否判斷失準，說更多只是落人口實。無論心底那股憤怒挫折多嚴重，絕對不能表露出來。

「我明天會向奧佛瑞茲報到。」艾許這麼回答。

「好。」赫克特微笑，「我得先走，既然過來了就得到處拜會一下。」他拍拍艾許手臂就快步離去。

望著上司身影，艾許想像得到他大概一下午都要花在寒暄握手、鞠躬哈腰，為的就是等海瑞爾退休之後能順利接任。赫克特・索羅門分局長，聽起來挺有那麼回事。

艾許查看手機，有一通未接來電。她打開語音信箱。

「艾許探員，我是五號管區警探皮涅利。」低沉沙啞的錄音傳進耳裡，「這裡逮到一個身分不明的人犯了傷害罪，只知道來自英國，身上沒證件也查不到紀錄。他不肯做口供，指明要和妳面談，所以想請妳來這邊幫個忙。」

艾許掛斷電話。她只認識一個英國人，而且是個不大可能因為傷害罪被抓起來的人。感覺是腦袋有毛病的傢伙不知怎麼弄到她名字，但自己被降級成了小卒，現在沒有了推託的本錢。航班是夜間八點從杜勒斯機場起飛，她打算傍晚先靠披薩和瑪格麗特調酒安慰受創的心靈，否則怎麼面對貶謫之後的悲慘生活。那個犯人就乖乖等到明天早上吧。

叫聲在白色煤渣磚牆壁之間迴盪，瓦勒斯聽得出這是警局逐漸甦醒的訊號。已經兩個晚上住在長九呎、寬五呎的拘留房，一面牆壁設有不鏽鋼水槽與馬桶，另一邊放了張小床，厚重金屬門上有欄窗供警員確認內部情況。看管牢房的警察體格壯碩，被同事取了「推土機」這種外號。他拿了份幾天前的《紐約時報》從窗子遞進來，所以瓦勒斯除了胡思亂想也還稍稍能夠打發時間。第一天夜裡意志消沉，思緒總是蒙上陰霾，無法信任美國的司法體制。結果第二天因為精疲力竭，晚上幾乎都在睡。翌日早晨清潔人員打掃隔壁拘留室才將他吵醒，空氣裡瀰漫漂白水的刺鼻味道。

負責他案子的警探叫做皮涅利，事前曾經警告過：警局依法只能拘留他七十二小時，之後就得移送到萊克斯島監獄，等完成身分辨識才能開始審判。瓦勒斯無法確認對方說法的真假，擔心只是引誘他說出真名的話術。很多電影或電視劇都有演到萊克斯島，確實是個臭名遠播的地方，儘管如此他依舊認為匿名才有安全保障。

瓦勒斯聽見腳步聲停在門口，轉身隔著窗子看到推土機站在外頭。

「有訪客。」聲音穿過欄杆。

瓦勒斯的手銬另一端被扣在桌上的錨點，而桌子又用螺絲鎖在地板。沒窗戶的房間十分狹小，應該不超過八平方呎，中間擱著一張桌子，兩邊各有兩張廉價椅子，他就坐在其中之一。地板鋪著小而薄的方塊地毯，牆壁鑲嵌白色木板。瓦勒斯在裡面等了很久，已經無法確認時間，除了手腕痛，因為手臂得擱在桌上所以身體一直前傾，導致上背也很不舒服。

結實藍色房門打開，皮涅利帶著一個年紀二十好幾的女性進來。她身材苗條，比走在前面的紐約警探還高些，穿著講究實用性的平底鞋、黑色長褲、褐色套頭毛衣，長外套脫了之後就掛在椅子上，淺茶色直髮散在肩膀，鼻子小得像顆鈕釦，嘴巴雖寬嘴唇卻薄，兩頰和鼻子佈滿小小雀斑。第一眼或許會以為是個柔弱女子，但目光洩露了真正性格。她的眼睛形狀漂亮，眼珠像兩顆琥珀，眼神藏著一股剛硬。瓦勒斯也算是見得夠多，覺得那是警官的共同特徵。

「我是FBI探員克莉絲汀．艾許，」她開口，「皮涅利警探說你要求與我談話。」

「我希望能先看看妳的證件。」瓦勒斯回答。

皮涅利翻了個白眼，艾許則忍不住嘆氣，但瓦勒斯早就不在乎被人當成神經病。艾許從外套口袋取出皮夾，翻開探員證亮給他看。

「打算告訴我名字嗎？」艾許坐在他對面。

「私下的話。」他視線飄向皮涅利。

「混球。」皮涅利搖搖頭望向艾許，艾許點頭示意，然後警探一臉惱怒帶上門走出去。

「接下來？」艾許問。

「貝利警佐給我的檔案裡面提到妳的名字。」瓦勒斯回答，「妳認識他？」

「小派？算認識吧，幾年之前一起參加國際特勤執法研討會。」

「他前陣子有聯絡妳嗎？」瓦勒斯又問，「就這幾個月？」

艾許點頭，而且瓦勒斯察覺她神色稍微變化，似乎開始認真了。

「兩個月之前，」探員說，「他要我幫忙查個東西。」

「自殺案，」瓦勒斯推敲，「凱伊．華特斯。」

「我轉述了當地警方的調查報告。雖然是樁悲劇，但找不到被人動手腳的證據。」

「凱伊．華特斯是被謀殺的，」瓦勒斯不帶情緒告知，「同一個凶手正在追殺我。」

艾許遲疑一陣，微微歪著頭，臉上閃過疑惑。「謀殺？」

瓦勒斯點頭。

「你怎麼知道？」艾許沒完全壓抑口吻中的不信任。

「我追蹤凶手線索，從倫敦來到這兒。」瓦勒斯回答。

「貝利警佐知道嗎？」

瓦勒斯點頭，「他自己差點被凶手殺死，目前陷入昏迷，還沒出院。」

艾許盯著他，臉上不動聲色。

「他相信我，所以給了我凱伊．華特斯的檔案。」瓦勒斯解釋，「這個凶手喜歡吊死目標，然後假借目標名義上網刊登自殺聲明，內容會洩露死者生前的祕密，讓大家覺得受害者是羞愧自盡。」

「為什麼不把這些告訴警方？」艾許逼問。

「我親眼看著凶手射殺兩個警官，而且他已經找到我三次，根本沒有任何地方稱得上安全。」瓦勒斯回答。

艾許又打量他一陣。正當他開始放鬆，認為探員已經接受自己說法，艾許探身向前慢慢道出：「皮涅利是非常幹練的警探，除了例行調查之外他特別搜尋了倫敦警察廳的通緝名單，你的大頭照排在很前面。我們知道你真名是約翰．瓦勒斯。」

艾許平淡的語氣無法沖淡這番話的震撼。瓦勒斯覺得像是肚子被人狠狠踹一腳，名字被發現了。

「所以我們當然也知道你從精神科病房逃走，涉嫌一系列謀殺案所以被倫敦警方通緝，其中就包括派崔克．貝利警佐遭槍擊這個案子。在我看來比較奇怪的是，你居然自己全部說出來了，可能以為美國人比較笨不懂得查案。」艾許冷冷道。

「我沒殺人！」瓦勒斯氣得想站起來，但手還被銬在桌上，只能乖乖坐回去。

艾許起身敲門。「被你打傷的人已經提出告訴了。」她說完之後皮涅利走進來。

「不是我先動手。」瓦勒斯抗議道。

「好幾十人的證詞可不是這樣說。」艾許駁斥，「你會被移送到萊克斯島等待開庭，如果定罪就要在美國先服刑結束，才會遣返回英國繼續受審。」

瓦勒斯忍不住握拳敲桌，「聽我說！有人要殺我！他殺了康妮！」

「祝你好運，瓦勒斯先生。」艾許淡淡道，「我幫不上忙。」

看著探員轉身，瓦勒斯霎時覺得天昏地暗。皮涅利跟著艾許出去，關門時臉上閃過一抹獰笑。門閂鏘一聲鑽進門框，他低頭才看見自己雙手還顫抖不已。

30

肯．帕羅帶著年輕火辣的女伴吉賽兒跌跌撞撞走出影廳，差點整個人摔在美女身上。他自顧自笑了起來，暗忖稱其為「女伴」未免太給面子，說穿了根本是妓女。吉賽兒朝他咯咯笑，瞳孔張很大卻顯得無神，用了古柯鹼與很純的OG Kush㉜以後兩個人飛上了天比風箏還要高。帕羅朝她的翹臀掐一下，吉賽兒又驚又喜地尖叫。旁邊兩個西裝男經過蹙起眉頭，但帕羅懶得理他們。搞電影這市場不就為了玩人屁股嗨一下？剛才首映會大半時間裡吉賽兒也隔著褲子摸他的老二，坐另一邊的冷冰冰賤人看見以後板著臉。之前就見過她，不知道叫妮娜、妮塔還是什麼鬼，一個小製片公司老闆的老婆。她老公賈許曬出陽光膚色搭配灰色西裝總想扮成上流人士，可惜終究只是底下的小齒輪。以帕羅投入這片子的金額，就算在現場和吉賽兒上演活春宮又怎樣，那個妮娜還是妮塔只能抿起嘴巴微笑看到底。她就是個無名小卒。

吉賽兒拉著帕羅向前走。她身姿曼妙，今天穿著金色亮片小禮服，搭配同樣顏色的極細跟高跟鞋。她手讓帕羅握著，纖細手指埋在那團肥肉中。帕羅那身軀就不是能快步的料，他稍微晃了下，結果吉賽兒整個人被往後扯，一屁股坐在電影學院大廳入口。帕羅忍不住大笑，周圍許多人轉頭看笑話。道貌岸然呢，他盯著那些不屑眼神心想：你們參加的是首映還是守喪？吉賽兒起初一臉茫然，似乎還沒想通為什麼一下子兩腿會在面前打開，會意之後嘴角跟著上揚。帕羅伸手幫她，五呎六吋的身高加上一百五十磅的體重很多事情做不來，但給別人做支撐倒是非常合適。吉賽兒不僅嬌小，年紀恐怕都不到他的三分之一。女孩抓著他重新站好，帕羅紋風不動。

他牽著吉賽兒踏上大廳的大理石磚，東張西望找找看有沒有熟面孔。現場聚集大概兩百人，劇本作家走來走去巴望從高高在上的製作人那兒得到一點青睞，打扮入時的星探露出肉食動物的眼神物色明日之星，過氣導演哀怨地希望還能蹭到點機會，活力四射的公關為了保護明星客戶堆著假笑搪塞敷衍好萊塢八卦媒體。總之就是個趨炎附勢惟利是逐的場子，業界高層虛與委蛇的遊戲。帕羅屬於稀有群體：有錢人。有錢人才是金字塔的頂點，他們是幾乎不走動的恆星，其他人會慢慢落入適合的軌道，以為這樣就能證明自己要的不是錢。

「肯！」帕羅轉頭看見強尼．俄班走過來。俄班是今天這部片的製作人之一，在好萊塢算是傳奇人物。帕羅聽過一個傳言：俄班謀殺了第一任男友，對方持刀找上門卻被他勒死。殺人這檔事帕羅涉及不算少，但親手處置可是一樁也沒有。想像別人的生命在手中消逝他忽然興奮起來，手掌滑過吉賽兒後頸，腦袋盤算晚點怎麼玩才有趣。

「他媽的真棒！」俄班叫道，「準備拿獎啦！」

他親切地在帕羅背上拍兩下，力道之輕柔令帕羅無法想像他殺得了人。而且俄班又矮又瘦，外表像是開個汽水罐都有問題，到底怎麼掐死發瘋的前男友？好萊塢這種地方最能證明權力就是最好的春藥，又矮又醜又禿頭還可能殺過人、外貌毫無可取之處的俄班身邊沒缺過小鮮肉，現在他就摟著一個穿著淡色亞麻西裝的黝黑帥氣金髮青年。

㉜ 大麻品種之一，具有強烈的鎮靜、放鬆效果。

要不是有吉賽兒的手服務胯下，帕羅完全對這片子沒好感。文戲太多了，爆破場面不足。不過俄班做的片子一直都很賣，挑選高檔文藝片也是帕羅故意為之，撈幾部得獎電影能讓公司片單看上去均衡一點，對他的私生活也有幫助。

「很棒，」他胡說八道，「幹得好。」

「謝啦。」俄班微笑回應，不過兩個中年男子都懶得介紹自己摟著的是誰。

「欸，鮑勃！」俄班朝帕羅後面喊，「我們過去打聲招呼。」他拍拍帕羅肩膀就快步走向下個應酬。

帕羅覺得藥效帶來的歡愉開始減弱，反正附近也沒認識的人，倒是有幾雙眼睛不懷好意。他知道身為色情片之王在這兒不受歡迎，好萊塢的人看不起他，但遭到敵視卻也不是因為身家背景，而是因為自己投資了強尼．俄班卻沒投資他們。

「快解了，」帕羅告訴吉賽兒，「不想待在這鬼地方。」

醒來時又彷彿小小馬蹄在胸膛內側奔馳不休。帕羅五十四歲了，明白自己狀態不好，鬆弛臃腫的身體滿是勞碌生活的痕跡。打了個嗝，一股酸汁在喉頭發燙。心窩的馬蹄節拍越來越不規律，他得找點東西放鬆。這年紀用古柯鹼嫌太老，但用了能找回逝去已久的青春活力。帕羅坐在床上，低頭望向吉賽兒胴體的漂亮曲線，脖子上還留著淺淺的紅色印子，拿絲巾綁的絞索還擱在床邊。只要多給點錢，她這種女孩子會配合男人的各種性幻想，後面幾天披圍巾遮遮掩掩的麻煩價值五百美元。

吉賽兒睡得很沉，臉埋在六百織的亞麻床單裡。帕羅可不會因此就收手，指尖拂過她堅挺的乳頭、滑嫩的腹部然後鑽進兩腿間。她扭了扭身子，帕羅一勃起胸口更痛了，雖然知道用點「東西」就能止痛兼壯陽，卻擔心心臟承受不住。十年前沒問題，現在嘛……

帕羅拿著絲綢絞索下床，大臥室柚木地板踩起來冰冰涼涼。解開絲巾他放回櫃子第一層抽屜，轉頭望向觀景窗外深黑色的太平洋，海浪拍打馬里布的細沙，羽毛般的雲朵遮蓋月亮。花了兩千兩百萬買下這地方挺值得。他悄悄走出去，關上房門、穿過走廊和大理石階梯到底下的濱海客廳。下樓到一半居然有風吹進來，帕羅還察覺今天海浪聲比往常大，仰頭一望發現有扇玻璃窗開著。大概和吉賽兒玩得太嗨，連門戶都忘記要鎖好。

帕羅繞到樓梯後方進了自己從沒用過的大廚房，找到放藥的抽屜打開，拿了一顆β阻斷劑[33]配水吞服。*死馬當活馬醫啦*，帕羅一邊想著一邊走到客廳對面中央控制臺要關上窗戶，按了「緊閉」按鈕應該要將所有門窗都鎖上，但什麼反應也沒有。

「垃圾。」帕羅氣沖沖走到關不起來的玻璃板前面。他走到圍繞屋外的木臺，耳朵灌滿海浪拍打的聲音，周圍沒有一戶人家亮著燈，唯一光源在一英里外海灘上，不知道是不是以前格里芬家那一棟——總之看起來是不必擔心被人看到毛茸茸的皮膚了。他蹲下來檢查機器，一邊聽著浪潮一邊朝臺子底部伸手，玻璃板沿著金屬凹槽才能滑動。結果手指真的探到什麼尖銳物體卡在板子下面。

[33] 治療心律不整、防止二次心臟病發作或高血壓的藥物。

「混蛋！」帕羅低吼，趕緊含住指尖，站起來要進屋子卻察覺背後不對勁。一轉身看見戴著面具的男人朝自己走過來，對方舉起手，小罐子噴出刺鼻氣體。他一下子就覺得身體沉重意識稀薄，連恐慌都來不及就腿軟昏迷。

冰冷靜止，痛流過身體。不對，不是痛，是真的水在流動。帕羅大腦解讀了神經訊號，一瞬間感官清醒過來。他躺在淺水，太平洋的海水時不時打在臉上，空氣帶著鹹酸味，嘩啦聲不絕於耳。往上望只有一片黑，固體的東西擋住夜空。他轉頭看到一大片木頭柱子彷彿森林，意識到這裡是碼頭。自己躺在馬里布碼頭底下。順著海岸可以看見他家在半英里外，真想念柔軟的床鋪與吉賽兒的體溫。帕羅試著翻滾，發現雙手遭到捆綁，伸長脖子才知道蒙面人就在旁邊。對方穿著長大衣，不過能看到底下的黑色護甲，和反恐特警隊穿的很類似。歹徒站在紙箱上背對帕羅，跳下來濺了他滿身水花。眨眨眼又看清楚的時候帕羅注意到頭頂上多了個東西，過兩秒他才搞懂：用碼頭當支撐的絞索隨著海風來回擺盪。

「別！」帕羅大叫，但戴著面具的男子拉開繩子要放下索圈。「操，別亂來！」

「我知道『來世』是你搞出來的。」蒙面人透露，「你以為沒人會發現就胡作妄為，但我全都看在眼裡。」

帕羅最深的祕密曝光了。他膽戰心驚不停扭動掙扎卻徒勞無功，雙臂被捆在身後根本沒有逃走可能，唯一能做到的就是腦袋左搖右晃拖延時間，可惜根本沒用，對方很快就把繩圈拉過下巴在脖子束緊。

「站起來，會比較乾淨俐落。」那人聲音不大，幾乎要被海浪蓋過。

「操你媽！」帕羅啐了一口，隨即感覺到繩子嵌進肉裡。他想繼續罵，但蒙面人開始收繩，髒話全被卡在喉嚨。繩子越來越緊，帕羅覺得不可思議，這蒙面男子居然輕輕鬆鬆將他拉高，過沒兩分鐘他就垂在碼頭底下，腳尖觸不到浪花。應該要恐慌的，但是β阻斷劑的藥效導致他情緒平穩，毛病很多的心臟無法快速跳動。繩子切進頸肉，肺臟吸不到氣彷彿起火燃燒，他感覺手被鬆綁了自然往兩邊落下，本能伸向喉嚨想把繩子拉開，但繩子已經埋入一層層肥肉內。*是這種感覺啊*，帕羅暗忖時意識邊緣滲進黑暗。蒙面人繞到他面前，不透明護目鏡遮擋之下無法判斷他目睹目標死去是否也有情緒波動。

「誰……」帕羅想說話，可是嘴唇動了也發不出聲音，反而覺得喉嚨實在太燙太痛。為了滿足變態慾望造成很多人痛苦，想將他逼到這地步的名字可不少。一月冷風輕輕吹拂，帕羅轉過頭不再看著殺手而是天空。

媽的換我被吊死，他腦袋閃過一個念頭，*報應也這麼整人*。生命結束之前，帕羅嘴角上揚。

31

「早安。」阿圖洛‧奧佛瑞茲面露微笑走過艾許的座位。人家踩在我頭上了，她鬱悶面對被降職的事實。奧佛瑞茲的大辦公室有十二坪大，還能看見百老匯和大片街景，她則困在大樓中間四坪小隔間。連窗戶都是必須花上好多功夫重新爭取的特權，然而她已經二十九歲，周圍同職等的人多半比她年輕四、五歲。

「早！」帕克就不同了。他坐在艾許旁邊，眼神充滿朝氣，言行好比童軍，向奧佛瑞茲背影問安時彷彿要從座位跳起來。奧佛瑞茲停下腳步，轉過來輕輕點頭淺淺一笑才繼續往辦公室走去。

這麼爛的拍馬屁技倆看得艾許忍不住搖頭，但即便帕克傻乎乎的還是拿到更好的工作。他分到國內防恐小組，現在鎖定兩年前出現的反資本主義軍事組織「地基」。地基組織涉嫌對大西洋第一銀行和方柱線上交易所進行網路攻擊，兩回行動都試圖讓目標所有電腦當機，不過最後只是成功癱瘓數小時，未能造成徹底崩潰的慘況。最近幾個月地基組織銷聲匿跡，但聯邦調查局從網路流言發現對方可能又有大計劃。

艾許好想參與這麼有趣的案子，只可惜她被分配到的工作是整理檔案。即使想說服自己是因為每個小組都人手過剩才叫她查舊案，但事實如何大家心知肚明。通常只有剛從匡堤科[34]出來的新人才去翻舊案，奧佛瑞茲可能是以儆效尤，也可能是打壓潛在對手。話說回來艾許已經無法被稱為人家的競爭對手，射殺瓦辛頓導致她在FBI的生涯回歸原點，奧佛瑞茲遙遙領先，她先追得上帕克那種白癡再說。

她低下頭，桌子角落靠近絨布隔板的地方放著相框，是艾許與母親的合照。兩人站在聖塔莫尼卡山上享受加州陽光笑得幸福，背景是遼闊的洛杉磯街景。母親的照片只剩這張，心情低落時她看一眼就會找回生命的韌性。寶貝，別怕，這是母親留給她的最後一句話，艾許每天都在心裡反覆回憶。

桌上電話響了起來。「艾許。」她接聽。

「艾許探員？」男子聲音傳來，背景很吵雜。「我是公設辯護人辦公室的史考特．何森，有個當事人十分棘手，叫做約翰．瓦勒斯。妳認識嗎？」

「見過面。」艾許答道。

「所以沒完全瘋，」何森嘆道，「也算好事。他不肯和我溝通，堅持要我先聯絡妳，妳看看怎麼辦吧。他要我告訴妳，妳該查查肯．帕羅的事情。」

「拍A片那個？」

「沒錯。」何森回答，「瓦勒斯說是同個人殺的。」

「好，謝謝。」艾許在便條寫下肯．帕羅三個字，「那，史考特，他狀況如何？」

「誰？瓦勒斯嗎？」何森聲音有點遠，但仍明顯聽得出不屑，「人在萊克斯島，紐約的地

㉞ FBI國家學院所在地。

獄，狀況如何妳可想而知。抱歉，我得先掛喔。」

「謝——」艾許來不及說完電話就被掛斷了。

她回頭用筆電上網搜尋肯．帕羅，跳出好幾十則聳動報導，比如〈色情大王自盡〉、〈色情大亨上吊〉、〈色情之王驚傳自殺〉等等。照片幾乎都是同一張，以馬里布碼頭為背景，帕羅被吊在底下。事發已經三天了，艾許本來不太關注，現在細讀新聞內容還是不懂為什麼瓦勒斯認為不是自殺。肯．帕羅身家難以估計，世界前十名色情網站裡面有五個是他的，光這部分據傳就有超過兩億市值。但他在Facebook上留下出人意表的文字，暴露自己毒品成癮、剝削旗下年輕男女藝人等等醜事。瓦勒斯腦袋裝的都是什麼呢？這事情沒什麼奇怪。不過她又往下捲到《紐約郵報》的報導，除了碼頭照片還附上另一張資料影像，是自殺當晚參加電影首映的鏡頭。那時候帕羅摟著一個身穿金色小禮服的黝黑美女，兩人都朝攝影機露出燦爛笑容、眼珠子被許多閃光燈照得像星空。看見這樣的帕羅，艾許的確遲疑了。她見過那種眼神：自大、自戀、貪婪，與她父親很像。有這種眼神的人通常對自己擁有的一切緊抓著不放，何況是生命。

查查帕羅這案子也沒壞處。就算最後一場空，總好過與那些死了更久的舊檔案為伍。

32

瓦勒斯眼冒金星，懷疑自己還能支撐多久。也不只是生理層面受到威脅，他清楚意識到萊克斯監獄這種環境帶來的精神壓力多沉重。自從三週前被送進來就沒好好睡過，晚上大半都醒著，對隔天會有什麼遭遇提心吊膽。真的累壞了還是會昏睡過去兩三小時，但潛意識不斷播放一幕幕暴力血腥的畫面令他不得安穩：康妮的死、自己瀕死，還有最近被菸鬼霸凌。每天早上醒來之後瓦勒斯眼睛腫痛，越睡越疲憊。

睡眠不足、飢餓和無法解除的緊繃很快削去身體儲存的能量。瓦勒斯低頭看看身體，除了多處瘀青，脂肪也要用完了。而且他找不到明顯的活路，畢竟腦袋快要停擺，不夠明顯的路子恐怕還看不到。頭昏腦脹，天旋地轉，連肢體都越來越不受控制，身心反應遲滯，靈魂墜入深淵爬不出來。

食物是最簡單的答案，但一切問題也就是從食物開始。坐牢以後瓦勒斯住在艾瑞克．M．泰勒中心，一棟漂白煤渣磚蓋成的監獄大樓。進來第四天他遇上菸鬼，一個悲慘際遇導致人格扭曲的暴徒。菸鬼剛加入「泰勒殺人幫」，是黑道組織「血盟」在這棟樓的分支，頭子外號老怪物，性格兇暴，渾身疤痕，只有一隻眼睛。相較起來，菸鬼不過三十出頭，卻也目露凶光、陰晴不定，像個殺人如麻的魔頭。連新人瓦勒斯也看得出菸鬼想要往上爬，正在找機會挑釁老怪物，目標自然是取而代之當上老大，接手血盟在這裡的三十餘人。其中最年輕幾個才十六歲，但動起手來絕不心軟。

一個人坐在大食堂裡頭，瓦勒斯本來打算趕快吃完就去娛樂室找個僻靜角落躲起來，不過菸鬼已經帶著六個喪心病狂的手下逼近。事情發生得無聲無息，菸鬼二話不說忽然出手將瓦勒斯碟子裡的薯餅叉走，他一回頭便看見肌肉發達的黑人青年低頭蔑視。菸鬼留平頭，手臂頸子上那些圖形是軍人與黑幫刺青合體的結果。一幫人都穿著白色上衣、黑色長褲，腳下是萊克斯島發配的人字拖。他又從瓦勒斯的碟子拿走火雞肉，之後朝部下點頭示意，一群人蜂擁上去把所有吃的搶走。瓦勒斯轉頭望向隔著三桌的老怪物，那張皺紋滿佈、交錯縱橫的臉很難判斷真實心意，不過還是稍微感覺得到他可不贊同後輩的囂張跋扈。食物被分光，菸鬼冷冷瞪著，直到瓦勒斯先低了頭才離開。整個過程沒人出過聲音，但意義不言而喻：大家都知道瓦勒斯被他們盯上了。

晚上瓦勒斯和監獄室友聊了幾句。二十六歲多明尼加籍冰毒販帕布羅．麥提亞在萊克斯監獄等了兩年開庭，那張臉看上去彷彿已經五十好幾，皮膚薄、顴骨突起，眼角紋路很深，即使不嘴也看得到一圈皺褶，嗑藥嗑太多留下的痕跡。帕布羅無精打采的眼睛不帶情緒解釋了瓦勒斯的處境：因為沒加入任何幫派，瓦勒斯不受保護任人宰割，外頭風聲是菸鬼崛起之後正想找機會在殺人幫內樹立威望。他們分成兩派，一派忠於老怪物，另一派想依附新領袖。換言之，瓦勒斯只是倒霉這時間進來就成為祭旗對象，菸鬼藉由欺辱他挑戰老怪物的威望。一開始是搶他食物，接下來大概會性侵，能用的招數都用了恐怕就要鬧出人命。萊克斯監獄是個叫人幻滅的地方，帕布羅直接下了最終判決——瓦勒斯還是個外人，別的幫派不可能為他強出頭。

隔天起，瓦勒斯三餐都被搶光，他陷入絕望時看見電視報導肯．帕羅死亡一事，確信這是逃出生天唯一機會，立刻設法聯絡史考特·何森，要求律師傳話給當初把自己丟進監牢的FBI探員。有腦袋的人都能看出是同一個模式才對，可是遲遲沒有下文，挫折感在心裡侵蝕出一個無底深淵。

又過了一天，除了搶光吃的，菸鬼帶著走狗在娛樂室包圍瓦勒斯，一群人口口聲聲要洩慾。

「別碰他！」老怪物的聲音迴盪。

菸鬼從瓦勒斯那兒退開，卻繞到了老頭目面前，一臉不屑藏都藏不住。

「滾出去！」老怪物喝道，瓦勒斯可不需要他多說，立刻拖著虛弱雙腿盡快逃走。

睡不著覺又餓了兩天的瓦勒斯情急之下走錯一步。去食堂用早餐途中他遇上這區警衛威爾·格羅佛，結果就把自己處境報告上去。對方表面上笑得很親切，結果根本不管事。菸鬼又帶人來搶吃的，不明就裡的瓦勒斯出聲叫格羅佛幫忙，高個子警衛站在環繞食堂的監視架上故意別過臉聽而不聞。又是到夜裡瓦勒斯才從室友口中理解自己誤會了什麼：不只格羅佛，很多警衛都和血盟有默契，老怪物帶手下建立監牢內的秩序，警衛不會過多干預。

但翌日真正的暴力開始了。瓦勒斯回房路上被菸鬼帶十多個部下攔截。

「老怪物救不了你！」菸鬼動手時吼道，「也該換新血了才對！」

他們下手雖重卻懂得避開面部。瓦勒斯倒地以後就被圍著猛踹，好不容易兩名矯正署管理員趕過來才脫困，後續也就只是讓他回去房間。之後每天挨打，傷勢從來沒重到能送進醫務室休養，也正因為如此，日復一日的煎熬沒有出口。

瓦勒斯伸手探探瘀血顏色最深的傷處，眉心擠成一團。放下衣服時他發現帕布羅坐在上鋪盯著自己，眼神有股哀愁。萊克斯監獄能把人給吞掉，帕布羅不是初次見識這裡的可怕，但與受害者同房倒是頭一遭。瓦勒斯點頭致謝，之所以還站得起來是因為帕布羅偷偷夾藏一點吃的回來給他。

「或許今天會好些。」帕布羅說完翻下床站到馬桶前面。

室友要小便，瓦勒斯別過臉。之前獄友在鐵灰色牢門留下很多象形文字般的痕跡，都是這地獄一點一滴剝奪人性的紀錄。喇叭聲又響起，牢門電動裝置傳來解鎖聲，片刻後門滑開，望出去是兩層樓高的天井。瓦勒斯走出房門，踏上沿牢樓搭建的金屬架露臺，帕布羅跟在後面。兩人走了幾步就跟上另外三十個鄰室獄友，大家排好隊走向階梯。老怪物在隊伍接近最前頭，身邊跟著兩名親信。隊伍由三位矯正署警衛帶下樓，走道末端是食堂，中間交叉口湧進牢樓另一側下來的隊伍。他瞥見菸鬼時立刻察覺對方神色有異，果不其然菸鬼忽然脫隊狂奔，目標鎖定瓦勒斯，身後還跟著十多個殺氣騰騰的血盟兄弟。管理菸鬼那邊隊伍的三名警衛開始整隊，但只是要求沒跑的人留在原地。瓦勒斯這邊也一樣，警衛故意只攔住身邊其他獄友，反而讓他被推擠出來面對菸鬼那幫人。

不過瓦勒斯也看到老怪物帶著三個人闖過警衛封鎖，朝自己快步接近。

「菸鬼你給我站住！」老怪物的沙啞吼聲在牆壁間迴盪。

瓦勒斯不斷遭到推擠，最後被擠到門口跌了進去。裡頭是囚犯剛入獄登記的分發處，他還沒完全爬起來就被竄到面前的菸鬼往腹部重踹一腳，感覺身體什麼地方撕裂了，胃開始痙攣，一口血咳在地上鋪的美耐板。瓦勒斯顧不得自己內臟如何，只想起身逃走，但菸鬼的部下圍過來又一輪拳打腳踢，力道極其兇猛。他除了生存無法有別的念頭，身子蜷曲成球並盡可能保護頭部。血盟眾人圍毆又狠又快，對瓦勒斯而言不是一下一下落在身上，而是身陷狂風暴雨。來得快去得也快，暴力平息時他抬起頭，看見老怪物帶人架住菸鬼和部下。

「退後！」矯正署警衛叱喝，與兩名同儕走進房間。他們將一組組人拆開，結果又成了菸鬼出手的絕佳機會。掙脫老怪物鉗制以後他又衝向瓦勒斯，重重一拳朝臉上揍了過去。要不是後面有個警衛接住，瓦勒斯應該整個人躺在地板了。菸鬼也被警衛推開，回到部下面前來回踱步，用力踩著地板的樣子像頭暴怒蠻牛。

「你這種小毛頭我見多了，」老怪物警告道，「這張臉上有幾道疤，就代表我埋了幾個人！」

瓦勒斯看見了：一個血盟小夥子遛進來，塞了東西到菸鬼手裡。警衛都沒看見，但菸鬼再度逼近時他意識到自己命懸一線。

「他有刀！」瓦勒斯大叫。

一觸即發的氣氛被引爆，現場頓時陷入混亂，整個房間打了起來。血盟兩個派系爭奪主導權，連警衛都被他們甩到一旁。鬥毆中瓦勒斯看見老怪物挺身而出擋在菸鬼前方，但他不只年紀大了還手無寸鐵，菸鬼手臂如鞭子揮出，刀刃捅了一回又一回。老怪物上半身染紅，跪倒在地手按著胸膛，抬頭望向菸鬼卻只看見他被仇恨扭曲的面容。瓦勒斯知道老流氓有話要說，只是來不及發出聲音便向前翻倒斷了氣。

老怪物一死，效果立竿見影。殺人幫全停下來，沉默不語望向菸鬼。警衛趁隙站穩，菸鬼也將刀片藏在衣袖。

「所有人靠牆站好！」看見老怪物身體下方那灘血泊越來越大，旁邊警衛連忙出面維持秩序。

「操他媽的！」菸鬼喝道，「血盟聽令！」

瓦勒斯還來不及徹底理解菸鬼這話的意思，殺人幫眾兇徒已經放下歧見將矛頭指向他。

「過來！」警衛吩咐同時血盟眾人衝過來。瓦勒斯被警衛推向視線內唯一安全地點：禁閉室，平時用來隔離特別暴躁的囚犯以免其他人受害。警衛拉開門將瓦勒斯塞進去，自己轉身試圖攔下暴徒。

他撞上禁閉室裡面牆壁，房門被甩上關緊。回頭一看，門上小窗被菸鬼那張凶神惡煞面孔填滿，他一邊咆哮一邊猛力扭動門把。門看似被震出幾吋縫隙，但忽然又重新闔緊，原來是菸鬼被拉開。瓦勒斯只能在裡頭轉來轉去自個兒發慌，其實渾身劇痛，之所以沒倒下不過是腎上腺素撐著。聽著外頭各方衝突，內心焦躁膨脹得難以忍受，但他還是按捺衝動沒有失聲尖叫。

禁閉室房門被衝開又被拉上。瓦勒斯隔著小窗看不到發生什麼事，只聽見警衛大吼：「回來！」

隨即砰一聲，有人整個身子摔在門板上。瓦勒斯看見一個警衛後腦撞破小窗之後往下滑落，想必昏過去了。門被打開，兩個血盟兄弟闖入，瓦勒斯挺起身子面對。對方一高一矮，矮的表情兇狠口裡沒牙，高的身形瘦削目光空洞。他立刻朝沒牙矮子出拳，咔嚓一聲聽起來是打得對方下巴脫臼。高瘦男撲過來，瓦勒斯閃避之後往他肚子連出兩拳，沒能制伏他反而更加挑釁，於是高個兒朝瓦勒斯腰間重擊。瓦勒斯一口氣緩不過來，露出破綻便被兩人架住手臂。沒牙矮子張開鮮血淋漓的嘴巴獰笑，緊緊扣住他身子不鬆手。兩個走狗將人押向門口，門一打開菸鬼進來，冷冷掏出刀子邊擺弄邊上前。

「時候到了，混帳東西。」菸鬼低吼，「血債血償。」

看著菸鬼步步逼近，瓦勒斯實在很想大叫，但恐懼哽在咽喉什麼聲音也發不出來。六呎，菸鬼眼中殺意如火。四呎，菸鬼張嘴嚎叫。瓦勒斯目光集中在那把銳利的壓克力刀片，即將落下時他閉上眼睛準備與康妮重逢。

震耳欲聾的嘶吼，但再睜開眼時瓦勒斯卻看見菸鬼躺在地上不停抽搐，背上兩條電線延伸到獄監格羅佛手裡的電擊槍。

「放開！」格羅佛怒斥，架著瓦勒斯的兩人這才鬆手。

獄監轉頭問：「你能走嗎？」

他遲疑地點點頭，感覺全身跟著脈搏顫動。「那就好。」格羅佛悄悄說完讓路給兩名警衛進來，瓦勒斯在攙扶保護下逃離禁閉室。

33

被帶離牢樓時瓦勒斯渾身都痛，而且他知道若被送進醫務室反而比留在原本牢區更危險，菸鬼和手下要過去太簡單。為此瓦勒斯努力隱瞞自己傷勢，只是在柵門前面一個攙扶的警衛誤算距離，害他經過時擦撞門框。肋骨疼得令人崩潰、腦袋彷彿跟著抽搐，淚水在眼眶打轉，看見的世界扭曲晃動，瓦勒斯必須集中全副意志才能應付這樣的苦痛不倒下。警衛帶他穿過白漆走廊時，瀰漫全身的痛楚化作可怕念頭浮現腦海：說不定這些人要帶他去受死？找個僻靜地方給菸鬼有始有終？聽過的耳語、自身的經歷讓瓦勒斯深刻感受到萊克斯監獄是個毫無希望與活路的凶地，他只能接受現實殘酷。然而即使痛得頭暈目眩，瓦勒斯仍舊意識到自己被帶進監獄裡從未見過的區塊。前後見不到別的囚犯和警衛，走廊也沒有窗戶，四周靜得古怪。其中一側髒灰牆面大約每十二呎會有扇灰門，隨警衛走到盡頭房門時，瓦勒斯腦袋因為痛覺與恐懼逐漸錯亂。他看得見門，感覺得到心跳，胸口隨淺薄呼吸起伏，警衛身上廉價古龍水蓋不過汗臭，氣味混在一塊兒飄進鼻孔，接著聽見門打開。儘管這麼多感官刺激，卻彷彿發生在另一個人腦袋裡。瓦勒斯的意識與現實失去連結，心靈漂浮在波濤洶湧的絕望之海，怔怔隨警衛跨進房間。

慘。英國佬被推進取證室，艾許看他模樣之後腦袋只有這個字。帕克坐在桌子對面，從那神情能肯定被嚇到的可不只她一個。瓦勒斯瘦成皮包骨，臉蛋變得像骷髏，凹陷雙眼底下蒙了深深黑影。艾許試著與瓦勒斯視線交流，但他茫然走過去一屁股跌坐在帕克對面椅子上。這種魂不守舍的樣子他們以前見過，所以艾許明白瓦勒斯此刻極度脆弱。她從牆邊走過去就座，矯正署警衛退到房外。

「瓦勒斯先生……」艾許出言試探，但他似乎感覺不到兩人存在，注意力飄向白色汗衫前面那片血，眼瞼眨個不停。她知道這代表瓦勒斯正努力集中精神。

「瓦勒斯先生，」艾許再試試看。他抬頭了，目光依舊渙散遙遠。「你請律師轉達的訊息已經得到證實。」

這句話總算起了作用：瓦勒斯直視她眼睛，露出虛弱歪斜的一個笑。

「抱歉花了太久時間。」她滿懷歉意。

瓦勒斯笑容斂去、眼珠子一翻。艾許和帕克根本來不及反應，他直接陷入昏迷摔下椅子，頭在地板敲出好大一聲。

34

邦妮．曼恩低頭盯著褪色的綠檯面布。她粗短手指的指甲被自己咬得坑坑巴巴，拿著紙牌在桌上輕輕敲打。黑桃K、梅花9，沒有操作空間。不過發牌員擺出來的是紅心5，她比較佔優勢。邦妮一邊思考一邊等鄰家出招，隔壁是個喝醉酒的胖牛仔，臉看上去應當花天酒地了好些年。牛仔放在檯面的是兩張2，所以想分牌。這時候邦妮掃視周圍，目光落在二十一點牌桌旁的金框大立鏡，鏡裡是她自己的倒影。沒法繼續自欺欺人了，這種日子在身上留下太多痕跡：皮膚蒼白浮腫，或許是抗憂鬱藥的副作用。她習慣喝酒配藥，以為更能澆熄心裡憂愁，可惜天不從人願，平日一為手頭拮据煩惱，二為如何贏回賠掉的錢苦思不得其解。以前邦妮一頭金髮彷彿瀑布，後來一塊塊脫落，美髮師說想要緩和只有一個辦法，於是她便全部剃短，留了平頭。上千元的衣服就此絕緣，今天邦妮身上也是Wallmart的便宜牛仔褲、善意商店[35]買來的二手Stussy上衣。想到這些年來如何消磨自己、失去多少緣分又散盡多少錢財，邦妮羞愧難耐，別過臉不願再瞧見鏡中身影，轉而緊盯牌面努力壓抑情緒。

回想起來真後悔當年跟著同事莉莉．艾胥比一起上了八〇八線上賭場。剛開始邦妮下注很小，輸了也無妨，問題就在於來了個糟糕的結果——她居然贏了。數位輪盤轉了幾圈，放在十七號的一百五十美元忽然翻成四千五百之多。身在科技產業的邦妮收入不差，關鍵是贏錢的快感立刻使她上了癮。邦妮開始提高賭注，上線頻率越來越高，除了輪盤還嘗試二十一點，曾經連戰連勝累積超過五萬美元。回顧往事，邦妮更覺得自己愚蠢，倘若那天見好就收，手氣大順時拿了錢就走，如今怎會淪落至此：現在整個賭城只有一間賭場肯讓她簽碼票[36]了。運氣用光之後她開始輸，為了將損失贏回來賠上房子、丈夫、工作、退休金、積蓄等等以往在乎的一切。線上賭場不給碼票了，邦妮前往賭城拉斯維加斯流連真實世界的賭場，因為心裡那口氣平復不了，總得討回什麼才甘願。下場是輸得更慘，也明白自己病了，但就是停不下來。工作不用心，她隱瞞三千個案子未結，東窗事發當然要被炒魷魚。未結還是對外說法，邦妮自己清楚真相是碰都沒碰，時間全花在賭博。她也知道自己該羞愧，不過根本沒感覺，腦袋唯一念頭就是擊敗那頭醜惡怪獸，奪回失去的種種。照鏡子的時候邦妮看得見怪物真面目，只可惜她無法面對，仍舊將一場糊塗的人生歸咎於霉運。衣服、首飾、鞋子，所有家當都賣了，然後還向親朋好友借。她說服自己這不是騙不是拐，只要運氣轉過來了立刻還，結局卻總是輸個精光。

現金沒了，有點規模的賭場不給碼票，邦妮在賭城大道一間一間碰運氣，最後流落至「愛樂門」，只剩這家願意收她。碼票簽到上限了，要是再不贏就只有一條路，她心知肚明。最後的籌碼，五百美元，散在紙牌前面。人生最後一搏寄託在黑桃K與梅花9。那一線虛假希望在腦海升起，可是邦妮彷彿早就預見了結局，甚至懷疑當年第一次撥動輪盤就已經心有所感。

牛仔雙手離桌，發牌員翻開底牌。方塊6。邦妮懂了，所以梅花10還沒擺上桌面她便速速轉

---

[35] 為身心或其他障礙人士提供工作機會或募款的商家。

[36] 碼票或稱碼紙，為賭客向賭場借用籌碼並註明清償帳戶的借據，在某些地區其法律效力等同支票。

身。愛樂門賭場的接待大廳昏暗破舊，外頭賭城大道還是光鮮亮麗。

「曼恩小姐，」魯斯逖從配色俗豔的吃角子老虎機臺後面走出來。他身形高挑、肌肉發達，面容特別兇惡，是愛樂門賭場的資深主管。「有事想與妳談談。」

邦妮轉頭想抽身，卻差點撞上兩名黑西裝大漢。之前看過這些人將鬧事賭客攆出去，但她懷疑保全只是工作項目中能上檯面的部分。望著魯斯逖她垂頭喪氣，心中最後一丁點希望火苗搖曳後黯淡熄滅。這筆帳是逃不掉的。

「好。」她語氣消沉。

邦妮被兩名黑西裝男子帶著穿過賭場，途中看著破爛地毯不禁納悶：最初期盼的是光明燦爛，怎麼最終落得一敗塗地？無法支付碼票的後果在簽名前就說得十分清楚。魯斯逖刷卡打開標示為「員工專用」的一扇門，走出大廳之後左右兩人架著她手臂加快腳步。邦妮當然想過尖叫或脫逃，但明白掙扎只會換來更痛苦的懲戒。

他們拖著邦妮走過長廊，經過安靜的賭場廚房，又穿過一道對開門，後面是進貨倉庫，出入口停著黑色Buick汽車。她被兩人拉到車子後面再扭過來看著魯斯逖。

「妳欠了一萬。」魯斯逖湊近，神情極其猙獰。

「我能弄到，」邦妮哀求，「給我幾天就好。」

魯斯逖搖頭，「妳知道只有一個辦法的。」

「拜託，」邦妮掉淚了，「求求你，我真的生得出錢，不必這樣子。」

魯斯迯朝她左邊那人點頭。「黎歐，你和伊萊載邦妮小姐出去兜兜風吧？」他說完卻打開行李廂。

黎歐與伊萊不顧邦妮抵抗，硬是將人塞進去。

「拜託！」她哀求，「要我做什麼都可以！」

「腦袋裝什麼呢，」魯斯迯一邊嘀咕一邊壓下車廂蓋。「到沙漠動手。」邦妮聽見他吩咐。她用力敲打車廂蓋，對方卻從外側更用力拍兩下回應。

「妳愛怎麼鬧就怎麼鬧，」魯斯迯的聲音隔著僅僅幾毫米的金屬板傳進來，「沒有人會聽見的。」

啜泣的邦妮聽見兩次開門關門的聲音。片刻後引擎發動，車子上路，她繼續在黑暗中啼哭，不過隱隱約約捕捉得到前面兩人對話內容。大半時間裡他們沉默不語，邦妮只能獨自感慨真是鬼迷心竅，否則怎會簽約將愛樂門列為壽險受益人。破賭場就靠這招維持營運：貸款給沉迷賭博無法自拔的人，引誘他們簽下生死狀。例如邦妮的壽險理賠高達二十五萬美元，扣掉呆帳以後賭場還是賺。

「有人跟蹤。」邦妮隔著後座聽見兩人談話，聲音模模糊糊。「停車，」另一人指示，「看看他會不會過去。」

她感覺車子減速。*拜託是警察*，邦妮祈禱。

「他也減速了。」第一個圍事又開口。

「去他媽的，該不會是條子吧？」另一人說。

邦妮心裡像是煙花綻放又有了希望。她聽見後方傳來剎車聲，然後是開關車門以及腳步聲接近。

「做好準備。」第一個匪事提醒。

腳步聲從車身側面繞到駕駛座旁。

「什麼鬼玩意兒！」圍事大叫完就是兩聲槍響，再來一片死寂。等腳步聲又出現在周圍，邦妮放下心中大石。

「在這裡！拜託，救命吶！」她哭喊著用手掌敲打車廂蓋。

門鎖旋轉，廂蓋彈起。沒有月光的沙漠夜晚，過了好一會兒邦妮的眼睛才適應，但看見的景象令她更害怕了：一個戴著黑色護目鏡和黑色面具的男人站在外頭，裹著黑布的手朝前一揮忽然朝她臉上噴了東西。邦妮知道自己被對方拖出後車廂，隨後意識斷了線。

冷風拂過臉頰，震動穿透全身。邦妮睜開眼睛的瞬間就放聲大叫。星光照出海岬輪廓，她認得出那是尖兵堡，換言之底下遼闊的水面是舊金山要塞一帶。邦妮覺得身子很沉，不過肌肉逐漸甦醒，她試著觀察周圍，發現都是紅色金屬架，頭上也有又長又寬的一條。回神之後她想通了，這代表自己身在舊金山金門大橋下層維修步道，外面是西側防墜落安全網。接著邦妮察覺有人走動，轉頭發現綁架自己的蒙面人正在靠近，他手裡拿著粗繩絞索，一端已經綁在鋼架。邦妮扭來扭去，但無法阻止對方將繩圈套在她脖子，動手打人也對那身防彈甲冑無可奈何，想要扯下護目鏡時還被男人狠摑一掌，腦袋撞在堅硬的金屬網格上。

夜裡的大橋依舊車水馬龍。蒙面人將昏眩的邦妮抬到防護網上，要被丟下去時她回復清醒，伸手扒著網架邊緣不敢鬆手，但還是被對方落在腦側的一拳打得往後彈出去。即將摔落時，蒙面人卻又扣緊繩索，墜落力道往回抽，拉住箍住咽喉的繩圈。霎時兩人彷彿完全靜止：邦妮雙腳踮著金屬網架底下的紅色橫梁，身體向外傾斜四十五度角，隨時可能往下掉。拉住她的只有捆在頸部那條絞索。

「不要！」邦妮求饒，咽喉擠出這幾個字都費盡力氣。

隔著面罩和護目鏡完全看不出男人有什麼情緒。他稍稍鬆手放開一截繩索，張力平衡沒了，邦妮腳一滑就掉進半空。她扣住繩子，兩腿亂晃，整個人逐漸被降到大橋下方。淚水狂湧，肺痛難以承受，她赫然理解：結束的時刻就是現在。

希望徹底破滅是這種感受，邦妮被掛在空中時有了體悟。在橋下擺盪時，她抬頭望向殺死自己的凶手。視野被淚水模糊，從護欄探出頭的男人也只是剩下輪廓。他木然見證邦妮最後的幾次呼吸。

*為什麼？*她不解，可惜有些問題永遠得不到解答。

35

一連串如真似幻的畫面閃過腦海。五顏六色的霓虹燈與沒見過的臉孔從上面掠過，許多手掌在身上探查、拖曳。康妮，她還是那麼美，朝自己露出微笑。忽然陷入黑暗，然後光束晃動，有人走動，他們將臉湊近。一個男人在他胸腔聽了聽，接著身體移動了，像是漂浮著。長長的隧道、低沉嗡嗡聲，遠處有人講話，似乎下了什麼命令。嗶嗶聲、鈴鐺聲、警報聲，更多手伸過來，身體又被拉動。凶手站在旁邊像一尊黑色雕像。胡方掛在農舍，張大的雙眼發出淒厲控訴。許多竊竊私語，聽來憂心。一個女人過來，認識但想不起名字。又是黑暗，漫長不受打擾的虛無。

氣息，觸覺。頭被暖意包覆，皮膚光滑乾淨，身子底下有舒服的床單。瓦勒斯睜開眼睛，發現自己躺在一間寢室的兩個大枕頭與加大雙人床上。有扇大窗戶，厚窗簾後面投進朦朧光線。

「嘿，」女人的聲音。瓦勒斯望過去，眼睛過了幾秒鐘才捕捉到扶手椅上的人影。是克莉絲汀・艾許，她起身走近。

「送你去過醫院，」艾許坐在床緣，「一切都好，醫生說沒有永久損傷。感覺怎麼樣？」

「還好。」瓦勒斯喉嚨很啞。

艾許從床邊桌拿水遞給他。瓦勒斯用手肘撐起身子，不過這麼簡單的動作就弄得渾身痛。他暗忖應該是打了藥，痛歸痛但感覺像是神經加上一層罩子。儘管如此還是痛得他蹙眉。

「你有兩根肋骨斷了。」艾許解釋，「但最糟就這樣了，其餘都是皮肉傷。醫生倒是提起你有幾處槍傷，一個舊傷、兩個新傷。」

「舊傷是坎達哈那時候，」瓦勒斯說，「新的兩個就是被想殺我那個人打出來的。」

「我讀過你的檔案，」艾許坦誠，「阿富汗那段日子看起來很慘。你說的是實話？那些士兵真的下得了手？」

瓦勒斯點頭。

「難為你了。」艾許安撫。

「我還好，已經算幸運的。」瓦勒斯喝一口水，將杯子遞回給艾許。他用手墊在後腦慢慢躺回枕頭上，頸部因為揮鞭症候群[37]還很脆弱。

「我的意思是，抱歉之前一直沒把你說的話當真。」艾許誠摯道歉，「早知道的話就能省下你這些皮肉之苦。雖然只是開庭前關押，但無辜的人不應該被送進萊克斯，這點我真的很抱歉。」

瓦勒斯心頭大石放下之後哽咽得說不出話，最後只是點頭示意自己明白。

「我請馬里布那邊的警察派人在海灘周邊詳細調查，」艾許說明事情經過，「結果找到一個叫做布魯斯．莫頓的人。帕羅被謀殺那天晚上他也在海灘，而且看見你說的那個蒙面人了。細節

[37] 指頸部因如同鞭子甩動般的劇烈運動而嚴重受損疼痛的病症。

看不清楚，但能確認穿長外套戴面具的人在碼頭下面活動。莫頓是遊民，加上精神不太穩定，所以沒有立刻出面，擔心警察會認為謀殺案與他有牽扯。」

「謝謝。」瓦勒斯這話發自肺腑，情緒快要失控。

「不該是你謝我。」艾許回答，「要不是你提醒，我們到現在還不會察覺有個連續殺人犯將謀殺偽造成自殺。」

「接下來我怎麼辦？」瓦勒斯問，「要把我送回去？」

「不會。」艾許說，「這裡是調查局準備的安全屋，你已經被列入證人保護計劃了。」

「他戴著面具、穿著防彈衣，我其實沒看見長相。」瓦勒斯說。

「有說話吧？」艾許問。

「有。」

「那你至少可以認聲音。」艾許告訴他，「也能認動作，再來是身高、體型、身上裝備這些。目前除了莫頓之外，你是見過兇手以後唯一的存活者，換言之是現有最好的目擊證人，所以沒道理把你關回監獄。」

瓦勒斯安心下來整個身子都癱軟了。總算逃離萊克斯那個地獄。

「昨天我打電話去倫敦，貝利警佐幾天前清醒了，倫敦警方已經取得證詞確認你無罪。所以我說很抱歉，之前就該相信你。」

「別太在意。」瓦勒斯這話也不是客套。心安是最有效的一劑藥，儘管在萊克斯險些喪命，此刻卻已經漸漸放下。

「你那些遭遇，」艾許說，「大部分人遇上的話早就崩潰了。瓦勒斯先生，你真的很堅強。」她伸手搭在瓦勒斯肩頭表示敬佩，臉上露出微笑。「我得先回去上班，」艾許起身，「待在這兒只是希望能等到你醒。外面有人護衛，每次都有兩名法警㊳值班。如果需要——」

帕克忽然衝進來打斷，「過來看看。」

「抱歉。」艾許說完就跟著帕克離開房間。

艾許跟著帕克穿過走廊，下了階梯來到開放式客廳。輪值法警皮瑞和希爾擋在大電視機前面，她走到兩人身旁才能看清楚螢幕。一具女子屍體懸在金門大橋底下，這畫面彷彿一陣寒風朝艾許拍打。報導是利用直升機面朝東方拍下大家熟知的大橋，橋後面正是日出時分，遺體在晨曦中雖然只是黑影但分外醒目。從維修走道延伸出來的繩子大約五十呎長，橋上除了守在旁邊的警消車輛之外暫停通行，警察和消防員已經下去維修區著手處理。

「女子身分尚未得到確認，」電視機傳出主播聲音，「從現場畫面可以看到，目前大橋一側受到警方封鎖，等到遺體拉上來才會重新開放。讓我們與現場記者艾爾．亨森連線。」

現場直播畫面旁邊打上艾爾．亨森的大頭照，模樣挺樸實。

「艾爾，請問現場有什麼消息？」主播詢問。

「今天稍早有人發現金門大橋下面懸掛一具女子屍體，目擊者描述遺體像鐘擺擺盪令人感到

㊳美國法警局隸屬司法部，為聯邦法庭的執法部門。

恐懼。」連線品質不好，聲音有些破碎。「警方首先要取下遺體並調查死者身分。」

手機響了，艾許取出看到是赫克特。

「看到了嗎？」一接通他就問。

「正在看。」艾許說，「自己跳下去的話，按照高度脖子應該會被扯斷才對。這種繩子長度代表是被人慢慢放下去的。」

「沒錯。」赫克特附和，「得見面詳談。」

「馬上到。」艾許掛了電話就朝門口走，出門前不忘吩咐帕克：「你們看好證人。」走出紅磚倉庫改建的證人寓所，她順著布魯克林高地結冰的街道離去。

布魯克林大橋上正是尖峰時段，車陣在雪水中緩緩移動。從杭茨巷開到聯邦廣場耗了二十分鐘，艾許將新款Ford Taurus停在大樓地下的時候計劃也在腦海成形，已經想好如何進行下一階段行動。她請赫克特接洽洛杉磯、舊金山兩地警方，三方聯合進行謀殺調查。假如湯米．浩特有空一定要找來幫忙，他駐紮於洛杉磯，辦案十分幹練，以前兩人便有合作經驗。舊金山那邊她還想不到合適人選，但只要放消息出去那邊自然也會推薦。紐約部分要深入追查拜恩與華特斯死因究竟為何，艾許自己與倫敦保持聯絡以確認凶手是否又在英國活動。

走出電梯、刷卡認證之後她快步穿過走廊與三十樓的十幾間資深探員辦公室。赫克特的位置在大樓東北角，他的中年助理布蘿可看見艾許就起身。

「都在等妳了。」她推開房門。

可是那抹淺淺微笑令艾許起了疑心。感覺是在同情我？

一進去她就懂得原因了。赫克特靠在辦公桌邊與奧佛瑞茲講話，看見艾許卻立刻噤口不言。赫克特面無表情點頭，奧佛瑞茲嘴角揚起擠出笑容，神情和布蘿可沒兩樣。

「坐吧，克莉絲汀。」赫克特說。

「站著就好。」艾許回答。

「瓦勒斯狀況如何？」奧佛瑞茲問。

「被打得很慘。」她走到辦公室另一邊俯瞰地面，車輛像玩具在路上滑動，紐約人在髒灰雪堆間穿梭。赫克特要這樣辦的話艾許無力阻止，但至少不必給奧佛瑞茲看見自己臉上的失落。外頭的嘈雜從遠處飄進辦公室。

「這案子由阿圖洛負責。」赫克特終究說出口了。

「案子是我帶進來的，赫克特。應該我負責。」艾許說得平淡，視線停留在窗外。

「早上的時候還可以。」赫克特解釋，「但現在鬧大了，變成全國新聞。跨三州的謀殺案，還牽涉到別國——」

「調查局外沒人知道是連續殺人犯。」艾許打斷。

「妳覺得還能隱瞞多久？」赫克特反駁，「這件事情需要資深人員出面。」

「資深，」艾許冷笑，「奧佛瑞茲和我是同期。」

「阿圖洛是督導而妳不是，克莉絲汀。」赫克特又反駁，「已經不是了。」

「無意冒犯，不過你明知道我比他行。」艾許若無其事道。

「這冒犯的是我吧。」奧佛瑞茲插話，「但我可沒那麼幼稚，克莉絲汀。我能體諒妳被降職心裡有怨氣。」

「你少裝蒜。」艾許惱怒轉身，「真體諒的話，當初就不會要我整理檔案。」

「夠了。」赫克特刻意站到兩個部屬中間調停，「克莉絲汀，這是大案子，華盛頓那邊當然要看到職等夠高的人出來帶隊。」

艾許吞回滿腔怒火，又轉頭望著窗外。

「阿圖洛需要妳協助。」赫克特試著安撫。

「協助整理檔案？」艾許譏諷道。

「瓦勒斯認識妳，」奧佛瑞茲主動回答，「所以由妳取證。得到證詞以後回報給帕克，紐約這邊的調查歸他管。」

艾許咬著下唇緊盯外頭街景。顯而易見，奧佛瑞茲故意設局整她。說服赫克特拿到這個大案還不夠，他非得找別的手段羞辱自己。否則怎麼可能變成她向帕克回報。

「帕克不是負責調查地基組織嗎？」無奈之下艾許只能試探。

「不就幾個反資本主義的神經病想駭入銀行帳戶嗎？」奧佛瑞茲態度輕蔑，「這個案子比較優先。」

「可以吧？」赫克特問。

艾許故意沉默一陣。她聽著警車鳴笛四處迴盪，望著深冬寒空灰雲密佈，好一會兒才轉身說道：「好。」只是看向奧佛瑞茲的神情完全不好。「那我回去找證人。」

赫克特輕拍她的背，送她去門口。「抱歉，克莉絲汀，」他說，「這樣妳至少也能有些成績。」

「重新來過，是嗎？」艾許冷冷答道。

「對了，克莉絲汀，」奧佛瑞茲在背後叫道，「去證人那邊的話，幫我叫帕克過來，得讓他快點進入狀況。」

「是，長官。」艾許答得諷刺，快步離去。

36

艾許拿了電腦塞進包包走出大樓，開車前往藏匿證人的安全屋途中又想起馬塞爾・瓦辛頓。攻堅行動中，自己究竟有沒有別的選擇？妳沒做錯，她告訴自己，挫折是一時的。

東河上空黑雲翻湧，風暴將至氣溫開始下降。駛進杭茨巷，皮瑞抬頭張望。他在一輛老舊的Crown Vic駕駛座上，停在窄巷裡頭對著安全屋，朝經過的艾許隨意揮手問候。艾許打了個U形迴轉停到皮瑞後面，抓起包包頂著寒風衝進屋內。

帕克坐在沙發上，探身注視筆電螢幕。艾許留意到他連上國家犯罪資訊中心，正在搜尋是否有其他上吊自殺案件符合這次凶手手法。另一名法警希爾坐在旁邊扶手椅上，轉頭盯著電視機，《歡樂單身派對》又重播了。

「奧佛瑞茲找你。」艾許告訴帕克。

「我知道，他打來過。」帕克視線從筆電飄向她，「說要我負責紐約這邊的調查。」艾許不禁懷疑起來。奧佛瑞茲打了電話給帕克，是因為不信任自己？還是故意整她？

「我原本以為會是妳出面。」帕克說。

「人生不如意十之八九，」艾許盡量輕描淡寫，「你該出發嘍。」

「嗯。」帕克闔上筆電收進電腦包，「那個，我知道有點怪，但奧佛瑞茲說妳從瓦勒斯那兒取得證詞以後要告訴我。」

「我知道。」她隱藏怒氣，「別想太多，沒事。」

「那就好，」帕克微笑，「有需要的話就打給我。」

艾許的官方笑容僵在臉上直到帕克走出安全屋。一轉身，希爾朝她心領神會點了點頭。他有張粗獷臉孔，臉頰肉豐滿，頭髮摻雜幾絲灰色，看得出有年紀、有資歷，自然看得穿官場浮沉種種跡象。

「有時候人吃熊。」他緩緩開口。

「有時候人被熊吃。」[39]她笑著接完那句話，「至理名言，不是嗎？」

她把筆電包放在咖啡桌就上樓，穿過短廊悄悄打開主臥室房門。房間裡窗簾還沒拉開，傳出深沉規律的呼吸聲，艾許猜想瓦勒斯還熟睡著，躡手躡腳走進去就著微弱光線觀察。他閉著眼，眼瞼動得厲害，看來深陷夢境中。艾許退出房間，關門下樓。

她坐在沙發邊上打開電腦，先追蹤了金門大橋一案最新發展。媒體目前還當作特別聳動的自殺事件處理，但赫克特說的沒錯，幕後調查遲早會走漏風聲。發現遺體的是一條漁船，日出前幾小時就從佩利坎港出發。尚未確認的消息指出死者名為邦妮．曼恩，待業中，居住在舊金山灣區，最新一條Facebook動態是自殺宣言，順便自白了賭博成癮的毛病。

「傑里，那些日本人邊泡澡邊喝清酒！」康斯坦札的叫聲自電視機傳來，「趕快把他們弄出來、弄下來，不然我哪來的焦點團體把節目賣到日本電視圈！」

[39] 此句為英文諺語，意思近於「有得有失」、「風水輪流轉」。

希爾笑得渾身亂顫，微微轉身尷尬地對艾許說：「抱歉啊。看了一百次有吧，還是覺得好好笑。」

「不礙事。」艾許回想起自己小時候曾經在懲戒室裡隔牆聽著同一齣戲的內容，督導員偷偷帶了小電視追影集，嚴重違反規定。雖然當時才九歲，艾許已經很早熟，知道將這事情抖出來下場會更慘，不如乖乖被關十天算了。「我到廚房好了。」

希爾一臉感激笑容，精神又放在電視上。艾許拿起電腦，穿過客廳和輕量轉門進入廚房。這屋子家具不多，僅供短期居住，自然也不像真正住家那樣有各種照片或紀念品作為裝飾。對她無妨，斯巴達風格很好，艾許自己家裡也如此簡樸，除了自己與母親的合照、一張馬里布海岸線的大圖，也沒別的東西。她在廚房中央的松木圓桌坐下，準備滴水不漏查清楚史都華．胡方、約翰．瓦勒斯、凱伊．華特斯、艾琳．拜恩、肯．帕羅與邦妮．曼恩這幾個人的詳細生平。他們一定有共通點。艾許埋首在電腦前開始挖掘真相。

瓦勒斯被懸在半空，絞索緊緊圈住咽喉。為什麼會這樣？他在自己的公寓奄奄一息，康妮從下面望過來。

「是什麼感覺？」她低聲問。

一陣天旋地轉之後，兩人位置互換。他抬頭望著康妮，康妮即將窒息。

「是什麼感覺？」他靜靜問道。

康妮張開嘴想回答，但說不出話，只能發出喘不過氣的刺耳嘶吼。

醒來他又得面對現實：再也見不到康妮了。但夢魇彷彿滲透到現實世界，他不住顫抖冒汗，掀開被子走到窗前才感覺一陣涼風撲面。拉開簾子時身上汗水被吹散，向外一看是條狹窄街道，附近都是老舊倉庫改建的住宅。天色暗了，鎢絲路燈散出昏黃光線，照亮密集落下的雪花。道路兩側停了些車子，車身都覆蓋了雪。有一輛引擎沒熄，底盤沾了融化雪水。瓦勒斯能看見裡面坐著一個男人，對方還朝他點點頭。來保護自己的警察吧，他希望如此。

走動起來還是隱隱作痛。身上只有一條緊身黑色四角褲，而且不是自己的東西。按了主燈開關，燈泡沒反應，只好試試梳妝臺上的檯燈。是省電燈泡，光線有些微弱朦朧。瓦勒斯看見皮鞋被放在抽屜櫃下面，遭逮捕的時候還穿著。既然拿得回鞋子……他打開最上面抽屜，找到一疊衣服，應該是他的尺碼。翻過之後再看第二層，也是衣物。第三層裝著他原本的衣服，摺好的西裝與襯衫中間還有條皮帶。瓦勒斯將皮帶翻到內側，打開隱藏拉鏈，看見美元與英鎊鈔票算是鬆口氣，幸好錢還在。他穿上黑牛仔褲、黑色長袖薄上衣和擱在皮鞋旁邊的黑色運動鞋，繫上藏現金的皮帶時發現得比之前再緊一格了。想起被菸鬼逼得差點餓死，瓦勒斯赫然驚覺他不知道距離上次進食過了多久，但感覺得到胃袋空得快要萎縮，連現在餓不餓都變得很難判斷。

可是一打開臥室房門就得到解答。食物香氣沿著走道飄進鼻子，他馬上流了口水。瓦勒斯順著氣味下樓，穿過沒人的客廳進入廚房，一個穿著白襯衫、黑長褲的魁梧中年男子站在烤箱前面，鏟起一片披薩放進嘴巴，他身上背帶露出手槍握柄。艾許探員坐在廚房吧檯另一側朝瓦勒斯點頭問好，嘴裡塞滿披薩。

「剛好，」她吞下去問：「餓了吧？」

瓦勒斯點頭。

「自己拿別客氣。」艾許指著爐子上頭盛有披薩的烤盤，「邊邊烤焦了就是。」

「那叫做酥脆，」男子插嘴，「披薩就應該這樣。」

他過去朝瓦勒斯伸手，「我是佩頓．希爾，美國這邊的法警。」

瓦勒斯與他握手，「約翰．瓦勒斯。」

「快吃吧，」希爾催促，「待會兒就沒了。」

瓦勒斯取了一片義大利臘腸口味的咬了口，雖然只是平價量產的披薩卻很可能成為他這輩子嚐過最美味的食物。第一口就喚醒他的食慾，狼吞虎嚥之後又拿了第二片，吃到一半廚房門打開，皮膚黝黑頭髮也烏黑的年輕人進來。他身上的藍色西裝微微閃亮彷彿沾了露水。

「天吶，外頭好冷！」他一邊叫一邊拍拍身子摟緊自己。「換班啦。」他又對希爾說。

「約翰．瓦勒斯，這位是我的搭檔杰洛多．皮瑞。」希爾介紹之後兩人握了手。

「披薩好吃嗎？」皮瑞拿了一片。

「有點焦。」艾許回答。

「那叫酥脆。」瓦勒斯和希爾齊聲回答。

希爾大笑，「你有前途。鑰匙呢？」他才問完皮瑞就丟過去。「輪到我去數雪花啦。」希爾說完走出去，幾秒之後傳來前門關上的聲響。

「我需要取得你的證詞，」艾許對瓦勒斯說，「等你吃完。」

「可能要一會兒。」瓦勒斯說著就拿了第三片。

艾許按下空白鍵暫停筆電上的錄音程式。右下角時鐘顯示晚間十點零七分，也就是說瓦勒斯細述自身遭遇已經接近兩小時。她不由得佩服，多數人碰上同樣事情早就幾近崩潰。瓦勒斯談到康妮的時候有些哽咽，艾許看得出他正承受罪惡感煎熬，儘管試著開導，希望他理解到過錯該由凶手承擔，但瓦勒斯的認知被他對康妮的愛扭曲了。艾許比起一般人更理解這種心理有多危險。

瓦勒斯起身去水龍頭接了一杯水全喝下。「調查局有什麼推論？」

「目前無法肯定邦妮．曼恩也死在同一個人手上。假設是的話，凶手或許自以為是正義之師，尋找他認為犯了罪的人下手，比方說賭博、淫行、販毒這些。」

「我可沒幹那種事。」瓦勒斯反駁。

「可能性很多，這只是其一。」艾許解釋，「也開始追查有沒有被忽略的上吊案件，如果有其他受害者會更容易辨識規則和共通點。」

「我得在這兒待多久？」瓦勒斯口氣有點疲憊。

「到凶手落網。」艾許闔上電腦，「甚至再久一點，取決於開庭的風險評估。要幫你聯絡什麼人嗎？家人同事之類？」

瓦勒斯搖搖頭，艾許立刻同情起來。幾度遭到刺殺、被送進萊克斯監獄之後，現在竟還不能離開安全屋，一個人在陌生異鄉受囚。

「我得先走一步，」艾許起身，「明天要向新長官報到，有得忙。」她語帶諷刺，接著從外套口袋掏出名片。「希爾和皮瑞是晚班，白天交接還會跟你介紹才對。美國法警都受過專業訓練，你不必擔心。要是還有什麼需求就打給我。」她將名片遞過去。

「謝謝。」瓦勒斯回答。

艾許收好電腦走出廚房，皮瑞在客廳看電視轉播NBA全明星賽。

「哪邊贏？」她問。

「一百二十比一百一十四，西區聯盟領先六分。」皮瑞眼睛沒離開螢幕。

瓦勒斯跟著艾許出來，也到沙發坐下。

「他們會保護好你。」艾許微笑道。

「交給我們吧。」皮瑞附和，「妳還不走啊？這樣我們怎麼看比賽。」他咧嘴笑道。

「別亂跑。」艾許留下兩人看電視，自己到了外頭發現雪還沒停，車上也堆了厚厚一層。她朝躲在福特轎車上吹暖氣的希爾揮手求助，希爾是個老派紳士，馬上衝出來幫忙清理乾淨，不過清完的時候兩個人都抖個不停。

「謝啦，」艾許說，「下次請你喝一杯。」

「艾許探員，我可是人夫了。」希爾打趣說，「所以請酒不如滾床。」

「你有沒有學過性騷擾這個詞啊？」她打開車門。

「那是我的座右銘啊，寶貝。」希爾笑著回去自己車上，「有豆腐能吃怎麼可以錯過呢。」

跟我只有純友誼。艾許坐進她的Taurus。他們以後就會懂了。

37

「我們必須出去外面和那些混球面對面打一場，」忿忿不平的聲音說，「什麼網路轟炸根本沒屁用！」

希爾喜歡聽深夜政論節目，清楚明白的道理反而沒有政治人物敢拿到檯面上講。他在座位上扭扭身子，調低暖氣免得睡著，即使下著大雪的夜晚還是有可能暖過頭。希爾又看看安全屋那邊，兩點過後熄燈了，但客廳窗簾後頭透出一點光，大概皮瑞還在看電視。

他拿起無線電麥克風，「調度中心，特別小組USM一十二報到。」

「收到，USM一十二。」男性調度員坐在七個路口外的八十四區分局裡。

希爾放下麥克風，將車窗打開一條縫。擋風玻璃頂端開始結霜，下雪就夠煩了，可不能再讓別的因素干擾視線。他探身以袖子擦拭擋風玻璃右側，卻聽見如同大石頭掉進池塘的聲音，隨後驚覺那其實是子彈打穿玻璃、埋進駕駛座頭枕。希爾連忙縮到儀錶板下面，又兩顆子彈貫穿玻璃落在座椅。

操、操、操！希爾慌亂中抓起無線電麥克風。「調度中心，USM一十二報告，」他語調緊急，「有人開火，有人開火，我遭到攻擊。」沒先聽見槍聲，他猜測對方裝了消音器。

「收到，USM一十二。」調度員鎮定的聲音帶著些許雜訊，「所有單位注意，所有單位注意，杭茨巷二一四回報發生槍擊，能夠行動的單位請立刻前往杭茨巷二一四集合。」

希爾從背帶抽出Glock手槍，稍稍從儀錶板後面探頭偷窺，注意到是街尾一戶屋頂冒出槍口火花。他閃避時第四顆子彈擊碎擋風玻璃，碎片灑了滿身。

皮瑞驚醒，抹去流到下巴的口水轉頭張望，電視正在播出氣炸鍋的廣告。他從扶手椅起來的時候聽見怪聲，模模糊糊，像毒蛇吐信的嘶嘶聲，但隨即傳出一個爆裂音。伸手要拿無線電才發現腰帶上沒東西——該死，一定放在廁所。感覺什麼都不對，皮瑞跑到窗戶前面掀開簾子，發現希爾不在車上，而且擋風玻璃居然裂開了，框上剩下一些碎片。他衝到前門打開。

「佩頓！」他朝外頭大叫，回應的卻是兩顆子彈打在正門左右磚牆上。皮瑞看到巷尾樓頂上有火光，立刻取出手槍瞄準。這個距離要打中是不可能，但至少能牽制對方並吵醒鄰居。他一邊開槍一邊移動，到了路中央的時候那輛Crown Vic的副駕駛座車門忽然打開，原來希爾還縮在車子前座下方。皮瑞放下槍，趕緊竄過去以車門作掩護。

瓦勒斯很希望那些聲音來自自己的惡夢。他跳下床走到臥室窗戶邊，拉開窗簾一吋偷看時聽見熟悉的槍響。往外眺望，年輕法警蹲在汽車車門後面，隔著破掉的車窗不知朝誰射擊。順著槍口方向，他看到巷底一棟倉庫上面有人：又是那個黑衣蒙面男子。槍口冒出的火光轉瞬即逝，對方沒入黑暗。

皮瑞聽著子彈鑽進鋼板與周邊積雪。

「操！」他叫道，「是穿甲彈！我們得撤了！」

希爾望向他點點頭。皮瑞聽見遠處傳來警笛。

「先退到屋子裡，撐到支援抵達。」希爾吩咐，「我掩護你。」

「數到三。」皮瑞回答，「一、二、三！」

希爾將手槍放到儀錶板上，對準敵人所在的倉庫屋頂開火。轉頭一看，皮瑞已經竄到路中間，一邊移動一邊朝同樣方向射擊牽制。紛亂槍響中，希爾不知道究竟哪一聲代表自己頸子被撕裂，頭被慣性朝旁邊重重一扭。又一槍打在顱骨後側，他當場倒下，半截身子垂到車外。

看見希爾就這麼死了，皮瑞忍不住失聲吶喊，但腳步並未因此停止。他飛快跳上階梯，翻滾跳進屋內。

看見希爾腦袋噴出鮮血染紅雪地，瓦勒斯當場嚇傻、逃離窗邊，抓了衣服穿上就衝出臥室。皮瑞聽見上面傳出動靜，猛然轉身高舉手槍，看見的卻是證人站在階梯最上面。

「下來。」他悄悄吩咐。

一波掃射擊碎客廳窗戶與子彈路徑上所有東西。鄰居被槍戰吵醒，警察已經在路上，於是行凶者也不在乎是否製造噪音了，只求趕快收拾掉目標。

眼看客廳也不安全，皮瑞衝上樓梯又將瓦勒斯給推回去。

「快！快走！」皮瑞大叫同時子彈削去階梯一角。

瓦勒斯踉蹌中摔得整個人躺在地上，皮瑞連忙將他從樓梯拉走。警車聲音越來越近，但他心裡有個感覺：援軍無法及時趕到。

槍聲戛然而止，皮瑞把他拉起來站好。「快點。」法警悄悄催促。

走道瀰漫煙硝味。法警準備將瓦勒斯帶到臥房，他卻將皮瑞拉回來，朝著浴室撇撇頭。

皮瑞搖頭說：「那裡沒路出去。」

「這樣才好。」瓦勒斯耳語道，「出乎他意料。」

皮瑞盯著他幾秒鐘才點頭同意。

他們默默溜進浴室，然後皮瑞將門掩上。兩人不敢發出聲音，站在裡面豎起耳朵。屋外警笛聲越來越大，屋內被子彈打裂的東西還在啪嚓作響。

腳步聲非常清楚。有人重重踩過碎玻璃。瓦勒斯看了皮瑞一眼，皮瑞點頭之後舉起手槍瞄準門口。*樓梯那頭傳來嘎嘎聲。*瓦勒斯用力祈禱，希望警笛快來，聽到腳步聲踏上樓梯頂端一時不敢呼吸，隨後淺淺吸口氣等待。一開始只聽得到屋內的啪嚓聲、屋外的警笛聲，但很快真的聽見了：一步、兩步，有人移動，經過浴室前面，朝著臥房走過去。

看見皮瑞伸手抓門把，瓦勒斯嚇得差點叫出來。法警拉開一條縫偷看，然後朝他點了頭，推開門領著瓦勒斯要穿過走廊下樓去。

彷彿心電感應般，尚未看見殺手蹤跡，瓦勒斯卻已經察覺對方接近。抬頭一看，黑衣蒙面人站在臥室門口，手中提著突擊步槍。皮瑞也發現了，立刻開火攻擊。可惜準頭不夠，子彈落在牆壁。殺手回以顏色，朝著皮瑞胸膛和頭部連發，法警轉眼喪命。

瓦勒斯衝下樓梯從開著的前門跑進街道，一直提心吊膽覺得槍聲會從後面追上，所幸等他跑到路中間蒙面人才展開攻擊。對方從臥室窗戶出手，朝地面散下彈雨。

他翻過Crown Vic引擎蓋到了另一側人行道。步槍打得汽車幾乎解體，只有引擎部分金屬加起來夠厚，連穿甲彈都能勉強擋住，但車子發出尖銳嘶嘶聲之後也熄火了。雖然車子附近都是泥水，瓦勒斯現在別無選擇只能縮在前輪躲避暴雨般的子彈攻勢。警笛聲非常接近、大概就差兩個路口的時候蒙面人停火。瓦勒斯渾身顫抖、心跳猛烈，呼吸又快又淺，恐懼太過巨大，身體彷彿快要爆炸。康妮，她的名字忽然浮現腦海，混沌迷惘一掃而空——她那樣勇敢，自己怎麼能輸。

瓦勒斯想通了蒙面人為何收手，猜到對方的下一步。他受困在掩體後面也沒有援手，但不能將賭注全押在警方及時趕到，必須自己尋找活路。往旁邊爬了一點，他打開駕駛座車門鑽進，果然找到需要的東西：希爾的手槍。雖然人死了，槍還握在手中。瓦勒斯探身過去，扳開希爾的手指拿到武器之後迅速退回人行道躲好。

接著果然聽見積雪被踏碎，也就是說蒙面人走過來了。刺耳警笛聲已經十分接近，大概剩下一個路口的距離。腳步聲規律而急促，他想把握最後一點時間完成刺殺任務。瓦勒斯本來打算朝對方腦袋轟一槍，但對自己能否瞄準沒把握，於是從對手身高推估了胸部位置，趁黑影繞過車體那零點幾秒裡做出最後微調，然後扣下扳機。四顆子彈重擊殺手胸膛，深深埋入防彈衣內。蒙面人被震得向後彈飛倒下，瓦勒斯站起來穩住手，瞄準對方頭部再次扣下扳機——撞針只敲到空氣，彈匣空了。瓦勒斯氣得要命，這時候多顆子彈一切不就結束了嗎？但蒙面人手腳動起來，他只能趕快掉頭逃命。

38

鈴聲劃破安必恩[40]散發的昏睡迷霧。只有吃藥能讓艾許幾個鐘頭不做惡夢好好睡一覺，缺點就是醒來渾身沉重思緒渾濁。她從床鋪探身接聽響個不停的電話。

「喂？」她嗓音沙啞。

「艾許，我是赫克特。」對面聲音說，「安全屋被攻破了，希爾和皮瑞殉職。」

「什麼？」她驚醒過來，腎上腺素立刻驅散安必恩的殘存藥效。「那瓦勒斯呢？」

「目前行蹤不明。」

「我立刻過去。」她說完就掛斷。

瓦勒斯不斷奔跑，跑到兩腿完全沒力氣，肺被冰結空氣刺傷，衣服沾滿凝結濕氣。精疲力盡，他只能放慢速度用走的。街道被積雪覆蓋一片死寂，除了他的腳步聲毫無動靜。瓦勒斯方才只是死命逃跑，完全沒思考方向與時間問題，現在站在一條頗長的馬路上，兩邊都是四、五層樓高的褐色磚頭建築，停靠左右的車輛淹沒在粉雪下。皮膚開始發疼，他意識到自己身上僅穿一件薄衣、牛仔褲和運動鞋，漫天大雪下不可能支撐多久。幸好找到能救命的地方了：一塊霓虹招牌還亮著「營業中」字樣。瓦勒斯搖搖晃晃朝著那棟五層樓高的屋子走過去，踩在深雪中速度越來越慢，腦袋則千迴百轉兜不出各種可怕想像。但他將所有雜念集中為一句話：活下去。背後傳出聲音，瓦勒斯嚇一大跳，轉頭發現是兩個路口外一輛汽車緩緩駛過。車子走遠，復歸平靜，他繼續向前。

「營業中」招牌掛在窗戶，是間叫做「快樂時光」的一樓餐廳。瓦勒斯順著人行道走過去，門口散出熱氣融化了積雪，他差點滑一跤。抓住門把穩住身形，他推開玻璃門，首先一道小玄關隔開內外保持室內溫度。瓦勒斯扶著玻璃隔板免得摔倒，一步一步爬向內門，拉開之後也倚著門框。

「先生，您沒事吧？」櫃檯後面高個兒男子開口問道。他頭髮花白但濃密，注視瓦勒斯的細長眼睛滿是關切。

瓦勒斯想回應，可是一股熱氣突如其來自體內湧出。他本以為是室內室外溫差過大而已，但那熱度越來越強烈，彷彿幾百支小焊槍灼燒皮膚。他嘴巴發出咕嚕咕嚕含混不清的聲音，身體又凍又燙，終於支撐不住趴在一張桌上昏過去。

艾許穿著探員大衣還是抖個不停。雖然雪停了，杭茨巷內還是刮著刺骨寒風，還掀起一波波雪粉朝她臉上拍打。希爾求援時間是凌晨兩點四十七分，附近居民指稱不到五分鐘就聽見槍聲。艾許看看手錶，現在三點五十三分，才一小時整個巷子已經塞滿人。紐約市警局封鎖了巷子大半區域，帕克與警官合作向附近民家打聽情報，奧佛瑞茲人在洛杉磯調查帕羅與曼恩的案子。現場

㊵ 美國製安眠藥。

得有個資深面孔，於是赫克特也不得不大半夜跳出被窩前來坐鎮指揮。圍在赫克特四周的有幾個生面孔法警以及法警頭子喬丹．魏夏爾，大家交談都壓低聲音。鑑識組在屋內、馬路以及鄰人指稱殺手用於狙擊的屋頂位置努力搜找，至今尚未發現瓦勒斯或凶手留下的任何痕跡，不過警方已經對兩人發布全境通緝令。

赫克特跟喬丹那邊告一段落以後走向艾許。「喬丹氣死了，」他先開口，「但也正常，法警那邊沒遇過據點被攻破的事情。」赫克特說起話白煙陣陣，「他想抓內奸。」

「矛頭指向我們？」艾許聽出上司的弦外之音。

「安全規範保證資訊隱密。證人保護專案會走漏風聲多半是有人洩密。」

她要回話時電話響了，是個不認得的紐約市電話號碼。「你好，我是艾許。」她拿起接聽。

「艾許探員嗎？」沒聽過的聲音。

「是。」

「妳好，我叫做蘭尼．恰斯科，在蒙塔格街開餐館。剛才有個客人進來，狀況很糟，本來想叫救護車，但在他口袋找到妳的名片，所以就先問問妳該怎麼處理。」

「不會吧——」艾許假裝懊惱，從赫克特面前走遠。

「嗯？有問題嗎？」蘭尼慌張起來。

「沒事沒事。」艾許心裡有了盤算。

「那我該怎麼做比較好？」

「先等著，」艾許吩咐，「我二十分鐘後到。」

「誰啊？」赫克特在背後問，語氣有點尖銳。

艾許趕快掛電話，「我樓下的，說我家水管爆掉，她天花板大漏水。」她隨便找了藉口，「這邊沒我應該也還好？」

赫克特聳肩，「現在也只能等證詞和鑑識報告。妳先回去處理好了。」

「謝啦。」艾許快步離去，轉個彎離開眾人視線後拔腿疾奔，她的車停在亨利街上。蒙塔格街不遠，過兩個路口就到，其實艾許才不到一分鐘就抵達。她在快樂時光餐廳外面與別人並排停車就衝進裡頭，看見瓦勒斯躺在地上失去意識，一個瘦高男子靠在他胸口聽診。

「人怎麼樣？」

「還有呼吸。」男子回答。

艾許蹲下來，手指按住瓦勒斯頸部，確認脈搏也正常。「我是FBI探員艾許，」她亮出證件，「你就是蘭尼吧？」

對方點頭。

「先前應該有聽到警車經過？」

「當然。」蘭尼說，「是因為他嗎？」

「有人攻擊聯邦政府設置的安全屋，目的是殺他。」

蘭尼聽了往外望，神情緊張起來。

「得麻煩你幫我把他搬到車上，之後千萬不要告訴任何人你見過他。」艾許囑咐，「明白嗎？」

蘭尼用力點頭。

「幫我扶另一邊吧。」

艾許和蘭尼半抬半拖將瓦勒斯帶出餐廳，他雙腿在人行道積雪刮出兩條很深的痕跡。艾許打開副駕座車門，兩人合力把他塞進去。

「謝謝。」她與蘭尼握手。

「別客氣。」蘭尼顯得一頭霧水，但艾許忙著跑到駕駛座。

她一上車就趕快掉頭開走。從照後鏡能看到蘭尼盯著自己車尾燈無所適從，片刻後東張西望神情緊張躲回餐館裡。

氣象局發布了雪暴預警，多數人乖乖待在家裡，路上冷冷清清，只有鏟雪機在幹道忙碌。艾許在提拉瑞街看到一輛、又在布魯克林大橋看到一輛，她穿越東河回到曼哈頓，下橋時瓦勒斯開始蠕動，意識恍惚之中他猛烈擺頭，口中唸唸有詞。

「約翰？聽得見嗎，約翰？」艾許試著叫喚，不過瓦勒斯充耳未聞。

抵達錢伯斯街，就在特威德法院大樓外面，瓦勒斯醒過來了。他第一個反應居然就是揮舞雙臂攻擊人，艾許面頰被拳頭擦過，一個分神車子就在路上拐彎，撞上法院大樓入口階梯旁邊的石頭護牆。還好附近沒人，只有安全氣囊炸開。艾許一時受困於軟墊和潤滑粉末間不知所措，等到氣囊消下去才能轉頭向右，竟看見副駕座車門打開，瓦勒斯自己溜下車。

「約翰！」她大叫。

瓦勒斯回頭，但那眼神彷彿不認得她，只剩下恐懼。艾許推開車門鑽到車外，翻過冒煙的引擎蓋追過去。本就欲振乏力有傷在身的瓦勒斯移動起來蹣跚緩慢，一下就被她從後面撲倒在又深又軟的雪地。艾許跨坐壓著瓦勒斯，緊緊扣住他雙手。

「約翰，是我！」她叫道，「我是艾許探員！」

儘管沒力氣，瓦勒斯還是不斷掙扎。

「還記得嗎，我是克莉絲汀。」艾許試著柔聲勸服。

「誰都一樣！」瓦勒斯大喊，「都死了，都死了！都被他殺了！誰都一樣！」

「我知道，」艾許說，「我懂的。」

「逃，要趕快逃……」瓦勒斯又扭動身子。

「你受傷了，約翰。」艾許解釋，「得先治療，我帶你去安全的地方，相信我。」

瓦勒斯神情稍稍動搖。

「我也還不知道他是怎麼找到你的，但現在沒人知道我帶走你，我也不會告訴別人。只有這樣才能保你安全，」艾許繼續說，「你得相信我。」

「為什麼？」

艾許起初不懂他為何這樣問。

瓦勒斯追問：「為什麼我得相信妳？我和妳很熟嗎？」

「我帶你到我家去，」艾許回答，「那裡總該安全才對。」

「才不會。」瓦勒斯大力搖頭，「不會、不會、不會！我到哪裡都不安全，都會被他找到。」

「換個地方也可以，」艾許答道，「看你覺得哪裡好。」

「放開！」瓦勒斯朝她臉上狂喝，情緒越來越歇斯底里。「妳幫不了我！妳保護不了我！放開，他媽的快點放開我！」

瓦勒斯不知哪兒生出一股蠻力又開始頑抗，艾許嚇了一跳沒抓好，他掙脫以後翻滾一圈跪在旁邊，正要起身離開又被艾許從背後撲倒，一拳朝腦門側面重重打下。瓦勒斯承受不住，趴在地上無法動彈，艾許趕緊抓他起來將他翻到正面壓制。

「七個月之前，我開槍殺了手無寸鐵的人。他叫做馬塞爾·瓦辛頓。」艾許低吼，「我還趁對方血流不止的時候拿東西捅下去。」

天外飛來一筆的自白發揮預期功效：話語穿透瓦勒斯的歇斯底里，牢牢抓住他的注意力。

「如果被人知道，我下半輩子都得坐牢。」艾許淡淡補上一句：「現在你可以信任我了吧。」

瓦勒斯瞪著跨在身上、揪著自己衣領的艾許。

「我想抓到犯人，約翰。」艾許安撫，「也會為此用盡手段。」

瓦勒斯終於點了頭，但提出警告：「不能住妳那兒。」

「好。那我回去收拾一下就走。」艾許說完拉他起來。

兩人回到還在冒煙的車子。艾許坐下以後試著發動，引擎吱吱叫個不停，但第三次就成功。

瓦勒斯進去副駕座關好車門。

「抱歉弄壞妳的車。」瓦勒斯開口，態度變得很怯懦。「還有臉。」

「是我自己蠢。」艾許揉揉臉頰，「本來就該把你藏在後車廂。」

瓦勒斯苦笑一陣，艾許面無表情倒車上路。朝西開過錢伯斯街，途中車身一直咔嗒咔嗒地叫，還感覺得到怪異震動。她暗暗禱告，希望車子至少能撐到回家再說。

39

駛進華盛頓廣場地下停車場，瓦勒斯悄悄觀察艾許。他認為艾許之前說的是真心話，但畢竟經歷太多波折，他現在對自己看人的眼光沒什麼信心。更何況即使她真心相助又如何？瓦勒斯信任過的人非死即傷，看上去柔弱的她恐怕無法倖免。停車場只有長條燈管，光線微弱，艾許那張看似柔弱的面孔忽明忽暗，大概察覺了瓦勒斯不斷偷看自己，回瞟一眼才將撞爛的車子開到住戶專用格上，煞車煞得很急。

「走吧。」

瓦勒斯跟在後面慢慢走到電梯，骨頭還在痛，肌肉也活動過量微微抽搐。他在電梯後牆鏡子瞧見自己模樣，雙眼凹陷、骨瘦如柴，狀況糟糕透頂。既然看不下去，瓦勒斯索性轉身挨著鏡子稍事休息，順便舒緩雙腿壓力。

「妳說妳殺了人，」電梯到達五樓前他開口問：「為什麼殺？」

艾許看著地面，神情不大自在。「他是一個組織的頭目，那個組織介於邪教和黑道之間。殺人放火、強姦綁架，你想得到的壞事他們都幹過。我知道他有本事打通關節，關個幾年又會出來重操舊業。這不大對吧。」

瓦勒斯輕輕點頭，「以前殺過人嗎？」

艾許盯著他，臉上一絲情緒也沒有，直到電梯開啟才回應。「動作得快。」她一說完就走出去。

瓦勒斯跟在後面，幾乎肯定馬塞爾．瓦辛頓絕對不是艾許第一次殺掉的壞蛋。她的公寓在紅磚大樓最頂層，能俯瞰對面公園。

「一下就好。」艾許開了電燈，鑽進客廳旁邊的走廊。

瓦勒斯走到窗戶邊，百葉窗是拉起來的，能清楚看到外頭雪景。他低頭望向街道與公園，明明誰都沒看見，但拉扯繩子將百葉窗闔上以後還是覺得心安許多。艾許這屋子像是沒靈魂的飯店房間，客廳裡最引人注意的是那張高級皮沙發，旁邊隔著躺椅、腳凳，都對著前面小臺平板電視機。一面牆壁擺了高書櫃，連結廚房的拱門旁邊掛著陽光沙灘的大幅圖片。瓦勒斯走到書櫃前面，留意到上頭有年輕女孩與成年女性的合照，兩人站在某處山頂，背後是繁榮且有霧霾覆蓋的洛杉磯景色。

「我好了。」艾許揹著黑色旅行袋走進客廳。

「這是妳？」瓦勒斯問。

「嗯。」

瓦勒斯感覺她有點緊繃。「旁邊是妳母親？」

「該走了，」艾許勸告道，「你自己也說過，這裡不會比較安全。」

他點點頭，跟著離開公寓。

「要加一百五。」櫃檯小姐這麼說，名牌寫著貝瑟妮．馮。「保管費。」她補上一句作為解釋。

「一個背包而已？」瓦勒斯問。不過後面小辦公室裡本來看電視的男人轉頭了，他脖子粗得像水牛，瞪過來的眼神很冰冷。為這點錢起衝突可不值得。「好吧，我要兩床雙人房，一星期。」

「護照？」貝瑟妮問。

「在背包。」瓦勒斯回答。

貝瑟妮喊了一句粵語，後頭大漢在辦公室角落翻來翻去，片刻後拿著瓦勒斯背包出來。他被逮捕之後旅館發現人沒回來，就先沒收了。壯漢打開防彈隔窗，悶哼著將背包推到瓦勒斯面前，他檢查一番便在前側小袋找到威廉．波特的護照，遞上之後貝瑟妮也只是隨便看一眼罷了。

「嗯，總共一千二。」

瓦勒斯數了艾許交付的鈔票，加上自己皮帶裡藏的錢，全部塞進隔窗下面的金屬凹槽。貝瑟妮拿出鑰匙交換。

「二一七，在二樓。」

瓦勒斯取走鑰匙，轉頭望向幾呎外倚牆而立的艾許。「歡迎光臨新市鎮商旅。」

艾許苦笑著拿起自己包包，跟在他後頭走過壞掉的電梯。

心底有個聲音反覆嘮叨：這麼做明智嗎？艾許不斷壓抑胡思亂想，繼續隨著瓦勒斯前進。他上階梯時每一步都很慢，看得出經過這些日子身體快撐不住了。殺死馬塞爾．瓦辛頓一事導致艾許言行戰戰兢兢，感覺變得不像自己。之前在局裡晉升很快原因無他，就是思路獨特、能擔風險、肯做決斷，現在心裡那個嘀咕則是屈服在官僚體系下惴惴不安惶惶無措的可悲人格，不留在舒適圈就不敢做事。但艾許明白所謂的舒適圈是徹頭徹尾的假象，人生本就狂亂危險。瓦勒斯是個絕佳機會——她能重新找回自我，讓調查局再次看見克莉絲汀・艾許的價值所在。

「這地方真不是人住的，」瓦勒斯跨過二樓樓梯口一灘不明液體，「但夠安全。」

艾許跟在後面踏進髒亂走廊。瓦勒斯掏出鑰匙，鎖頭老舊一開始插不太進去，大力推了幾下才將門打開。小房間有兩張單人床，一個爛衣櫃，一臺古董電視機。能看見的平面都佈滿了灰塵。旁邊浴室水龍頭不停冒出滴答聲，封死的窗戶外側下方有臺空調對著後院嗡嗡叫。

「真高級。」瓦勒斯感慨以後選了靠窗那張床坐下，背包丟在腳邊。他往薄床墊上髒兮兮被子一躺，沒過幾秒就累得呼呼大睡。

40

沒聽過的規則振動將瓦勒斯從惡夢中喚醒。他意識到是手機，睜開眼睛便看見艾許從浴室走出來，身上是藍色緊身套頭衫與牛仔褲。她走到自己床頭邊的小架子拿起電話。

「喂，我是艾許。」

瓦勒斯能稍微聽見電話另一邊的聲音。

「他在我這邊，」艾許回答，「平安無恙。」

瓦勒斯坐起來，心跳加速怕會被出賣。

「先不過去，」艾許彷彿回答他心中疑惑，「等你們查清楚安全屋位置怎麼走漏的再說。」

打來的人又嘰哩咕嚕說了一串。

「你要下這種命令就下吧。」艾許告訴對方，「還可以記一筆我違逆上級指示的帳。不過你讀過證詞沒有？」

那人聲音越來越尖銳。

「讀過你就知道他這陣子都碰上些什麼事，也能理解那個凶手無論資源和手段都非常強大。」艾許又回答：「我會帶他隱姓埋名，直到安全能有保障。」

瓦勒斯聽見撥號過來那個人語氣放緩，開始長篇大論。

「謝謝。這手機我會丟掉，之後改用預付卡，每十二小時聯繫一次。」艾許交代完便掛斷。

「你還好吧？」

瓦勒斯點頭，「更糟的都遇過了。」

「是我長官打來。彈道鑑識說希爾和皮瑞是被M27自動步槍發射的五毫米獨頭彈打死，那可是軍用等級武器。」

「下一步？」

「上頭要我們暫避風頭，等安全了再帶你回去。」

瓦勒斯覺得應該還沒說完，「然後？」

「唔，反正我也不是什麼聽話的部下。」艾許老實招認，「你自己怎麼打算？要是沒被逮捕，原本會怎麼調查？」

「應該是去找那個哥哥。」瓦勒斯回答，「看看他對妹妹的死記得多少。」

前往克隆威爾鎮車程三小時多。計程車在小鎮邊緣停下來加油，艾許趁機跑到馬路對面的3C超市買了三支預付卡手機。接著車子切過小鎮中央，當地結合新英格蘭風格的木造建築與壯觀的紅磚樓閣，景觀與曼哈頓的眼花繚亂目不暇給差距甚遠，令人覺得呼吸順暢許多。多數房屋間隔很大，足夠插進兩三棟摩天樓。聽計程車司機說康乃狄克州比較幸運，昨天暴風雪災情不大，所以地面積雪不深，偶有幾株不服氣的野草探頭出來等待春天。車子往北邊開，途中有座紅磚教堂前面立著六根多立克式大柱子支撐巨大山牆，不同建築風格衝撞出鮮明存在感。過了教堂大概一英里爬上丘陵，右轉進入叫做隅丘路的小徑，兩側除了幾間大民房都被樹林包圍。繼續向東走，瓦勒斯注意到森林裡還有些佔地廣闊的豪宅。又過了幾分鐘，順著一條車道看見柵門，旁邊路牌標示「克隆威爾精神治療中心」。

停車在對講機前面按下按鈕的時候已經下午三點出頭。

「你好。」女子聲音傳來。

「調查局探員克莉絲汀．艾許。」她探身從瓦勒斯那側車窗伸出腦袋講話，「有事情要見你們一位病人。」

「麻煩出示證件？」對講機的雜訊吱吱作響。

艾許拿出證件朝向嵌在對講機的鏡頭。

「請沿車道開到院內。」對方指示。

過了幾秒，金屬紋理的沉重鋼柵開啟，計程車駛入院區。道路蜿蜒切入樹林，兩旁古木參天。

「感覺有點詭異。」瓦勒斯提醒。

「但不到這兒一趟，艾琳．拜恩的線索就斷了。」艾許解釋，「你已經找過她父母，昨天你自己也說了就邏輯而言下一步就是找她哥哥。或許他真能給我們什麼情報也說不定。」開了半英里，樹木逐漸稀疏，眼前有一大片停車場圍住四層樓高的紅磚大宅。克隆威爾療養院令瓦勒斯聯想到梅伯里，或許是類似的氛圍造成他內心惴慄。

坐落清幽山林遠離塵囂，但從細節仍能觀察美好景色下藏著什麼真相：每扇門都加強防護，窗戶安裝鐵桿，圍牆和梅伯里一樣在頂端插了尖刺，種種跡象指向同一個結論——這是座監獄，用於囚禁心智扭曲的病人。瓦勒斯不禁想起自己在南倫敦那間醫院的經歷，好幾個人就在眼前慘死。如果他不反抗、第一次遭到暗殺乖乖就擒，大家應該都能活下來。康妮也是，她也能繼續自己的人生。

「三百四十四。」司機告知車資。車停在大樓正門前。

「不必找了，」艾許拿了四百給他，「如果你能留下來等，再多加五十。」

「沒問題。」司機挺開心。

瓦勒斯隨艾許爬上門口石階，遇見一名三十多歲苗條女子在等候。

「謹代表克隆威爾中心歡迎兩位，我是葛瑞絲・卡法納。」她穿著淺灰色的夾克、裙子和三吋高跟鞋，態度十分專業，朝瓦勒斯露出微笑，似乎等著有人介紹。發現沒人接話，她只好自顧自地繼續：「我在這裡擔任行政主任。」

「我們需要和麥斯・拜恩談談。」艾許的口吻則是直接得近乎無禮。

「是嗎？」葛瑞絲有點詫異，「你們是從紐哈芬那邊來的？」

「紐約。」

「你們紐哈芬分局的同事才說不會再來找他了。」葛瑞絲若有所思，「昨天特地來問了關於他妹妹身故的事情。」

「有些地方還需要釐清。」艾許回答。

「但恐怕他幫不上什麼忙。」葛瑞絲嘆道。

「還是得見了才知道。」

就算不悅，葛瑞絲也掩飾得十分完美，笑容反而更親切。「好的。麥斯住在特殊照護房，請跟我來。」

一行人穿過厚重對開門，首先是設有防護的玄關，三面玻璃帷幕，瓦勒斯猜測應該經過強化無法輕易擊碎。葛瑞絲在機器刷了卡片，內側入口開啟，她帶兩人走進大廳。坐在櫃檯的中年女性見葛瑞絲經過點頭問候，瓦勒斯和艾許踏著石地板跟在後面。左右牆壁露出磚塊，懸掛愛德華・霍普風格水彩畫，主題是燈塔或沙灘。有個臺座放著厚厚一本訪客簽名簿，旁邊告示牌表示歡迎大家留言指教。內部風格與其說是療養院反倒更像是設計精美的藝廊，瓦勒斯暗忖這種現代感與梅伯里差不多，或許也反映在治療手法上。到了大廳後頭，再次刷卡開門，葛瑞絲帶他們進入後面走廊。

「看起來真的很安全。」瓦勒斯看著沒窗子的長走廊忍不住開口。

葛瑞絲露出疑惑神情。

「我是說，我不太明白特殊照護房還能增加什麼設施。」瓦勒斯解釋。

「喔……特殊照護房提供給情緒特別不穩定的病人，因為他們可能傷害到自己與他人。簡而言之，就是有過暴力行為的病人。」葛瑞絲回答，「之所以叫做特殊照護，也就是因為針對這些病人採取特殊規則以保持安全。不知這樣是否回答了你的問題呢，唔……先生怎麼稱呼？」

「波特，」瓦勒斯趕快報上假姓名，「威廉・波特。我協助艾許探員進行這次調查。」

走到底看見一道白色格柵，旁邊有扇小黑窗。三人靠近以後窗口打開，裡面有個白衣戒護員，小辦公室立著許多書架，塞滿檔案夾與文書資料。

「卡法納小姐午安。」戒護員開口，「訪客必須按規定置物才能進去。」

艾許上前在窗口簽了一張隨身物品託管單。

「謝謝艾許探員。」戒護員看了單子署名，「妳和波特先生必須將身上的武器、筆、別針、腰帶、珠寶首飾以及任何造成潛在危險的物品都留下。」

「認真的？」艾許問。

「這也是保護兩位自身安全。」葛瑞絲勸告。

艾許邊搖頭邊從背帶取出手槍，卸下彈匣再放進戒護員遞出的塑膠盆。接著清理口袋，將小皮夾、一疊鈔票、手機和筆也留在原地。瓦勒斯脫了腰帶，連同錢包與房間鑰匙一起丟進盆子。

「感謝兩位合作。」戒護員說，「出來的時候就可以將東西領回。」

戒護員按了旁邊架子底下的按鈕，三人前面的格柵在一陣嗡嗡聲中解鎖。葛瑞絲拉著門把讓瓦勒斯和艾許先過去，走到底又刷卡才通過另一扇安全門。接著是一處寬敞的開放空間，但裡頭沒人，而且周圍完全看不到任何稜角，連淡藍色牆壁也呈現弧度，與地面連接處被修得圓滑。裡頭有些橡膠製成的椅子與斜坡，瓦勒斯留意到這些家具也藉由光滑且完全嵌入表面的螺絲固定。天花板很高，一條弧形格窗從上面延伸下來化作一整面牆，因此整個空間都充滿光照。

「這裡是特殊照護房病人的運動區。他們與一般病人隔開來管理，尚未康復到能融入一般群體的話就不能離開這塊區域。」葛瑞絲解釋，「麥斯應該在休息室吧。」

瓦勒斯和艾許繼續跟在她後面，從運動區對面一道拱門進入走廊，直到盡頭都只能看見淺黃色。幾步以後葛瑞絲帶兩人右轉來到休息室，這兒就能看到不少護理師與戒護員，還有二十來個病人坐在塑料長凳上面，凳子用同樣方式鎖在地面無法挪動。八位護理師穿著紫色衣褲來回梭巡觀察病人是否需要協助，六位戒護員靠牆待命，兩兩一組低聲聊天。房間前方有臺電視開著，螢幕前方裝了厚厚一層塑膠板作為防護。瓦勒斯懷疑實際上也沒人看，一身淡綠的病人大都神情恍惚、對周圍沒有覺知。

「這邊，」葛瑞絲領著艾許和瓦勒斯走向後排一個剃了光頭、模樣憔悴的病人，他旁邊坐著一個年輕男護理師。「這位就是麥斯。」葛瑞絲開口介紹，但病人眼睛毫無光彩，嘴角掛著一條唾液。瓦勒斯在費麗莎辦公室看過照片，但眼前這人瘦得太多根本認不出來。

「用了什麼藥物？」艾許詢問。

「抗精神疾病的，還有鎮靜劑和肌肉鬆弛劑。」護理師回答。

「這位是伊森．莫爾，」葛瑞絲再介紹，「他負責麥斯所屬的小組。」

「能說話嗎？」艾許又問。

「不太行。」伊森透露，「妹妹的死對他打擊過大。」

「麥斯以前就有不少身心問題，但妹妹過世以後他心靈掉進非常黑暗的角落。」葛瑞絲試著解釋。

「我們得給他很高劑量的藥物組合，每次稍微降低藥量他就立刻變得極度暴力。腦袋裡頭到底是什麼狀態沒人說得準，」伊森指著病人頭顱，「雖然很同情他，但目前的情況下安全還是勝於治療。」

「他進來多久？」

「上個月是第二年。」護理師拿一條紗布為麥斯抹去嘴角口水。

「有人來探視嗎？」艾許問。

伊森緩緩搖頭，「沒有。一開始就是朋友送他住進來，家人從未過來探望。我猜是見了會太痛苦吧，都已經走了一個孩子。」

「紐哈芬的探員過來，他有開口嗎？」

瓦勒斯留意到艾許仔細觀察麥斯，好像想從他臉上找到什麼蛛絲馬跡。

「沒有。」伊森說，「我們事先花了兩天控制藥物劑量，本來他變得很躁動，可是被問到關於妹妹的事情情緒立刻走下坡。我們擔心又要出現暴力行為，只好先用鎮靜劑。」

艾許轉過頭一臉懊惱。

「還有其他想知道的嗎？」葛瑞絲問。

艾許望向瓦勒斯，表情像是希望他能有什麼頭緒。「沒了，謝謝兩位幫忙。」最後她還是只能這麼回應。

「那我帶你們出去吧。」葛瑞絲答道。

兩人回去從戒護員那邊取回隨身物品，然後跟著葛瑞絲離開療養院。走出正門清風拂面時瓦勒斯真的鬆了口氣。

「我的名片，」葛瑞絲遞給艾許，「還有什麼需要就打過來吧。」

「謝謝，」艾許回答，「麻煩妳了。」

葛瑞絲回到院內關上門。

「接下來？」瓦勒斯問。兩人步下石階，走向還在等待的計程車。

艾許噘起嘴慢慢搖頭。「我也不知道，」她說，「得想想。」

「知道什麼爛旅館嗎？」一上車她就問司機，「便宜就好，我們被紐約計程車搶了，沒剩什麼錢。」

「說得好，」司機盯著照後鏡冷笑，「會從紐約搭計程車花三小時到希克維爾村的人被搶是活該。」

41

抵達「最低價旅舍」時太陽完全沒入地平線。旅館位於威伯十字公路旁邊，看來很破舊。艾許付了包含五十元等待費用在內的車資才下車，瓦勒斯已經站在停車場。目送計程車回去公路消失在遠方以後，他本來想直接進去旅館，卻被艾許拉住手臂。

「提防再多都不為過。」她指著不遠處的霓虹燈招牌，「賺了四百，司機不可能忘掉。我不希望有人知道行蹤。」

瓦勒斯點頭，兩人沿著車流密集的公路步行，腳下踩著雪融後的髒水，眼睛被往來頭燈照得刺痛，耳朵忍受輪胎摩擦柏油路面吱吱叫，頂著凜冽寒風與漸暗天光艱苦前行。往南走了半小時，行經幾個工廠、幾家速食店，終於找到汽車旅館，還是連鎖的。外觀乾乾淨淨，感覺會有面帶微笑態度良好的櫃檯人員，重點是他們一定會記住有兩個狼狽又沒帶行李的旅客入住。於是艾許和瓦勒斯繼續往前走，在三個路口外找到「威伯山旅舍」，只有一層樓，骨架是木造，門面是紅磚和瓦頂，不過木頭脫皮、油漆發霉。旁邊有間破爛小店，床上還掛著「收購黃金」的牌子。瓦勒斯與艾許從公路轉進來，穿過坑坑窪窪的停車場，鑽進旅舍標為「辦公室」的地方。

「晚安。」頭髮灰白的男子上前招呼。他身子瘦，臉上滿佈皺紋皮膚乾癟，燙過的聚酯纖維襯衫別著名牌：塔克．戴爾。

「還有房間？」艾許問。

「有，」塔克說，「雙人床嗎？」

「兩床，」艾許回答，「女孩兒要好好保護自己。」

塔克笑著從文件夾取出一張登記表，「麻煩填寫。」

「親愛的，你來吧？」她對瓦勒斯說，「我得打個電話。」

瓦勒斯走到櫃檯前面，朝塔克露出尷尬笑容。艾許溜出辦公室。

艾許從口袋掏出預付卡手機撥給赫克特。

「我是索羅門。」他接聽。

「艾許。」

沉默被馬路噪音帶過。

「妳不能再躲下去，」一開口赫克特就告訴她，「有《夜間檔案》的人打來問我『艾莉絲・瑟博斯坦』的事情。」

艾許一聽整個人僵了。往昔的黑暗如爪子襲來，撕裂她的內裡。艾許彎下腰，忽然覺得很想吐。

「克莉絲汀？」赫克特問，「還在嗎？」

「嗯。」她硬擠出聲音，聽起來短促沉重。

「是真的嗎？」赫克特問。

「我——」艾許起了頭，卻說不下去。絕望變成迷茫，迷茫再變成憤怒。怎麼可能？但真的有人發現她的祕密。「赫克特，當年我還是未成年人，檔案也都封鎖了，我沒有揭露的法律責任。」

「法律責任？要知道妳辦過的每個案子都會被拿出來重新審核，更不用說妳還殺死瓦辛頓？媽呀，克莉絲汀妳究竟幹了什麼好事？」

艾許感覺得到赫克特的憂心。「我做好我的職責，現在也一樣。」她盡力壓住怒氣，保持語氣平穩。

「不可能了。今天晚上就要報導，妳得趕快回來。」赫克特勸告，「恐怕馬上就會停職接受調查吧。」

艾許靠在旅館辦公室外牆，頭埋進手裡。她覺得自己頹廢邋遢，渾身散發失敗氣味。世界變得遙遠虛幻，心靈墜入絕望深淵。一切都完了。

「快回來，」赫克特命令道，「妳在哪裡？」

艾許看看周圍，環境如此污穢：破爛旅店、泥濘公路，行經的每輛車都被噴濺得不堪入目。掉進這種卑劣慘境還談什麼出人頭地？她勸自己死了這條心，生來就不是贏家。接受現實之後她開口：「康乃狄克州，就在——」

然後手機被瓦勒斯一掌拍落。

「妳在幹嘛？」他怒喝，「是誰？」

「赫克特。」艾許抹去眼眶那抹濕潤，看著瓦勒斯撿起手機切斷通話。幾乎立刻又來電鈴響，瓦勒斯直接關掉電源。

「虧我還相信妳。」瓦勒斯忍不住埋怨，看樣子是真的懊惱。

「對不起，可是我搞砸了，不回去不行。」

「回去才不行，必死無疑。在醫院、在監獄，無論我去什麼地方那傢伙都能找到我。現在是我這段日子裡最安全的時刻。妳做事或許很衝，但妳也夠聰明，懂得領先對手一步。還有誰會為了預防計程車司機洩露我行蹤，願意在這種天氣走兩英里的路換地方住？」瓦勒斯輕扣她肩膀，朝著自己拉近一點，「能幫我的不是證人保護系統，而是妳。」他強調。

艾許朝他苦笑。

「快凍死了。先進去吧。」他拿出房間鑰匙，「十二號房，在後面。」

旅館牆面是松木合板，不過年久失修，裂開處露出底下難看的黃色塑料。床變形了，但至少床單和舊地毯都還算乾淨。浴室難清理的角落有點黑色頑垢，不過大部分器具都仔細清潔過。開了電視以後艾許就心不在焉。吉姆．貝魯什演的戲剩下幾分鐘，瓦勒斯猜想她需要放空一段時間沉澱心情。顯而易見，剛才她和上司通電話結果不大好，不僅一臉鬱悶，簡直就要哭出來。瓦勒斯不知道該說什麼，甚至不確定該不該繼續信任她，方才差點就將位置曝光。然而為求自保，瓦勒斯也只能盡力將她留在身邊。

「我出去看看能不能買到吃的，」瓦勒斯也想拖延時間好好計劃，「要幫妳買點什麼嗎？」

艾許轉過去瞟他一眼，然後搖搖頭。

「一下就回來。」瓦勒斯迅速出門鎖上，他不敢讓艾許一個人太久，要是偷偷聯絡調查局就麻煩了，得想辦法說服她留下來，還要思考下一步怎麼走。繞回旅館前面，穿過辦公室，他走進面對公路的簡陋雜貨店。日光燈管很亮，更凸顯灰色貨架有點冷清。很多商品的品牌瓦勒斯都不認得，但看包裝就知道是質劣價廉的東西。瓦勒斯從架上拿幾大包玉米片，再從漏風的冷藏櫃取出兩個火雞肉三明治與四罐可樂。櫃檯是個二十出頭年輕人，面無表情，收了錢便機械人似地將東西裝進褐色紙袋。瓦勒斯朝收銀機後面瞥一眼，上面堆著正常牌子的菸酒。離開倫敦之後還沒沾過酒，暗忖酒精或許能和緩氣氛。

「來一瓶傑克丹尼。」

收銀員伸手拿酒，放在櫃檯。「還需要什麼？」瓦勒斯搖頭。「四十六元九毛。」他給五十，找錢之後提著袋子急急忙忙回去旅舍，一進去發現艾許在電視機前面來回踱步，情緒非常激動。

「該死。」她咬牙切齒。

瓦勒斯眼睛轉向螢幕，沒想到還是艾許的臉。她在調查局的資料照被打在畫面上，註解出姓名、職級，旁邊節目名稱寫著《夜間檔案》。

「聯邦調查局近期針對槍殺馬塞爾．瓦辛頓一案，開始調查自家探員克莉絲汀．艾許。」女播報員認真口吻裡帶著幾絲急促味道，影像切換到希望地家族在多佛平原村的據點遭到調查局攻堅。「去年八月調查局襲擊了瓦辛頓名下土地並將其殺害，本案引人疑竇之處在於艾許探員的身分背景。」

畫面又跳到兩個黑人女性，一老一少，年輕那個一頭長髮。她們表情像是哭過，根據字幕分別叫做克蕾歐與多娜，是馬塞爾．瓦辛頓的母親和姐姐。

「這人根本沒資格進調查局！」馬塞爾的母親克蕾歐說得聲嘶力竭，「她連自己是誰都沒老實上報。」

接著回到艾許的資料照片。

「《夜間檔案》調查發現克莉絲汀．艾許探員出生本名為艾莉絲．瑟博斯坦。其父親尼可拉斯．瑟博斯坦涉嫌殺害妻子而遭到起訴，當時年幼的艾莉絲曾經出庭作證指控親生父親。進一步追蹤得知尼可拉斯是穆赫蘭幫領袖，該組織十分惡名昭彰，為暴力幫會和宗教的混合體。目前看來，艾許探員對調查局內部也隱瞞了自己的出身背景。今晚《夜間檔案》想探討的主題就是：如何從執法人員的私生活判斷其是否適任？」

色塊閃耀、鼓聲隆隆，節目前言結束開始播放工作人員名單。瓦勒斯這才回神，方才連他也沉迷於真相披露、看得目不轉睛，現在一轉頭注意到艾許幾近崩潰，趕快關了電視去床邊坐著陪伴。

「我是親眼看到的，」好一陣子以後艾許才開口，承認了節目所言。她一邊回憶塵封的過往一邊顫抖，「他說是兩個人吵架，我媽拿刀要刺他。根本沒吵架，也沒刀子。他直接開槍的。但是陪審團居然信他的話，社服還讓他接我回去。除了我之外，根本沒人知道他的真面目。」

「沒事了。沒事了。」瓦勒斯搭著她肩膀安撫，艾許抹去淚水，顫抖漸漸平息，但沉靜之中散發著悲傷。「沒人知道，」她繼續說，「當時我也未成年，檔案應該都封鎖了才對。」

「難道是妳爸？」瓦勒斯問。

「雖然有可能，但他好多年前就不知死哪兒去了。我才不相信是巧合，時間太剛好，應該和你的案子有關。」艾許淡淡道，「透過電視公布我的長相，逼赫克特別無選擇只能對我們兩個發布通緝，逮到人就先羈押。這一連串後續，得利的是誰？」

瓦勒斯看著她眼裡的悲傷轉為意志。

「檔案這時候被翻出來，為的不就是逼我們現身嗎？」艾許說得越來越肯定，「我被停職，你回去接受證人保護，然後又要變成靶子。」她停頓片刻後得出必然結論，「想要查清真相，就得知道《夜間檔案》那邊是誰去通風報信。」再花了幾秒沉澱情緒，艾許輕拍瓦勒斯的手。「謝謝，」她故作堅強，「沒事了。你有找到吃的嗎？」

「多數人遇上這狀況應該投降了。」瓦勒斯咬了一口三明治，自己也知道口齒不大清晰。

「我是越挫越勇的類型。」艾許回答，「從小到大總是一波未平一波又起，要是不學會堅持到底早就被沖到不知哪兒去了。是有低潮的時候，但熬過風風雨雨總能回到原本的航道。」

「挺自信的。」瓦勒斯說。

「酒能壯膽吧。」艾許笑著指指喝掉一半的傑克丹尼酒瓶。

「敬妳。」瓦勒斯舉起在浴室找到的塑膠杯。艾許與他互碰杯子乾杯。

「其他小孩子犯錯被打打屁股就算了，我的話最少要關起來一星期。一個人關在裡頭喔。所以有很多時間慢慢思考，好好瞭解自己。」艾許也咬了一口三明治，「這什麼鬼東西？」

「標籤說是火雞肉。」瓦勒斯拿起撕掉的玻璃紙包裝看一眼。

「吃起來像狗肉。」艾許說到後面大舌頭，聽起來像「狗漏」，瓦勒斯不禁竊笑。

兩個人嚼著偷工減料的麵包、乾枯的生菜、柴硬的火雞肉。艾許起身又給瓦勒斯斟一大杯波本威士忌，然後回到自己床邊也倒滿她自己那杯。

「你怎麼走上攝影師那條路？」她問起。

「十幾歲開始練合氣道，」瓦勒斯回答，「我的教練想拍些照片做宣傳，我借了我爸的相機幫忙拍。嗯，就反應不錯，所以我沒停。」

「父母住倫敦？」

瓦勒斯搖頭，「過世了。」

「抱歉。」

「我大學畢業沒多久，他們出了車禍。」他一邊回憶自己上次提起雙親是何時，一邊感覺胸口依舊隱隱作痛，「現在回顧起來，可能那時候就經歷過小規模的精神崩潰了吧。本來都做時尚攝影，他們過世以後我滿腦子想著要做有價值的事情，讓生命更有意義，結果目標居然轉向戰場，開始拍攝戰地紀錄。」

「目標究竟是戰場，還是死亡？」

瓦勒斯聳聳肩不置可否，臉上泛起一抹苦笑。「老實說我也不知道。」他猶豫半晌才補充：「總之下場很悲慘。我成了《泰晤士報》的戰地記者，跟著蘭開斯特步兵團第四營隊派駐阿富汗。我所在的部隊收到情報說坎達哈郊區有人要暴動，他們全副武裝過去打死十二個大人、三十個小孩，結果發現根本是一場生日派對，只是大人太興奮拿了AK47對空鳴槍。就這樣都死光了。我想離開的時候，指揮官納許上尉搶走相機毀掉證據，施壓要我不准公開事實，必須對外聲稱死者裡面有叛亂分子，他們潛伏在郊區住家危害到孩童的生命安全。自己國家的軍人對我暴力相向、威脅說要殺了我，最後我還是逃離阿富汗。政府開啟丹寧案調查事情經過，我花了兩年時間想為那些人，尤其是那些孩子討公道，將真相公諸於世。代價是我自己的人生毀了，連我這個人也差不多毀了。就在那時候，我遇見康妮，一個……好朋友。」瓦勒斯哽咽，吞下一大口威士忌。黑色汁液流進體內，熱力在胸膛發散。「回英國過了一年，我和康妮認識，」他繼續說，「她很善解人意，也很有耐心……人很溫柔。」瓦勒斯又遲疑一陣，不知該怎樣說下去。「但我配不上她。整個腦袋陷入偏執、抑鬱、黑暗。前年九月調查案駁回我的證詞，認為我是基於政治立場以及對納許上尉的私怨才出面指控。他們說我的證詞和所有官方紀錄，包括納許十六個部下的說詞矛盾。總而言之，沒人能為死者、為那些孩子伸張正義。我開始徹夜不歸到處買醉，是真的醉到糊塗那種醉。有一天回家，康妮在等我，我根本記不得怎麼吵起來的，只知道我居然說了討厭她這種話。其實我是討厭自己，厭惡自己的失敗和無力。可是來不及了，她傷得太深，再也承受不住。就這樣分了。那是我這輩子最慘的一晚。她走了以後我太懊悔，只能繼續喝，隔天凌晨醒過來趴在桌子上，吐得滿身都是。桌子上的筆電、照片，所有東西不是砸爛就是撕成碎片。」

「真慘。」艾許感慨道。

「扯這麼一堆，大概只是拐個彎想說：人都會犯錯。」瓦勒斯解釋之後陷入沉默。

「嗯。」艾許附和，「人都會犯錯。我想，怎麼彌補比較重要。康妮並不是你害死的，而且根據你告訴我的，她一定能感受到你的愛。」

瓦勒斯猶豫地點點頭別過臉，接著故作輕鬆問道：「妳呢？」

「是問我的人生犯過什麼錯？」艾許笑道，「我在想可能是這個吧。」她舉起塑膠杯。

「不是。我是說，妳這麼不典型的探員，一開始怎麼想到要考調查局？」

「為了我媽。」艾許回答，「是為她考的。她在這世界留下的只有我，我希望她的存在有意義。」

瓦勒斯察覺她卸下堅強自信的武裝，目光之中浮現了深埋心底的傷痕。他猜想艾許很少敞開心胸，也訝異自己竟能聽見這番告白。經過那漫長的瞬間，艾許拎起杯子走向浴室。

「這玩意兒太烈了，」她指著威士忌，「再不喝點水不行。」

瓦勒斯看著她關上浴室門，伸手探過兩床中間，抓著酒瓶撈過來再倒一杯。

42

札克・霍茲選擇用走的並不後悔。主幹道鏟過雪也撒過鹽，但芝加哥的積雪沒這麼好對付，城景廣場被大雪堆包圍，步行區裡泥水橫行。札克鞋子浸濕了，鹽粒在黑色皮革表面結出白色紋理。訂製的高級長褲褲腳朝腳踝滴滴答答流出冰水，還好身上Yves Salomon防寒大衣內襯夠厚，身體彷彿被包在暖空氣氣泡內，若非如此一時興起走回旅館恐怕要落得個狼狽不堪的下場。目前沒太大問題，雖然腳濕了，偶爾腳踝被濺得一陣冷，札克的散步經驗大致愉悅。開會地點在「洲際酒店」，與他入住的「朗廷」不過五分鐘腳程，但札克沿著伊利諾街往東走，在城景廣場繞了會兒。被關在沒窗戶的會議中心兩天他悶壞了，就算經過循環過濾終究是幾百個網路安全主管呼吸過的空氣。城景廣場四周就是些枯樹被街燈與摩天樓燈光照亮，無法取代他熟悉的洛思阿圖斯山丘。札克一邊想念山腳公園㊶一邊走在這個混凝土小廣場，像是躁動的獅子被困在籠內。

手錶偵測脈搏達到每分鐘一百下，札克穿過位於國家廣播公司大樓對面的廣場，朝西走過論壇報大廈。雖然更喜歡加州的粗獷風貌，他不得不對芝加哥刮目相看：林立的高樓俯瞰閃耀街景，卻不像紐約或洛杉磯蒙上一層污濁感，給人乾淨新穎的印象。此外，不同於曼哈頓寸土寸金被開發到極致，美國中西部在土地利用方面依舊出手闊綽，馬路寬敞、開放空間隨處可見，即便

㊶ 山腳公園（以及洛思阿圖斯山丘）位於美國加州帕羅奧圖市。

高樓大廈早已茂密如林仍不至於遮天蔽日。

札克穿過密西根大道與造型獨特的川普大廈進了瓦巴什大道的小人行區，芝加哥河南岸燈火通明的高聳建築撲向烏雲夜空，光明大放掩蓋星子。他再看看錶，輕快步伐將脈搏拉到一百以上，與山腳公園比起來還是差了些，不過勉強足夠。按了錶環切換顯示，正好晚間九點，艾黎和孩子們大概剛吃過晚餐。札克順著瓦巴什大道往北邊走了幾碼回到朗廷大門，黑色巨碑般的酒店建築至少有五十層高。

「先生晚安。」穿著黑色燕尾制服的門房見了他立刻問候。

「謝謝。」札克快步入內，穿過大廳搭乘電梯上了十一樓，沿靜悄悄的長廊要回房間時電話響了。從口袋取出一看，是艾黎撥了FaceTime視訊通話，接聽以後畫面上是懷孕妻子與亞隆、盧本兩個寶貝兒子一起朝鏡頭微笑。

「兩個小夥子還好嗎？」他笑道。

「爸爸！」艾黎帶著亞隆和盧本回應，三個人都坐在餐桌邊，一看就知道剛吃飽。

「小朋友準備洗澡，想說就先撥給你看看。」艾黎解釋。

「你們不打來，我也準備打過去了。」札克回答，「我剛回酒店，兩隻小猴子呢？今天開不開心呀？」

「不開心，」亞隆說，「傑米打我。」

「為什麼呢？」札克故意裝得很難過。

「他跟我打架啊。」就六歲而言，亞隆的邏輯毫無破綻。

「噢，打架了啊。」札克刷卡，門上亮了綠燈便打開進去。「那你打贏了嗎？」

「札克——」艾黎覺得他亂教小孩。

「嗯！」亞隆張大嘴巴露出牙齒笑著說：「我用力打他！」

「打得好。」札克也笑了起來。

「札克！打架不乖吧！」艾黎又嘮叨。

「偶爾打打鬧鬧也沒關係啦。」札克走過玄關進房間，門卡丟在長條躺椅上，後面是一大片俯瞰河景的落地窗。他扳了開關點亮玄關與客廳的崁燈。

「別做壞榜樣。」艾黎叮嚀。

「艾黎妳繃太緊了，」札克說，「像我小時候被管得很嚴沒打過架，後來其實覺得有點遺憾。男孩子嘛，學著捍衛自己的立場也不錯。」

「你去哪裡了？」盧本比弟弟大兩歲，性子也比較認真成熟。

「去會議中心聽很多很多人講話。」

「那什麼時候輪爸爸講？」

「明天。我講完就閉幕了。」

「爸爸是不是很聰明呀？」艾黎開玩笑問孩子。

「我比爸爸聰明！」亞隆叫道，「也比爸爸強壯！」

「應該沒有吧，渾小子。」札克說，「那小公主呢？」

艾黎把手機放在鼓起的肚皮。鮮豔的花朵圖案孕婦裝底下，女兒在溫暖黑暗裡好好長大。

「嘿，乖女孩，等不及要見妳嘍。」札克哄道，「掃描結果怎麼樣？」

「都很好，身體健康，一切正常。」艾黎將鏡頭轉向自己，「再兩個半月就預產期。」

「抱歉沒辦法陪妳去。」

「沒關係的。最近盧本給我拍影片，」艾黎安撫，「他對媽媽的大肚子挺多想法呢。」

「哈，回去記得播給我看。」札克微笑。

「你呢，在做什麼？」艾黎問。

「準備洗個澡、叫東西上來吃。」

「等兩個小傢伙睡了我再打給你吧。」

「好啊。愛妳。」札克說。

「我也愛你。」艾黎回應。

「爸爸再見！」兩個兒子朝鏡頭大叫，艾黎見狀苦笑一陣切斷視訊。

札克把手機放在圓形餐桌上，錢包與鈔票擱旁邊，脫了大衣隨手找張白色皮椅掛著。客廳還有張長條玻璃咖啡桌，左右各一張灰色扶手椅，西裝外套解下之後順手搭上去。他坐在隔開客廳和臥室那面牆下的紫色沙發，彎腰拆開跟著鞋子一起泡湯的鞋帶，接著拉下吸飽水的襪子，腳掌接觸到室內暖空氣微微發癢。但隨即他聽見，或者更精確應該說是「察覺」浴室那頭傳出細微聲音。

「有人在嗎？」他站起來大聲問。

札克繞過房間吧檯，朝臥室門口探頭。大概房務人員拉起窗簾了，他看不到窗外投進的光線。眼睛逐漸適應黑暗以後，札克注意到浴室門邊有個人形輪廓，對方朝自己過來的時候他心跳猛然加速，連退幾步轉身要跑，但高大魁梧、身穿防彈衣與面具、披著長大衣的男人直接衝撞過來。札克被撞得上氣不接下氣，而且對方沒收手一路把他推到眺望河流的大窗前，腦袋敲到玻璃的時候牙齒不小心重重咬了舌頭一下。莫名其妙彷彿做夢的情境裡，只有那陣痛證明一切都是現實。

他朝蒙面男子腹部出拳，可是拳頭打在防彈衣上只是增加痛楚。對方一記肘擊狠狠打在札克喉部，他立刻支持不住跪倒在地，心裡想到的只有家人：亞隆、盧本、美麗的妻子艾黎，以及尚未出世的小女兒。札克暗忖不能坐以待斃，逼自己站起來扣住蒙面人膝蓋後側，拱起肩膀朝對方腰間全力猛撲。他長年練跑，踮著木地板的雙腿十分有力，蒙面人被這麼一撲跌向咖啡桌往後倒，玻璃桌面全碎了。札克衝向旁邊小茶几，上頭擺了一個檯燈，底座是沉重的水晶玻璃。他用力一扯電線鬆脫，反手就往蒙面人腦袋砸下。陌生男子遭到重擊躺在地上，札克再舉起檯燈座想趁勝追擊，不料一拳落在肚子，嘔吐感直衝頸部。又一拳，札克鬆手丟下檯燈，彎著腰沒辦法站穩。儘管應該也被打得頭昏目眩，那男人還是出了第三拳直擊札克脖子。札克疼得差點兒昏迷，但心知暈過去就完蛋了，只能集中精神保持清醒，身子忍不住倒退。地板堅硬，每步都有玻璃碎片扎進光腳丫。蒙面人從撞壞的咖啡桌中起身，一跳出來就站得直挺挺。札克連忙想拿手機報警，但手才一摸到就慘遭暴打。被檯燈底座這麼一碾，似乎幾根手指骨頭斷了。強忍劇痛時，一隻手臂勾住頸子將札克緊緊勒住。

「住手，」札克擠出聲音，「住手，要錢我有。」

他一隻手往對方腦袋拍打，只是手指斷了使不上力氣。另一隻手試著抓住對方腰部，但本就昏眩又加上缺氧的札克根本無法掙脫，呼吸越來越困難。

「拜託，」札克哀求，「我還有小孩——」

「配合一點，」蒙面人低吼，「會比較乾淨俐落。」

札克雙目泛淚，知道自己再也見不到家人了。

43

朦朧光線穿過窗上薄簾，瓦勒斯揉揉眼睛，已經習慣醒來時渾身疼痛，反而宿醉造成的腦袋昏沉已經很久沒體驗到。坐起來以後看見艾許那張床空著，被子拉成一堆沒摺好。電視開著，轉了靜音，CNN播報的影像是個男人被吊在黑色高樓外，字幕為「芝加哥上吊案」。他趕快翻下床爬到艾許那側櫃子拿起遙控器。

「克莉絲汀，」他一開口聲音沙啞，趕快咳兩下清清喉嚨扯著嗓子叫道：「快來看。」

浴室門打開竄出一陣蒸汽，艾許包著浴巾站在門口。

「……有關單位目前不願證實，但消息指出連續幾樁看似自殺的案件已經被聯邦調查局視為連續殺人展開偵查。非官方來源表示死者酒店房間有打鬥跡象，部分評論已經以『鐘擺殺手』作為犯人代號。」男主播說，「死者身分尚未確認，目前據傳為札克・霍茲，居住於加州洛思阿圖斯。芝加哥警方預計一小時後會發布正式新聞稿，各方也密切注意聯邦調查局是否會證實此案與英國一系列謀殺案之間的關聯。」

「真慘，」艾許口吻有點酸。新聞開始播報其他案件，瓦勒斯調低音量。「有提到與其他案子的關聯嗎？」

「不知道，」瓦勒斯回答，「我也只看到最後這段。」

艾許走向她的床，瓦勒斯忽然意識到自己只穿著一條小短褲。水珠順著艾許小腿滑落烘托出身體線條，他趕緊別過臉取自己衣物。艾許伸手梳理了下濕潤的頭髮。

瓦勒斯套上牛仔褲，從外套口袋拿出iPad，連接旅館WiFi後在Google搜尋札克・霍茲這個名字。螢幕一下跳出很多芝加哥上吊案的新聞，再來是針對「鐘擺殺手」的聳動報導。他利用LinkedIn縮小範圍，果然立刻找到目標對象的專業背景。

「Facebook的數據架構部主任，」瓦勒斯將結果告知艾許以後回到搜尋結果頁面，看看有沒有別的線索。「芝加哥舉辦國際網路安全大會，今天最後一天，他本來要上臺演講。妳覺得有相關嗎？」

「我說過不相信巧合。」艾許回答，「你也準備一下，該回去揪出是誰把我賣給大野狼了。」

她從床邊一疊衣服拿了貼身精緻內褲出來，直接掀了浴巾就要穿。

瓦勒斯看見艾許的勻稱裸體不禁心跳加速，趕快轉頭盯著平板電腦。

「抱歉啊，」她開口，「混在男人堆裡長大，工作地方也是男人比較多，我常常忘記……男女有別。」

瓦勒斯一抬頭又看到她正在扣緊同款式的胸罩。「沒關係，」他尷尬起身，「我也梳洗一下。」

艾許微笑著看他鑽進浴室。

《夜間檔案》的製作單位是「黃金時段」集團，辦公室位在第五大街西邊不到一個路口的二十三號街北邊。車程兩個半小時，瓦勒斯大都在後座打盹，還夢見了艾許一派無所謂展露胴體的畫面。車子在擁擠街道上走走停停，煞車時他常常被晃得醒過來，所以意識斷斷續續。

「約翰，」到了以後艾許輕推，「你有帶錢嗎？」

瓦勒斯醒來看見艾許手握一小疊鈔票。腦袋不很清楚的他點點頭解開腰帶，露出藏在暗袋內的錢，艾許見狀大大呼了口氣。他將英鎊撥開，後頭才是綠色美鈔。

「要多少？」瓦勒斯聲音沙啞。

「兩百。」艾許說。

他遞了兩張百元鈔過去。

「謝謝。」艾許拿了轉身付給司機。

下車之後瓦勒斯把腰帶扣好，艾許跟過來。「就這兒？」他問，「怎麼進去？」

「你先清醒清醒？」艾許建議。

他深深吸了口冷冽空氣，擺擺頭揮散蒙在腦袋那層倦怠，片刻後感覺睡意總算都退去。「好了，」他對艾許說，「告訴我吧。」

「你自稱是攝影師，」艾許吩咐，「負責那個節目的製作人叫做凱特．巴斯特。你就說有照片要賣。」

瓦勒斯點頭，在心裡排練一遍便走進去。一樓是泰式餐廳，左邊毛玻璃門才通往上面辦公樓層。瓦勒斯在對講機找到「黃金時段」按下去。

「哈囉？」

「你好，」他回答，「我是約翰．瓦勒斯，和凱特．巴斯特有約。」

沉默一陣。「我在她的行程上沒看到。」對方終於回應。

「是經紀人安排的，我大老遠從倫敦趕來，」瓦勒斯裝出懊惱口吻，「該不會給我搞錯時間了吧？要給她看的照片都準備好了啊。」

又沉默片刻。

「瓦勒斯先生，您先上來好了。」對方聲音變得友善許多，「凱特有空與您談談。」

爬四樓五樓樓梯時艾許真的有點不耐煩，瓦勒斯走得實在太慢。但她提醒自己：瓦勒斯受的可不是一般的苦，換作別人早就找個地方縮著再也不出門。然後艾許想起早上他那副窘樣不禁竊笑，相處這段時間已經能肯定瓦勒斯是好人不會亂來，給他看了眼裸體似乎反而有好處，讓他思緒不會一直在悲傷恐懼裡打轉。無論在旅館還是在車上，瓦勒斯睡著時常常哀嚎。今天一大早艾許就被他吵醒，從康乃狄克州搭車過來途中他同樣叫得大聲，司機嚇壞了兩度緊急剎車。艾許出面緩頰，說的也算真相：這位朋友前陣子才剛失去親密愛人，情緒尚未平復。

終於爬到最上面，瓦勒斯想拉開那道對開門卻發現被鎖上了。他從小鐵網窗望進去，朝坐在大接待桌後頭，模樣像是還在念大學的年輕女孩子揮手。對方也揮手回應，然後按按鈕開門。

「瓦勒斯先生嗎？」他一進去那女孩就開口問。接待處是典型媒體業裝潢風格，牆壁露出磚塊、使用再生木家具、掛著價格不菲的抽象畫。「我叫桑德琳，凱特——」她看見艾許之後改了口，「妳——」

「很生氣。」艾許打斷，「不必通知她了。」一說完艾許就帶著瓦勒斯直直朝內衝，兩人穿過開放空間，十幾個年輕紐約人在兩兩相對的辦公桌前埋首工作，座位幾乎塞滿整層樓，大家不是忙手頭的事情就是小聲聊天，只有幾個人稍微瞟了眼，沒人出來攔阻。

走到底有間玻璃隔開的獨立辦公室，門前漂流木辦公桌坐著身材嬌小的女子。她原本在講電話，瞧見艾許和瓦勒斯接近立刻面色一沉，顯而易見已經得到前面接待處通風報信。因此艾許也懶得停下來等候，直接推開房門邁步入內。

「凱特．巴斯特？」她低吼。

凱特點頭起身，外表看上去不到三十，褐色長髮捲得狂野，有七〇年代演藝界風格。她搽了大紅色唇膏，以深色眼線搭配，穿著黑色緊身長褲和套頭毛衣，不過是赤腳。

「艾許探員，」她先開了口，繞過辦公桌想握手，但艾許不為所動。「我們一直聯絡，希望得到妳那邊的意見，可是始終找不到——」

「挖得很仔細嘛。」艾許沒好氣道，「不過當年是法院下令封鎖我的相關檔案。」這句話發揮意料功效，凱特整張臉都垮了。「給你們情報的人沒解釋這件事吧，」她推論，「會找上你們原因可想而知，二流媒體總是不好好核實資料就急著報導。」

「我們——」凱特想回話，但又被艾許打斷。

「閉嘴。妳聽我講就夠了。現在給妳個機會：把消息來源給我，我就不去按鈴申告。」

「來源都——」

「別跟我廢話。」艾許叱喝，「不給我名字，我就搞垮這間公司。」

「我也沒有名字。」凱特無可奈何，回到座位拿起iPad。「只有對方用過的信箱。」

她將平板電腦遞給艾許，畫面上有一封郵件。

＝

巴斯特小姐：

附件可證明調查局探員克莉絲汀．艾許不適任。

＝

艾許點開附件，PDF檔案裡面包含法院判決、警方證詞、社服紀錄等等。她的童年完全被攤在陽光下。

「你是不是和鐘擺案有關？」凱特轉頭問瓦勒斯。

「什麼意思？」他反問。

「調查局剛剛證實了，好幾個上吊案件已經進入連續殺人案調查。邦妮．曼恩和札克．霍茲死亡都和倫敦醫院槍擊案扯上關係，凶手喜歡把被害人吊死，加州的記者圈子取了『鐘擺殺手』這個外號。」凱特告知兩人，「你原本是倫敦謀殺案的嫌疑犯吧？」

「妳還真是新聞禿鷹。」艾許嘴上冷笑，眼神卻異常兇狠。

凱特被她一瞪退卻了，怯生生解釋：「我有回信過去好幾次，但完全沒反應。」

艾許點了寄件人資訊，信箱是zxcv67960@gmail.com。「我轉寄給自己，」她一邊操作一邊告訴凱特：「要是妳再從這個人收到東西立刻通知我，我的信箱妳在寄件匣就能找到。任何風吹草動都要告訴我，知道嗎？」

凱特點點頭，艾許把平板電腦還回去。

「妳好自為之，」她一警告凱特又猛點頭。「走吧，」艾許對瓦勒斯說：「換下個地方。」

44

美洲大道[42]上往北行進的車流絡繹不絕。人行道也很擁擠，大家只能走在雪堆邊的狹窄甬道。瓦勒斯追在艾許身後二十分鐘逐漸吃不消，每一步都引發肌肉痠疼，感覺新傷舊傷同時發作，不知道什麼時候會撐不住倒下。可是他不敢開口，怕艾許會覺得被拖累，選擇將他交給別的單位，自己獨立調查下去。瓦勒斯認為讓別人保護風險更大，寧願咬緊牙關堅持到底。

艾許忽然停下腳步，瓦勒斯慶幸終於有機會喘口氣。才剛穿過四十七號街，旁邊是一間賣鑽石首飾的店。然而他瞭解艾許停下來的原因就慌了：原來有兩個警察從洛克斐勒中心車站的階梯上來。艾許忽然抓著他往站口側面綠色金屬欄杆一推，自己湊過去將頭埋在瓦勒斯脖子邊，接著又伸手在他後腦一按要他也倚著自己肩膀。瓦勒斯感覺一股暖意隨茉莉花香水氣味從艾許那襲長外套滲來，秀髮拂過臉頰的輕柔感觸也非常舒服。還真有股衝動想朝她細嫩的頸子吻下去，但瓦勒斯忍著站好，兩人扮演剛和好的情侶相互依偎抵抗世界的寒冷。他稍微抬頭偷看，兩個警員已經走過去三呎，絲毫沒打算理會他們。他抱了艾許一下，享受難得與人接觸的機會，也趁機休息回復體力。警察過馬路繼續順著第六大道往南走，他輕拍艾許肩膀，兩人分開。

「走吧。」艾許繼續往北。

瓦勒斯跟上，加快腳步與艾許並肩。「去哪兒？」他試著將彼此關係的重點拉回辦案。

「調查局偶爾會將業務外包給專業人士，」艾許回答，「我打算找其中一個幫忙，前提是他沒進監牢。」

考辛斯基數據服務公司位於西五十號街黑色摩天大樓第十八層。艾許和瓦勒斯一走進寬敞大廳就有個面頰豐潤、留著長而捲褐色頭髮的男子堆著微笑來迎接。

「哈囉，」靠近以後他笑得更燦爛，「我叫陶德，請問兩位需要什麼服務？」

「嘿，陶德。我們來找帕佛·考辛斯基。」艾許回答，「就說是他的『漂亮小惡夢』來了。」

陶德的笑容有點維持不下去。

「他聽得懂。」艾許強調。

「那兩位先請坐吧。」他回答同時拿起話筒。

艾許與瓦勒斯踩過地毯，大廳一隅有三張長方形沙發排列成馬蹄形。

「這裡是？」瓦勒斯打量四周豪華的裝潢，「而且妳怎麼說他有可能進監牢？」

「考辛斯基二十四歲就拿到加州理工學院博士，是個難相處的天才。他僱用一樣聰明的研究生成立這間公司，主要從事數位安全分析，偵察與防護都有。執法單位辦不到的事情，他們辦得到。」

「解釋得比我還好。」一個聲音自瓦勒斯肩後傳來，轉頭便看到三十出頭的高瘦男子，黑髮濃密、臉型稜角分明。「但『難相處』三個字應該就免了吧，漂亮小惡夢。」

㊷即紐約市的第六大道（一九四五年改名，但當地人仍習慣稱為第六大道）。

「這位就是帕佛．考辛斯基。這位是威廉．波特。」艾許介紹。

帕佛朝瓦勒斯伸手，「克莉絲汀，太見外了吧，跟我還鬼扯？幸會，瓦勒斯先生，最近讀到不少你的新聞。」

瓦勒斯瞥見艾許臉上閃過一抹不悅。

「怎麼了嗎？我喜歡讀英國的報紙啊。」帕佛解釋，「他之前是殺人嫌疑犯，有些人在新聞看過長相就不容易忘掉。話說回來，妳來做什麼？」他問艾許，「妳自己不也上電視了嗎？我有看到那節目。」帕佛語氣忽然正色道，「揭人瘡疤這可做得不對。」

艾許點頭表達感激，「有事想請你幫忙，得解鎖一個email帳戶。」

「瓦辛頓那案子可別燒到我這兒來。」帕佛伏在隔離又無窗的房間中央一張桌子前操作電腦，頭都沒抬就開口。瓦勒斯和艾許跟著他穿過整層樓才來到這兒，途中經過好幾間私人辦公室，二十多個青年才俊各自在僻靜隔間內忙碌。

「開放式辦公室哪兒好？」帕佛帶他們進來的路上這麼說。公司裡每道安全門都有穿制服的保全守著，門旁卻又裝設生物識別掃描儀。「機器會出錯，人也會出錯，但不會同時出錯。」他如此解釋。

進入安全區，一行人經過大型伺服器機房，與康妮慘死的地點很像。瓦勒斯彷彿又看見她倒在機器間，儘管明知道是痛苦記憶折磨自己卻忍不住別過臉，視線一直停在旁邊兩人身上。帕佛帶他們繼續往前進去加密終端機房，對外隔離做得相當縝密。

「幫我掌握希望地家族動向的也是帕佛。」艾許告訴瓦勒斯，然後又對帕佛說：「調查局那邊你不必擔心。」

「喜歡猜謎嗎？」帕佛終於抬頭。

「猜密碼？」艾許問。

「當然不是。」帕佛嘆息，「密碼那種東西剛才就破解了。是這個。」

他將螢幕轉過來，畫面上是Gmail帳號內的寄件備份匣。瓦勒斯看到裡頭包括凱特．巴斯特收到的那封信，此外還有十一封郵件分別寄到七個不同信箱，收件人帳號乍看是字母與數字無意義排列組合構成。從預覽能得知郵件內容都是十二位數數字。

「留意送信時間，」艾許說，「都是殺人的前一天。例如這個，這是你被暗殺的前一天。」

她指著其中一封解釋。

「那妳猜出來了沒？」帕佛問。

「別賣關子。」艾許勸告道。

「就坐標啊。」帕佛揭開謎底。

「這個我看看。」艾許指著瓦勒斯遭到襲擊前一天寄出的那封郵件。

帕佛在Google Maps輸入51°31'54", 0°10'57"這串坐標，地圖中心真的跳到了漢彌爾頓山莊。

「是我家。」瓦勒斯低呼。

「別的也試試。」艾許提議。

帕佛直接採用最早那封信裡的坐標：41°25'09", 73°53'38"。地圖跳到紐約州蓋瑞森村印第安溪路上。

「這個是凱伊．華特斯他家！」瓦勒斯說。

「所以是被害人地址，」艾許總結，「你們覺得會不會是下命令給某人？」

「來看最新的一封，」帕佛提議，「昨天寄出。」

他將坐標40°45'35", 73°53'37"複製貼上到Google，得到紐約市東側的衛星照片，紅色標記落在曼哈頓的麗晶酒店。

「按照同樣規律，今天也有人會死。」艾許說。

「但我們可以把人抓起來。」瓦勒斯提議。

艾許一邊思考一邊點頭。「考，幫我個忙。」她對帕佛說。

「別叫我『考』，」帕佛一副害怕模樣又搖頭又揮手，「也別拉我蹚渾水。」

「赫克特不會聽我的。」艾許說，「但你開口就不同，隨便你找什麼理由解釋情報來源，只要讓他派人就好。」

「能說是妳拿槍逼我嗎？」帕佛笑著問，看見艾許板起臉就笑不下去了。「開玩笑而已。我可以跟他說是演算法從案發地點算出規律之類，反正調查局的人一聽到『演算法』就照單全收。」

「能監控目標地點嗎？」雖然自己也是調查局的人，艾許就裝沒聽到。

帕佛點頭，「我還可以找人調查IP紀錄，追一下每封郵件從哪裡發送。」他補上一句，「運氣好就能直接查到地點。」

「好，」艾許對瓦勒斯說，「我們該走了。」

「去哪兒？」

「確保他們能逮到那混蛋。」艾許轉身離開。

45

「情報進來還不到一小時，」赫克特告訴集合在簡報室內的一干探員：亞蕾希絲．海爾帶領七名現場探員，杰克．坦納與五人組成機動部隊，還有帕克與兩名第五分局的便衣刑警在場。「帕佛．考辛斯基提供情報，『鐘擺殺手』今天會在曼哈頓麗晶酒店行兇殺人。酒店內部由海爾探員帶隊搜查，總共兩百三十個房間，每個都得仔細檢查。坦納探員的機動小隊負責監控所有出入口，行事必須隱密，一丁點風吹草動對方就會溜走。帕克探員，酒店那邊怎麼說？」

「經理知道要掩護我們，不過酒店晚上有一個金融業的頒獎活動，他問要不要乾脆取消。」帕克回答。

赫克特搖頭，「突然變卦也會打草驚蛇。安全屋那件事大家都還記得才對，這個殺手的前置作業做得非常仔細。有疑問嗎？」

他停下來望向兢兢業業的探員們。沒人發言。

「好，那就開始行動。」

海爾、坦納各自帶隊出發。帕克要跟著出去時被赫克特叫過去。

「帕克探員，給你介紹兩位警探，摩斯和羅林斯。」赫克特說完，兩名紐約市警局警探上前。

「嘿。」摩斯是個身材精實健壯，年紀四十好幾的黑人。

「幸會。」羅林斯面露微笑，禿頭反光十分閃亮。

「考辛斯基給了情報，但來源沒有老實說。」赫克特告知帕克，「什麼演算法根本是胡謅的，一定是克莉絲汀告訴他。凱特．巴斯特先前打電話來過，她說克莉絲汀放話威脅，所以就把提供內幕的電子郵件交出去。和考辛斯基說的是同一個。」

「意思是說艾許探員也會去酒店？」帕克猜測。

赫克特點頭，「她不會讓瓦勒斯與凶手接觸，但我瞭解克莉絲汀的性子，一定會埋伏在暗處盯著我們，怕最後沒能抓住犯人。我已經給兩位警探看過克莉絲汀的照片，找到她的工作就交給你們。找到克莉絲汀就代表找到瓦勒斯。」

下午五點多，夕陽餘暉籠罩整座城市，瓦勒斯和艾許到達目的地。曼哈頓麗晶酒店位於東五十九街、面對昆斯博羅橋，是十五層樓高的褐磚建築，緊貼周邊房屋。標準的市中心酒店，適合中階預算的中階主管級客群。入口掛著歡迎牌，年度基金管理系統頒獎典禮今晚在這裡舉行。瓦勒斯跟在艾許後面，從人行道直接穿過大門。

「得找個隱密位置。」她左顧右盼。

瓦勒斯沒看見什麼明顯制高點，五十九號街又進入尖峰時段水洩不通。對面的昆斯博羅橋遠看像是一條奶油色的金屬格柵，橋底下有幾座空空蕩蕩的籃球場用鐵絲網圍起來。朝東走幾個路口就是河岸，朝西則有一列石頭與玻璃組合出來的橋墩倉庫。籃球場和倉庫區中間有條小巷子，被人當作臨時停車場使用。

「過來吧。」艾許吩咐之後自己先跨出人行道。瓦勒斯跟上，兩人鑽過車陣到了巷口。橋上車流緩慢，隆隆聲不絕於耳，穿過前面幾輛車之後他們找到很老的Pontiac汽車，車身覆滿灰塵，看起來幾個月沒人開過。艾許看看周圍，從橋下垃圾堆翻出一根鐵條開始暴力撬門。警報大作，但橋上太吵了，附近根本沒人能聽見。她又探身將引擎蓋掀開，彎腰研究片刻，用力一拔便將嗶嗶叫的警報器給收拾了。艾許爬進副駕座，幫瓦勒斯開了駕駛座那側車門，他也坐到裡面。車頭對著南邊，酒店則在東南方，出入情況算是能看得清楚。

後側北方六十一號街路面不寬，目前塞得厲害，再過去則是一大排摩天大樓。

「要從這邊出去有三條路，」艾許告訴瓦勒斯，「北邊、南邊，不然就穿過籃球場。」

瓦勒斯點頭，搓揉手臂想保暖。車子內部也很冷，但至少能隔絕外頭寒風。兩人盯著旅館，十五分鐘以後一輛沒有特徵的白色廂型車停靠酒店東面入口。艾許觀察發現司機是個頭髮花白表情嚴肅的男子，穿著藍色連身服。

「好，」她告訴瓦勒斯，「坦納負責機動部隊。他挺不錯。」

又過幾分鐘，艾許指著朝酒店大門走過去的一男一女。六呎高的黑人男性穿著灰西裝，白皙女伴一頭黑色長髮，身高只矮了少許，穿了長大衣和黑皮靴。

「亞蕾希絲．海爾和藍斯．尼爾森，」艾許介紹之後說：「他們很謹慎，三三兩兩分組進去。交給我的話也會這樣安排。」

瓦勒斯感覺得到艾許心裡那份渴望：如果能以團隊核心身分參與行動該有多好。他也察覺艾許忽然繃緊神經，原因是看見一個黑髮男子走向酒店。

「赫克特．索羅門，」艾許說，「我的頂頭上司。很好，他們認真起來了。」

帕克沿著五十九號街檢查酒店西邊的建築群。他用力踩踏路面希望腳能暖一些，眼睛則在旁邊大樓的窗戶掃來掃去。摩斯會查酒店東邊、羅林斯去搜昆斯博羅橋底下那些倉庫。如果艾許真的在附近，帕克暗忖，我們一定能找到。

赫克特．索羅門坐在曼哈頓麗晶酒店現代風格的大廳，戴著隱藏式耳機監控各小組匯報。海爾將隊員分成兩人一組，每組負責一層樓。酒店經理給了他們萬能房卡，只要沒人在室內他們都能進入。全部搜一遍要花不少時間，但必須徹查每個樓層、每位客人的身分與安全。

受邀參加基金管理頒獎會的人開始在大廳集結，現場越來越熱鬧，華麗吊燈下站滿穿著燕尾服或晚禮服的男女賓客，侍者端著碟子四處送上酒和開胃小菜。赫克特透過經理要求保全對所有進入酒店的客人搜身，於是一條隊伍排在門口，每個包包都要讓三名穿著制服的警衛打開檢查。

萊恩．西爾弗站在五十九號街和第一大道交叉口角落，轉頭觀察同伴神色。凱西一如往常板著臉殺氣騰騰能與全世界為敵，聶特穿太少身子又瘦，被紐約街頭的凜風吹得不停顫抖。隆尼明明很緊張但又要面子不肯表露出來，畢竟他塊頭最大，大家都下意識躲在他背後。韋德就不同了，他本來就長得像隻小老鼠，也完全沒打算隱藏心裡的害怕。

「這樣真的好嗎，」韋德嘀咕，「以前沒這麼幹過。」

「別嘮叨了，韋德。」隆尼斥責時長外套下襬在風中飄揚，「沒膽子的話你就回去。」

「韋德你真的很煩。」凱茜不留情補上一句。

萊恩看手錶，已經過七點了，拉蒙沒準時來集合。他又摸了摸外套口袋裡的東西，心裡也開始緊張，說好進攻的時間是七點。這馬路越盯著看越叫人焦躁。

「會有很多人，」韋德還在嚷嚷，「會被大家看見。」

「韋德，對方說他是要為『地基組織』招募成員。」萊恩喝道：「他們又不是吃素的。」

「這是戰爭啊，」隆尼附和之後問萊恩，「所以要不要動手？」

萊恩最後再掃了一眼。抱歉，拉蒙，他作出決定，朝五十九號街邁出第一步。

「出發吧。」隆尼下令，所有人追隨萊恩。

萊恩回頭，發現大夥兒面面相覷神情緊繃。但即便恐懼，所有人意志堅定。有信念者萬夫莫敵。

帕克已經在街上巡了一小時，盯了好幾百扇窗戶找艾許，但連個影子也沒看到。反觀羅林斯在倉庫進進出出，裡頭那麼暖，待遇差真多。帕克還要查緊鄰酒店的一棟高樓，朝對面望去又看見羅林斯鑽進最後一間倉庫，然後視線掠過昆斯博羅橋底下，發現還有條小巷子停滿汽車。

「有被看見嗎？」瓦勒斯躲在儀錶板底下問。

艾許也躲在副駕座下面空間，露出擔憂神情作為回應。

「呼叫羅林斯。」帕克透過隱藏式麥克風聯絡。

「收到。」耳機傳出聲音。

「可以麻煩你查一下巷子裡那些車嗎？」帕克說，「好像看到有人。」

帕克望過去，羅林斯聳聳肩。「好。」警官轉身從倉庫走到巷子口。

帕克從人行道向外走的時候差點撞上人，一群身上都是刺青和穿環的青少年行經。

「抱歉。」他道歉了，但那群青少年回以冷眼。帶頭的年輕人外面穿著Abercrombie夾克，底下是百分之一飆車族[43]風格的T恤。明明被爸媽照顧得好好的卻憤世嫉俗信奉無政府主義，帕克讓路給這群怪胎才繼續前進。

蠢死了。萊恩瞅了擦身而過那個西裝男，對方也偷偷瞟了自己穿的T恤。百分之一有錢人[44]和手底下的社畜都該死。

「準備，」萊恩通知大家，「上！」

他闖進酒店大門同時從口袋掏出面具。

[43] 美國摩托車協會在一九六〇年代曾經聲稱百分之九十九的機車族都奉公守法，飆車族犯罪團體如「地獄天使」等等便戲稱自己是「百分之一」（one-percenter）。

[44] 此指全球或某國國內財富前百分之一的族群。與前述的百分之一飆車族在英文中都稱為one-percenter。

應該讓紐約市警局直接封街才對。羅林斯心裡自言自語，手中拿著手電筒朝巷子口第一輛車裡面照。聯邦調查局總以為自己很罩，最後都是警察出來搞定麻煩事。衝進去、打個落花流水、抓住壞蛋、回家，隔天再來一遍。只要有心，生活真的很簡單。他邊胡思亂想邊走向第二輛車，也是空的。根本浪費時間，但他怎麼抱怨也沒用，還是得往巷子裡頭查下去。

「得走了，」艾許悄悄說，「那個應該是警察。」

瓦勒斯偷偷探頭從儀錶板上方偷看，看到一個禿頭矮子拿手電筒到處照，正在檢查前面那些車子有沒有異狀。剩不到八輛的距離了。

帕克要過馬路時朝右瞥了一眼注意往來車流，卻意外瞧見與約翰・瓦勒斯，以及肯・帕羅案那個遊民證人布魯斯・莫頓描述一致的黑色面具。儘管不到一秒，他還是很肯定那個穿著飆車族T恤的年輕人拿出黑面具往臉上套。

「喂！」帕克大叫，但馬路太吵，沒人聽見。那群青少年大搖大擺走向酒店門口。

「呼叫總指揮，發現嫌犯。」他透過無線電通知並拔腿追上，「他朝酒店大門衝過去了。」

羅林斯轉頭望向酒店，一群人正爬上階梯接近大門。

「看見了。從這邊看是五個人要從正門進去。」羅林斯對著無線電大叫之後掉頭狂奔。

看著胖警察提手電筒匆匆遠去，瓦勒斯感覺全身放鬆往下沉。

「運氣不錯。」他對艾許說。艾許搖搖頭，一臉難以置信。

但過了幾秒瓦勒斯大驚失色。一個拉上風帽的人竄過車子旁邊朝前面疾奔，到了大概二十碼外回頭看一眼。就在這時候，瓦勒斯看到他戴著面具。

艾許也看見了，立刻開始行動。「留在車上等。」她吩咐完就跳到車外，抽出手槍要去逮人。

赫克特．索羅門拿著手槍起身穿過酒店大廳。

「把人趕出去！」他朝保全那頭大叫。在場數十名賓客看見赫克特拿著槍開始尖叫逃竄，場面混亂。

嘴巴吐出的溫熱氣息凝結在護目鏡上，萊恩的視野開始矇矓。他沒戴好面具，卻也沒時間調整了。今天有任務在身，行動已經開始。還沒走進大門就看見裡頭有人抱頭逃竄，他暗忖金字塔尖的人與社畜走狗真的就是一群懦夫，待會兒自己與夥伴就要挺身而出終結不公不義。

萊恩伸手搭上黃銅門板往前推。

賓客四處亂竄，赫克特很難掌握狀況，一張張恐慌面孔閃過槍口前方，人群後頭酒店的大門打開了。

「站住！」帕克舉槍指著那群青少年最末端的大個子。周圍行人見狀紛紛找掩護躲起來，穿著長大衣的大塊頭轉身盯著帕克，他居然戴著和凶手一樣的黑色面具。

萊恩跨進酒店大廳赫然意識到自己鑄下大錯。客人幾乎散光，留下他面對一個目光銳利的拉丁裔男子，對方的手槍已經指向自己。

「雙手舉高。」那男人喝道。

「叫你雙手舉起來！」赫克特重複一遍，戴著面具的人僵在原地不動。糟糕的是他背後又走出了四個還是五個人，每張臉都蒙在鐘擺殺手的招牌面具底下。

「我從後面掩護你。」羅林斯告訴帕克。他到了酒店前面階梯，手槍也對準穿著長大衣的高壯男性。

帕克點頭，取出一堆手銬走向那群面具人。羅林斯朝旁邊瞟一眼，發現調查局的機動小隊朝著這裡衝過來。

該死的地鐵。拉蒙順著巷子往前跑，到了五十九號街口連忙停下來。朋友們就在前面，但那處境讓他不敢上前相認。大家被一群穿著黑色防彈衣的人包圍，對方背上有FBI字樣。探員拿槍指著萊恩一行人，拉蒙暗忖再不跑就要惹禍上身，正要伸手摘下萊恩給的面具時忽然被敲暈。

艾許低頭看著倒地的人，擔心自己是不是出手過猛。手槍槍柄留了一塊血跡，她蹲下拉開對方兜帽又看到頭髮上也一片紅色反光。艾許朝酒店瞥了下，發現坦納帶著機動組扣留好幾人，仔細觀察更驚覺那些人每個都戴著款式相同的面具。不安越來越強烈，她摘下面前這人的面具，結果是個拉丁裔青少年盯著自己，眼神滿是恐懼。

「拜託，」年輕人發不大出聲音，「別殺我。」

「你在這兒做什麼？」艾許質問。

「來抗議的啊，我們只是要潑油漆。」他支支吾吾。

年輕人伸手進口袋，艾許見狀槍口指過去，結果他拿出幾個水球，一個砸在地上爆出紅漆。

「該死！」艾許低吼同時察覺有人靠近，但轉身已經來不及，一隻強而有力的手臂將她的手槍拍落。

她抬頭一看，真正的鐘擺殺手站在身旁，想起身搏鬥已然太遲，對方重重一拳揮下來避無可避。緊接著艾許聽見悶響，殺手的手槍裝有消音器，拉丁裔青少年中彈以後身子不斷抽搐。她手指摳著地面，無奈望向酒店那頭，同事們被那群小鬼調虎離山還沒反應過來，再回頭又看到瓦勒斯倒在Pontiac方向盤上，太陽穴滑出一條血痕。艾許試著站起來，對方那隻重靴立刻踢得她側躺在冰冷路面，正要大叫時一塊布蒙住嘴巴，化學藥劑刺鼻氣味飄進口鼻，身子很快癱軟無力。現實世界越來越遠，她覺得頭好重，意識逐漸沉入虛無，記憶的最後片段是自己被拖進黑暗中。

46

艾許轉身時一波嘔吐感襲來。吐到胃不再翻騰之後，她撐起身體跪著，首先留意到的是冷風強勁，可見身在高處，再來看得到地平線凹凸不平，也就是位在這一帶的制高點。朝西南方望去能看到帝國大廈和克萊斯勒大廈，從距離判斷知道還很接近五十九號街。艾許看看背後，鐘擺殺手就在幾呎外，手中消音槍指著自己。他穿著黑色重皮靴、黑色皮褲、黑色防彈衣，臉被黑面具遮住，連眼睛都藏在不透明黑色防護鏡底下。罩在外面的黑色皮革長大衣下襬隨風飄揚，紫色內襯被月光照得微亮。

「叫醒他。」鐘擺殺手命令，手朝旁邊一指，有個人倒著。

她爬過屋頂鋪的混凝土板，用力轉動腦袋分析殺手話語，但實在沒什麼特徵。英語流利，口音放在倫敦或紐約都不算突兀。倒在一旁的果然是瓦勒斯，艾許看見鬆了口氣，先伸兩根指頭壓住脖子探探脈搏，確認還活著才拍拍他臉頰。瓦勒斯猝然睜開雙眼，第一反應與艾許相同，稍微側身立刻坐起。

「你算準我們會露面，」艾許朝殺手說，「那個郵箱根本是誘餌。你連我在身家背景被曝光之後會有什麼反應都算得很準。」

鐘擺殺手默然以對，卻散發肅殺氣息。

「為什麼要殺人？」瓦勒斯怒問，對方還是不講話。「告訴我！」他吼道，「為什麼一定要殺死我們？為什麼連康妮也不放過？」

「通風口有手機。」鐘擺殺手終於開口，還伸手指向屋頂上突出的金屬物體。

瓦勒斯氣壞了想站起來理論，但鐘擺殺手槍口一比，「坐著。」他下命令，瓦勒斯無可奈何只能聽話。

「妳去打電話，」殺手對艾許說，見她起身補上一句：「動作放慢。」

走向通風口時艾許朝外望，那條奶油色金屬毫無疑問是昆斯博羅橋，左手邊則是東河，河對岸有聚光燈的地方是瑞文斯伍德發電廠，白色煙囪在高處吐出黑煙污濁了這片晴朗夜空。這是六十一號街北側，曼哈頓麗晶酒店正對面。艾許不知道名字，但能推測出就是俯瞰懸鈴樹公園、外觀以煙燻色玻璃為主的新大廈樓頂，同時腦海浮現一個大膽想法。

「要打給誰？」艾許問。

「赫克特・索羅門。」殺手回答。

「辦不到。」艾許說。

「那他現在就得死。」鐘擺殺手說完就瞄準瓦勒斯頭部。

「打給他做什麼？」艾許問。

「算是測試吧。」殺手說，「妳沒有討價還價的本錢。」他語帶警告，「達成目標的辦法很多，只是這樣最簡單罷了。」

艾許拿起手機，「我沒背他號碼。」

「按重撥就好。」鐘擺殺手指示，並拿起什麼東西按在側臉，艾許觀察之後明白那是藍牙耳機，對話內容他會全程監聽。

逼不得已她只能照辦，按下重撥之後盯著螢幕。如果時鐘沒被動手腳，此刻是半夜一點零六分。鈴響幾次以後，話筒傳出赫克特聲音。

「你好？」

「赫克特，是我。」艾許回答。

「妳在跟我開玩笑嗎？知不知道晚上什麼情況？有人開槍打死一個叫做拉蒙．梅札的小子，有線索嗎？」

「其他幾個說了什麼？」艾許立刻問。

「妳果然在場。」赫克特話鋒一轉，「他們很快就什麼都招了，說有人付錢，還自稱是為地基組織招募新血。」

「問他是不是在辦公室。」鐘擺殺手悄悄吩咐，語氣有點煩躁。

「你人在哪裡？」艾許照做。

「我在哪裡？妳以為我能在哪裡？當然是回辦公室弄那一大堆文件，」赫克特回答，「到世界末日都弄不完。」

「跟他說妳知道是誰殺死拉蒙．梅札。」殺手下令。

「我知道是誰殺死拉蒙．梅札。」艾許逐字重複。

赫克特遲疑了。

「約翰．瓦勒斯。」鐘擺殺手說。

艾許搖搖頭不願撤這彌天大謊，鐘擺殺手靠近瓦勒斯，槍口抵著他腦袋。

「約翰．瓦勒斯。」艾許別無他法。

「什麼？」赫克特不可置信叫道。

「跟他說，鐘擺殺人案的幕後主使是瓦勒斯。」殺手繼續命令，「他和叫做黎歐．維拉德的人合作。瓦勒斯動腦，黎歐動手。」

「瓦勒斯就是鐘擺殺手。」艾許只能照著說，看見瓦勒斯沮喪神情她聲音也遲疑起來，「瓦勒斯和一個叫做黎歐．維拉德的人合作。黎歐幫他動手，瓦勒斯負責動腦。」

「克莉絲汀，我沒空幫妳調查這些東西。」赫克特懊惱地嘆口氣。

「跟他說，瓦勒斯傳證據和自白過去給他了。」殺手說得很平淡。

「瓦勒斯傳了證據過去。」艾許對赫克特這麼說，接著看見蒙面人從外套口袋取出平板電腦，手指在螢幕上滑了幾次。

「還真的有。」赫克特回答。艾許隱約聽見他按了滑鼠。

「這什麼！」赫克特忽然大叫，「妳搞什麼鬼？」

不到一秒，通話斷了。

「這是怎麼回事？」艾許問蒙面人。

「電話斷了？」鐘擺殺手反問。

她點點頭。

「郵件上傳病毒到調查局的紐約據點伺服器。」蒙面人解釋，「病毒經過特殊設計，會破壞整個網路上的每臺電腦、裝置和伺服器，順便攻擊備份節點和像是電源、電話之類的輔助系統。妳剛剛讓紐約調查局回到石器時代。」

「為什麼這麼做？」

「要好幾個月才能修復，」殺手回答，「到時候……」他似乎意識到自己透露太多，伸手從通風口後面撈出一個黑色包包在裡面翻找。艾許看見一大捆繩索，已經綁了個環，轉頭觀察果然瓦勒斯也留意到對方意圖。鐘擺殺手再翻了一會兒，拿出一小包東西丟到瓦勒斯面前。「幫他換衣服。」殺手指使艾許。

她仔細一看明白裡面不是普通衣物，而是與殺手身上相同的防彈衣及面具。

瓦勒斯自己拿起面具，一邊盯著一邊起身，最後將東西朝殺手丟過去。「休想。」他語調平板。

「妳幫死人更衣吧。」殺手說完舉起槍。

「他會換的，」艾許趕快介入，「你就先換上，好嗎？」儘管她這麼說了還走過去，瓦勒斯依舊不為所動。艾許動作輕微緩慢，避免刺激歹徒做出驚人之舉。她想了想對殺手說：「但這麼做沒意義，你殺死肯．帕羅的時候約翰被拘留，殺死邦妮．曼恩的時候他在我旁邊。」

「所以才叫妳告訴索羅門，他不是單獨行動。」鐘擺殺手回答。

「那個黎歐．維拉德是誰？」艾許追問。

「無名小卒，拉斯維加斯的混混，已經死了。」蒙面人說，「明天調查局就會收到很多證據，證明黎歐和約翰涉及多起謀殺案，變態計劃失控的結果。」

「所以現在是，約翰殺死我以後承受不住罪惡感煎熬，決定上吊自盡？」艾許說。

「不完美，」鐘擺殺手坦誠，「但反正沒有完美的必要，爭取足夠時間，讓調查局混亂幾天就好。別拖延了，艾許探員，幫他換衣服吧。」

她拎起那件厚重皮大衣，轉身對瓦勒斯耳語：「我說跑的時候，相信我就對了。」

瓦勒斯微乎其微點頭答應，只是臉上寫滿恐懼。艾許朝屋頂西南邊瞥一眼，找到計劃所需，只是計算必須非常精準。

「跑！」艾許大叫同時用上全身力氣將瓦勒斯推出去，接著皮大衣往後一拋自己也拔腿狂奔。殺手開槍追擊，艾許拉著瓦勒斯朝屋頂邊緣甩過去，子彈從身邊掠過。

「得跳！」她再叫道。回頭一看，鐘擺殺手追過來了，手槍不斷擊發。「相信我！」艾許這麼說，但瓦勒斯表情似是覺得她瘋了。

子彈削過半空，消音器壓抑的槍響一聲聲刺進耳朵彷彿催促他們。艾許別無選擇，伸手押著瓦勒斯向前。想到接下來如何行動她自己也全身緊繃，但心裡明白留在這屋頂的話兩人都必死無疑。接近欄杆望向下面街道，她頭重腳輕、胃部猛烈攪動，眼睛一轉找到目標：羅斯福島空中纜車[45]的紅色車廂，位在腳下這棟大樓南邊大概八碼外、十層樓高度底下。從這裡跳出去，拋物線能和車廂軌道交會。艾許心裡確認之後朝瓦勒斯狠狠一推，然後自己也奮力飛躍。

艾許飄浮在空中。纜車車廂裡頭透出光芒，像夜裡的燈塔指引方向。從屋頂飛出去，起初彷

[45] 橫跨紐約市東河，連接曼哈頓島和羅斯福島，屬於通勤用的纜車系統，底下就是市區街道。

佛隨風翱翔，接著世界逐漸縮小、消失，然後被重力加速度硬生生往下拽。周邊景色化作模糊光影，她視線鎖定一秒一秒擴大的纜車燈光。儘管心裡一直冒出「死定了」三個字，但艾許逼自己鎮定面對。瓦勒斯在前面撞上車廂上方A形支架後滑進中間空隙與車頂，所幸被另一側的A形支架擋下來。車廂被他這麼一撞搖晃得厲害，隨即艾許也撞了上去，可惜落點並不好：左肩碰到支架，結果整個人稍微向後彈了點。即使下墜速度因此減緩，她驚恐意識到這麼一來就會順著車廂外側滑下去。艾許趕緊伸手想抓住什麼，指尖擦過冰冷玻璃，窗內乘客張大眼睛心想這人必死無疑，豈料隨後一瞬間她竟搭上車廂底部那條細長金屬止滑桿。手臂負擔整個身體的重量，她右肩劇痛差點兒脫臼，集中全副意志力在手指之後勉強撐住，只是雙腿還在空中晃來晃去。至少人沒繼續下墜了，稍微出點力氣以後能夠彎曲手指勾住那條金屬桿。

抬頭望去，如同黑影的鐘擺殺手從樓頂邊緣探身，艾許幾乎感覺得到一股濃烈仇怨隨著對方目光射來。殺手重新上膛、瞄準，然後發射，艾許只能屏息以待，所幸已經超出小型槍械的精準距離，偏差的彈道落在昆斯博羅橋上一輛賓士車，車子就在艾許眼前拐了個大彎衝撞中央分隔島。驚魂未定的駕駛走出來，抬頭看到一個女人掛在纜車車廂下方搖搖欲墜，他第一反應就是拿出手機。艾許再朝屋頂看過去，鐘擺殺手收起武器後退，彼此都清楚事已至此再過不久警察就會到場，兩邊也都不希望被逮到。纜車車門晃動，乘客試圖打開。

「撐住！」裡面一個人叫道。

車門打不開，但艾許還是心寬許多，因為車廂微微晃動然後靜止，又過幾秒鐘開始倒退，朝著曼哈頓方向第二大道纜車站降落。

47

頭昏眼花的瓦勒斯聽見有聲音反覆呼喚自己名字，舉手一摸發現太陽穴那兒腫起來，被刺痛感驚醒以後他趕快查看四周，發現竟倒臥在一節纜車頂端。車廂高掛在市區空中，艾許的計劃成功了，但她卻不見蹤影。望向夜空，瓦勒斯心頭一悲，也沒有勇氣往下望，怕又看到另一個恩人被鐘擺殺手害死。

「約翰！」

呼喊劃破腦裡那片混沌，瓦勒斯聽出那是艾許的叫聲，趕快爬到車頂邊緣低頭觀察，這才發現女探員靠五根手指的毅力保住性命，吊在半空處境艱危。

「我真的會得懼高症。」瓦勒斯小聲說。

「得想辦法下去。」艾許告訴他。

瓦勒斯朝東邊看，纜車路徑切過一條斜坡，再過去是羅斯福島車站，四層樓灰色建築，主要是金屬和混凝土，光線明亮，看得見裡面保持纜車運行的紅色錨柱與調速輪。藍白雙色的警車就在他注視之下停到車站外。

「你能跳嗎？」艾許大叫著問。

瓦勒斯點頭，「應該可以。」

「去那條斜坡。」艾許吩咐。

瓦勒斯盯著逐漸靠近的斜坡，是與昆斯博羅橋相連的交流道。他目測高度，以旁邊大樓做比較應該是二到三層樓，十五至二十五英尺。有機會摔斷腿，加上夜深之後往來車輛速度很快。瓦勒斯抓著左側的A形支架，將腿放到車頂外，盯著橋體等待交流道。經過剛才出車禍的賓士以後路面逐漸上升。

「我先。」艾許叫道。

他留意到艾許視線方向，順著看過去發現兩名警員鑽過圍觀人群朝這頭跑過來。再低頭，纜車已經越過交流道外側混凝土護欄。艾許鬆手，計算有些失誤，直接落在一輛正要加速的休旅車前面。駕駛想必嚇破膽，還好反應夠快，刺耳的急剎聲伴隨地上一條輪胎痕，但車子在艾許面前幾吋地方停住。

「跳！」她高喊。

瓦勒斯只能聽天由命鬆手降落，掉在休旅車車頂以後膝蓋一彎，滑過擋風玻璃滾到引擎蓋上，恰好與一臉惶恐的中年女性駕駛面對面。接著感覺有人扯了夾克衣角。

「快走啊。」艾許催促之後拉他下來，沿著路面中間分隔兩道的白線移動。雖然腳步蹣跚，瓦勒斯還是留意到她有點駝背，右肩往內縮，走起來動作不自然。

喇叭聲、引擎聲在周圍呼嘯，更令人擔憂的則是警車鳴笛也越來越近。兩人辛苦走了大約一百二十英尺，來到斜坡與六十二街交叉口，前面就是入島後的平地。瓦勒斯心跳加速，因為看見剛才開車過來羅斯福島車站的兩名警察，一個是年輕黑人，另一個則是有點年紀的拉丁裔。他們從交流道北側護欄外面發現艾許和瓦勒斯。

「站住！」黑人警察大吼。「停下來！」他的夥伴也跟著叫道，「不然我們要開槍了！」

瓦勒斯望向艾許。艾許轉著眼珠思考怎麼應對，兩個警察翻過護欄追過來。

「這兒。」艾許叫喚，自己跑向一輛車窗全黑的白色廂型車。車子停在東向車道，與六十二號街口隔著另外兩輛。她直接過去駕駛座那側拉開車門，「聯邦探員！」艾許扯開嗓門，「下車！」

車主是個有刺青的平頭肌肉男，震驚幾秒之後回神，卻從座位旁邊抽出黑色手槍然後回頭。

「槍！」艾許大叫示警，趕快閃身迴避。

兩名警察陡然停下腳步，跟著拔出武器。「有人開火！有人開火！」黑人警察拿起無線電請求支援。

艾許趁隙一記左拳往肌肉男鼻梁揍下去。對方頭顱向後擺，她又朝對方喉頭再補一記。肌肉男彎腰乾嘔，艾許奪了槍，槍托直接打下去。車主昏了過去，她探身進車廂解開安全帶，將人推到柏油路面。

「上車！」艾許吩咐。

瓦勒斯鑽進副駕座，她跳上車立刻關門。黑人警察衝到副駕座那側正要將門拉開，千鈞一髮之際艾許按了中控鎖，換檔踩油門準備逃逸。不過車子才動起來，黑人警察退了半步開槍擊碎副駕座車窗，子彈掠過瓦勒斯與艾許面前自駕駛座車窗鑽出去。休旅車往前一衝，撞上前車車尾，但艾許繼續踩油門，靠休旅車重量將前車逼進交叉口。一輛貨車橫向撲來，前車被撞得直接讓出路。黑人警察探身進車窗亂抓一通，艾許再踩油門駛過交叉口，瓦勒斯和警察糾纏到一半直接朝對方臉上出拳，黑人鬆手摔落。從側鏡能看到他滾了幾圈穩住身子，搖搖晃晃站起來趕緊拿出無線電通報。

艾許加速離去，隔著破碎車窗能聽見警笛卻看不見警燈。她在六十三號街轉彎西行，在車陣裡鑽來鑽去竄了三個路口到達萊辛頓大道。接近交叉口時，瓦勒斯看到紐約市警局的車子趕往南邊。

「繫好安全帶。」艾許吩咐。瓦勒斯摸到帶子扣好，再抬頭就看到警車切換車道，顯然已經認出被劫的休旅車。沒想到艾許又是直接加速撞過去，警車被休旅車撞歪同時瓦勒斯也被衝擊力向前甩，但在安全氣囊加上安全帶雙重保護下沒有受傷，一臉駭然看著警車被硬生生推到萊辛頓大道對面。兩車金屬刮出大片火花，最後因為地面濕滑穩不住方向，警車往旁邊滑開，撞上停在轉角的另一輛休旅車終於停住。裡面的警察七葷八素糊裡糊塗，響亮警笛聲穿過破碎車窗更吵得他們亂上加亂。

「走。」艾許催促。

瓦勒斯開門下車，艾許跟在後面，兩人溜到六十三號街另一邊，踉蹌走向地鐵站鋪著瓷磚的階梯。下樓時又聽見警笛接近，瓦勒斯想鎮靜但壓不住澎湃的腎上腺素，發現地下轉角居然走出兩名鐵路警察時心跳更是快到極點。然而鐵路警察是被地面上的大騷動引出來，與他們擦身而過也渾然不覺。瓦勒斯轉頭望向身旁探員，眼裡忍不住流露滿滿欣慰。

「還不能大意。」艾許邊提醒邊快步下樓。

瓦勒斯默默祈禱她的烏鴉嘴不會成真，卻又緩緩點頭跟著進入地鐵站。

兩人乘坐地鐵F線，在第二大道站下車。回到地上，他們緩慢沉默走在結冰人行道，艾許望向瓦勒斯，注意到他更加疲累狼狽，皮膚衣服都很髒。她暗忖自己恐怕也好不了多少，尤其肩膀受傷很痛，而且還不知道實際傷勢多嚴重，雖然覺得沒有脫臼，但可能深層組織瘀血，或許韌帶斷裂了。走在包厘街上，乍看兩人像是酒醉未醒，到了新市鎮商旅前面停下來，艾許目光飄向一樓那間二十四小時藥局。

「你先回房間，」她跟瓦勒斯說，「我去買點東西。」

瓦勒斯累得不想過問，點了頭就拖著腳步進入旅館。

艾許走進藥局，一吹到暖氣就覺得身體快被勞累拖垮，眼皮沉重、骨頭彷彿灌了鉛，整個人昏昏欲睡。這下子連樓上那骯髒小房間的窄床也舒服得像天堂，但她還是振作起來推著手推車採購。架上東西夠多，她拿了繃帶、消毒藥膏、止痛藥與其他能幫兩人療傷的東西，裝滿籃子以後去櫃檯，是個搖滾風格女孩操作收銀機。在包厘街這種地方值夜班，酒鬼和吸毒的她大概見得很多，對衣衫不整蓬頭垢面的艾許毫無反應。付了錢，艾許用另一手提起又大又重的袋子離開。

旅館夜班接待員是個滿臉痘痘的青春期小夥子，專心盯著平板電腦，根本沒察覺艾許入內。她腿也痛，但用最快速度穿過前廳，上樓十分辛苦，感覺一步老一歲。好不容易爬完了，她扶著牆壁搖搖晃晃終於走到房間，但敲門時門板直接退開。腎上腺素分泌，艾許放下袋子，抽出從平頭駕駛奪來的手槍，顧不得肩膀劇痛舉起槍口殺進去。累歸累，艾許思緒還是敏銳，也知道自己心跳多激烈。*要是被殺手跟蹤了怎麼辦？*

進去幾步，張望之後看到瓦勒斯趴在床上。「約翰？」她低聲問。

瓦勒斯發出輕微鼾聲。

艾許苦笑搖頭，放下手槍，回去走廊把袋子用拖的拖進房間。關門鎖緊，還拉了一張破舊椅子擋住，接著她考慮是要盥洗還是先吃止痛藥、包紮傷口，但結果理性無法戰勝生理需求：真的太想睡。於是艾許晃到另一張床倒下去，頭才接觸到枕頭就睡著了。

48

瓦勒斯在黑暗裡墜落。上面很高的地方有人尖叫，轉頭一看是康妮站在屋頂邊緣，低頭看著自己血淋淋的身軀，神情十分痛苦。他繼續下墜，康妮那雙惆悵的眼眸在黑暗中縮小得彷彿針尖。一股刺骨寒風吹過，瓦勒斯聽見自己哀嚎，即將撞上地面。

「嘿，」艾許輕聲問：「還好嗎？」

他睜開眼睛，驚訝發現自己回到不堪入目的旅館房間，幾乎記不得怎麼回來的。轉頭張望，艾許坐在門後椅子上，她將濕頭髮隨手紮了個馬尾，換了乾淨牛仔褲與深紅色套頭毛衣，眼睛盯著瓦勒斯的 iPad。

「感覺好些了，」他嗓子很啞，乾咳兩下。「謝謝。」他補上一句，「妳救了我的命。」

艾許微笑，「我從藥局買了東西回來，止痛藥、繃帶之類，放在浴室裡，需要就拿去用。」

瓦勒斯感激點頭，「什麼時間了？」

「三點。」

「下午？」他嚇了一跳。

「我也才起來一小時，」艾許說，「想說讓你多睡會兒。」

「那妳還好嗎？」

艾許聳聳肩，神情蒙上陰霾。「一些擦傷和瘀血，致命傷在尊嚴上。我居然帶著你踏入陷阱。」

「妳只是跟著線索走。」瓦勒斯不希望她責怪自己。

「我不夠小心，這麼簡單上了對方的鉤。」艾許解釋，「他爆我的料，把我童年攤在陽光下，為的就是這目的。我氣昏頭了沒有三思而後行，自以為問出信箱帳號找帕佛駭進去算是高明手段，其實完全被鐘擺殺手玩弄在股掌之間。冷靜下來就該意識到不可能這麼簡單，他並不是普通的心理變態，而是所有行動都經過策劃的高智慧罪犯。」

瓦勒斯撐起身體，下床慢慢挪腳進浴室。大塑膠袋裡裝滿療傷止痛的東西，他翻出一盒安舒疼[46]，然後到處找杯子。

「你得直接從水龍頭喝了。」艾許提醒。

瓦勒斯苦笑搖頭，連朝著不太乾淨的洗臉臺彎下腰都覺得骨頭快散開。他嘴巴對到冷水水龍頭旁邊，塞了兩顆到口中趕快配水吞下。水居然是溫的，他不免為肚子擔心起來。

「那我沖個澡。」瓦勒斯開口說。艾許不知在iPad上找到什麼，完全陷入自己的世界。

蓮蓬頭裡面塞了不知道幾年份的綠色水垢，出水細細少少。但瓦勒斯要求也不高，溫水流過皮膚就是種慰藉，簡單而純粹的滿足。他又想起來了：活著，就是最幸運的事。站在蓮蓬頭下，他手掌按著白色壁磚，低頭彷彿禱告。止痛藥逐漸生效，一股輕鬆從身體最深處開始發散。擺脫揮之不去的疼痛之後，瓦勒斯心思回到自身處境，其實還是糟糕透頂。鐘擺殺手置他於死地是失敗了，但同時他也始終查不到對方殺人的動機。艾許說得很對，鐘擺殺手可不是普通神經病，就算思想扭曲卻聰明絕頂。此外對方反覆追殺不肯放過，可見行為動機帶有私人情感。

走出淋浴間擦乾身體，瓦勒斯還是有點懊惱，完全沒有接近真相的感覺。他拿出最後一條乾淨黑色牛仔褲，出來時發現艾許還拿著iPad，而且表情怎麼比自己還沮喪，渾身散發頹敗氣息。之前見過艾許這模樣，是在康乃狄克州她險些自暴自棄，要將藏身地點告訴上司那時候。

「怎麼了嗎？」瓦勒斯問。

「生氣。」艾許回答，接著補上一句：「氣自己。這傢伙很厲害，到現在避過所有調查，要不是有你，恐怕沒人會察覺他存在。我們知道哪些命案算在他頭上，卻始終想不出死者之間的共通點。」她左看右看，神情尷尬，「真不想讓你知道，但我們又被擺了一道。」艾許總算說出口，將iPad螢幕轉給瓦勒斯看。

看到畫面上是自己的臉，瓦勒斯心一沉。艾許的相片也在旁邊，底下文章指出兩人涉嫌殺害拉蒙．梅札以及網路攻擊，調查局紐約辦公室目前停擺。

「根據《夜間檔案》的報導，你成了鐘擺連續謀殺案的正式凶嫌，我也被當作幫凶遭到通緝。」艾許又說。

瓦勒斯明白為什麼她像顆洩了氣的皮球，跟著靠在牆壁無奈吐出一句：「不然我們投案好了。」

艾許卻搖搖頭，「手上什麼東西也沒有就貿然投案，那就真的玩完了。他一定能找到你、殺

㊻ Advil，成分為Ibuprofen的止痛藥。

了你，至於我嘛……現在這情況，加上《夜間檔案》之前的爆料，大概要吃刑事官司。會把你列為正式嫌犯，代表調查局吃了那傢伙餵的餌，辦案方向偏差十萬八千里。也就是說，我們得自己設法逮他。」

艾許沉默下來，視線飄向遠方，下顎咬得很緊。瓦勒斯看見那副殫精竭慮的神情也能體會她的彷徨，兩個人安靜了好幾分鐘。

「先前你查到艾琳．拜恩就走進死胡同了。目前看來她比凱伊和胡方，或者你和其他人都要早，是第一個受害者，凶手最初的目標。」艾許再開口時這麼說：「得重新來過，確認拜恩家我們到底錯過什麼環節。一定有什麼關鍵能連結艾琳．拜恩與其他死者，或者直接連結到凶手。必須找到這個突破口。」

「想從史蒂芬．拜恩下手嗎？」瓦勒斯問。

「不。」艾許回答，「還不到時候。凶手腦袋好、資源多，對電腦技術的掌握還高於帕佛。」

「意思是史蒂芬．拜恩也有嫌疑？他殺了自己女兒？」

「我會朝這方向思考。他是電腦天才，又有軍方背景，條件完全吻合。不過後來我正好看到這個。」艾許說完在平板滑了滑，跳到一篇專欄報導，內容詳細敘述了前夜共和黨募款晚會的情況，重要來賓之一便是史蒂芬．拜恩，好幾張照片裡看得到他的嚴肅面容。「如此一來至少兩百人成了他昨天晚上的不在場證明，還有其他兩起命案發生時他人也在公眾場合，所以不可能是史蒂芬．拜恩。但有可能是他某個圈子裡的人，例如員工，或者競爭對手。」

「如果是與拜恩有仇，為什麼會追殺到我這種人身上？」瓦勒斯質疑。

「這我的確回答不了。」艾許坦誠，「目前全都說不通。根據以前我處理連續殺人犯的經驗，無論心態多扭曲都一定有個道理，只是現在還沒找到。假設鐘擺殺手來自拜恩家族周圍，母親比較有可能提供線索。從找得到的資料判斷，他們夫妻後來就感情不睦，我推測是將女兒身故怪在父親頭上，訴求這份怨懟或許她會知無不言，然後發現她自己都不知道的重要線索。」

瓦勒斯聽完很遲疑。旅館房間狹小污穢，但性命有保障。走出房間，外面世界充斥危險痛苦和死亡。

「總不能乾坐在這兒，」艾許彷彿讀了他的心，「要是從母親口裡問不出東西，就找父親試試看。整個事件一定能和女兒扯上關係，可能連到其他受害者，也可能直接連到凶手身上。」

「好吧。」瓦勒斯下定決心點了頭，「我也去。」

49

四點多他們到達樹冠基金會所在大樓。艾許對門衛亮出證件，帶著瓦勒斯搭乘電梯上了三十二樓。兩人踏進大廳立刻被接待員認出。

「妳打電話，我就以妨礙公務罪名逮捕。」艾許喝道。

對方話筒才剛拿到耳邊，嚇得趕快放回去。

「不管妳看到什麼聽到什麼，我們無意傷人。」艾許稍微安撫，「只是談話。」

瓦勒斯領著艾許進門，走廊旁邊大辦公室內的員工們根本沒注意到。他又推開一扇門，過去是瑪希工作的地方，不過裡面空無一人。再往內走，門後是費麗莎辦公室，原來瑪希進來與她開會，兩人面對面坐在裡面沙發上。

「有事嗎？」瑪希立刻起身。

費麗莎拿起電話，朝瓦勒斯警告：「我說過你再露面會有什麼下場。」

「先放下，」艾許一邊命令一邊過去要搶走話筒，「我是聯邦調查局——」

「我知道妳是誰。」費麗莎打斷，「新聞都說了，也提到他就是鐘擺殺手，和我女兒的死有關。」說完她冷眼瞪向瓦勒斯，「你這喪盡天良的畜生還想耍什麼把戲？」

「我發誓，我和艾琳的死真的沒關係！」瓦勒斯反駁，「上個月是我第一次來美國！如果我是凶手何必出現在妳面前？請妳先冷靜，我是來求助的，拜恩女士。妳女兒一定和某個受害者之間有牽連，又或者是直接與凶手有關係。」

「作案的人並不是隨機犯案，每個案子之間一定有聯繫。」艾許指出，「幫我們找到他，妳也就找到殺害女兒的凶手。」

「你們懂得摯愛的人自殺是什麼感覺嗎？」費麗莎站起來說，「能想像活著居然對她們那樣痛苦，但自己卻又從頭到尾沒能理解？」她低頭緩緩走向窗戶。「現在你們忽然闖進來，就要我接受女兒其實是遭人謀殺？」費麗莎背對三人望向窗外，良久之後才轉身，眼角閃著淚光。

「艾琳最後那段日子裡，有沒有說過什麼奇怪的話？」艾許問，「住家附近有可疑分子嗎？有沒有不尋常的人際接觸？電話？任何讓妳留下印象的？」她不斷追問。

費麗莎搖著頭走回辦公桌，身子往前一探，雙掌按著桌面，手指扣住桌緣。「要是有什麼異常，我當然會告訴警察。」

辦公室內另扇門忽然打開，雅各提著手槍一衝進來就對準瓦勒斯。

「該死！」艾許叫道，「緊急按鈕。」她這才明白費麗莎裝模作樣繞一圈是為了走到辦公桌求救。

「把槍交出來。」雅各命令道，「動作放慢。」

「報警。」費麗莎吩咐助理，瑪希快步走開。

看著艾許手探進外套底下要取槍，瓦勒斯感覺恐慌症又要發作。雅各槍口沒動過，一直對準瓦勒斯，但即便生死關頭他都還想著朝門口逃走。寧可乾淨俐落死在這兒。若被送回萊克斯，就算不是菸鬼也會有差不多的傢伙藏著刀子虎視眈眈。即使運氣好能證實自己清白，進入證人保護體系之後不出幾天也就會被鐘擺殺手找到。他忍不住要行動的時候，艾許霍地手一翻，槍口指向費麗莎。

「槍放下！」艾許朝雅各吼叫，「立刻！」事實上她根本不給雅各反應時間，而是衝過去扣住對方武器。雅各無可奈何只好鬆手。「坐好！」艾許喝道，失手慚愧的保鏢只能聽令過去沙發坐好，惡狠狠瞪著女探員。

瓦勒斯暗忖大塊頭保鏢也不是省油的燈，一有機會就會反擊，結果艾許還真的不給機會，槍托重重往他臉上拍過去把雅各給敲暈。

「妳讓情勢變得棘手了。」艾許說完，槍口也跟著轉過去對準縮到桌子後面的費麗莎，「得請妳在警察過來前把話說清楚。」

「我什麼也不知道。」費麗莎叫道。

「妳裝出一副聖人模樣。」艾許朝周圍一指，「要別人出錢出力贊助，為的其實是自己。看上去妳好像在挽救不認識的人，可是真正目的是要擺脫罪惡感，因為妳心底明白自己對不起女兒。如果這還不夠，妳居然把兒子丟在瘋人院自生自滅。」

「自生自滅？」費麗莎困惑的表情很真實，「麥斯是有狀況，但哪談得上是自生自滅？」

「妳是這樣說服自己的？打針吃藥到了毫無行動能力，還禁止訪客和他見面，這樣不叫自生自滅那什麼——」

「毫無行動能力？妳鬼扯什麼？」費麗莎打斷她，「他沒用那麼多藥，也沒被限制會面，史蒂芬和我都會去探病啊。」

「什麼？」艾許低呼。瓦勒斯看得出來，她相信費麗莎說的話，而且十分錯愕。「妳解釋清楚。」

「看他不舒服是很難過，但我還是每個月過去看看他，當然也要醫生說可以就是了。」費麗莎說得憤慨，「做慈善的確讓我覺得自己活著還有點用，不過不可能取代親生骨肉啊。」

艾許走向房間外圍的書櫃，發現一張麥斯．拜恩的相片。

「走，」艾許對瓦勒斯說完就急著離開，「不能久留。」

瓦勒斯跟著她走出去，也聽見警車鳴笛自大廈外傳來。助理瑪希神情緊張看著兩人從面前經過。

「什麼情況？」跑向電梯時瓦勒斯問。

「趕在警察到之前溜走。我要去找麥斯．拜恩。」艾許猛按電梯。

最遠那臺電梯開了門，兩人快步奔走，但還沒跑到就有兩個大樓保全站出來。艾許不敢大意，舉槍對準他們。

「趴下！」她叫道：「趴下去！」保全猶豫了。「快趴下！」艾許大聲重複，他們這才乖乖俯臥在大理石地磚上。

艾許跟著瓦勒斯退進電梯，槍一直指著保全，直到門關上為止。兩人在裡面心情緊繃沒講話，樓層顯示過了第十層以後她忽然按了五樓。

「這是做什麼？」瓦勒斯問。

「得換別的路出去，」艾許回答，「大廳會有保全守株待兔，運氣不好連警察都到了。」

電梯門打開，是設計公司的接待處，整個空間白得像醫院。兩個助理看見手槍神情緊張，艾許沒有搭理，一踏出門就朝幾碼外的消防通道走過去。瓦勒斯跟在後頭進入樓梯間，看著她啟動火災警報，接著兩人就在持續不斷的警報聲中往下衝。過了一層樓，艾許又去觸發警報，下了兩層之後整個消防通道塞滿大樓內的上班族。瓦勒斯和艾許混入人群，慢慢推擠下樓，終於被人流沖進街道。幾名員警試圖維持秩序，但衝出來的人太多了他們無能為力。兩人鑽到人群邊緣，悄無聲息逃離現場。

50

艾許有心事，而且一直糾結。瓦勒斯看得出她正絞盡腦汁，兩人在計程車後座，車子穿過市區。他試著與艾許聊聊，但艾許並不領情。

「你不知道比較好。」都這麼說了顯然就是不想多談。

瓦勒斯只好歪頭靠著車窗，靜看街景從眼前掠過。又是刺激的一天，膽戰心驚隨著夕陽餘暉逐漸沉入黑暗，車身微微晃動加上強力暖氣不斷吹送，車內環境引人入夢。直到車子停下來，司機開了他那側窗戶，夜風狠狠拍上臉頰身體，瓦勒斯這才冷醒過來。

「你好？」克隆威爾精神治療中心的對講機傳出男子說話聲。曼哈頓方才處在尖峰時段，所以花了四個小時才抵達，現在已經過了晚間八點半。

「我是聯邦調查局探員亞蕾希絲・海爾，」艾許探頭出車窗回答。瓦勒斯還有印象，這名字昨天在麗晶酒店前面埋伏時她提起過。「我要見你們一個病人。」

「目前不對外開放。」對方告知。

「緊急事件，」艾許態度強硬，「快點開門，否則我只好申請搜索令然後以妨礙公務罪嫌逮捕你！」

對方沒回答，片刻後大門打開，計程車在車道上繼續前進。

「在這兒等著。」艾許告訴司機。她和瓦勒斯下車穿過冷冷夜色，爬上階梯走到建築物正門。

蓄了濃密黑鬍子的門衛坐在接待桌後面。艾許敲了玻璃門，他按鈕讓二人穿過內側安全門。

「我們找麥斯．拜恩。」艾許說。

「卡法納小姐馬上過來。」門衛回答，「她要我先招待兩位稍候片刻，請問要喝點什麼？」

瓦勒斯看得出來艾許壓抑煩躁情緒。「我不必了，」她說。「我也不用，謝謝。」他跟著說。

「那請坐，」門衛說，「她馬上到。」

兩人漫步到座位，在兩張相鄰的扶手椅坐下。時間一點一點過去，艾許情緒彷彿壓不住快要炸開。

「來這裡做什麼？」瓦勒斯問。

「其實你應該留在車上等。」她根本不想回答。

但瓦勒斯可不願意離開艾許身邊。他注意力轉向大廳懸掛的大幅水彩，欣賞畫家的構圖與光影表現，只是每次偷偷瞥向艾許都發現她眼睛越來越瞇、眉頭越蹙越緊。過了將近半小時，厚重的正門打開，葛瑞絲．卡法納走進玄關，門衛替她開門。

「謝謝，喬伊。」葛瑞絲轉頭望向座位，走近時板起臉，瓦勒斯猜她心情與艾許有得比。

「我們這兒晚上不能訪視。」

「我不是訪客，」艾許起身糾正對方，「我是聯邦探員。」

葛瑞絲表情彷彿差點露出冷笑，不過並未失態。「能解釋為什麼需要見他嗎？」

「不能。」艾許沒好氣回答。

「好吧。」葛瑞絲不肯退讓，「但是這麼一來我就沒理由讓妳進去打擾病人吧。」

艾許瞪著她，她也毫不留情回瞪。

「費麗莎．拜恩跟我們說，她和丈夫定期過來探望兒子。」瓦勒斯介入調停，「可是上次過來，護理師卻說家人從不露面。」

「怎麼可能呢，」葛瑞絲回答，「麥斯主要就是讓護理師莫爾照顧，病人的生活他一清二楚才對。」

艾許急著駁斥，瓦勒斯趕緊打斷：「能請妳確認紀錄嗎？」

葛瑞絲神色軟化了點。「我們的系統記錄每天進出，」她說完補充，「訪客無論進來還是出去都需要登記。」接著轉身面朝接待處，「喬伊，麻煩你從系統找出費麗莎和史蒂芬．拜恩來訪的紀錄好嗎？」

艾許和瓦勒斯跟著她走過去，喬伊敲著鍵盤，過沒多久卻搖搖頭。

「沒有紀錄。」他告訴三人。

「再檢查一遍？」艾許說，瓦勒斯自己走到旁邊臺座翻看那本大型訪客簽名簿。

喬伊二度輸入資料，瓦勒斯一頁一頁翻找。簽名簿上有許多親友手寫的心得感言。

「沒有呀。」喬伊還是這樣說，「沒有到訪紀錄，至少系統上面沒有。」

「這兒有。」瓦勒斯叫道。

艾許快步跑過去，葛瑞絲也跟著。三人低頭注視，頁面被分成多欄多列，通常每人一列，第一欄填病人姓名、第二欄填訪客姓名、第三欄註明日期、第四欄才是訪客留言的內容。不過這頁中間有人用了兩列，是費麗莎．拜恩洋洋灑灑寫了好幾句。時間在七週前，雖是草書但筆跡秀麗：今天麥斯和我在漂亮的花園待了很久。我和他聊了幾句，可惜兒子和以前一樣悶著不怎麼講話。不知道什麼時候寶貝兒子可以回到身邊。

「這就奇怪了，」葛瑞絲滿臉困惑，「既然來過，應該會經過系統啊。」

「電腦資料可能被人篡改。」瓦勒斯指出。

「但誰會想駭我們的電腦？」葛瑞絲追問。

「可以去見麥斯了嗎？」艾許乘勝追擊。

葛瑞絲望著大門，似是拿不定主意，片刻後才遲疑點頭。「跟我來。」

她帶艾許與瓦勒斯穿過大廳另一頭的安全門，中間經過戒護員管理站，只有一個皮膚頭髮都白了的老人家守著。艾許解下槍，瓦勒斯也交出皮帶，但他聽見外頭不算遠的地方居然傳來直升機旋翼的隆隆聲，暗忖大概是什麼做避險基金的高階主管用這種方式回去自家豪宅。

「現在應當都在看電影。」葛瑞絲解釋，三人穿過柵門。

瓦勒斯和艾許跟在她後面，最初是白天活動區域，運動場早已熄燈，再來就看見病人們安靜坐著觀賞歌舞奇幻片《歡樂滿人間》。銀幕上，茱莉．安德魯絲抓著雨傘飛行，瓦勒斯不禁好奇這邊的選片標準為何，明明很多病人就已經快分不出現實和幻想。六個護理師、六個戒護員看到葛瑞絲似乎刻意打起精神，她穿梭其中找到麥斯，旁邊的護理師是個強壯黑人。

「嗨，恰克。他情況如何？」葛瑞絲問。

恰克望向麥斯，然後聳了肩。「一如往常。」

葛瑞絲蹲下，讓眼睛能平視麥斯，但麥斯目光迷失在另一個世界。

「麥斯，我叫葛瑞絲．卡法納，想聊聊你爸媽。他們有來看你吧？」

他沒反應，甚至不像聽得見，嘴角還垂下一條唾沫。

「卡法納小姐，現在什麼情況？」恰克問，「沒人來過啊。」

「我知道，」葛瑞絲附和，「但他母親卻說曾經探視兒子。」

「我得和他談話。」艾許催逼。

「沒辦法。他在這狀態就沒辦法。」葛瑞絲回答。

「可以換藥，」恰克解釋，「很高機率會出現暴力行為，如果真的必要那只好綁起來。」

「需要多久時間？」葛瑞絲問。

「得先和伊麗絲醫生確認減藥能多快，上次花了兩天。」

瓦勒斯留意到艾許臉皺了一下。沒那麼多時間。「總有別的辦法才對。」她開口。

「除非給他打腎上腺素吧。」恰克口吻是開玩笑，但葛瑞絲蹙起眉頭。

「那就打。」艾許吩咐。

「我開玩笑的。」恰克正色，「刺激過大，會影響他腦部運作。以他現在情況，很難不引起思覺失調。」

「我需要和他對話。」艾許強調。

瓦勒斯忽然聽見一連串急促腳步聲從病人活動區傳來，沒過多久就看見赫克特．索羅門領著警察小隊闖入。

「該死！」艾許橫眉瞟了葛瑞絲一眼。

「是我叫的沒錯。」葛瑞絲冷冷道，「不奇怪吧？你們兩位是謀殺嫌犯。」

「赫克特——」艾許轉頭望向上司。

「妳夠了吧。」赫克特說完就吩咐一名體胖眼垂的中年警官，從身上別的警徽看來是局長，「把他們兩個帶走。」

克隆威爾警局局長又朝兩名部下點頭示意，警員走向瓦勒斯和艾許。

「赫克特，一定要向這人問話。」艾許指著麥斯警告。

「克莉絲汀，這些與妳無關，該收手了。」赫克特說完，兩名探員進來。瓦勒斯想起在曼哈頓麗晶酒店外頭見過，名字分別是海爾和尼爾森。

瓦勒斯看得出艾許滿腔怒氣即將爆發，於是對接下來的情勢演變毫不訝異：艾許猝然掉頭，朝海爾臉上一拳揮去，接著兩手翻飛、轉眼多了一柄槍，想必是從海爾背帶奪來。她往地板開槍，眾人不敢輕舉妄動。

「你！」艾許槍口對準恰克，「去注射腎上腺素！」

恰克望向葛瑞絲，不知如何是好。

「別看她，」艾許命令，「看著我，給他打針，快！」

葛瑞絲點點頭，恰克一溜煙跑出去。

「把槍放下。」局長拔槍叱喝。

「想得美！」艾許的怒氣轉向新目標，「局長，槍放下，不然身上準備開洞。」她往局長腳邊地板打出一發，有些比較清醒的病人開始慌亂。

「弄巧成拙，」赫克特語氣帶著悲哀，「克莉絲汀，這下妳不只丟掉工作，還得去坐牢。」

「讓我帶病人出去。」葛瑞絲請求。

「都不准動！」艾許命令，「你給我把槍放下！」她又朝警局局長吼道，局長則望向赫克特。

赫克特慢慢點了頭，局長將手槍放在地板。

艾許退到牆邊，槍口不斷左右移動，阻嚇三名探員、四名警察逞英雄做傻事。瓦勒斯左右各一個警察，他感覺到兩人渾身緊繃、蓄勢待發。半晌後恰克帶著針筒與藥瓶回來，拿到艾許面前給她檢查。

「打針。」她吩咐。

「可能會害死他。」葛瑞絲警告。

艾許瞅恰克一眼確認，他搖搖頭說：「死是死不了，就怕會瘋掉。」

權衡之後，艾許手槍揮了下，「動手。」

恰克將針刺進橡膠瓶蓋，活塞往後抽。他接著拉開麥斯的罩衫衣領，底下就是肩膀肌肉。恰克又看了葛瑞絲一眼，她只能搖搖頭。

艾許自己上前搶走針筒往麥斯肩頭一插，壓下活塞將大量腎上腺素打進他身體。效果立竿見影，坐著的麥斯全身猛然彈了下，還將艾許擠得退後一些。他跳起來將艾許壓在牆上伸手想奪槍，恰克與兩名警察見狀趕緊過去壓制，將人帶開。艾許怒目圓睜，槍口逼近到麥斯腦袋幾吋外。

「你叫什麼名字？」她問。

「艾許探員，退下！」赫克特吼叫。

「你到底叫什麼名字！」艾許揮舞手槍，麥斯東張西望十分慌張。

「反正我都一無所有了，」艾許威脅，「打你一槍算什麼！」

麥斯狠狠瞪著她，她真的扣下扳機，冒出火花的槍口距離麥斯腦袋才幾吋。槍響迴盪，旁邊病人受到驚嚇紛紛慘叫。

「艾許探員！」赫克特怒斥。麥斯摀住發疼的耳朵，警察與探員全抽出槍指著艾許。

「快沒時間了！」艾許對他說：「給你三秒。一！」

瓦勒斯從旁觀察，發現麥斯眼珠子兜了圈，看的卻是警察與探員。想必他察覺自己處境了：這些人看似要救他，但誰能保證他們瞄得準？就算面前這瘋女人沒射中，說不定反而吃了其他人的流彈。

「二！」艾許神情沒有任何猶豫，槍口直接按在麥斯腦袋。

「克莉絲汀妳快放下槍！」赫克特命令道。

「三——」

「好、好！」病人無可奈何開口了，「我不是麥斯．拜恩。」

51

艾許坐在空出來的椅子上，雙臂拉直被緊緊捆在椅背後頭像個變形的舵輪。大家曾以為是麥斯．拜恩的男子坐在附近，一臉疲態、神情恍惚。葛瑞絲．卡法納指揮醫護帶病人回房，最後一批走過克隆威爾警察身邊，擠進瓦勒斯身後的走廊。瓦勒斯拒絕離開艾許，還要求旁聽清醒之後被赫克特、尼爾森、海爾包圍的「麥斯」究竟會說出什麼真相。亞蕾希絲．海爾偶爾偷瞥艾許，眼裡敵意很深，方才結下的梁子恐怕不好化解。從艾許的角度看，海爾應該覺得很丟臉，挨揍是一點，更大的理由是被人搶了武器。

「你是什麼人？」赫克特等到護理師都離場才開始發問。

病人先看看艾許才搖頭。她暗忖這傢伙身體裡滿滿腎上腺素，就像剛通了電，不過腦子還在對抗血管中流動的鎮靜劑和精神藥物。普通的問法問不出什麼名堂，必須幫他梳理思緒善加誘導才行。

「調查局可以帶走你，」她淡淡說道，「採指紋、調閱牙科病歷，或許能拖延一兩週，但最後還是能查到你的身分。」艾許抬頭瞟了赫克特一眼，希望長官配合不要多言。「之後你就會因為妨礙司法被起訴。」她補上一句。假麥斯還在天人交戰，視線與艾許對上了。艾許輕輕點頭，鼓勵他回歸正軌。他好像忽然開竅，下定決心不再為難。

「我叫麥克．羅森。」他回答，「麥斯是我軍中同袍，很多人說我們長得就像親兄弟一樣。

我在伊拉克受了傷，除役之後活得一塌糊塗。兩年前，麥斯忽然找到我，說可以互相幫忙，開出每星期一萬元的價錢要我假扮成他，還指示我要想盡辦法住到特殊照護病房，如果醫生不開鎮靜劑我就立刻裝出暴力傾向直到再被用藥。」

「你在這兒兩年了？」艾許問。

麥克點頭。「那時候我不只破產還無家可歸，聽到那種價碼當然什麼都肯幹。」

「知不知道為什麼要你當替身？」艾許又問。

「不知道。」麥克回答，「他只說是要幹些事情，不希望家裡人發現。但平常誰會每星期花一萬塊只為了不住院呢。」

「羅森先生，你得跟我們回局裡，我需要你把事情一五一十交代清楚。」赫克特轉頭吩咐尼爾森，「麥斯．拜恩偽造不在場證明長達兩年，對全國發布警告，現在他才是鐘擺殺人案頭號嫌犯。然後派人帶拜恩夫妻過去偵訊。」

「我們呢？」艾許問。

「事態不同。妳和瓦勒斯先生現在洗清嫌疑了，不過內部調查還是會追究妳的紀律問題。」赫克特答道，「我個人雖然不贊成妳的手段，但妳立了功勞是事實，應該也會一併考量。至於今晚的狀況，除非海爾探員不同意，否則沒必要在妳頭上繼續安罪名。」

海爾看看艾許再看看赫克特。「我無所謂。」她說。

「那給她鬆綁。」赫克特先吩咐海爾，接著繼續告訴艾許：「妳還是得跟我們走，瓦辛頓案會重審，然後違抗命令、怠忽職守等等一長串過失總是免不了。我覺得不至於坐牢，」海爾取出小刀切斷捆住她手腕的束帶。「只是留在局裡也沒什麼前途吧。」

「他呢？」艾許往瓦勒斯那邊撇撇頭。

「瓦勒斯先生繼續接受證人保護。」

「不要。你們根本保護不了我。」瓦勒斯提出抗議。

「這次可以。由於艾許探員她——」赫克特斟酌著用字遣詞，「不拘泥於傳統的辦案方式，調查局終於鎖定真正嫌犯。」他轉身告訴尼爾森，「回去警察廣場大樓之後所有證據都要重新檢驗。」

「警察廣場？」艾許感到疑惑。

「辦公室回復電力和網路之前，我們先到紐約市警局那兒擠一擠。你們寄過來的病毒把所有東西都洗掉了。」赫克特這麼說。

「不是我們，」她辯駁，「是鐘擺殺手。他拿槍指著我們，逼我打電話，準備利用完了才殺掉。」

赫克特望向瓦勒斯確認真偽。「是真的，」瓦勒斯出面為艾許背書。

「那妳的罪狀又可以刪掉一條。」赫克特對她說，「先走吧，直升機還在外面等著。」

瓦勒斯跟著調查局探員走出克隆威爾精神治療中心，穿過停車場在旁邊草坪看見大型直升機，長旋翼轉動起來寒風撲面。他認得機型，是UH-60黑鷹，以前在阿富汗就見過很多次，只是眼前這架漆上了調查局標誌。海爾拉開後側滑門，瓦勒斯、麥克．羅森和眾探員爬進寬敞機艙，大小足夠容納一整排的全副武裝官兵。海爾最後上去，然後關好門，大家各自散開在左右兩邊長凳上。瓦勒斯坐在尼爾森與海爾中間，艾許在他對面。駕駛回頭確認，赫克特食指捲一下示意可以起飛。駕駛員對著無線電報告，過不久瓦勒斯聽見旋翼全速轉動，機身浮上天空。

他望向窗外，克隆威爾治療中心越來越遠，隨著高度提升漸漸看到遠處市區夜景。

艾許左顧右盼，臉上露出笑容。兩人遭到拘留，她自己還會被紀律懲處，但終於走在正確方向上，揪出嫌疑犯並且擺脫謀殺罪嫌。瓦勒斯明白對艾許而言這就是勝利，但他心裡忐忑不安。截至目前為止，只有艾許保得住他性命，眼下恐怕即將被迫分開。

上直升機以後，赫克特花了十分鐘跟一個叫做奧佛瑞茲的探員講電話。根據對話內容，瓦勒斯猜得到那位探員人在加州，負責西岸地區的調查。赫克特將麥斯・拜恩行蹤不明一事告訴對方，言詞明顯想強調能夠鎖定嫌犯都是艾許的功勞。雖說他是帶了部下過去圍捕，瓦勒斯卻覺得赫克特其實很欣賞艾許，所以一有機會就替她說好話開脫。

「赫克特，」直升機上很吵，艾許不得不大叫，「我剛剛想了一下，真的想逮到麥斯・拜恩的話，有個辦法比全國通緝更好。」

「是什麼？」

「讓民眾幫忙。」艾許回答，「看過那種失蹤協尋在網路和媒體發酵的情況嗎？」

赫克特搖頭。

「找凱特・巴斯特。用她的《夜間檔案》。」艾許留意到長官聽見那名字就皺眉，跟著停頓一下，「嗯，我懂。不過可以說她還欠我人情吧。」她繼續說：「請她做個專題，就說麥斯・拜恩逃離精神病院，很有可能自殘。盡量找最體面和最引人同情的照片，然後端出事實資訊，強調他在軍方服務多年，現在卻會傷害自己。訴求情感，把他捧成戰爭下的悲劇英雄，失去妹妹以後悲傷崩潰，他心靈受創，隨時可能自殺。叫凱特也聯繫媒體同行，大家一起炒熱這個話題。如此一來等於推特、臉書，可以說全世界都在幫忙抓人。」

赫克特板著臉注視艾許，隨後才朝尼爾森點頭。「幫我聯絡凱特・巴斯特。」

艾許靠著椅背朝瓦勒斯微笑。她又贏了一局。思路清晰、敏銳靈活，不難理解為何赫克特暗中幫忙，試圖將她留在調查局。

52

丹．亞羅西開著黑色賓士AMG，車子轉入科雷斯塔維亞社區，他降下車窗朝涅特揮手，穿著制服的保全按下開關升起柵門。亞羅西繼續往前開，順著道路繞上遠眺波托拉谷市的山脊。亞羅西選擇居住於此，看中的是鄰近Facebook園區，像今天這樣加班到半夜之後半小時內能到家。時間接近深夜一點鐘，山道上除了這輛改裝名車看不到別人，頭燈光束只能照亮加州郊區的盎然綠意。亞羅西是個工作狂，而且引以為傲，可是接下來幾星期真的沉重。不單純是工作分量，也源於加班起因是樁悲劇。札克．霍茲在Facebook待了八年，亞羅西與他交情非常好。札克的妻子艾黎傷心欲絕，亞羅西看得出來孩子們還太小，不真的理解生離死別。但說穿了，誰看得透呢？就新聞報導的說法，札克似乎成了連續殺人案的受害者，調查局派一個小組過來向同事取證。面談亞羅西的探員叫做奧佛瑞茲，他閃爍其詞不肯透露內情。

只能說世道險惡，幸好亞羅西總認為安全第一。科雷斯塔維亞這邊還有個優點，因為住戶財力都不錯，便聯合起來在私人道路入口設下柵門，警衛亭內二十四小時皆有人駐紮。他明白群聚的富人更容易成為目標，所以不願有一丁點風險，最初選擇住宅就很強調保安需求，於是看中社區末端沒有車輛往來的物件，任何人出現在周圍都絕非偶然。此外自宅車道就長達三百碼，換言之從馬路幾乎看不到房子。現代混凝土建築改造空間大，亞羅西遷入前就針對緊急情況設置安全室[47]，所有門窗都加裝防爆隔板，即使遭到外部長時間攻擊這間宅子也能抵禦，但以警報反應時間三分鐘、警報啟動後十五分鐘內會有裝備完整的保全小隊抵達看來，他不覺得自家防守能力有機會接受考驗。

亞羅西駛過樹木包圍的車道，最後停在方形堡壘屋前方一塊礫石地。這輛AMG在中間，左右是特斯拉和法拉利488GTB。走向家門時他拿手機出來看，今天Facebook動態牆全是協尋麥斯・拜恩的消息，幾十個好友轉貼《夜間檔案》特別報導以及那位退役軍人的照片。雖然亞羅西尚無緣得見麥斯的父親史蒂芬・拜恩，但自然已經久仰大名，除了身為科技產業龍頭老大，女兒自殺的慘劇也十分令人震撼。

門口安裝生物特徵識別系統，機器射出一線微光掃過亞羅西手掌。藍色前門隨著喀嚓聲打開，但隨即警報倒數響了起來。

「解除。」亞羅西發出聲控指令然後進屋關門。嗶一聲以後倒數中斷，他穿過前廳，腳上Foster & Sons訂製鞋的堅硬鞋跟在白色大理石地板叩叩作響。聽見前門方向傳來怪聲，亞羅西立刻停下腳步轉身。那聲音就像輪胎漏氣。

雖然鉸鏈也是強化材料，門板依舊被爆炸吹飛並重重拍在亞羅西背部。拱頂前廳瀰漫塵埃瓦礫，他爬起來跪在地上，鼓膜劇痛、聽不見任何聲音，包括別人踩過殘骸侵門踏戶的腳步聲。然而戴面具穿長大衣的可怕身影他一眼就認得：是畫家筆下鐘擺殺人案的凶手。聽覺逐漸恢復，最初是極其刺耳的高頻率嗡鳴，亞羅西猜測是被爆炸引發的強勁音波影響神經，然而聽見這聲音他

㊼ 私人住宅或商店為預防罪犯侵入或其他緊急情況準備的空間，可封閉通道，並備有對外聯絡系統、生存與醫療物資等。

彷彿大夢初醒，望向門邊的警報控制儀錶板，目光鎖定在紅色緊急按鈕。亞羅西很清楚按不到就會死，於是勉力起身拔腿跑，可惜對方動作更快，殺手跳上前舉起包裹著克維拉纖維甲胄的手臂，一記手刀橫切過去就把亞羅西打得屁股跌在地上。又一記手刀落在他腦袋，這次位置更精準，直接將亞洛斯敲暈過去。除了不停旋轉扭動的世界，亞羅西最後失去意識之前，還看見一個不可解的畫面：鐘擺殺手自己走到門邊按下緊急按鈕。

53

倘若鐘擺殺手本來有意癱瘓調查局在紐約的行動，他失敗了。聯邦調查局為了預防恐怖攻擊，早就預備好幾處備用基地，警察廣場大樓十樓是最近的一個。但艾許確實沒料到轉移陣地的原因竟會是個電腦病毒，她觀望臨時據點內的一片混亂，六十名探員與內勤接聽來自全國各地的電話。《夜間檔案》做了專題，搭配數十則Twitter和Facebook發文被轉載數萬次，接著全國與地方新聞開始報導。麥斯．拜恩穿著正裝軍服一副英雄模樣的相片充斥網路空間，雪球越滾越大，創造出幾十萬不知情的賞金獵人。如果什麼都信，麥斯．拜恩已經在本土五十州都出現過一輪，近期目擊也高達兩千次。他們必須分辨真偽，接著判定可能性高低，最後才能調動各地檢警進行確認。

艾許說服赫克特讓她幫忙接電話，搬出的理由包括此刻人力寶貴不能浪費，加上自己紀錄夠難看了，既已鎖定嫌犯，她沒道理再添亂。瓦勒斯也拖延成功，赫克特答應延到早上才將他轉移給證人保護小組。艾許明白瓦勒斯離開自己身邊就覺得不安全，現在他只能縮在小房間內湊合出來的床鋪，透過玻璃隔板看他睡得很熟。

赫克特正在大樓某處訊問史蒂芬與費麗莎。艾許試過不少說詞都沒能跟過去，即便如此失落感並不深，能回到局裡正常工作已經舒坦多了。但她仍舊覺得應該重新整理整個案情，於是朝破爛辦公桌手一推椅子滑開，走在同事之間找到帕克，與尼爾森和海爾坐在一塊兒。他們三個可謂赫克特意志的延伸，負責主導麥斯．拜恩搜索行動。艾許注意到帕克桌子上有一疊資料夾。

「嘿。」她看帕克掛了電話堆著笑臉湊過去。

「想幹嘛？」帕克很不耐煩。

「想當個有用的人。」

「接電話啊，」帕克告訴她，「讓全世界幫忙找人不就妳自己的主意？」

「介意我看看這些檔案嗎？」艾許試探，「我接電話還是能看。」

「索羅門說妳到早上才停職，」帕克想了想，「所以目前還是探員，一個沒有稱心如意就會把我搞得烏煙瘴氣的探員，我沒說錯吧？」

「可以這麼說吧。」艾許也很老實。

「要看就看，」帕克朝那堆東西撇撇頭，「看出什麼端倪再告訴我。」

他又拿起話筒，艾許收了資料帶回座位開始翻閱，第一份是凱伊．華特斯的背景。電話響了，她也接聽了，有人聲稱目擊到麥斯．拜恩。艾許聽得漫不經心，注意力放在面前的文件，她要仔細研究調查局在慘死於蓋瑞森村的少年身上查到什麼。

「我聽不懂。」費麗莎．拜恩聲音透著疑懼。

「妳兒子花錢請人冒充他長達兩年。被他找去的人叫做麥克．羅森，也曾經在遊騎兵營服過役。」赫克特回答同時端詳對面二人，麥斯的雙親像是真的手足無措。費麗莎表情豐富、眼眶泛淚，緊張起來一直抓衣服。史蒂芬沉默無語，但聽完真相視線飄忽，透露強烈的驚詫與困惑。亞倫．庫克坐在史蒂芬旁邊，赫克特當然認識他，雖然頂上無毛面似猛禽，但對方可是紐約首屈一指的刑事律師。費麗莎的律師則是淺金色頭髮神情嚴肅的史蒂芬妮．羅斯，對著客戶悄悄耳語了幾句。

「不可能，」費麗莎反駁，「我去療養院看過他。」

「請描述一下妳探病的情況。」赫克特試著誘導。

「麥斯的醫生會發郵件告訴我適合探視的時間，」費麗莎回答，「然後我們在院子裡頭見面，他習慣坐在那邊一張長凳休息。」

「我也一樣。」史蒂芬附和。

「初步調查顯示麥斯很可能假冒醫生寄送郵件，與二位要碰面時才侵入療養院。難道你們都不覺得奇怪嗎，為什麼從來沒有見過他進病房？」

「不覺得呀。院方態度就是鼓勵病人多出門走走。」費麗莎反問：「何況他幹嘛騙我？」

「特殊病房裡冒充他的人成為幾乎無懈可擊的不在場證明，但二位不能探視兒子的話遲早會出問題，甚至一不小心讓他們穿幫。局裡的推論是，你們兒子刻意安排探視機會，以免不在場證明被識破。」赫克特解釋。

「我不信。」史蒂芬終於主動發言，「麥斯或許情緒不穩，但不至於做出這種事。」

冷清樸素的訪談室陷入沉默，直到赫克特提出下個問題。

「想必律師已經告知二位，你們兒子目前是所謂『鐘擺殺人案』的頭號嫌犯。」他還是說出口。

「不可能。」費麗莎淚水快要潰堤，「麥斯絕對不會傷害別人。」

「麥斯之前在第七十五遊騎兵團服役，」赫克特繼續說：「不過卻是非榮譽退役……」

「那只是誤會。」史蒂芬插嘴，「麥斯不瞭解軍方不談政治的立場。」

「但檔案說的是，他遭到指控，企圖顛覆所屬單位。」赫克特把話給說完，「拜恩先生，你女兒亡故前，兒子也在公司工作。也就是說，麥斯既受過戰鬥訓練，電腦技術又十分強大，如果不是大家都以為他被關在療養院的話早就被當作頭號嫌犯。我必須問一句——兩位究竟知不知道他這兩年裡都在幹什麼？」

費麗莎一臉憤慨，史蒂芬哀怨搖頭。亞倫．庫克湊近給了些指點，赫克特很肯定自己聽見「完整披露」四個字。

「我願意提供這邊取得的資訊。」史蒂芬最後這樣說。

「過來之前已經讓人做過調查，」亞倫從公事包取出文件，「我的客戶為兒子設立基金，但近期有人取用。」

赫克特快速掃過內容，主要是銀行紀錄，有多筆海外提領。

「基金成立於麥斯二十一歲那年，最初帳戶內有四千萬。」亞倫繼續說：「如你所見，目前少了六百萬，都被轉到海外。我們正在追查資金流向。」

「調查局樂意協助。」赫克特回答。

史蒂芬點頭，亞倫也跟著點頭。他們別無選擇，那個戶頭恐怕就是麥斯．拜恩這兩年行動的根基，現在也成了調查重點項目。

「謝謝。」赫克特道謝後話鋒一轉，「雖然有點不近人情，但我必須問。」他沉吟片刻，知道接下來的提問就像在為人父母者的心上劃一刀。「你們能想出什麼理由，導致麥斯·拜恩殺害自己妹妹嗎？」

費麗莎別過臉神情惆悵。史蒂芬則氣得漲紅臉大聲說：「艾琳不是麥斯殺的。」

「拜恩先生，提出這樣的問題我很抱歉，但請問你為什麼如此確定？」赫克特進逼。

史蒂芬忿忿不平瞪著他。「我兒子才不會殺死親妹妹，」他咬牙切齒，「麥斯愛他的妹妹，不可能做出那種事，何況那天晚上他跟我在一起。」

之後漫長的沉默由手機鈴聲劃下句點。

「問完了嗎？」史蒂芬伸手從外套拿出手機，「這電話我需要接。」

赫克特點頭，史蒂芬在律師陪同下離開。

費麗莎望著前夫背影，眼裡不只有淚光還有迷惘。「麥斯很疼艾琳，艾琳是他的小天使。」她對赫克特說：「一定是你們搞錯了，一定有別種解釋。」

艾許看見赫克特走進大辦公室，從神情判斷這幾個鐘頭很難熬，不過她還是想知道麥斯的父母透露什麼，於是衝過去攔截。留意到艾許擋在前面，赫克特臉微微垮下來。

「什麼都不能說。」他馬上開口。

「沒關係。」艾許故作無所謂，「我翻了舊檔案。」

赫克特朝帕克一瞥，忍不住翻白眼。

「是我纏著他。」艾許幫忙解圍，「我看了以後發現一件怪事，每個被害者都貼出自殺聲明，只有札克．霍茲例外。他不合規律。」

「或許他對霍茲下手的時候，已經知道自己被調查局盯上，再隱瞞也沒意義？」赫克特猜想。

「是有可能，」艾許以退為進，「但基於不合規律這點，我認為應該先排除，以免辦案方向受到誤導。霍茲死亡可能有其他原因，又或者是模仿犯案。」

「乾脆把好確認的線索全部排除算了？」赫克特沒好氣道。「抱歉，」他立刻改口，「忙了一晚脾氣不太好。」

「目前循線追查到邦妮．曼恩和肯．帕羅兩個人。曼恩在賭城欠下一屁股債，然後之前鐘擺殺手不是想誣賴瓦勒斯嗎？那時候說的共犯叫做黎歐．維拉德，和同事伊萊．朗茲曼一起在賭城郊外被人殺死。他們老闆叫做魯斯逖．豪斯曼，前科很多，不過是個小角色。黎歐和伊萊最後的行蹤就是開車載邦妮．曼恩回家。肯．帕羅背後很多投資人背景不尋常，間接扯上黑社會。」

「妳覺得是黑幫？」赫克特問，「那瓦勒斯怎麼解釋？還有紐約上州那個小孩？英國農夫呢？」

艾許搖頭，語氣無奈，「我知道，只是個猜想，不然目前被害人沒有一致性。缺乏共通動機就無法預測對方下一個目標。他之前對我和瓦勒斯說過還需要時間，代表計劃尚未完成。」

赫克特拍拍艾許肩膀，「克莉絲汀，我知道妳想幫忙，但現在第一要務還是找到麥斯．拜恩。只要找到他，所有問題都會迎刃而解。」

牆上大型數位鐘顯示時間為早上四點四十七分。赫克特穿過艾許朝帕克那頭走，他正在講電話。艾許觀察到帕克神情驟變，想必聽見什麼重要消息，便追著上司跑過去，正好趕上帕克將赫克特攔住。

「找到麥斯．拜恩了！」帕克說，「在波托拉谷市民宅裡，離舊金山不遠，可是他有人質。」

艾許心裡還沒反應過來就下意識搖頭否定。那傢伙才不會用人質這種手段。

「能確認身分嗎？」赫克特問。

「當地的人質談判專家已經到了現場，」帕克回答，「對方自稱全名為麥斯米廉．拜恩，說得出之前謀殺案各種細節，包括瓦勒斯遭到襲擊的部分。奧佛瑞茲還要二十五分鐘才到，但他調閱社區保全系統的監視器畫面之後判斷是目標沒錯。」

「有人質的資料嗎？」艾許打斷。

「丹．亞羅西，Facebook技術長，地點就是他住處。」

「他為什麼開始抓人質？」艾許自言自語。

「犯人提出許多條件，其中之一是見你。」帕克告訴赫克特，「他要調查團隊的領導者，指名『赫克特．索羅門助理分局長』過去。此外還要求你把克莉絲汀．艾許和約翰．瓦勒斯帶到現場。」

「讓他再殺一次嗎？」艾許警告，「赫克特，不能答應。」

「有機會逮到他的話，我會將計就計。」赫克特態度堅決。

艾許見狀板起臉搖頭，「不能照他的規則走。」

「妳和瓦勒斯不必隨行。」赫克特安撫，「沒道理要證人冒險，妳在這次調查也已經不具正式身分，停職命令應該早上會到，然後妳就解除勤務。」他轉頭交代海爾，「需要運輸工具，幫忙安排。妳和尼爾森一起來。至於帕克，我們親自確認對方身分之前你繼續追蹤情況。叫奧佛瑞茲盡量拖延，等我過去。」

赫克特轉身，邁步離去的姿態充滿決心。海爾和尼爾森追在後面，都拿出手機指揮調度。

艾許掉頭對帕克感慨：「感覺好差。」

帕克聳肩。「休息一下也好。」說完他趕快走開，明顯不願跟自毀前程的探員交際。

艾許只能嘆息。就算麥斯．拜恩真的抓了人質也必然經過算計，一步步朝著某種扭曲的理念靠近。看不穿對手，她帶著懊惱回去座位。

瓦勒斯睜開眼睛以後花了點時間才想起自己身在何處。四肢開始朝大腦發出疼痛訊號，接著肋骨也響應。為了避免被拆散，他和艾許都隱瞞傷勢，打算真的被移送證人保護再告訴法警。現在感覺很糟糕，真希望能找醫生檢查，說不定有些地方得動手術。坐起身之後，他朝隔間外頭望，時鐘寫著早上八點零六分，數十名衣著俐落的探員在大鐘下認真工作，主要是接聽電話、整理麥斯．拜恩的目擊通報。瓦勒斯看看艾許，發現她趴在桌上，起身推開房門被外頭喧譁嚇一跳，畢竟好幾十張嘴或對話或下令嘈嘈不休。走進忙碌辦公室，他搖搖晃晃慢步走到艾許座位，暗忖怎麼有人在這種環境還能睡著。

「嘿。」他拍拍艾許肩膀輕聲叫喚。艾許身子一震，猛然挺直。

「我睡著了是嗎？」她講得太快，字都糊在一起。

瓦勒斯微笑，看來她還沒真的睡熟。「感覺還好嗎？」

「糟啊，」艾許回答，「可以睡一整個星期吧。」

「什麼時候會把我送走？」

「不知道。」艾許說，「赫克特飛了。是真的搭機飛走了，要去舊金山，麥斯．拜恩拿人質做要挾。」

「人質？」瓦勒斯不解，「他怎麼會捉人質？」

「是呀。我也這樣想。」

「喂，克莉絲汀！」有人呼喊，瓦勒斯轉頭看到一臉倦容的年輕探員夾著話筒，「有人找妳，分機多少？」

「三二三。」艾許聽見電話響就立刻接起來，「調查局探員艾許。」

貝利看著一架空中巴士A380劃過蔚藍天空，機身感覺好圓。

「克莉絲汀，我是貝利。」他往後一仰，腳翹到桌面。這動作還會拉扯到腹部傷口，痛得他眉心擠在一塊兒。

「貝利！」艾許開心叫道，「你到底怎麼樣啦？」

「還活著，」他回答，「這兩個月不能太操就是。」

「約翰．瓦勒斯在我這兒。」

「真的？」貝利很意外，「那要不要開擴音？」

「這邊是辦公室，會很吵，我試試看吧。」

背景轉為嘈雜的辦公室，嗡嗡聲灌滿耳朵。「約翰？」貝利試著對話。

「貝利警佐？」瓦勒斯的回答可以蓋過噪音。

「聽見你聲音，總算安心不少。」貝利說得很誠摯。

「我也一樣，還以為你……」瓦勒斯情緒激動。

「我沒大礙，」他趕緊解釋，「不過聽說康斯坦絲・瓊斯的事情了。節哀。」貝利同情地說。

「謝謝。」瓦勒斯淡淡答道。

「克莉絲汀，之前我就想聯絡，不過妳手機沒人接，辦公室也說找不到人。」

「瓦勒斯和我得避風頭。」艾許說。

「我明白，新聞都看到了。」貝利回答，「那傢伙還真是踩著屍體前進。」

「嗯，死者夠多了。」艾許附和，「目前嫌犯躲在靠舊金山那兒的一處民宅，手上有人質。」

「與MO[48]不合。」貝利插話，「先等等，有空我也想敘敘舊或比對手上資料，不過有更重要的事得先告訴妳。」

「請說。」

「本來應該透過官方管道正式告知，」貝利眼睛掃過派丁頓大廈四樓的開放式辦公室，「但反正我被綁在座位，認識的美國探員又只有妳一個，不多管閒事好像對不起自己。鐘擺殺手入侵萊利・柯騰住處以後對他的機器動了手腳，涉及的技術我不懂，可是網路犯罪小組做了分析。柯騰本來就是駭客，鐘擺殺手似乎看出那個網路的價值，塞了後門程式進去，已經散播到世界各地數十個重要伺服器群內，就是大企業、銀行、政府之類，之前一直沒啟動。我們的專家覺得萊利．柯騰十分了得、前所未見，把他那個網路留著繼續運作，當成內部訓練場地。柯騰的東西大部分都能解析，麻煩的是鐘擺殺手竟然更上一層樓，那個後門程式沒人能破解，只能持續觀察網路活動加以監控。大約十五分鐘之前後門啟動了，命令鏈傳送一堆封包，最後目的地在美國。」

「的哪裡？」艾許問。

「我們的人說是雙子湖那邊，Facebook的數據中心。」

「能判斷後門程式的效果嗎？」

「毫無頭緒。起初像是單純傳資料，」貝利回答，「但從我們英國這裡能看到的情況，那程式結合Facebook等於侵入全世界大概二十億部電子裝置。我一開始就說了，這事情本來該由高層告訴你們，不過我認為越快行動越安全。」

「我懂。」艾許回應，「謝謝。」

「貝利警佐──」瓦勒斯開口。

「叫我派崔克就好。」貝利聽得出瓦勒斯語氣有些羞澀。

「那，派崔克，」瓦勒斯繼續說道：「只是想跟你道個謝。要不是蠑螈幫忙加上艾許探員保護，我根本活不到今天。」

㊽ modus operandi的縮寫，意指行為模式，刑事上則可稱為犯案手法。

「事情結束之後請我喝酒嘍。」貝利說。

「我們該行動了。」艾許提醒。

「需要幫忙就打電話過來。」貝利提醒。

「保持聯繫，」艾許也囑咐，「可以找帕克探員，他會知道我在哪。」

「祝好運。」

「謝了，之後聊。」艾許掛斷後對瓦勒斯說：「幫我拿一些吧。」她指著桌上那疊鐘擺案資料。

兩人捧著資料夾走到帕克那邊。他還在講電話，被艾許直接搶走話筒掛斷之後一臉不可置信。「搞什麼——」

「出狀況了。」艾許打斷，「我認識的英國警察剛才打來，他說鐘擺殺手可以從威斯康辛州那邊大數據中心散佈惡意程式。」

帕克一臉茫然，「所以呢？」

「還記得鐘擺殺手帶我們到大廈樓頂那時候說過什麼吧？」瓦勒斯提醒艾許，「他說是『測試』，我原本想成測試妳的勇氣、忠誠之類，現在看來會不會真的是測試程式？測試新的電腦病毒？」

艾許意識到瓦勒斯這番話代表什麼而瞪大眼睛。「快打給赫克特，」她吩咐帕克，「跟他說我需要調查局的噴射機，立刻得起飛，還需要警察護送到機場。」

「妳哪兒都不能去。」帕克警告。

艾許上前，臉貼到他面前幾公分處。「看下面。」她提醒。

帕克慢慢低頭，赫然發現艾許手中有把槍，槍口抵著自己肚子。一抬頭又看到艾許示意不得呼救。

「我的槍，」他怯怯回答，「妳怎麼……」

「反正我在調查局玩完了。」艾許不想廢話，「但也代表只要我想，豁出去無所謂。對你而言不失為一個好機會。」她開始好言相勸，「Facebook死了一個高階主管，又有一個被當作人質，同時發現他們的數據中心被人植入後門程式，而謀殺案兇手正好有個病毒能毀掉所有中毒的電子設備。你還反應不過來？」

「怎……怎麼可能，」帕克難以置信猛搖頭，「那樣有幾十億個裝置啊。」

「都連接到網際網路。」艾許指出，「一直有人以此為目標，你不也研究過地基組織對大西洋第一銀行和方柱投顧發動的攻擊嗎？以麥斯．拜恩的技術背景，複製同樣模式再擴大規模有什麼不可能？」

「有點道理。」帕克不得不承認。

「所以需要警力護送我們到拉瓜迪亞機場，」艾許重複，「還需要一支手機。」她說完就拿了帕克的走。

「喂！」他叫道。

「謝謝，幫了大忙。」艾許微笑轉頭對瓦勒斯說：「一起來嗎？」

瓦勒斯點頭跟過去，原本就不打算離這厲害的女人太遠。

「槍呢？」帕克朝著她背後問。

「我也要用啊。」艾許大聲回答。

瓦勒斯回頭看見帕克向隔壁的探員借手機。「妳不擔心他舉報嗎？」

「帕克愛拍馬屁但也識時務，」艾許說，「如果我立了功，他可以沾光。如果我栽跟斗，說是我拿槍威脅推個一乾二淨就好。」

「妳真以為自己可以調用局裡的噴射機？妳都已經被停職了。」赫克特嚴厲的聲音壓過背景引擎噪音聽得很清楚。他在前往加州途中，大概已經到了中西部。

「抓人質根本是在耍我們，赫克特。背後有更大的陰謀，」艾許反駁。她靠在塞斯納CE750噴射機的梯子上，帕克提早吩咐讓飛機加滿油。雖然正值交通尖峰時段，紐約市警局依舊在三十分鐘內就將兩人從警察廣場大廈送到拉瓜迪亞機場。

「妳想要我怎麼做？」赫克特問。

「通融一下，讓我行動。」艾許回答，「你知道我直覺一向準，麥斯・拜恩不也是我查出來的嗎，赫克特。要不是因為我，對方連逼你去加州都免了。」

赫克特沉默不語。

「而且這不是能賭博的事，」艾許繼續說：「萬一我說中了……」她話說一半讓上司自己想像。

「好吧。」赫克特最後說：「但是每一步都要向我報告，聽見沒有？」

「聽到了。」艾許乖乖答道。

「給我幾分鐘打電話處理。」赫克特說完掛斷。

艾許回頭一看，瓦勒斯在跑道上走來走去，一直搓手保暖。「可以了。」她說。

「佩服，」瓦勒斯態度真摯，「沒見過妳這麼厲害的人，三言兩語就能達成目的。」

她聽了心裡反而內疚，雖然露出笑容但有些僵硬。瓦勒斯不懂那種說法既是讚美也是詛咒：艾許的父親留下不少陰影。他善於猜測和操弄人心，這種能力遺傳給了女兒。對她而言煽惑別人很容易，如同本能自然而然，可是事後回想起來總覺得身上有個烙印。和父親有關的每件事都是烙印。

「艾許探員，」後頭有人叫喚，轉身看見調查局駕駛員巴克．邵偉爾探頭出來。「你們獲准起飛。」

「謝謝。」

「雙子湖那邊風雪太大，我們得停在基諾沙市。」邵偉爾補充說。

艾許點頭，踩上階梯同時帕克的手機響起，她停下來先接聽。「我是艾許。」

「我是帕克，打給數據中心問過了，當地保全沒發現異狀。因為暴風雪設施裡面只留下核心人員，目前一切正常。」

「好，謝謝。」艾許聽完稍稍氣餒。

「要呼叫當地警局支援嗎？」帕克問。

「不了，免得打草驚蛇。」艾許提醒，「請他們在周邊找個地方設置指揮站，但行動要低調。」

「好。」帕克回答，「有事再聯絡。」

掛了電話她告訴瓦勒斯：「出發吧。」兩人進入噴射機，艾許拉起內建在艙門上的梯子，關好機艙坐下，雙引擎開始運轉。

54

美西時間晨間八點三十七分，灣流V商務機降落在舊金山國際機場最北邊靠近航務大樓的空位。赫克特、尼爾森、海爾下機之後快步走向待命車隊，包括兩輛灰色Ford Expedition、兩輛舊金山警局黑白二色的警車和三臺加州公路巡邏隊的哈雷重型機車。眼神認真身材健壯穿著黑西裝的男子上前伸出手。

「索羅門探員，」他開口，「我是凱西．桑莫斯，迪倫督導要我陪同各位去現場，奧佛瑞茲探員已經抵達。」

「幸會，」赫克特回答，「這兩位是海爾探員與尼爾森探員。」

桑莫斯與所有人握手之後帶頭走向車隊。他對赫克特說：「請你兩位隊員坐後面那輛。」

海爾與尼爾森鑽進後車，桑莫斯與赫克特登上前車。片刻後一行人從機場出發，沿著北向輔道繞舊金山灣前進。公路巡邏隊員騎重機飆到前方鳴起警笛，在尖峰時段車流中開出一條通道。

「後來還有和犯人取得聯繫嗎？」赫克特問。司機加速駛進三八〇號公路。

「報告長官，沒有。」桑莫斯搖頭，「談判員努力嘗試，但對方表示你到場前拒絕一切對話。」

「支援部隊是什麼陣容？」

「一支完整機動部隊，」桑莫斯又說，「加上SWAT[49]。迪倫探員想親自與你商量應對方案。」

赫克特點頭。車子疾馳拐過一輛龜速的半掛式卡車，他趕緊抓手環穩住身體。

「抱歉開得急了點。」司機朝照後鏡一瞟。

「沒撞到東西都不必道歉。」赫克特笑道。

「那怎麼可能。」司機露出很有自信的表情繼續向前馳驅。

車隊轉入二八〇號公路，依舊由巡邏隊幫忙開道。赫克特遠眺水晶泉水庫，晴空下波光瀲灩美不勝收。他開始尋思，給艾許機會是不是錯了？但同時他清楚艾許的處境，再不立功勢必被調查局掃地出門，此時此刻擊出全壘打是唯一活路，困在警察廣場那兒她沒有機會。艾許因為獨樹一格的行事作風遭到降職和紀律處分，但其實也就是那種做事方法才能破解鐘擺案。若非她信念卓絕、不惜代價，調查局根本沒機會發現克隆威爾療養院裡那個人不是真的麥斯・拜恩，也就永遠無法確定鐘擺謀殺案真正的犯人究竟是誰。艾許對麥斯・拜恩造成足夠大的壓力，迫使對方改變犯案手法，沒有直接殺死丹・亞羅西而是活捉當作籌碼。換言之艾許至少救下一條命。

十五分鐘後，車隊從二八〇號轉進高山路，兩旁森林茂密，落葉木光溜溜的枝椏投下影子幢幢，紅杉一類常青樹披著厚重針葉點綴其間。赫克特瞥見林子後面藏著些房屋，隨車子爬高後發現宅邸越來越大也越來越隱蔽。車隊轉進西脊路再跑了一會兒，左轉來到科雷斯塔維亞社區，門衛揮手要他們通過。之後又過半英里左右車子開始減速，轉彎以後赫克特明白原因：當地新聞轉播車塞滿道路一側，部分住戶出來接受採訪，記者正需要各種臆測消息回報給主播。哈雷重機閃到旁邊，他們的汽車繼續前進，司機鳴喇叭之後群眾朝左右退開，後面站了一排穿著制服的舊金山警察。警方設下臨時路障並維持現場秩序，兩人出來挪開路障給調查局車隊進入。

順著路再半英里走到底，小迴轉區伸出一條住家車道切入樹林，站在林子前面的舊金山員警揮手要司機再往裡面開。前進兩百碼之後路面逐漸拓寬，連接到一片石子地可供停車，後頭是間白色混凝土建造的大宅。赫克特馬上注意到所有門窗都拉下厚重鋼製防護板，各種車輛停滿車道還不夠就停到周邊花園裡。現場有沒標誌的轎車和廂型車、舊金山和帕羅奧圖的黑白色警車、一輛救護車與一輛救火車、舊金山警局SWAT貨車、兩輛白得發亮的聖克拉拉郡警長座車。

停好下車，海爾與尼爾森隨長官跟在桑莫斯後頭。房子外頭繞了圈大花園，中間有條小走道。他們順路觀察，前側門戶緊閉，過了轉角發現後面也滴水不漏。桑莫斯帶三人穿過中庭，對面草坪停著戰艦灰十輪大卡車作為機動指揮站，特地從後方消防道路開上來。卡車外站著好幾群檢警，車廂前後向外延展形成的小凹龕也躲了些人。

桑莫斯領頭走向其中一群，他們圍著一臺鋁製推車桌，奧佛瑞茲就在旁邊。

「小奧——」他叫道。

「長官，」奧佛瑞茲應聲之後開始為大家作介紹，「這位是助理分局長赫克特・索羅門。這位是舊金山地區助理分局長迪倫。這邊是SWAT隊長李維上尉，聖克拉拉郡副警長米雪兒・哈金斯，帕羅奧圖警督李安娜・科曼，舊金山警局大隊長道頓・弗里曼，舊金山消防局副隊長羅素・莫斯利。負責談判的是傑布・法蘭克探員，在指揮車上。」

㊾特種武器和戰術部隊。

赫克特注意力轉到推車上的大型外接顯示器，紅外線影像呈現房屋內部結構，靠近中心能看到兩具有溫度的身體。他們坐在椅子上，小房間堆了許多補給品。「這是什麼情形？」他問。

「莫斯利副隊長提供救援用的熱成像攝影機協助我們觀察裡頭狀況，」迪倫開口解釋。他身材高挑、輪廓深，一頭黑髮，專注認真的態度讓人聯想到外科醫生。「這地方與其說是住家還不如說是要塞更貼切些，擋板都是強化鋼材，打不穿炸不爛。」

「攻得進去。」頭髮斑白的SWAT隊長李維口氣很有把握。

「問題是對方會聽見，而且有足夠時間殺害人質。」迪倫補充說明。

「他們位置在？」赫克特指著螢幕。

「安全室。」奧佛瑞茲回答，「從建築藍圖可以看到安全室與其他區域完全隔絕，連通風系統都獨立運作，牆壁是三呎厚的強化混凝土，出入口是伯頓防護生產的裝甲門。」

「麻煩。」赫克特嘆口氣，「先聽聽他的要求。」

迪倫點頭，帶赫克特進入行動指揮站。奧佛瑞茲跟在後面，海爾和尼爾森與其他人都在推車周邊待命。

「這位是法蘭克探員。」迪倫介紹坐在裡頭的探員，他面前的通訊偵查設備佔滿車廂一側。「這位是助理分局長赫克特・索羅門。」

「幸會，長官。」法蘭克回答。

「幸會，」赫克特吩咐，「打電話給他吧？」

法蘭克點頭，拿起移動式電話話筒，程式經過編碼會自動撥打固定號碼。短暫延遲後電話接通，指揮站擴音裝置傳出撥號音。

「誰？」是個男人說話。

「助理分局長索羅門到了，」法蘭克說，「證明人質還活著，就讓他和你對話。」

過了幾秒，一個緊張遲疑的聲音說：「我是丹．亞羅西，還活著。」

法蘭克轉頭望向指揮站裡面的組員，對方比出大拇指表示人質身分確認無誤。

「好，」法蘭克對著話筒說，「接下來就是索羅門探員與你對話。」

赫克特接過話筒，「我是索羅門，你是？」

「外面叫我『鐘擺殺手』。我是你們在找的人。」

「你有什麼要求？」

「想活得簡單點。我用丹．亞羅西的性命交換自由，準備一架加滿油的夢幻客機[50]在舊金山國際機場待命。」

「這得向上呈報。」赫克特回答。

「那你們慢慢來吧，索羅門探員。」鐘擺殺手語氣平靜，「亞羅西先生和我在裡頭過得很愜意，還有三星期的食物飲水，一點都不急。」

通話斷了，赫克特揉揉太陽穴。

「這傢伙很行。」迪倫說。

[50] 即波音七八七。

「麥斯・拜恩待過特種部隊，」奧佛瑞茲提醒，「送餐掩護攻堅這招不成。」

「直接殺進去又太久，他有足夠時間殺掉人質。」迪倫附和，「安全室有獨立通風系統，所以化學氣體也無效。或許先按兵不動，跟他說飛機準備好了，趁他移動在途中下手？」

赫克特搖頭，「我覺得不妥，幾乎是給丹・亞羅西判了死刑。嗯……雖然司法部長大概不會同意，但還是先往上呈報，看看他會怎麼說。」交代完奧佛瑞茲，赫克特又轉頭告訴迪倫，「這段期間我們先和SWAT好好商量，研擬一個傷亡最少的計劃。」

他走出指揮站回到推車前，望著模糊的紅外線影像卻有個揮之不去的感覺，彷彿麥斯・拜恩正注視著自己。

55

塞斯納噴射機朝基諾沙機場接近，瓦勒斯盯著窗戶發呆。航程中他和艾許一起研究鐘擺案資料，結果心裡越來越不安，引爆點在於邦妮．曼恩。沉溺賭博之前，她曾經在YouTube當管理員，上癮失控到最後被發現她隱匿超過三千份使用者投訴沒處理，下場當然是開除。調查局鎖定邦妮好賭，朝組織犯罪方向思考，但瓦勒斯卻對她那份工作耿耿於懷，有個可怕的念頭在腦海成形。他想從肯．帕羅的檔案找理由否定那種想法，但讀到一半駕駛就通知兩人準備降落。

飛機自矢車菊藍的天空快速下降，掠過密西根湖結冰湖面。這場暴風雪在威斯康辛州特別猖狂，廣闊湖面西南角好幾大片浮冰漂流旋轉。再往前，有條馬路與湖岸收窄的一隅平行，路面被大雪淹沒，路中間有些棄車位置尷尬，兩輛鏟雪車在周邊繞行試圖開道，推出的雪堆已經和轎車同高。郊區住宅排列整齊，背後是無垠的白。噴射機又掠過一條鏟雪完畢的道路，機身降得很低，瓦勒斯能看見汽車裡的人抬頭仰望。左邊大約一英里外，隨處可見的金拱門招牌底下停了不少車輛。麥當勞標誌映入眼簾肚子馬上咕嚕叫，瓦勒斯上次吃東西是在警察廣場大廈裡頭，拿到一個變形的三明治沒多想就吞了，距離現在已經十二小時。

飛機機輪觸地，減緩到滑行速度，停在小航站前面的位置。航站是紅磚建築，只有一層樓，還在用老式百葉窗。駕駛員先出去幫忙開門，艙門一開冷風襲來，瓦勒斯和艾許趕快拉緊外套。

「基諾沙到了。」駕駛說。

「謝謝。」艾許走下矮梯。

瓦勒斯點頭致意隨她步出機艙。航站前面穿著厚重藍色派克大衣的男人揮揮手跑過來，靠近之後瓦勒斯才看到外套印有調查局字樣。

「艾許探員嗎？」對方問，艾許點頭後那人便開始自我介紹，「我是洛伊德．多爾西。帕克探員先和米爾瓦基分局打過招呼，所以我過來支援。」

「怕別人在你們地盤上亂來嗎？」艾許笑著與多爾西隔著手套握手，「這位是約翰．瓦勒斯，作為證人接受聯邦保護。」

瓦勒斯也和對方握手。一撮茂密金髮從派克大衣兜帽下竄出，多爾西探員長相有股親切感，自信笑容像是大學球賽裡分數領先的四分衛。

「幸會。」瓦勒斯說。

「英國人啊，」多爾西留意到了，「我喜歡英國腔。」他一副老大哥照顧人的輕鬆模樣，過去就在瓦勒斯肩膀結實拍了拍。

瓦勒斯立刻就對這人有好感。

「我車子在前面。」多爾西轉身領頭走進航站。

裡面時鐘顯示午間十一點零三分，走著走著瓦勒斯瞥見艾許調手錶。

「進了中部時區。」她提醒，然後頑皮笑道：「這兒的人永遠晚一步。」

「從你們身上學到教訓，才不會犯下同樣錯誤。」多爾西反擊。

白色GMC Terrain休旅車停在航站外面一個高雪堆旁。瓦勒斯和艾許跟著多爾西穿過開在雪堆中間的窄溝爬上車。

「要是餓了，後座有吃的。」多爾西說完，瓦勒斯在椅子底下找到一個大牛皮紙袋，裝了好幾份三明治、小點心和飲料。

「我向基諾沙警局問過了。」多爾西倒車時說，「雖然他們接到帕克探員電話，但沒有人力支援還在臆測階段的案子。今天早上一位治安官行蹤不明，大部分警員忙著找他，只能勉強派一個人過來幫忙，已經去雙子湖那兒待命。」

「沒關係，」艾許點頭，「反正得低調。」

「妳真的認為『鐘擺殺手』在裡頭幹壞事？」多爾西望著前方漫漫白雪，口氣不免存疑。

「我敢拿性命擔保。」艾許回答。

「好消息，應該有辦法進去了。」李維拿出一大張建築結構圖放在推車桌上，「亞羅西當初找的設計師幫我們聯絡到戴克工程，這裡的防護設施和安全室都是發包給他們。其實整間房子是一個網路，所以他們提供作業系統最高權限，只要輸入覆寫指令就能開啟所有門窗。分成兩隊，一隊從前面，另一隊從這裡走花園側門進去。」他指著結構圖上一處入口。其餘人聆聽李維說明計劃，赫克特轉頭看見奧佛瑞茲從指揮站探頭招手，兩人走到幾碼外花園的僻靜角落。

「司法部長不同意對方條件。」奧佛瑞茲報告道。

赫克特點頭，「意料之內，本來就不可能。」

「帕克打電話來過，」探員繼續說，「克莉絲汀抵達基諾沙，出發前往雙子湖。」

「一有消息就告訴我。」赫克特吩咐。

奧佛瑞茲點頭鑽進車內，赫克特則返回推車桌邊。李維和迪倫都望著他想知道答案。

「部長拒絕了。」赫克特宣布之後屏氣凝神，望向紅外線影像上的麥斯．拜恩下令：「進去逮人。」

前去雙子湖車程四十五分鐘，瓦勒斯大半時間心懷感激吃著多爾西準備的餐點。《夜間檔案》報導加上鐘擺案佔據媒體版面，艾許落得一身臭名，多爾西趁機和她詳細討論案情，也得知瓦勒斯才是揭發陰謀的關鍵人物。他聽完非常讚嘆瓦勒斯的靈機應變與堅忍不拔，可是瓦勒斯不想要這段記憶，每次回想都通向同一個終點：維多利亞街的大樓裡，康妮死在自己懷中。飛機上萌生的可怕念頭不斷膨脹，成了心頭化膿的爛瘡。他望著多爾西和艾許，不知怎麼開口說出腦海裡黑暗的想像。只是妄想吧，瓦勒斯如此安撫自己。

他嘗試按捺情緒，注意力轉移到周圍景物。雙子湖距離基諾沙市不遠，只是風雪太大必須減速慢行。六十號街縮成單向道，多爾西得等對向車流走完才能通行。緩緩西行，瓦勒斯訝異於此處地勢平坦至極，樹木稀疏，遠方地平線上只有平房或電線桿矗立，直到接近雙子湖村才翻過兩座小丘，坡度也不足以攪亂威斯康辛州開闊閒適的景色。多爾西繞過村莊邊緣，朝南邊行經兩座農莊和名為拉撒勒德聖母殿的景點，低矮建築物藏在高聳常青木後頭有種朦朧美。

藍底白字F標誌看一眼就知道是Facebook旗下設施，字母浮雕在威爾莫大道西邊一百呎外的門樓側面，周邊一圈高牆環繞，佔地相當廣闊。多爾西轉進數據中心的車道，路面乾淨平整無懈可擊，與當地政府鋪設的道路有明顯分別。他降下車窗，亮出證件，身著制服的門衛走出來迎接。

「聯邦調查局探員多爾西，」他開口，「應該有位芬利警官先過來了吧。」

「順著這條路轉過去，會看到右邊有個消防通道入口，進去大概四分之一英里就會找到他。」門衛告知。

「謝了。」多爾西回答，等大門打開繼續前進。

雙線道繞過幾叢白雪覆蓋的常青樹，到了岔路多爾西先停車。數據中心就位在正前方不到一英里外，面積很大但並不高，長寬大略四分之一英里，以混凝土為主結構。數據中心前方有片停車場，裡頭上百輛車子大半被雪埋住。還有二十餘輛車停在入口對面小空地。那扇門在這棟樓北側三分之一位置，北半邊從底到頂都是暗色玻璃窗，較大的南半邊則完全沒窗戶。

多爾西右轉順著狹窄防火巷鑽到一排路樹後頭，開了大概四分之一英里就看見黑白兩色巡邏車停在路肩。多爾西停到警車後方，穿著制服的大塊頭警察緩步走近。多爾西和艾許也下車，瓦勒斯見狀跟過去。

「芬利警官嗎？」多爾西問，「我是調查局探員多爾西。這位是艾許探員，那位是約翰．瓦勒斯先生。行動由艾許探員指揮。」

「陀德．芬利，」熊一樣壯的警官自我介紹後和大家握手。「我和裡面負責警備的韋恩．羅楚打過招呼，他說可以在裡面調度，但妳同事特別交代說不要。」

「避免打草驚蛇讓對方發現。」艾許解釋。

「唔，」芬利聳肩，「從大門到停車場中間什麼也沒有。」他從樹叢小徑指出去，「天氣不佳，數據中心只留下必要人員。除了羅楚與門衛之外沒人知道我們過來。」

「很好。多謝你幫忙，芬利警官。」艾許回答。

「下一步呢？」多爾西問。

「你和我進去一探究竟。」艾許回答後走向多爾西的車，瓦勒斯想跟過去卻見她搖搖頭。

「約翰，你得留下來，我不能讓你冒險。芬利警官，請你確保他安全。」

芬利點頭之後就湊到瓦勒斯身旁。這幾天兩人共同經歷很多，艾許看得出英國朋友被排除在外心裡不是滋味。然而她再怎麼大膽激進也明白最簡單的道理：將瓦勒斯拖進可能喪命的場合是本末倒置。艾許鑽進車子，多爾西發動引擎，繞了個大U迴轉從輔道駛往大型數據中心。

56

這段日子靠艾許保住自己性命。望著休旅車穿過樹林離去，意識到她不在身邊，瓦勒斯難免有種全身赤裸的錯覺。

「各單位注意，各單位注意。」芬利的無線電傳出調度員聲音，語調頗為急切。「請留意藍色Chevrolet Express，伊利諾州車牌，號碼為H、二、三、五、五、九、二。該汽車駕駛涉嫌綁架道格拉斯・席姆斯治安官遭到通緝。」

瓦勒斯回頭朝停車場望過去，發現靠近建築物的地方就有這樣一輛車。他瞇起眼睛試著判讀車牌，芬利也看見了，直接探頭出警車，接著拿起無線電。

「芬利呼叫總部。」警官對著無線電開始講話。

「收到。陀德你還在雙子湖嗎？」調度員問。

「當然嘍，詹妮絲。」芬利回應，「那輛車有更多情報嗎？和席姆斯失蹤是什麼關係？」

「傑瑞找到道格的車了。行車記錄器畫面裡，道格攔了一輛貨車要做例行檢查，但他走近那輛車的時候整個人被拖進去。」詹妮絲解釋，「貨車載著道格直接開走。」

「詹妮絲，我找到那輛貨車了。」芬利回報，「就在這裡的停車場。」

「收到。」詹妮絲發布命令，「所有單位注意，所有單位注意，發現涉嫌貨車，請即刻前往雙子湖沃頓大道。」

赫克特快步追上海爾，兩人負責殿後，隊伍要從前方攻入亞羅西的住宅。六名穿上黑色防彈衣、提著HK MP5衝鋒槍的SWAT隊員帶頭，迪倫、海爾、赫克特尾隨。第二隊由李維指揮從後門進攻，奧佛瑞茲和尼爾森協助。

「到達定位。」李維的聲音從耳道式無線電傳出。赫克特望向花園另一頭，SWAT指揮官帶部下躡手躡腳走到後門，被鋼製擋板拒於門外。赫克特跟著隊伍繞到前門，同樣尚未解除封鎖。

「我們就定位了。」前方小隊指揮官麥克丹尼爾報告道。

「收到，」李維回應，「進行覆蓋程序。」

指揮站內迪倫帶來的工程師開始對房子的保全系統輸入覆蓋碼，過了幾秒前門擋板升起。

「快快快！」麥克丹尼爾下令。

原本兩名SWAT成員準備使用破門錘，看見前門開了立刻將重裝備拋在地上。他們衝進屋內，兩兩一組採取互相掩護清場的陣型移動，FBI探員緊跟在後，所有人快步走向建築物中心，紅外線影像顯示目標就在那裡。

眾人迅速穿過寬敞客廳鑽進連接臥室的白色走道，中間岔路通向安全室。麥克丹尼爾這邊先抵達，李維小隊為阻斷房屋後側可供逃脫的路線較晚趕到。他揮手打信號，麥克丹尼爾便率隊衝向安全室並伸手推門。門就這麼開了，應該是覆寫碼生效的緣故，可是赫克特注意到麥克丹尼爾轉頭使了眼神，表情頗為訝異，顯然認為多少該有些阻礙。

麥克丹尼爾舉起衝鋒槍，將門大大拉開。赫克特伸長脖子才能隔著一群SWAT隊員看到安全室內部情況。有兩個人坐著，其中之一穿著格子襯衫、年紀頗大，而且是拉丁裔，嘴巴被塞住，手腳縛在椅子。另一人穿著鐘擺殺手的面具和防彈衣，但他沒有起身抵抗而是繼續坐著，同樣被捆在椅子上不停掙扎。麥斯・拜恩把自己綁起來做什麼？赫克特心中閃過疑問，意識到情況不妙到極點：老人嘴巴被堵住發不出多大聲音，之所以還嗯嗯啊啊一直叫是因為想示警。他順著對方視線掃過房間——老人那雙眼珠惶惶不定轉來轉去，巴望能在六個鞋盒大小的炸彈包圍下找到一線生機。看見每個炸彈都接上了遠端引爆裝置，赫克特感覺血液凝固、心跳漏了一大拍。

「炸彈！」麥克丹尼爾狂叫同時轉身拔腿，赫克特看在眼裡知道已經太遲。朝旁邊一瞥，奧佛瑞茲也露出惶恐表情，明白今天死劫難逃。

炸彈同時接收指令，引爆器啟動，點燃內藏的熱壓炸藥。兇猛爆風噴出，威力之大足以切裂牆壁。熾熱火球迸發，走道地形如同煙囪最利於火舌流竄。赫克特最後看見烈火化作漩渦，前面幾位勇敢戰士慘遭吞噬，一眨眼自己也葬身火窟。

57

多爾西花不到一分鐘就將車開到數據中心前面。走下GMC休旅車時艾許的電話響了，是帕克打來。

「怎麼了？」艾許問。

「我轉接瓦勒斯。」帕克說完就切過去。

「約翰？」艾許轉頭望向路旁樹林，瓦勒斯和芬利還躲在後頭。

「看見那輛藍色貨車嗎？」瓦勒斯問。

「嗯。」

「綁架治安官的犯人就開那輛車，聽芬利說情形像是攔檢卻被擄走。」瓦勒斯提醒她，「要小心。」

「謝了。」艾許聽完緊綳起來，掛斷電話、收好手機就緩緩拔槍。「我們去查那輛車。」她告訴一頭霧水的多爾西。

多爾西也拔槍，兩名探員悄悄逼近貨車。裡頭有動靜：一個戴面具的人掀開車廂內的簾子鑽到駕駛座。艾許駭然發現竟是鐘擺殺手，卻不解為何他會出現在此。還沒來得及想通，貨車車身一抖，引擎發動向前駛離，多爾西舉起手槍開火。

瓦勒斯從路樹縫隙望出去，看見貨車衝向多爾西，距離不會超過二十碼。從藏身位置看不清貨車駕駛的模樣，只知道多爾西開了好幾槍打在車上。他想閃避貨車，但踩在地面黑冰滑了一跤，雙手在半空瘋狂揮動也改變不了命運：輪子輾碾過多爾西時，他身子彈跳扭曲，彷彿野馬發怒騰起前腿，可是很快又完全靜止，動也不動。瓦勒斯看得一臉悚然。

「得過去幫忙！」他對芬利大叫，警官點頭附和，兩人轉身跑進巡邏車。

艾許也開槍了，貨車掉頭加速準備撞過去。子彈擊碎擋風玻璃，但沒能命中鐘擺殺手。她轉身逃竄，穿過停車場跑向數據中心，引擎咆哮聲緊追在後。到了入口，玻璃門自動滑開，艾許闖進寬綽大廳之後繼續狂奔。裡頭靠牆有張桌子，坐在後面的保全嚇得魂都飛了。她邊跑邊轉頭想知道怎麼回事，這才發現貨車強行爬上外面步道、撞破大門玻璃板，斜著車身朝她壓過來。艾許本想縱身跳開但錯失良機，被雪佛蘭貨車撞成人球飛出，腦袋叩在牆壁之後滑落地板昏迷不醒。

芬利將車停在多爾西旁邊。瓦勒斯匆匆下車之後立刻聽到數據中心那頭傳來銳利警報聲，轉頭一看大門全毀、玻璃灑了滿地，接待大廳瀰漫濃濃黑煙。然而儘管煙塵漫天，他能看見陰暗中透出帶著熱度的橘紅色光芒。瓦勒斯回頭望向芬利，警官蹲在多爾西殘破身軀旁邊，伸出手指按壓探員頸部。

「死了。」芬利宣判後拿起無線電，「二十一號呼叫總部，一位調查局探員在現場殉職，嫌犯逃進建築物，我準備追捕。」

「總部呼叫二十一號，」詹妮絲聲音傳來，「陀德，局長要你等候支援。」

瓦勒斯搖頭。「不能等，」他說，「艾許還在裡面。」

芬利點頭，邁步踏著雪佛蘭留下的車轍離開停車場。瓦勒斯張望一陣，走到多爾西遺體幾呎外撿起雪地上的槍，藏進大衣口袋之後快步跟上。

警官沒有阻止瓦勒斯，只是慢慢再點了一次頭，自己也抽出手槍。兩人踩著碎玻璃進入昏暗大廳，空氣充滿塵埃、殘骸散落一地，瓦勒斯留意到大廳深處那道剎車燈紅光，尾隨芬利上前查探。貨車後門半開著，芬利持槍瞄準門縫，小心穿過濃煙。瓦勒斯從側面觀察，發現有個男子被壓死在引擎蓋和混凝土牆中間，應該是這裡的保全。死者毫無生氣的眼睛盯著他，下面引擎箱冒出小火苗。瓦勒斯覺得噁心，趕快別過臉走向車尾，警官一手持槍瞄準，另一手將門拉開。

瓦勒斯鑽進車廂窺探，裡面有很多通訊與偵查設備，還有一具屍體倒在地板。一些電子儀器被撞散了掉在那人身上，大部分螢幕則完好無損。畫面看起來是從不同制高點觀察同一地的影像，乍看彷彿戰爭電影裡才有的場景，不過瓦勒斯很快意識到那是一棟房子，只是炸得面目全非且陷入火海。白色混凝土建築外面陽光普照花園圍繞，本該美麗的風景卻四處可見倒下的警察和調查局探員。他看傻了眼呆立原地，芬利蹲下確認埋在機器下面的遺體。穿著治安官衣服，瓦勒斯猜想這位就是失蹤的道格拉斯．席姆斯。芬利將死者的頭轉過來，右邊太陽穴上有個彈孔。

外頭傳來窸窸窣窣的聲音，瓦勒斯趕快跳下車跑向那堆瓦礫，搬開木頭碎片之後發現一個意識不清的人正在抖動。

「快出去，快走。」男子渾身是血頭昏目眩，說起話來含糊不清，瓦勒斯很專心才聽懂。「炸彈。」

來。

瓦勒斯嚇一跳，順著對方視線望去就是那輛貨車。芬利站在車廂後門想將治安官遺體拖出

「喂！」瓦勒斯朝他大叫，「有炸彈！」

警官也大吃一驚，轉頭注視車內。瓦勒斯跟著一看，明白芬利為什麼錯愕——後車廂和前座的隔板上黏著一塊灰色物體，連接的計時器顯示七秒。

「快跑！」芬利吼完轉身拔腿。

瓦勒斯拉起傷患，芬利過去抓著兩人往大廳外面飛奔。翻過大廳廢墟瘋狂逃命時瓦勒斯不斷祈求時間能夠暫停，但該來的總是會來：倒數歸零，三人距離出口六呎。炸彈引爆，強烈風壓震得車體扭曲碎裂。緊接在衝擊波之後的是烈焰風暴，燒毀貨車，沿著大廳湧向門口，所經之處一片火海。瓦勒斯、芬利和陌生男子被爆風震得雙腳離地飛越大門，重重摔在停車場結冰地面上。

最先回神的是瓦勒斯。他轉頭一看，吞沒大廳的火勢來得快去得也快：滅火系統啟動，朝滿室黑煙中一團團火光大量灑水。再望向芬利，警察用力吐氣然後站起來。千鈞一髮死裡逃生，兩人都沒講話，臉上的驚懼勝過千言萬語。

「他會殺死我。」受傷男子得救後還是叫得聲嘶力竭。

兩人幫忙拉他起身。看得出這人曾經遭到痛毆，現在站都站不大穩，襯衫上血漬已經凝固硬化，發腫的臉上有很多傷疤。此外他抖個不停。

「得趕快離開，」男子稍微清醒之後說，「不然會被殺掉的。」

「你是？」瓦勒斯問。

「我叫丹．亞羅西。」男子邊顫邊說：「是被他綁架過來的。他佈置得好像侵入我家守在裡面，其實設下陷阱就走了，用私人噴射機把我載到這裡。他駭了我家的監視攝影系統，盯著調查局每個動作，還把我家電話和一支衛星電話串聯起來，外頭根本無法分辨。我很想警告大家，但開口的話必死無疑吧。他另外綁了兩個不相干的人，我猜是園丁之類，其中一個被套上他那身裝備，騙調查局以為我們真的躲在安全室。結果都死了！他引爆炸彈的時候眼睛都沒眨半下！就這樣殺光所有人！」亞羅西回想完幾近崩潰。

「他來這裡做什麼？」瓦勒斯試著讓亞羅西鎮定下來。

「我不知道，可是他想進去土伺服機機房。」亞羅西隔了一會兒才回答，「他從札克那裡問出防護架構。抓了我以後一直打，逼我說出系統架構。肯定有什麼打算，但我不知道他到底想幹嘛。過來以後他就待在這個停車場監控我家、玩弄那些探員，不過看見那個女的忽然發飆——」

「是艾許嗎？」瓦勒斯追問。

「我不知道是誰，不過樣子像調查局探員。」亞羅西說，「我看見她被拖進大樓裡，但我自身難保哪有辦法救她。那個壞蛋留我的命只是預防連線出問題，現在用不到我了。炸彈本來是要炸死我吧。」他解釋起來餘悸猶存。

「得去救艾許。」瓦勒斯對芬利說。

大個子警官點點頭，「先生，你能自己走嗎？」

亞羅西神情有點猶豫，「應該可以吧。」

「那請你先到我車上等，」芬利指示，「支援很快就到。」

亞羅西踏著蹣跚腳步走向警車，瓦勒斯目送他離開，再轉頭望向芬利。

「你應該過去和他一起等才對。」警官說。

瓦勒斯搖搖頭，給了芬利一個剛毅眼神。他被那個瘋子奪走太多，而且還欠艾許一條命，不能讓她也淪為鐘擺案的受害者。

「走。」他說完便朝冒著黑煙的數據中心邁步。

58

多爾西……艾許醒來腦袋裡第一個念頭是他的名字。身體在動，被拖進一個冰冷藍色的地獄，惡魔發出尖銳嘶吼。眼睛聚焦之後她看見自己的腳，腳跟在拋光平滑的地板滑行。這條通道很窄，兩邊是一座又一座伺服器機架，每臺機器都亮著小燈，本來就涼的空氣被微弱藍光襯得更冷。聽覺甦醒，艾許察覺方才以為是惡魔吼叫的聲音其實是火災警報器，持續不斷提醒大家離開這棟建築。她嘗試目測這條走道多長，可是看不到盡頭，帶著寒意的燈號綿延到視野中的地平線上。抬起頭，艾許看見鐘擺殺手，多爾西也死在他手上。殺手站在後側彎著腰，雙手環抱她胸部，半抬半拉不知道要將她拖到什麼地方。殺手視線往下一掃，發現艾許盯著自己。他鬆手放人，舉起右拳直接落在艾許臉上。力道很重，她滾來滾去，伺服器發出的藍光不停轉動彷彿萬花筒，清醒和昏睡的界線又模糊起來。

「敢反抗就殺了妳。」一面具底下傳來沙啞聲音，「逃跑也殺了妳。」

一雙有力臂膀再繞過艾許腋下環抱胸部，無力的她只能任由對方拖行，意識漂流在暈眩和困惑之間，無法判斷時間與距離。

再回神的時候艾許被粗暴丟在伺服器農場中心區地板。三十呎平方空間別無他物，只有四臺終端機如石碑般立在光亮地板上。她繼續躺著，但轉頭張望，發現一臺終端機前面有人影，可惜看不清楚樣貌，怎麼用力眼睛都無法對焦，所有東西顯得夢幻朦朧。

「警察在路上。」她聽見鐘擺殺手講話。

「快好了。」模糊人影回答。

「你快走，被他們看見就得不償失了。」殺手提醒，「我來收尾就好。」

「加州那邊呢？」人影問。

「處理完了，」鐘擺殺手說，「外面的廂型車也銷毀了。」

「都是不得已的。」模糊人影的語氣帶著一絲遺憾。

「反正不好脫身的話，我還可以拿她要挾。」鐘擺殺手指著艾許。

「她醒著哦。」

「無所謂，讓她開不了口就好。」鐘擺殺手走到艾許身前，又一記重拳敲在她頭上。力道猛烈，艾許後腦撞到地板反彈，再度不省人事。

芬利移動時步步為營十分小心，槍口對準前方，瓦勒斯隔著幾步跟在後頭。兩人從大廳走入一條沒窗戶的長通道。接近交叉口時一男一女忽然拐彎衝出來，差點與芬利迎面相撞。女子受到驚嚇發出尖叫。

「別怕，」芬利冷靜面對，「我們不是壞人。」

「只是要去伺服器機房而已。」瓦勒斯補充。

「往裡面走就是了。」警報聲太大，慌亂的女子扯開嗓子喊叫，伸手指向往右那條路。「走到底有一扇安全門。」

「謝了。」芬利說完就想走。

「等等，」女子又叫住瓦勒斯，從口袋掏出卡片交到他手上。「用這個開門。」

兩個Facebook員工匆匆朝著最接近的逃生口跑過去。芬利和瓦勒斯右轉九十度朝走道深處前進，最裡面有一扇玻璃板構成的大型安全門，門後是一整片的伺服器與藍色小燈。芬利加快腳步，瓦勒斯緊緊跟隨。

感覺到地板散發的寒氣之後艾許緩緩睜開眼睛。她試著釐清自身處境，但只能看見光影舞動。伸手摸摸腦袋，摸到一塊瘀血腫起。站在終端機前面的鐘擺殺手留意到艾許動起來。

「別忘記我先前說了什麼。」他提醒。

艾許專注在那個冷酷身影，本來看見四個他，慢慢減少成兩個，最後視覺回復正常。

「沒必要殺他吧。」艾許嘆道。

「誰？跟妳一起跑過來的那個？」鐘擺殺手嘴上這麼問，注意力都放在電腦螢幕。

「他是好人。」艾許回答。

「都是好人。分局長索羅門．赫克特、探員督導阿圖洛．奧佛瑞茲、海爾、尼爾森……哪個不是好人呢？」鐘擺殺手這麼說。

艾許聽得懂。她外表平靜無波，實則心如刀割，一道道傷疤底下湧出哀慟。

「都死了。」鐘擺殺手說得若無其事，卻又忽然張大眼睛瞪著艾許，神情非常憤慨。「他們會死是因為妳。妳不肯退讓。軍隊裡很重要的一課是如何化危機為轉機，」他淡淡道：「尋人啟事這招確實棘手。只可惜我想通了，發現可以將計就計，引誘調查局將注意力放到完全無關的地方。」

「那也沒必要殺人！」艾許叱道。

鐘擺殺手蹲在旁邊又舉起手，艾許以為是要打她，結果竟是伸出指尖隔著手套拂過她臉頰。手指順著面部曲線挪到下唇，停留片刻又突然抽回。他兩手抓住面具摘掉露出真面目──果然是麥斯．拜恩。

「這面具有時太沉重，壓得我無法呼吸。」麥斯湊近，「艾許探員，他們必須死，唯有如此才能延續我的生命。現在全世界都以為我在丹．亞羅西家裡一起被炸死，再也沒有人繼續尋找。換個身分更方便我完成理想。」

「理想？」艾許感慨，「就是殺死這麼多人嗎？」

「這麼多人，」麥斯一邊嘲諷一邊靠到她面前。「妳以為這些是什麼？」他指著周圍一座座伺服器機架，「這是戰爭，是人類和機器的戰爭。這些機器不請自來，在地球橫行無阻。好幾十億個自戀狂每天吵著要人關注、要人滿足最卑劣的慾望，摧毀真正的美。」他越說越激動，最後怒火中燒地問，「妳連我為什麼這麼做都不知道吧？」

「確實不知道。」艾許靜靜答道：「何不由你親口告訴我？」

芬利拉開加壓安全門，氣流竄出嘶嘶作響，聽起來像股小颶風。瓦勒斯跟在警官後面走進機房，只見一列列機架綿延到遠方，藍色燈光彷彿一顆顆冷眼盯著兩人深入這座黑暗洞窟。離開門口沒多遠，瓦勒斯聽見男子的低沉嗓音。

「兩年前的九月，我妹妹上傳影片到YouTube。」那聲音證實了瓦勒斯最深的恐懼。「她想從陌生人口中得到肯定，要大家評判她性不性感。」

瓦勒斯依稀記得那一夜。是他和康妮分手的日子，後來喝得酩酊大醉。他因為丹寧案證詞被駁回而氣憤填膺，因為親手推開康妮而自怨自艾。

「是他們害死我妹妹，」從男人說的話不難推論其身分。「他們六個群起圍攻，留言謾罵。我妹妹試著理論，他們卻極盡所能嘲弄羞辱還糾纏不休，到最後我妹妹真的被洗腦，覺得自己死了世界會變得更美好。」

麥斯這番話勾起瓦勒斯記憶。確實有個模糊印象是那天晚上開了YouTube亂留言，他只是想發洩情緒、報復社會。究竟做了什麼現在根本想不起來，但卻記得還沒天亮就感覺自己卑鄙齷齪，一氣之下砸爛電腦。

「約翰．瓦勒斯、凱伊．華特斯、史都華．胡方，這三個妳知道了。」麥斯繼續說：「另外三個也死了。謝恩．博伊斯是澳洲珀斯的金融顧問，丹妮爾．勒羅伊是南非開普敦的脫衣舞孃，約書亞．羅根是加州蓋恩斯維爾的大學生。只剩約翰．瓦勒斯一個了。」

「這些人根本沒料到會有這種後果。他們並不知道艾琳有顆特別脆弱的心。」瓦勒斯聽得出是艾許在講話，她似乎很虛弱很恐懼。

「只要是人，都很脆弱，都有可能在下一秒死去。」麥斯反駁，「那些人根本不在乎，以為躲在匿名後頭就能為所欲為。但是我找得到他們。」

「你無法肯定是他們造成的。」艾許爭辯。

「艾琳留了遺書。她抄下那些人惡意中傷不堪入目的詞句。我駭進她的YouTube帳號刪除影片，留言自然也就消失了，再也沒別人知道她為什麼想不開。我不要那些人發現，不要那些人慚愧，不要那些人內疚。我只要他們死，像艾琳那樣子死。我妹妹在遺書裡說自己一無是處，對世界沒有價值。都是那些人害的，」麥斯痛罵，「是他們把我妹妹逼上絕路。」

「可是還有其他人？邦妮．曼恩？肯．帕羅？札克．霍茲？」艾許問。

「札克．霍茲是戰爭中的犧牲者。他和艾琳的死無關，找上他是為了情報。至於另外兩個，她們死有餘辜。邦妮．曼恩沒處理艾琳的申訴，何況並不只有我妹妹，還有很多人看見之後提出檢舉，她卻怠忽職守視而不見。肯．帕羅是個變態，私下設置一個叫『來世』的自殺網站。色情已經滿足不了他，他進一步以教唆自殺為樂。我妹妹想著如何自殺，一不小心連進去，他居然花了好幾個鐘頭說服艾琳，讓我妹妹相信上吊是最好的選擇。」

「原來如此。」艾許回答。

她語氣充滿同情，瓦勒斯聽了之後感覺天旋地轉後悔莫及，赫然明瞭人生毀在自己手上。看見艾琳．拜恩這名字就該想起來才對，但他沒有。遷怒於人貧嘴薄舌，酒醒後還全部忘光，殊不知一個幸福家庭因此破滅。一切的一切都是他起的頭。包括康妮。意識到自己間接害死康妮、是所有悲劇的罪魁禍首，瓦勒斯渾身劇震兩腿發軟，倚著旁邊的機架才沒摔倒。

「你還好嗎？」芬利回頭關切。

瓦勒斯點點頭強自振作，隨壯碩警官步入更深的黑暗。

59

「不需要妳同情！」麥斯怒吼，轉身走回終端機前。「妳以為只是為了艾琳？那是因為妳眼界太小。艾琳是催化劑，是促成雪崩的最後一片雪花。她死了，我才終於想得透徹，明白自己的使命就是顛覆。我要擊敗巨獸、解開枷鎖，這種生活方式不合乎人類期待，沒有誰該受到束縛。」

「口口聲聲為了人類，」艾許反駁，「結果卻一直殺人。」

「這是戰爭！戰爭必然會有犧牲。」麥斯大叫，「敵人藏匿在數位世界的陰暗處，後果我們都看見了。巴黎、紐約、倫敦、波士頓為什麼遭受攻擊？不就是因為那些影子有辦法組織動員？伊斯蘭國、哈馬斯[51]、蓋達……敵人的工具是我們給的，現在我就將它收回來。」

「然後讓文明倒退三十年？」艾許痛斥。

「這個文明生病了！」麥斯說得口沫橫飛，「賭博無所不在，色情唾手可得。小孩都看些什麼呢？看人被斬首處刑，看其他孩童遭到虐待殺害，然後他們自己也把朋友給殺了獻祭給瘦長人[52]。從黑市可以輕易買到毒品、軍火甚至是器官。大企業靠著妨礙家庭鼓勵出軌可以賺進好幾億。這些東西——」他手朝周圍的機器一比，「對人類有害無益。但是政府放任不管，以為能夠藉此創造財富。結果呢？窮人變得更窮了，全世界的財富集中在少數人手中。」

「不就是你，」艾許指控，「和你爸這種人？」

「不准提我爸！」麥斯咆哮。

「人類的進步會毀在你手上。」艾許警告。

「新東西未必就是進步。」麥斯鎮定情緒之後繼續輸入指令，「文明也會誤入歧途，這時候就該返回道路分叉的地方換個方向。」

「即使你這麼做，艾琳也不會復活。」艾琳苦苦相勸。

「至少同樣的事情不會再次發生，無辜的人不會再次受害，艾許探員——還是該叫妳艾莉絲——」

「別那樣叫我。」艾許打斷，「話說回來你怎麼查到的？紀錄應該都封鎖了才對。」

「封鎖？」麥斯不屑悶哼，「艾許探員，隱私權已死，二進位把妳的祕密全都攤在陽光下。馬塞爾．瓦辛頓是不是讓妳想起父親？所以他必須死？」

「我明白你的傷痛，」艾許輕描淡寫轉移話題，「但你不必做得這麼絕。」

「和痛不痛無關，我是要矯正錯誤。人類社會變得面目全非，網際網路逼迫每個人面對全世界，無論好的壞的都逃不掉。沒人做好準備，也沒人問過大家想不想要。就這麼發生了，我們無可奈何也無法應付。十幾歲的年輕女孩一個人在房間，心思還那麼單純，只想知道活在世上的意義，尋找愛、希望和足以成為信念的東西。結果轟炸她的是什麼？是Twitter上面那些荒唐無稽胡

51 全名為「伊斯蘭抵抗運動」。

52 原文Slender Man，網路恐怖文學的角色，初次發表於二〇〇九年，爆紅之後有許多衍生作品。二〇一四年威斯康辛州兩個十二歲女孩殺害同學，聲稱是為成為瘦長人的部下，若不殺人則瘦長人會殺害她們家人。

說八道，是Facebook自戀狂好友時時刻刻炫耀人生美好，是一則又一則誇大不實含糊其辭的廣告。藏在社會陰暗角落的東西全部浮上檯面，並不只是纖細敏感的少女，任何人都有可能上鉤。這麼多的紛亂、暴力、罪孽，妳覺得不足以改變人類？精神病都成了流行病了，人類比過去更脆弱。女孩迷惘彷徨，想要融入社會，她決定讓世界看見自己，希望得到認同，卻遭到心中只有仇恨的人羞辱詆毀。那些陌生人叫她去死，說少了她世界會更好。我是為自己妹妹伸張正義。」

「你的所作所為與正義毫無關係。」艾許駁斥。

「我花了兩年時間開發這個病毒，傳播機制正在進行編譯，完成之後就會從我的網路散佈到地球上每個Facebook帳號。所有紛擾、仇恨、罪惡即將終止，人類在隨之而來的寧靜祥和中可以重新決定想要什麼樣的世界。這就是正義，艾許探員。」麥斯說得很有自信。

「上次發到調查局的病毒連帶摧毀了通信、電力和保全設備。」艾許盯著螢幕上的編譯進度，目前才百分之五。「你會讓發電廠和醫院都無法運作。」

「為什麼發電廠和醫院需要連線？人類必須體認到串聯世界有多危險。」麥斯回答，「有時不丟震撼彈，睡著的人醒不來。如果有人因此而死，活下來的人更能記取教訓。艾許探員，雖然我也想留下來，但事情才剛剛開始，浴火重生的新世界還需要我去指引。」

他從外套內掏出貝瑞塔M9手槍。艾許跪坐起來。

「和你合作的是誰？」她看見麥斯被問得一愣不禁有些得意。

麥斯怒目而視，手槍朝她腦袋甩去同時拇指扳開保險。艾許不等他槍口就位，手腳陡然撐起，身子全力朝背後撞去。麥斯軀幹這麼一震重心不穩，槍響之後子彈削過旁邊機架。

艾許拔腿要跑，卻被麥斯一記掃腿絆倒，滾了兩圈躺在地上正好與鐘擺殺手四目相望。他追上來舉起手槍。

再次槍響，艾許身子一抽，卻發現自己沒事。她馬上睜開眼睛，看見麥斯背部中彈，隨即又有好幾發子彈轟在他身上，人朝自己後頭彈過去。翻過艾許上方同時，麥斯轉身灑出彈雨。

艾許坐起來，大塊頭警官芬利身中數槍倒下，麥斯也摔在地板。她站好以後就往麥斯腦袋狠踹，踹了兩腳後他的槍離手飛出，艾許看了只有一個念頭：搶過來。手槍在半空旋轉，朝終端機那頭落下，她趕緊撲過去。但麥斯已經在她後面站穩腳步，從外套下掏出第二把貝瑞塔。舉槍、瞄準、開火，一顆子彈穿過艾許腹部，她不僅劇痛難耐，人也被衝擊力震得大字形趴倒在搆不到槍的地方。她摸摸傷口，冰冷指尖沾染溫熱液體，抽回來一看果然都是血。艾許也察覺自己呼吸變得又快又淺，但不確定是恐慌反應還是死期將近。看著麥斯接近，她集中精神想蹬地板爬過去拿到手槍，可是腳掌滑過來滑過去沒法固定。神經不受控制了，艾許頓時心一沉。

她東張西望想找到一條活路，忽然在左邊兩座機架中間瞥見奇怪的東西：一雙眼睛，而且與自己同樣高度。黯淡藍光勾勒出輪廓，艾許認出是瓦勒斯躲在那兒，麥斯還沒發現，接下來必須謹慎。不過當她再次望向瓦勒斯，兩人視線交會，艾許不禁暗自叫苦。她認得那種眼神，無數菜鳥探員嚇呆的時候也是同樣表情。瓦勒斯受到恐懼支配，面對殺人如麻的麥斯毫無勝算。想要自救，得先救他。

麥斯舉起手槍。

「等等！」艾許叫道，心裡有了個主意。「最後告訴我一件事，約翰．瓦勒斯的自殺留言有什麼東西可以寫？」

機房寬廣，聲音迴盪，問題傳進瓦勒斯耳裡。他很想動，想用多爾西的手槍斃了暴徒，但就是做不到，整個人嚇得不住顫抖，目睹過的死狀一幕幕在腦海重播。瓦勒斯也曾經驗生命即將結束那一刻，因此很清楚自己沒有勇氣再度面對。他專心回憶康妮，以為激出怒火就能不顧一切衝出去，可是想起她嚥氣前的模樣反而變得更害怕。瓦勒斯從機架縫隙望出去，知道艾許受了傷無力自保。康妮在自己面前喪命，現在又要眼睜睜看艾許死於同一個人之手，他羞愧得無地自容。

「約翰・瓦勒斯是個懦夫。」麥斯・拜恩回答了，答案穿透瓦勒斯的癱瘓和恐懼打進心坎。「他眼睜睜看著阿富汗的男女老幼被人屠殺，」麥斯繼續說：「更惡劣的是他明明有能讓凶手伏法的照片，居然會讓對方銷毀證據變成誣告。約翰・瓦勒斯的自殺留言只要說真話就好——他是個窩囊廢，承受不住內心自責，於是自我了斷。」

這番話灼傷了瓦勒斯靈魂，也點燃他無可遏抑的怒火。

麥斯拿著貝瑞塔指向艾許的頭，但她看見一顆子彈射進對方肩膀，過了半秒才聽見槍響。又一顆子彈鑽過防彈衣縫隙，從背面削斷麥斯頸部肌肉，第三發則正中喉嚨開了一個大洞。麥斯五官扭曲，在不解和痛苦中伸手按住致命傷，接著跪倒凝視艾許，眼神燃燒著憤恨。他還想舉槍，槍口對到艾許頭部同時最後一次巨響震盪整個機房，子彈貫穿顱骨。

麥斯斷氣癱倒，艾許搖搖晃晃爬起來。瓦勒斯手裡的槍還在冒煙，看清楚艾許傷得多重後神情從錯愕轉為惶恐。她腿軟了下去，瓦勒斯衝上前。

「嘿，」艾許笑得孱弱，「做得好。」

「得趕快送妳去醫院！」瓦勒斯著急起來。

艾許卻搖搖頭說：「不對，得先把那個停掉。」

瓦勒斯順著她食指看過去，是機房中央的一臺終端機。

「亞羅西在外面。」他告訴艾許。

「快叫他進來。」艾許吩咐。

瓦勒斯卻猶豫了。

「快呀！」她這一叫氣勢十足，瓦勒斯飛奔出去。

瓦勒斯衝出去途中還回頭張望，神情十分憂心，艾許都看在眼裡。她努力爬到終端機前面，螢幕上編譯進度已經達到百分之五十三。靠在機器底座，右半邊身子還不斷噴血，艾許心裡默禱自己能撐到事情落幕那一刻。

瓦勒斯回到大廳，火災警報和外面警車鳴笛結合成更大的噪音。他跑過焦黑廢墟，跨越滿地的碎裂磚石和玻璃，發現多爾西遺體旁邊停了一輛警車，車上卻是空的。掃視停車場一圈，瓦勒斯看見離警車有點距離的地方聚著二十多個逃出來的員工，他們三不五時偷瞄屍體一下，其中六、七人正在講電話。

他跑上前大叫：「亞羅西！丹・亞羅西！」

亞羅西從人群竄出來一臉迷惑。

「裡面需要你幫忙，」瓦勒斯語氣很急，「得趕快關掉！」

亞羅西卻退一步猛搖頭。瓦勒斯忽然意識到自己拿著槍，索性手一揚瞄準他。

「快過來！」瓦勒斯吼道，「不然我真的會開槍！」

亞羅西看看身旁眾人，但大家都嚇得後退。瓦勒斯過去揪著他衣領拖走。

「快！」瓦勒斯大叫。

「好、好。」亞羅西只能乖乖聽話。

先前找機房時撞見的男子也在場，瓦勒斯轉頭吩咐：「我朋友中彈了，警察到了的話請他們派人急救，在主伺服器機房。」

他點點頭。

「主伺服器機房。」瓦勒斯重複一次就拉著亞羅西衝回去。

艾許一個人坐在機房裡，數百臺伺服器發出低沉嗡鳴。她頭暈目眩，眼前一切朦朧虛幻。或許因為盈滿體內的腎上腺素開始消褪，但也可能單純是失血過多，她無法確定，只知道自己必須一直按住傷口。施壓，壓力可以救她。但壓力也可能害死她。壓力鍋，他們這麼形容懲戒室。父親在外頭盯著，矢志將女兒養成乖女孩。壓力能殺人。壓力能救人。毫無邏輯、莫名其妙，艾許被自己亂七八糟的思緒嚇到了，擔心自己是不是快發瘋，趕快專注在現實世界，然後聽見腳步聲，轉頭看見兩個身影自陰影處浮現。

她樣子糟透了，毫無血色的蒼白面頰在機器的微弱藍光中陰森恐怖宛如冤魂。

「人帶來了。」瓦勒斯大叫，接著將亞羅西推過去。

「終端機正在上傳病毒，會造成全球網路崩潰。」艾許氣息虛弱喘不過來，「趕快設法中斷。」她指著自己頭上的螢幕，編譯程序已經執行到百分之八十二。

亞羅西上前操作終端機，瓦勒斯則蹲到艾許身邊。「還有其他人。」她聲音小得幾乎聽不見。

「妳說什麼？」瓦勒斯問

「還有人……」她氣若游絲。

「先休息，」瓦勒斯安撫，「馬上就有人來了。壓好。」他拉艾許的手按住血淋淋的腹部，艾許疼得皺起臉。

瓦勒斯好想大吼。也很想過去把麥斯．拜恩的屍體挫骨揚灰。看著艾許一步步接近死亡，他對自己的無力感到憤怒，努力克制情緒才沒猛烈顫抖。他蹲在艾許身旁，忽然想起康妮，彷彿心窩被捅了一刀。她就是這樣走的，瓦勒斯意志消沉。

「別擔心，妳不會有事。」他明白這是自欺欺人，而且艾許的表情也透露出她並不相信。

「我沒辦法。」亞羅西語氣中的惶恐打斷瓦勒斯的自怨自艾，「他改了軟體結構和安全協議，除了關電源沒別的辦法。你——」他指著瓦勒斯，「過來幫忙吧！」

瓦勒斯猶豫了，他不想丟下艾許一個人。

「去吧。」艾許開口。

進度條已經跑到百分之九十二。

「快！」亞羅西叫道，「時間不多！」

他起身跟在亞羅西身後，兩人跑向機房另一頭。

艾許望著瓦勒斯和亞羅西背影，兩人一下就消失在伺服器叢林間。呼吸愈發急促淺薄，她很想閉眼，但一直忍著。心跳忽快忽慢，每次出血彷彿就漏掉一拍。

抬頭一看，進度條來到百分之九十四。「快呀。」她試著大喊，但聲音微弱得自己都覺得訝異。

艾許不想失去意識，集中精神忍著痛楚深呼吸一口。「快！」她喊出聲音，進度條也跳到百分之九十五。

「快！」

瓦勒斯聽見艾許的叫聲在機房內迴盪，和亞羅西加快腳步飛奔。

跑到牆壁前面，亞羅西開口解釋：「總共六個斷路器，全都拔掉的話數據中心就會過載短路。」牆面上佈滿粗電纜與密密麻麻的管線。

亞羅西沿著牆快步移動，找到六個大型接線箱，打開第一個果然找到斷路器，上面有爪形扣鎖固定。他扳開扣鎖，用力拔出斷路器。

「六個都拔掉才行。」他吩咐道，瓦勒斯立刻跑向末尾的箱子如法炮製。

艾許再抬頭，終端機螢幕顯示編譯程序完成度為百分之九十七。她聽見後面有人聲，還以為是幻覺，但轉頭一看確實有人穿過伺服器農場。還不只一個，有兩個。她看看四周想找東西當武器做最後抵抗，可是什麼也沒有。還有其他人，艾許思考模糊，人影越來越接近。

瓦勒斯處理第四個斷路器，手不斷顫抖。快沒時間了，他提醒自己，再不趕快的話艾許就會孤伶伶一個人走，他吞下恐懼，深呼吸鎮定情緒然後用力拔。

幾呎外，亞羅西拔了倒數第二個斷路器，然後看著瓦勒斯解開最後一個扣鎖，從機殼拔出最後一個斷路器。

編譯進度條在艾許注視下來到百分之九十九，但忽然電力不穩、燈管亮度暴增，才半秒過後整個數據中心內所有電器故障，機房陷入徹底黑暗。艾許清楚聽見兩個男人正在對話，片刻後一段距離外出現光源。對方拿著手電筒朝艾許的方向移動，她不知如何是好。

「搞定了。」亞羅西說完在黑暗中摸索。

瓦勒斯聽見他似乎解開什麼釦環之類，然後有東西掉在地上。過沒幾秒鐘忽然冒出一道刺眼光束，原來是亞羅西開了強力手電筒。他在緊急裝備箱內翻了翻，拿出另一個手電筒拋過去。瓦勒斯接了打開便快步跑回機房中央，亞羅西尾隨在後。

前面竟也有光芒閃動，伺服器機架縫隙間透出光線。影子隨著兩人奔跑時長時短，到了終端機前面瓦勒斯一愣，看見兩個人影蹲在艾許身邊。他們將手電筒放在旁邊機架，背光底下只能看見兩團黑色。瓦勒斯一時情急拔槍瞄準，但覺得手槍好沉。

「你幹嘛呀？」亞羅西手電筒朝那邊劃過去，照亮兩人身上鮮豔的急救員制服。

「我還以為……」瓦勒斯傻了眼，但也立時心安許多，連忙收起手槍跑上前。急救員正將艾許抬到輪床。

「她沒事吧？」瓦勒斯問。

艾許戴著氧氣面罩沒有反應。「先生你先別靠近。」急救員吩咐。

他們忙著將傷患推出去，瓦勒斯一路緊跟，不過兩條腿已經快沒力氣了。一行人穿過走道返回殘破大廳，一隊消防員正在撲滅起火貨車。

走出撞爛的大門，停車場變得很熱鬧：數輛黑白警車與治安官座車、一輛消防車、三輛救護車，各階級警務人員或者拿無線電進行通報，又或者正向圍成一團的工作人員取口供。

「要是有人問起，」瓦勒斯轉頭跟亞羅西說：「就說我去陪她。」

「謝謝。真的很感激。」亞羅西回答之後自己走向兩名警察。

瓦勒斯趕緊追上急救員。積雪很厚，他們腳步雖快卻也很小心。救護車停在一片鏟過雪的柏油路上，艾許被送進後車廂，駕駛跑到前面就位，瓦勒斯爬上去坐在輪床旁邊，另一個急救員蹲下來輕輕搖她。

「小姐，保持清醒，」他指示，「等到了醫院就可以睡，現在還不行。你是她同事？」急救員轉頭問瓦勒斯。

瓦勒斯低頭看著艾許，她皮膚白得像紙。「是朋友，」他回答，「她叫克莉絲汀。」

「克莉絲汀，醒醒！」急救員叫道，「不要睡！」

努力對抗侵蝕意識的黑暗之後她睜開充血雙眼，看見瓦勒斯之後笑了，笑得很淺很淺。

「很好，」急救員說，「保持微笑。」

瓦勒斯凝視她陷入沉思。追殺自己的人死了，幾個月下來第一次真正擺脫恐懼。然而解脫感伴隨巨大的內疚，他滿腦子都是康妮。瓦勒斯明白後半輩子都將活在罪惡感中，而他只能勇敢承受，在心裡發誓會努力活著。死者不能復生，所以他只能連同康妮的份一起活下去，用餘下的歲月實現生命的意義。這樣思考並不足以平復失去愛人的傷痛，但不這樣想的話連回歸正常人生的動力都找不到。

他朝艾許露出哀傷的笑，身子前傾拉起她的手輕輕捏了下。救護車發動引擎駛出停車場。

第四部

尾聲

懸鈴木亮綠色葉片隨風舞蹈，蔭蔽瓦勒斯免受午後陽光曝曬，但他心裡那抹寒意與高聳路樹無關，四肢冰冷一如急遽心跳都源於焦慮情緒。擔心受怕了太久，瓦勒斯幾乎忘記輕鬆自在是什麼感覺，每次汽車經過、有人動作較快或附近傳出稍大一點的聲響都能將他嚇成驚弓之鳥，緊繃神經準備掙扎或逃跑。若是可以選擇，他並不想回倫敦。瓦勒斯反覆提醒自己麥斯．拜恩已死的事實，但艾許後來說的話如同揮之不去的陰霾。她太肯定了，堅持麥斯還有共犯，而且瓦勒斯回想起來也覺得那天不大對勁：麥斯為什麼躲在停車場而不是數據中心內？如此說來，是誰在電腦上動手腳，啟動後門程式並且被貝利他們發現？官方聲稱麥斯從貨車遠端執行，後來進機房收尾，瓦勒斯不怎麼相信這套說詞，而且他這輩子都會信任艾許。既然艾許說有共犯……那我還是不安全，一輩子無法正常生活。

更何況瓦勒斯已經不確定何謂正常生活。恐懼會褪色，記憶卻無法磨滅。如果可以，他希望能逆轉時間，收回導致鐘擺殺人案的惡言惡語。艾琳．拜恩自殺竟是自己與其他死者親手犯的罪，沒有這個事件就沒有扭曲瘋狂的麥斯．拜恩。每次瓦勒斯想起一身血紅、死在懷中的康妮都覺得是自己害死她。站在倫敦街頭，心中更加悽愴，這城市無處不是與她有關的回憶，每個畫面催生出一段新的夢魘。面前街道尤其如是，瓦勒斯記得非常清楚，上回一起散步，他竟天真以為清道夫掃開落葉象徵自己與康妮能踏上嶄新旅程。倘若當初聽她的話，兩個人隱姓埋名，或許她今天還活著。但……瓦勒斯搖搖頭，甩開鬱積心頭的糾結。思緒一直兜在康妮身上也是理所當然，儘管他試著先忘掉自己要去哪兒、見什麼人，但該來的總是會來。

瓦勒斯來到康妮住處樓下，抬頭望去竟看見窗口有個熟悉的側影。他快步向前，開始懷疑自己是不是做夢。公寓大門在他接近時自動打開了，瓦勒斯難以克制興奮情緒，但又覺得不可思議。難道康妮活下來了？新聞報錯了，還是警方的安排？他上氣不接下氣跑到頂樓，轉彎望向公寓門口，然後呆立原地喘息不止，美夢瞬間破滅。門前是康妮的母親珊卓，除了幾條皺紋幾撮白髮，母女倆簡直一模一樣。

「抱歉，是不是嚇到你了。」珊卓苦笑。

「沒事。」瓦勒斯只能獨自面對失落。

康妮的父親彼得從裡面出來，「約翰，進來說話吧。」

跨過門檻時瓦勒斯渾身顫抖。彼得和珊卓帶他到客廳，裡面堆滿紙箱，大部分家具不見了，只留著一張小餐桌。瓦勒斯別過臉，腦海浮現和康妮在桌邊的最後一次對話，那天她不斷勸說自己別跟貝利走。

「唉，約翰……」珊卓留意到他雙手發抖之後淚水在眼眶打轉，上前擁抱柔聲安撫：「沒事了。沒事了。」

瓦勒斯忍不住將頭埋在珊卓肩膀，接著感覺到彼得輕拍自己的背。兩人反應與他預期的大不相同。

「對不起，」他退開之後仍然唏噓不已，「真的很對不起。」

「不是你的錯。」珊卓勸道，「康斯坦絲……康妮……」她說得哽咽，停頓片刻平復之後才繼續：「你回來找康妮，她開心極了。我們幾乎每天講電話，聽得出她有多高興。你們分手的頭幾個月對她很難熬，一直走不出來。好不容易你們復合了，雖然只有短短幾天，她終於變回以前的樣子。而且她很幸福，心裡早就認定你了。」

「我不是故意……」瓦勒斯欲言又止。說什麼都無濟於事了。

「事情經過我們都知道，約翰，」彼得開口，「不是你的錯。」

瓦勒斯無法面對康妮的雙親，只好轉頭望向窗外懸鈴木搖曳的枝椏。無論怎麼說，他都覺得是自己害死了他們的女兒。

「康妮沒有什麼安排，」彼得繼續解釋，「我們只好自己看著辦。」

「你要不要帶點什麼回去？」珊卓問，「有空的時候想想她？」

「明信片。」瓦勒斯本能回答，「在她臥房。我想記住曾經有那麼多人喜歡她、愛她。」

珊卓聽了很動容，噙著淚水點頭答應。

三個人沉默一陣，氣氛寧靜。「往後你有什麼打算？」彼得問。

瓦勒斯搖頭，「還不知道。」

又短暫沉默，這次瓦勒斯先開口，「你們呢？」

「房子賣掉了，」彼得回答，「收拾好就準備回家。」

瓦勒斯明白他們的哀傷，只能點點頭。三度沉默，他開始覺得慚愧，彷彿根本不該出現在康妮住過的地方，與她寬容的雙親共處一室。斯多克紐溫頓冰冷墓碑下面埋的應該是自己。

「唔，我該走了。」他說出口。

彼得點點頭，但珊卓卻搖了頭。「不留下來喝杯茶？杯子拿出來就好。」

她眼裡閃著傷痛，想盡可能留住與女兒有關的所有人事物。可是對瓦勒斯而言，光是想到康妮那些不成對的茶杯都好難受。睹物思人只會讓他們三個都心碎。

「得走了。」他輕聲回答。

珊卓無奈點頭，不過馬上轉身。「等一下。」她吩咐。

彼得和瓦勒斯在客廳裡互望，氣氛尷尬。半晌後珊卓終於出來。

「明信片。」她解釋，然後塞了一個厚厚的牛皮紙袋到瓦勒斯手裡。

「謝謝。」他給珊卓一個擁抱。

珊卓也抱了他，但兩人這麼一抱她像洩了氣似地身子越來越軟。瓦勒斯退開時彼得還上前攙扶，卻被她輕輕撥開。

「我沒事。」她對丈夫說。

彼得改朝瓦勒斯伸手。「謝謝，麻煩你跑一趟，」兩人握手時他解釋，「我們還是覺得該跟你見個面。」

「以後如果去澳洲……」珊卓話說了一半就沒聲音。

「謝謝。」瓦勒斯還是回應，「有什麼我可以幫忙的——」

「剩下的不多，」彼得打斷，「我們自己來就好。」

「那我先走了。」瓦勒斯退向門口。

「你不會忘記她吧？」珊卓喊出聲，但語氣與其說是叮嚀更像是自言自語。

「我不可能忘記康妮。」瓦勒斯向他倆保證，說起愛人名字聲音又哽咽。

彼得點了點頭送他出門，珊卓又回到窗戶前面。瓦勒斯拿好明信片，匆匆下樓離開公寓，踏上馬路回頭一望，看見珊卓終究淚水潰堤。目光交會之後，她從窗邊退到屋裡，彷彿被康妮那間公寓吞噬。瓦勒斯加快腳步，轉進卡澤諾維路時幾乎跑了起來，想要同時逃離心中的傷悲。

艾許看著紀律審查委員會成員魚貫回到房間。距離雙子湖事件已經三個月，身上彈孔還是隱隱作痛，腹部肌肉痙攣起來她只能在座位上搖搖晃晃、擠眉弄眼。副局長蘭道爾就座時朝艾許那邊瞥了一眼，其餘五名成員也都願意正眼對視。她看看律師，艾菈．佛岡露出微笑。

「好兆頭。」艾菈悄悄說。

艾許點點頭，轉身望向房間後方旁聽席。椅子原本都是空的，今天卻來了稀客：分局長大衛．海瑞爾。原本他身子前傾、頭埋進雙手，發現議程即將開始才趕緊坐好，抬頭時和艾許視線交會。海瑞爾面容蒼老，留著整齊平頭，頭髮花白但很直，艾許覺得他模樣憔悴疲憊。理由不難想見，海瑞爾再過兩年就退休，卻一夕間折損了赫克特、奧佛瑞茲等多位部屬。她朝海瑞爾點頭行禮，對方回以笑容，神情卻有點落寞。再看看旁邊，又遇上艾德華．歐馬爾。歐馬爾擔任控方律師，但他眼裡少了上回那種敵意，可以清楚感覺得到只是過個形式。歐馬爾和局裡許多人一樣，覺得艾許吃的苦頭夠多了。

「艾許探員，」蘭道爾開口了，「本次紀律審查委員會目的之一是重審馬塞爾．瓦辛頓遭射殺一案，尤其將妳的出身背景納入考量。目的之二則是檢討妳在鐘擺殺人案之中的行為問題。辯護律師佛岡小姐指出與妳幼年有關的文件檔案都依據法院命令加以封鎖不得公開，將其曝光本身就是侵犯隱私權的犯罪行為，此外審核之後我們認為幼年經驗對妳而言是沉重的心理負擔，相信不至於影響妳面對瓦辛頓時的判斷力。因此本案維持原議不另做處置。」

艾許朝艾菈一瞟，律師鬆了口氣嘴角上揚。

「至於鐘擺殺人案，」蘭道爾繼續，「調查過程中妳違反上司命令、損毀私人財物、攻擊同僚與平民，整體而言行為不檢又缺乏責任感。然而大量事證顯示若無妳的努力付出，約翰．瓦勒斯極有可能也成為受害者，且調查局恐怕難以察覺真凶實為麥斯．拜恩，亦不可能阻止他策劃的全球規模網路攻擊。權衡考量之後，委員會認為妳的工作表現值得嘉獎，所屬單位有升遷機會應優先考慮。」

艾許朝他點頭微笑，感激地說：「感謝委員會費心審查。」然後拍拍艾菈肩膀，「做得好。」一回頭看見海瑞爾正要離去，「我有事先走一步。」她說完快步追出去。

海瑞爾在走道半途被艾許追上，兩人停在一扇觀景窗前面，午後陽光滲過黑色外套暖了她身子。

「長官，有事想找您談談。」艾許開口。

「結果很好不是嗎，」海瑞爾說得有氣無力，「我沒空多談，有個會要開，快遲到了。」說完他就想溜走。

「另一個人您打算怎麼處理？」她大聲問。

海瑞爾邁出的一步應聲凝固，先低頭幾秒鐘，然後抬頭觀察附近往來的探員。

艾許看得出來他不想當眾出糗。「我在雙子湖那裡看見另一個人。」她解釋。

海瑞爾湊近艾許，兩張臉相距只有幾吋。「妳覺得自己看見另外一個人，但調查結果都指向麥斯．拜恩是單獨行動，」他說，「有沒有可能是妳看錯了？也許妳頭部遭到重擊，產生暫時性幻覺？」

「監視攝影機故障，」艾許爭辯，「無法確認現場是不是只有他。」

「每次監視攝影機都故障。」海瑞爾反駁，「無論倫敦、安全屋還是曼哈頓麗晶，麥斯．拜恩一定事先關掉監視系統，這是他的慣用伎倆。」

艾許遲疑了，不知該不該據理力爭。外頭鋪天蓋地的批評聲浪都是海瑞爾在承受，鐘擺殺人案的結果佔據媒體版面，各方指責調查局的諸多疏失，最嚴重莫過於未能及早察覺受害者彼此共通之處。說起來簡單，實際上麥斯．拜恩行動之前就刪除艾琳那段影片。至於「來世」網站，那是肯．帕羅祕而不宣的齷齪事，後來洛杉磯分局探員終於在一間他用空殼公司名義租下的公寓裡找到伺服器，也發現帕羅對死人、特別是絞殺遺體有特殊癖好，所以透過「來世」滿足自己的變態幻想。邦妮．曼恩與賭城黑社會間的牽扯誤導整個偵辦方向，她隱瞞上司擱置不理的客訴有幾千份之多，毫無頭緒的前提想鎖定艾琳被人謾罵一事堪比大海撈針。鐘擺案讓調查局好好上了一課：進入數位時代之後，犯人和被害人之間有可能存在過去難以想像的連結點。要是少了瓦勒斯，調查局找不到真凶，也沒機會揭發麥斯．拜恩的陰謀。

有人怪罪調查局動作太慢，卻也有人抨擊調查局不應該阻卻鐘擺殺手最後的行動。麥斯．拜恩意圖逆轉累積數十年的科技進展，輿論對此反應兩極化，許多人認同他的理念、網路上還有部分不敢具名的少數派甚至贊成其手段。另一方面也有人反對任何形式的控制與審查，在他們眼中言論自由比保護兒童、社會凝聚以至於人命都來得更重要。就艾許個人而言，她明白失去至親的痛，也知道復仇的慾望會扭曲心智，因此十分同情艾琳的家人。問題是麥斯將寥寥數人的過錯無限上綱到懲罰全世界，這點艾許無法接受。

她再看看分局長。海瑞爾一臉窘態，眼神懇求艾許放他一馬。鐘擺案已經引發太多爭議，受到太多關注，艾許能理解他為何想堅持既定的官方說法。

「艾許探員，這案子用了兩個月。」海瑞爾平靜地說，「而且在亞羅西的豪宅賠掉三十二條人命，其中四個是自己人。我與赫克特私底下也是朋友，要是真有證據指向共犯，那任憑他逃到天涯海角，調查局也會將人搜出來。」

艾許注視眼前的資深探員，半晌後緩緩點頭。

「這次辛苦妳了，」海瑞爾繼續說：「但接下來把心思花在其他案子上吧。」他轉身離開，消失在走道盡頭。

艾許站在陽光下目送長官。有沒有證據不重要，她打從心底肯定麥斯．拜恩並非單獨行動。

瓦勒斯抵達薩塞克斯花園時天色已經暗了。他先去了銀行一趟，接著就在市區亂晃散心。與康妮的父母見面之後瓦勒斯心神不寧，情緒波動來到這幾星期的高峰。離開紐約之前，瓦勒斯前往蓋瑞森村拜訪羅賓．華特斯。她從媒體報導已經拼湊出事情梗概，瓦勒斯補充細節，並對自己參與網路霸凌導致一連串悲劇表達悔恨之意。聊到一半有個驚喜是赫爾下班回來露面，羅賓說是因為她想通了，畢竟當初無論誰都救不了凱伊，所以選擇和父親言歸於好。

瓦勒斯也走了胡方農場一趟，但結果就不那麼溫馨。農場完全荒廢，他去青年旅舍打聽，馬克說之前某一天辛西婭忽然不見蹤影，沒人知道她去了哪兒。瓦勒斯猜想她還放不下罪惡感，始終因為沒能挽救丈夫自責。回倫敦之後瓦勒斯依舊為此唏噓不已，擔心辛西婭無論人在何處都快樂不了了。但他自己又何嘗不是呢。

轉進紹威克街，瓦勒斯鑽過門外那群老菸槍走進酒吧。

「欸，波特！」有人叫住他，聲音聽起來很油膩。

瓦勒斯轉頭一看，是手長腳長蜘蛛似的丹尼。雖然講話低俗，但曾經救過他的命。

「還是變回瓦勒斯了？」小混混用力吸一口菸，「代表事情辦完嘍？挺行的嘛。他們在樓上。」丹尼朝裡頭一比。

「謝謝，」瓦勒斯點頭致意，「你幫了不少。」然後踏進酒吧。

猴子拼圖的氣氛與上次不同，感覺變得比較小、比較暖，還有種親切感。裡頭擠滿酒客，沒人理會瓦勒斯，他逕自走到裡面，在樓梯口遇上紅骷髏。壯漢以點頭代替打招呼之後讓路給他，爬上鋪了地毯的階梯來到二樓雅座見到四張熟面孔。吧檯前後分別是刀疤男和酒保，蠑螈依舊坐在靠窗那桌，不過今天有貝利作伴。刀疤男與酒保見他進來都點了下頭。

「要喝什麼？」酒保問。

「不了，謝謝。」瓦勒斯直接過去找貝利和蠑螈。

貝利起身抱他的動作完全看不出受過傷：「還能見到你真好，約翰。」他十分熱情。

「幸好你也沒事。」

「真讓你抓到人了呢，」蠑螈與瓦勒斯握手。「你家小子幹得不錯。」他又朝貝利說。貝利點點頭，與瓦勒斯一起坐下。

「和她父母見面的狀況還好嗎？」貝利問。

「很尷尬，」瓦勒斯回答，「我不知道該說什麼。」

貝利噘了下嘴，「恐怕說什麼都不對吧。」

三人沉默半晌，瓦勒斯從夾克口袋掏出一個厚信封遞給蠑螈。「四萬英鎊。」

「不是說借他兩萬？」貝利問。

蠑螈打開信封，取出兩大疊五十鎊鈔票，「我也要賺錢糊口的。」他原本這麼說，但給貝利瞪了眼之後乖乖還一疊回去。

「看吧，你人沒那麼壞的。」貝利笑道。

瓦勒斯將錢收回口袋感激地說：「謝謝。」

「不客氣。」蠑螈沒好氣道。

「接下來有什麼打算？」貝利沒搭理生悶氣的蠑螈。

「不知道。這裡沒什麼好留戀的，所以房子開始賣了。在考慮是不是回頭做攝影。」

「戰地？」貝利蹙眉。

「也許。」瓦勒斯。

「約翰你這陣子過得太辛苦，」貝利勸道，「就先別急著安排下一步。」

「那你呢？」瓦勒斯想趕快換個話題。

「跟以前一樣啊，」他嘴角一揚，「出門抓壞蛋。這兒不就一個。」貝利指著蠑螈。

「不好笑。」蠑螈冷冷道。

「話說回來……」貝利故作姿態，「是不是有人答應過要請我喝酒？」他調皮地望向瓦勒斯。

「應該的。」瓦勒斯擠出客氣的笑容。

史蒂芬．拜恩幾乎沒感覺到後座力。手中改裝過的Boxall & Edmiston直式雙管散彈槍發射時像是輕輕吻了一下肩膀，四十碼的快速飛靶、七十碼的來回鳥形靶同時碎散成陶土渣。雖不喜悅，但他仍對自己的準頭頗為滿意，接著右手握住槍管將槍體拆開，自動拋殼挺彈出空彈殼。轉身將彈殼丟進旁邊筒子時，史蒂芬看見有人穿過樹林接近。泰瑞斯．畢夏普雖是年近五十的黑人但依舊高壯威武，穿著重靴、略微寬鬆的卡其色戰鬥服與迷彩夾克。老朋友氣色不錯，史蒂芬看了也高興。兩人是第一遊騎兵營的同袍，但泰瑞斯退役後過得不順，婚姻失敗，與妻子和兩個兒子很疏遠，原本一直做些低薪勞務，後來史蒂芬請他過來管理私人靶場。

「發現你的車停在院子就過來看看。」泰瑞斯開口。

「想一個人靜靜就沒通知。」史蒂芬將散彈槍收進皮套。

「還挺得住吧？」泰瑞斯問。

史蒂芬望向老友，但心中傷痛難以透過言語表達。泰瑞斯拍拍他肩膀，兩個大男人好一會兒沒講話。

「你是好人，」泰瑞斯開口安撫，「你做的事沒有錯。」

「是嗎？」史蒂芬卻不怎麼肯定。

兩個老兵靜靜站著，風掠過樹林彷彿呢喃細語。「伊森和麥克來了。」良久之後泰瑞斯告訴他。

「好。」史蒂芬把散彈槍掛在肩上，與泰瑞斯一起走向旁邊的招待會所。

硫磺溪靶場位於貝克湖西邊濃密松林，距離馬蹄灣露營區只有幾英里。多年前史蒂芬透過公司名義買下這塊地，依照英式陶靶靶場規格建立，有四十個靶位、一百二十個靶口，能拋射各種飛靶。靶場基本上是自用的祕密設施，他前往艾林麥斯的西雅圖分部時會過來休閒。為了避稅，硫磺溪靶場表面上對外開放，但僅有少數附近居民知道其存在。

兩人走在樹林間的蜿蜒小徑，背後是華盛頓州的北喀斯開山，前面是高聳的貝克峰。景色優美，史蒂芬暗忖，而且是與世隔絕的荒郊野外，迎接下個階段的完美地點。

菸鬼開著BMW M5來到鋪滿碎石的停車場，停進黑色Range Rover和銀色GMC Canyon中間空位，然後跳下車大步朝招待會所走去。兩層樓高、四千平方呎的圓木小屋位在蒼鬱山谷底部一片大空地。

他性格向來叛逆，對朋友也一樣，叫他幾乎翻過整個美國過來就是不爽，所以帶著一肚子火踏上門廊進入屋內。小招待處旁邊有間槍店，品項齊全，數十支散彈槍和步槍掛在光亮木架上展示。四下無人，菸鬼跟著標示朝會員專用區走過去，穿過窄廊找到一條樓梯，三步併作兩步跳到樓上，大搖大擺推開門來到空間寬敞、坐東朝西的會議廳。

「菸鬼你這王八蛋來啦。」麥克・羅森喊道。

「陰森森羅森你在啊，」菸鬼冷笑，「還有波普也來了。」他朝伊森．波普點點頭。鄉村風格會議廳裡有八張宴會桌，伊森和麥克坐在其中之一。

菸鬼靠近，兩人都起身，大家熱情擁抱。

「葬禮你們有去嗎？」菸鬼在會議廳中央坐下時開口問道，位置離窗戶有段距離，看不到周圍山林景色。

伊森和麥克都搖頭，也回到座位。「你呢？」麥克反問。

「沒呢，」菸鬼說，「那時候還被關著。」

三人默哀片刻。

「所以他媽的究竟怎麼回事？」後來菸鬼打破沉默，「你為什麼露餡？」

「被調查局識破啦。」麥克回答。

「知不知道你們是同夥？」菸鬼問。

伊森搖頭：「『伊森．莫爾』這個身分沒被拆穿，他們看見護理師制服就信了。問了些問題，但應當不至於看出我也是共犯。」

「麥斯付我的錢被查到了，」麥克補充，「在他們的世界裡，光這個理由就可以把人關上兩年。」

「被當成同謀嗎？」菸鬼追問。

「這倒沒有。」麥克說，「沒辦法證明我知道計劃詳情，只能當我是收錢辦事的替身。」

「那你還在療養院上班？」菸鬼又問伊森。

「曝光過後一個月我辭職了，」他回答，「就說一直照顧個假扮的病人造成心理陰影。護理師伊森短短的一生結束了。」

「好極了，」菸鬼開起玩笑，「反正那傢伙很討人厭。」

「你那邊又是什麼狀況？」麥克問，「為什麼瓦勒斯還活得好好的？」

「血盟出來搗亂。監獄也是有地盤的，我們那區歸老怪物管，不等他點頭就動手的話我也得陪葬。後來我是收拾掉老怪物了，但差點得手的時候調查局居然把瓦勒斯帶走。就差一步而已……可惜我沒早一天進去萊克斯。」菸鬼說得很無奈。

「現在是假釋？」伊森問。

菸鬼搖頭，「不是，一個厲害的律師跑來做公益，檢察官完全不是對手，我就這樣重獲自由了。」

「老怪物的事情呢？」麥克問。

「風平浪靜沒人提起，我還多了一幫手下。」菸鬼頗有自信，「去抓殺死甘迺迪的凶手都比找我算帳容易。所以這到底什麼鬼地方？」他東張西望。

伊森和麥克相視一笑。「少裝模作樣了，菸鬼，」伊森罵道，「你自己找我們過來還講這種話？」

菸鬼一聽警戒起來，瞇著眼睛質問對面二人。「跟我沒關係，」他解釋，「我收到麥克的信才會過來這種鳥不生蛋的山裡。」

「我可沒寄東西給你。」麥克說完，會議廳裡氣氛緊繃起來。

「是我要你們過來的。」門口傳來人聲，他們不約而同轉頭，看見史蒂芬．拜恩站在那兒。

「有人不大中意我，」他意有所指朝菸鬼瞅了一眼，「不耍點小手段沒辦法確保你們都出席。」

菸鬼還是一臉懷疑，但麥斯的父親挾著雄偉氣勢走近。「伊森、麥克，你們應該見過我旁邊這位了，他叫做泰瑞斯．畢夏普，這邊這位是克雷格．韋德斯，綽號菸鬼。」史蒂芬為眾人介紹。

泰瑞斯朝菸鬼輕輕點頭，「麥斯的事情我聽說了。」

「聽說個屁，」菸鬼怒目相向，「本來沒人知道我們三個跟他的關係。」

「但是我知道。」史蒂芬糾正他，「我知道你們怎麼幫助我兒子。你故意襲擊兩個警察，好讓自己被關進萊克斯監獄，替他除掉約翰．瓦勒斯。」

「所以那個公益律師……」菸鬼恍然大悟，「是你的人。」

史蒂芬點頭，然後朝伊森開口：「你設法進入克隆威爾療養院工作，協助麥斯維持不在場證明。」他又轉頭望向麥克，凝視兒子的替身好一會兒才說下去，「至於你，麥克……你確實和麥斯長得很像……也是整件事裡犧牲最多的。為了假扮麥斯，讓他放手去幹，甘願自己住在瘋人院裡那麼長時間。」

「然後你要賣了你兒子的助手是嗎？」菸鬼發難。

「我知道你不喜歡我，菸鬼。」史蒂芬回答，「可是今天找你們過來是要幫你們。『地基』的事情我很清楚。」

菸鬼朝麥克和伊森一瞟，眼神非常困惑。

「計劃從你們服役的時候就開始了吧。你們寫的東西被軍方發現，然後麥斯出面扛責任。」史蒂芬道破真相，「我希望你們繼續下去，也願意提供協助。」

「『地基』原本設定為政治團體，目標是對抗社會不公，」伊森回答，「但經過鐘擺案就變質了。」

「之前都是地下運動，直到——」麥克猶豫了會兒，「直到艾琳過世，狀況就變了。麥斯說妹妹的死堅定了他的信念，還說那是他的聖戰。」

「沒錯，老頭。」菸鬼插話進來，「沒麥斯就沒我們。像我是不希望一輩子混黑道當流氓才跟著搞什麼『地基』組織，但我們早就不是士兵了。」

「你們仍舊是士兵。」史蒂芬駁斥，「麥斯需要支援的時候，你們回應了他的召集，為他赴湯蹈火在所不辭。菸鬼，無論你怎麼看待自己，在我眼中你是忠實執行命令的好軍人。不過暗地活動不會讓世界變好，你們真的想改造社會體制嗎？我兒子作為麥斯．拜恩就只是個平凡人，但成為鐘擺殺手之後卻能徹底動搖體制核心。你們和我合作，就能創造無數鐘擺，重塑整個世界。」

「你想推翻體制？你自己就是體制的一部分！」菸鬼叫道，「體制是你這種人創造出來的。」

「能創造它，就能毀滅它。難道你以為麥斯幹那些事情我會不知道？又以為誰幫他串起那麼多環節？有沒有想過資金從哪兒來？你們第一次浮上檯面是入侵大西洋第一銀行和方柱線上交易所的網路，對吧？」史蒂芬稍稍停頓，露出莫測高深的笑容。「你們覺得還有誰能教他那種技術？」

麥克和伊森重新評價面前這人，心中有種敬畏。菸鬼看得出同伴心思，但他就是不信任史蒂芬。

「麥斯死的那天，其實我在現場。」史蒂芬坦誠，「他在外面把風，我在裡面執行程式。調查局的人到了，他要我先走。麥斯想保護我，我也該保護他才對。如果我留下來，或許兒子就不會死。」

「說不定變成你死。」菸鬼冷冷道。

「或許吧。」史蒂芬語氣彷彿自己死了還更好。「艾琳走了之後，麥斯來告訴我事情經過和他的計劃。我懂他的感受，跟我一模一樣，所以他要什麼我就給什麼。既然麥斯想要顛覆世界，我就幫他做到極致。然後現在，我兒子女兒都走了，你們覺得我會是什麼態度？」

三人無言以對，面面相覷。

「你們有多少人？」史蒂芬打破沉默。

「總共八個，分散全國各地。」麥克回答。

「拜託別發神經，」菸鬼依舊反對，「他就是那種人，是個億萬富翁。」

「沒錯，我有的是錢。」史蒂芬淡淡答道，「想想看靠這些錢能辦到多少事。」

果不其然這句話發揮強大的震懾力。菸鬼也開始動搖，一直用眼神詢問麥克和伊森。

「八個有點少，」史蒂芬對泰瑞斯說，「但總歸是個開始。」

「好的開始。」泰瑞斯附和。

「雖然組織有點名氣，但言過其實了。」麥克老實告知。

「理當如此。」史蒂芬說。

「他媽的憑什麼要我們信你？」菸鬼還是緊咬不放。

史蒂芬冷冷盯著他。「麥斯起了頭，」他靜靜答道，「我們替他完成。」

致謝詞

感謝我的好老婆Amy，少了她這本書就會難產。我們三個寶貝孩子Maya、Elliot、Thomas最會逗我笑，要頒獎牌給他們。

謝謝能幹的經紀人Hannah Sheppard，她的努力和聰慧惠我良多。

也藉此機會向編輯Vicki Mellor致謝，她善於提供靈感，豐潤了這部作品。還有Headline出版團隊也深得我心，推薦給所有作者抑或是在文學活動中有幸遇見他們的讀者，成員包括Emily Griffin，Tom Noble，Sara Adams，Georgina Moore，Jo Liddiard，Ella Bowman，Elizabeth Masters和Caitlin Raynor，他們的熱情深深感染我。

感激Shane Eli高超的藝術手法讓我看見這本書真正的潛力。

以及經理Pat Nelson一路以來的殷切鼓勵。

最後則要向各位讀者獻上謝意，希望本書陪大家度過了愉快的時光。